U0904878

城乡之际与斯文变迁

中国现代文学中乡贤文化文献叙录与编年纪事

赵普光等　编著

商务印书馆国际有限公司

中国·北京

图书在版编目（CIP）数据

城乡之际与斯文变迁：中国现代文学中乡贤文化文献叙录与编年纪事 / 赵普光等编著 . — 北京：商务印书馆国际有限公司，2023.12

ISBN 978-7-5176-1020-5

Ⅰ . ①城…　Ⅱ . ①赵…　Ⅲ . ①中国文学－现代文学史－文学史研究　Ⅳ . ① I209.6

中国国家版本馆 CIP 数据核字 (2023) 第 124737 号

CHENGXIANG ZHI JI YU SIWEN BIANQIAN: ZHONGGUO XIANDAI WENXUE ZHONG XIANGXIAN WENHUA WENXIAN XULU YU BIANNIAN JISHI

城乡之际与斯文变迁：中国现代文学中乡贤文化文献叙录与编年纪事

编　　著	赵普光等
出版发行	商务印书馆国际有限公司
地　　址	北京市朝阳区吉庆里 14 号楼 佳汇国际中心 A 座 12 层
邮　　编	100020
电　　话	010 – 65592876（编校部） 010 – 65598498（市场营销部）
网　　址	www.cpi1993.com
印　　刷	三河市紫恒印装有限公司
开　　本	880mm × 1230mm 1/32
字　　数	310 千字
印　　张	11
版　　次	2023 年 12 月第 1 版第 1 次印刷
书　　号	ISBN 978-7-5176-1020-5
定　　价	68.00 元

版权所有 · 违者必究

如有印装质量问题，请与我公司联系调换。

广东省高水平大学建设经费资助出版

国家社科基金重大招标项目
“中国现代文学中的乡贤文化研究”
（16ZDA192）阶段成果

撰稿人

（按姓氏音序排列）

冯仰操（中国矿业大学）

姜佳奇（吉林大学）

姜溪海（南京师范大学）

李　静（江苏省哲学社会科学界联合会）

庞秀慧（南京信息工程大学）

秦香丽（南通大学）

石珠林（暨南大学）

粟　鑫（南京师范大学）

赵普光（暨南大学）

钟　媛（《中国当代文学研究》杂志社）

目　录

上编　文学文献叙录

中编　研究文献叙录

下编　编年纪事

导 论

晚清以降，东西文化在中国这片古老的土地上际会，碰撞、交汇直至融合，生出新的灿烂文化。百年来的中国，有一对重大命题一直交织和纠结：一是中西问题，一是古今问题。这一对命题几乎可以说是所有中国现代学术理论问题的宏观背景和潜在前提，几乎所有的学术问题都是在这两大命题之下展开的。二者纠缠于一体。虽然早在百年前就有学者试图将二者划开，分而论之，说中西并不等于古今。确实，二者不能等同，但是也无法完全剥离，谈论古今——传统与现代，就离不开中西；谈论中西，也无法完全摆脱古今的缠绕。因为古今的变迁——传统到现代的变迁——与东西文化碰撞化合关系最密切；而研究中西文化的关系，在中国的语境中无论如何都无法完全避开传统与现代的问题来展开。

一百多年前的文化大变革、大动荡、大新生，为什么被称之为“三千年来未有之变局”？一般都认为，坚船利炮所带来的国家民族危亡，是最大的危险和焦虑。这在当时人的感受来说，确实如此。但是时过境迁，百年后再来回首观之，我们会发现，在亡国灭种的危机感的背后，更深层次的焦虑和危机，可能还不在于此。亡国灭种的危机，还是最急切直接的现实问题，在这个问题的里面，更重要更根本的变局在于文化危机意识。换言之，在那个历史阶段，中国文化的主体地位从清末开始动摇了，甚至有崩塌之虞，这样的变化在中国几千年来的历史上是从来没有过的，也只有这样的巨变，才能谓之大“变局”。伴随着各种思潮的大规模涌入，无论是不读古书的呐喊，还是废除汉字的呼声，以及打倒孔家店的倡导，所激烈针对的还是中国传统文化。也正是从此开始，中国文化正式急速地进入到现代化转型的巨大进程和巨大旋涡中，而伴随着的是转型的震荡、阵痛，裹挟着无数的声音、无数的主张、无数的歧路，几乎没有人能完全置身其外。

一

文学当然更不例外。“五四”以来，文学作为启蒙最重要的载体，作为言说和倡导的最重要的发声方式，长期处于中西文化碰撞交融的焦点和中心。文学，因其特有的包容空间、丰富内蕴和表现形式，传统与现代、东方与西方的文化交汇和嬗变在其中势必体现得更为生动形象、淋漓尽致和意味深长。

笔者以为，与中西、古今密切相关的集中而重大的命题，体现在文学创作、文学研究和文学史书写上的，那就是城与乡。长期以来，城往往被赋予了现代一极的意义，乡则被认为是传统一极的表征。城乡的两极之间的动态关系，则成为了中、西、古、今文化变化纠缠的聚焦点。

作为传统表征的乡土社会，就成了中国现当代作家们最热衷于书写的对象，因为乡村的变迁是表现传统到现代转型的极好实验场。同时，文学又是以人物为核心的，优秀乃至经典的文学作品尤其如此。在有关乡村乡土的文学中，农村的各种形象都被书写过，也正在被持续地书写。在乡村的文化空间和社会场域中，最能表现动荡转型过程中文化的传统承绪和现代裂变的，最能体现农村中斯文衍变的人物形象，实在又是这样一类人——乡土地理空间和文化场域里的精英。他们或是乡村的读书人、知识者，或是乡村的能人、强人。虽然对于整个百年中国社会历史而言，他们是再普通不过的一类人，也属于沉默的大多数。但是在具体的某个乡村小的单位空间里，他们的影响和参与的程度则无疑是最突出的活跃因素了。

在近代以来社会急剧变迁过程中，情况也变得更加复杂。他们这些人虽然已经不完全等同于传统社会里的乡村缙绅，但还是遗留着乡绅的某些特点，比如对知识的占有优势、对权力的更近距离、权威色彩的某种拥有，以及经济的一定优越性等。因而他们在乡村更加活跃，而且他们身上能够体现出乡村文化社会变迁更加复杂、更加集中，也更加显著的丰富面向。很自然地，作家向他们投来了更多的关注。

所以，这一类人物在近百年来的文学书写中，一直是重要的形象。有意思的地方在于，因为这个阶层本身的复杂性，以及时代观念、作家立场与政治原因等的影响，这些形象往往体现出驳杂的色彩和繁复的谱系，比如有时候这类人物是乡村教师形象，有时候是地方豪强身份，有时候甚至是地主乃至恶霸面目，而有的时候又是农村能人、强人、带头人等，不一而足。然而，不管他们的形象如何复杂，所赋予的色彩如何繁复多歧，但是他们毕竟还是存在着前述经济、文化、知识、权力、威望等方面的优势，在农村比较活跃，发挥着较大影响。基本上还是与传统乡绅阶层的特点及作用发挥，存在着千丝万缕的关联性和延续性。

这一类人物和形象，该如何命名，其实也一直颇有争议，直至现在仍有较大分歧。这种分歧尤其是在掺入了发言者（学者、作家）的不同立场后，更难以调和统一。有学者认为这些形象既有传统的斯文回响又有某些人治因素的残留，有学者则从阶级角度视他们为某些封建的还魂，当然也有人看重这些形象在农村中的正面引导作用。面对这一种特殊的“农民”（不同于一般的贫苦农民），作家们取景的站位和角度的差异，就带来了不同的甚至完全相反的想象、塑造和定格。也就是说，这类人物和形象，成了不同立场、不同角度者借以言说的最好的靶向和依凭。因此，至今这类形象仍然没有形成大致统一的新命名，他们是被分解成各种称谓分而论之的。

二

在现代中国学界，用“乡贤”的概念来指称这类形象，是晚近的事情。时间到了20世纪90年代末，“乡贤文化”借助政治上层的推动，逐渐被接受和提及，进而形成相关学界的概念。实际上，关于士绅、乡绅的研究，一直是社会学、政治学等领域的重要话题。“乡贤文化”重新被重视出现在20世纪末21世纪初，而且也是先从政治学、社会学界开始使用和研究的，主要是乡贤文化的当代价值以及如何传承等公共话题，乡贤文化研究开始逐渐兴起。

从“乡绅”到“乡贤”的概念转变，虽一字之差，但实际上意味着认识框架的大变化。“绅”还是相对中性的表述，而“贤”则更多了道德的指认和正面的期许。事实上，长期以来，比乡贤使用更广泛的是“乡绅”一词。关于乡绅，历来有多种界说。史学家萧公权把“绅士”称为“有官职或学衔的人”[①]。费孝通认为：“绅士是退任的官僚或是官僚的亲亲戚戚。他们在野，可是朝内有人。他们没有政权，可是有势力，势力就是政治免疫性。”[②]周荣德说：“士绅的成员可能是学者，也可能是在职或退休的大官。传统士绅的资格是有明确规定的，至少必须是低级科举及第的人才能有进县和省官衙去见官的特权，这就赋予他做为官府与平民中间人的地位和权利。”[③]张仲礼则强调这一阶层的教育文化特点：“绅士的地位是通过取得功名、学品、学衔和官职获得的，凡属上述身份即自然成为绅士集团成员。功名、学品和学衔都用以表明持

① Hsiao Kung-chuan，*Rural China:Imperial Control in the Nineteenth Century*（Seattle：University of Washington Press，1960），p.316.

② 费孝通、吴晗：《皇权与绅权》，岳麓书社，2012，第7页。

③ 周荣德：《中国社会的阶层与流动》，学林出版社，2000，第5—6页。

该身份者的受教育背景。”[①] 相似的，何天爵将中国的“乡绅士大夫阶层”译为 literati（意即“文人”“知识界”），认为“这一阶层的人都是在他们所居住的地区受过教育的读书人”[②]。也有学者认为乡绅虽不等同于知识分子，却是中国知识分子阶层的主要社会来源。“‘士绅’正是通过对知识的占有以及与政治特权的结合，从而形成一个特殊的知识阶层……对于传统社会秩序的稳定和延续发挥了重要作用。”[③]

在传统中国，乡绅文化经历了从三老到乡约约正等的不断演变。乡绅文化的生长延续与科举制度关系密切。科举是乡绅形成和不断延续的重要前提。乡绅的界定虽各有差异，也有演变，但是对乡土社会空间和知识的占有，是必要条件。也就是说，科举制度保证了传统皇权社会中“乡绅”阶层对文化占有的权力和特点。我们看到，晚清科举制度废除、新式学堂兴起以后，传统士绅阶层衰落并最终消失；代之而来的是接受新式教育的新阶层。

所以，到民国初年，新的“士绅”概念的外延就有了明显变化，所指包括受学堂教育出身和任职于各类新式学校的文化人。在清末民初，作为基层文化精英的中小学教员，成为地方民间社会新阶层的一部分，正逐渐地部分代替封建传统社会的“士绅”。传统士绅阶层的衰落和新文化阶层的形成，与教育制度的革命性变化有关。1905 年 9 月 2 日，光绪皇帝下诏：“立停科举，以广学校。”[④] 科举制度的废除，“乃吾国数千年中莫大之举动，言其重要，

---

① 张仲礼:《中国绅士》，李荣昌译，上海社会科学院出版社，1991，第 1 页。

② 何天爵:《真正的中国佬》，鞠方安译，光明日报出版社，1998，第 168 页。

③ 徐茂明:《江南士绅与江南社会（1368—1911 年）》，商务印书馆，2004，第 23 页。

④ 《清帝谕立停科举以广学校》，载舒新城编:《中国近代史教育史资料》（上），人民出版社，1981，第 62 页。

直无异古者之废封建、开阡陌"[①]。教育体系的根本性变化，使得原有的选官进学制度被抛弃，依附于科举制度的传统士绅阶层自然没有了生长机制，必然会衰落和最终消失。代之而来的，则是发挥着类似功能的新的文化阶层。这一新知识阶层的来源，相当部分在于接受新式教育的师生群体。有学者已经注意到："科举的废除切断了旧式功名士人向上的入仕之径，但晚清政府又设计了另一条终南捷径，那就是新式学堂。……而掌控地方的新式精英们也是从这条途径中遴选出来的。"[②]是故，到民国初年的历史阶段，随着前清旧派和科举功名者的减少，"士绅"一词的指向也在变化："在明清时期的话语系统中有'士绅'一语，指乡居的离职官僚和科举士人"，至民国时期，新的"士绅"更多地"被用来指称各种在地方社会有声望、有地位的人士，其中既包括传统的士绅，也包括民国党政军新贵、新式商人和新文化人。显然，这一社会群体较之严格意义上的明清时期士绅阶层要宽泛"。[③]也就是说，与传统社会相比，新的"士绅"概念所指范围有所变化，这其中就包括受学堂教育出身和任职于各类新式学校的新文化人。传统士绅阶层衰落，士绅意涵发生新变，新的文化阶层开始形成，这在民国时期地方基层公务人员选拔制度设立上也可见一斑。比如1929年10月国民政府公布的《区自治施行法》规定的区长和区监察委员的任职资格[④]及1929年9月国民政府公布的《乡镇自治施行法》规定的正、副乡镇长及乡镇监察委员会委员的任职资格[⑤]，其中均包括"曾任小学以上教职员或在中学以上毕业"这一条。这

---

① 严复:《论教育与国家的关系》，载《严复集》第一册，中华书局，1986，第166页。

② 任吉东:《近代地方精英群体的养成机制初探——以直隶省获鹿县为例》，《史学集刊》2012年第2期。

③ 魏光奇:《国民政府时期新地方精英阶层的形成》，《首都师范大学学报》2003年第1期。

④ 中国第二历史档案馆编辑整理:《政府公报》（影印本），上海书店，1988年版。

⑤ 同上。

表明，中小学教员在民国时期作为民间和官方之间的知识者，具有了新的知识权力，随时可以转变为体系中新的当权者。比如有学者曾对 1913 年直隶省获鹿县入选县政府各科室人员的知识背景和履历进行了考察。其中相当部分的参试人员有中小学堂任教的经历。[①] 无怪乎有学者说："从清末至北洋政府时期，旧的士绅阶层随科举制废除和清王朝灭亡而趋于衰落，代之而起的是与地方自治制度相为里表的新官绅阶层。"[②] 这些充任中小学教员、校长的新的基层文化精英人士，在民国新的体制设计中，完全具备了进入政治架构中的现实性和可能性。在这个意义上，作为基层社会的新式文化精英，中小学教员的地位和所发挥的作用类似于封建社会中在民间掌握相当话语权力的传统士绅阶层。"新学培养出来的新式精英群体已经渐成气候，开始接过传统士绅的接力棒。"[③]

社会结构、文化机制在不断变化，原有概念也自然产生了不同的所指。再后来由于左翼革命思潮的推动等诸多激进因素，乡绅一类又被贴上了不同的标签或称呼，更多地从政治意识形态和道德角度进行定义和定性。这个情况较早可以追溯到 20 世纪 20 年代初。1921 年 3 月 19 日许指严发表了《强盗式的绅士》[④] 一文，具有相当的代表性。1921 年 9 月沈定一、刘大白等人组织衙前农民运动，将农民作为主要力量，并在农民协会章程中规定与田主地主立于对抗地位，是最早的有组织有纲领的阶级斗争运动。稍后《中国青年》1923 年 10 月 20 日在上海创刊，由恽代英、邓中夏等人创办与编辑。该杂志刊发了大量关于农民与士绅关系的文章，为打倒土豪劣绅提供了理论基础。这当然更多体现在社会运动实践中。直至 1927 年 8 月 18 日国民政府颁布《惩治土豪劣绅

① 任吉东:《近代地方精英群体的养成机制初探——以直隶省获鹿县为例》，《史学集刊》2012 年第 2 期。

② 魏光奇:《直隶地方自治中的新官绅阶层》，载《首都师范大学史学研究》第 1 辑，首都师范大学出版社，1999。

③ 任吉东:《近代地方精英群体的养成机制初探——以直隶省获鹿县为例》，《史学集刊》2012 年第 2 期。

④ 载《礼拜六》1921 年第 101 期。

例条》，试图对北伐时期打倒土豪劣绅行为进行规范化。

到整个的革命的20世纪30年代，左翼关于社会革命的思想中阶级理论观念对于中国乡土社会的结构的观察认知，带来完全不同的视角。乡绅等乡土中国知识精英，在这个理论体系下，其面目与此前则有了完全的不同的映照。尤其是从40年代延安地区到共和国前30年中，乡绅被赋予了另外一重阶级身份，以及另外一个道德色彩的符号。当然具体也有阶段性的微调。比如延安地区的土地政策以及对基层精英人士的态度、策略后来有种种调整，但其总体上一脉相承。这种情况一直持续到改革开放以后，评价才又相对多元。农村社会又开始出现了新式的乡贤，主要用以指称乡村中有文化、有贤德、有威望、热心乡村公益的贤达人士。按其理想的形象和完美的期待，乡贤对文化的占有和维系仍是其要素之一，其作为民间知识精英所担负的文化传承和社会功能仍有所延续和回响。费孝通曾说过，“政治绝不能只在自上而下的单轨上运行的。一个健全的，能持久的政治必须是上通下达，来还自如的双轨形式”[①]，这一论断实为的论。

20世纪90年代以后，尤其是21世纪以来，特别是在新农村建设的顶层设计的推动之下，乡贤、乡贤文化在2014年左右开始迅速被学界所使用和研究。2014年“乡贤文化”第一次被纳入社会主义核心价值观。2016年在《国民经济和社会发展第十三个五年规划纲要（草案）》的“解释材料”中指出新乡贤文化是中华传统文化在乡村的一种表现形式，借助传统的“乡贤文化”形式，赋予新的时代内涵，有利于中华传统文化创造性转化、创新性发展。21世纪以来的乡贤文化研究仍是以经济学和政治学为主，这些研究绝大多数从积极的角度着眼和立论。他们认为：在中国，当代乡村建设的重要问题之一是乡村文化建设，乡村文化建设的核心在于乡村中的文化主体建设。在传统社会中，乡贤文化集中

① 费孝通：《再论双轨政治》，载《乡土重建》，上海观察社，1948，第58页。

体现了乡村的人文精神，在宗族自治、民风淳化、伦理维系及乡土情感激发、集体认同感保持等方面起着无可替代的作用。在宗族关系解体的现代社会，建构乡贤文化对乡村文化的固本培元更有重要意义。

相对而言，文学研究界主要以乡贤文化作为角度的研究仍不算突出，乡贤文化的复杂性在文学中尤其值得期待。因为文学本身的独特性，决定了文学对人物形象表现的丰富、多元和深入。“乡贤”已不是传统意义上的“乡绅”，用“乡贤”指称这类人物和形象，绝不意味着将问题片面化、简单化和道德化，而是应该看到现代的所谓“乡贤”仍是整个社会结构变化的产物，在城乡之际的维度中，其身上体现出更为丰富、繁复、驳杂的多面性和多向度。而人物的丰富性与复杂性，恰恰是文学创作和研究最大有可为之处。

三

事实上中国现当代文学对乡绅、乡贤的塑造和有关文化的书写从未缺席。基于此，本书以知识的占有作为核心条件，并结合不同时代的特点，采用相对广义的“乡贤”的概念，力求保持“乡贤”和乡贤文化的张力弹性，在史料处理中葆有其丰富性、多样性和复杂性。使用相对开放的概念来观照，我们会发现，从传统乡绅到“土豪劣绅”再到新乡贤，乡绅乡贤形象在近代以来不同历史时期的文学创作中均有不同程度的涉及。

清末民初，文人们作为最后的士绅或最早的知识分子，逐渐集中于沿海大都市，但并未彻底脱离与地方乡土社会的关系。当人们在现代国家意识与地域意识的双重刺激下，表现乡贤、乡绅成为文学书写的一个重要部分。有关乡贤乡绅的书写，参与者甚众，既有坚持旧体文学的文人，也有借鉴西方的新文学家；在文学式样上，既有散文体的传记、政论文，也有虚构的小说；在价值倾向上，作为士绅出身的文人们对本地的乡贤乡绅寄予了高度的期待，将他们视为建构现代民族国家、地方的重要力量，通过大量的史传、小说营造种种理想的形象。这实际与当时的兴绅权的舆论倡导不无关系。1902 年 11 月 14 日《新小说》创刊，梁启超《新中国未来记》等政治小说出炉，部分开启了对新式乡绅的想象。随后《轰天雷》[1]（藤谷古香）亦涉及乡绅的部分书写，主人公荀北山的经历，可视为近世乡绅交游的历史痕迹。《文明小史》[2]（李伯元）和《苦社会》[3]（佚名）中也有离乡返乡的情节，可视为晚清的乡绅进城。

后来随着时势的变动、文人群体的转型，人们对乡贤乡绅的态度日趋复杂，尤其是“五四”一代新文学家兴起后，文学界的书写产生了更多的分歧。鲁迅的《阿 Q 正传》《祝福》以及茅盾、叶圣陶、王统照等现代作家的作品中都反映和塑造了这一类形象。在“五四”一代作家笔下，乡绅往往代表着腐朽没落的旧文化。而那些农村基层的文化占有者，即乡村小知识分子，则在经济、文化和政治的多重重压下，呈现出灰色的人生状态，如叶圣陶的《潘先生在难中》《倪焕之》等。

到了 20 世纪 30 年代，革命思潮以及阶级理论观念对于中国乡土社会的结构的观察认知，带来了不同于以往的视角。乡绅等乡土中国知识精英，在这个理论体系的观照下，其面目与此前则有了完全不同的映照。在革命、阶级的框架中探讨农村问题尤其是包括乡绅乡贤在内的社会阶层，问题意识开始迥异。表现在文学上，左翼作家为主的文学书写开始对这批乡绅阶层有了另一重批判性的视角。加之 1929 年一场全球性的经济危机的影响，于是描写“丰收成灾”“谷贱伤农”以及农村破产的小说，在 30 年代的农村题材小说中成为了独特的景观。最具有代表性的是叶紫的《丰收》、茅盾的《农村三部曲》、吴组缃的《一千八百担》等。

---

① 上海大同印书局 1903 年印行。

② 原载于《绣像小说》1903 年第 1 号至 1906 年第 56 号，1906 年由商务印书馆出版单行本。

③ 上海图书集成局 1905 年印行。

与农民的疾苦相对照的是，乡村绅士们的面目开始变异。比如吴组缃的《官官的补品》《天下太平》在某种程度上宣示了农村社会阶级矛盾的激化。在动荡社会中坚守于农村的这一代绅士几乎成了夹在新旧历史裂隙中尴尬的存在：他们中一些人的后代，在接受了新式教育之后，反叛了原生家庭。这些“乡绅之后”接受了人道主义的教育，决意与家庭决裂。如白朗的《叛逆的儿子》和蒋光慈的《咆哮了的土地》等都涉及了这样的情节。也有一些农民不堪忍受现有的生存状况，走向了反抗道路，预示了一种新的开始，如叶紫的《电网外》。这一时期，乡绅形象当然不全是单一的丑陋，少数作品如蒋牧良的《懒捐》，描写乡村中较为低级的绅士，他们尚能为贫苦农民争取利益，尽管这样的争取当然以失败告终。一个小乡绅的力量，根本无法撼动庞大腐朽的官僚体系。

1937 年全面抗战爆发，作家们将自己大量的精力投入鼓舞民众的抗战书写中，反映农村经济状况的作品逐渐减少。骆宾基 1939 年创作于浙东的作品《意外的事情》，描写了面对“二五减租”政策时乡村绅士、农民的众生相。抗战期间，文学作品中出现了一大批汉奸地主的形象，如萧军《八月的乡村》、艾芜《咆哮的许家屯》、李辉英《松花江上》、王西彦《乐土》、草明《梁五的烦恼》等。抗战胜利后，内战继续。因为大量苛捐杂税及资本的盘剥，农村状况十分凋敝，大量农民乃至地主破产，文学亦有所反映，如于逢创作于 1946 年的《订婚》。

40 年代前期，文学作品着眼于突出地主个人的丑态及其对农民的经济剥削。如《明暗约》（康濯）中的陈天厚、《红契》（束为）中的胡丙仁、《村东十亩地》（孙谦）中的吕笃谦。这些地主以无赖、狡猾的形象示人，但并没有后来塑造的那样十恶不赦、罪孽深重。甚至个别作品中的地主形象仍有部分幽默喜感，如康濯的《长工和地主（民间故事三篇）》。有些作品中还出现了开明地主，如《王德锁减租》《地板》等。总体来说，这一时期地主形象在文学作品中多属于否定性描画，但基调尚轻松。随着抗日战争结束、解放战争开始，出现了如《暴风骤雨》《太阳照在桑干河上》等涉及乡绅形象的作品。此后，作家描写的重心，由地主对农民经济上的剥削逐渐转向了政治上的压迫，地主形象也更趋脸谱化。如《血尸案》(孔厥、袁静)、《水落石出》(峻青)、《村仇》(马烽)等表现强烈阶级仇恨，地主形象走向单一化、模式化，“恶霸地主”成为这一集体形象的代名词。1949年后，土地改革运动在全国范围内普遍展开。50年代初开始农村合作化运动，随后有“大跃进”和人民公社化运动。赵树理的《三里湾》、周立波的《山乡巨变》、柳青的《创业史》等，也都触及乡绅这一社会阶层的变化和解体。总体而言，这一时期地主始终以相对单一的形象出现在文学作品中。

20世纪80年代尤其是20世纪末以来，受社会转轨及文化保守主义思潮等多重因素的影响，学界对百年来的现代化历程回眸、审视、清理，重新挖掘传统乡村自治秩序及士绅对乡村生态的正面意义。乡贤、乡绅重新进入作家的写作视野，乡贤文化的表现与探索逐渐有了更加宽裕的空间。改革大潮中传统型乡绅已不复存在，强人能人、基层干部、乡村教师等新形象取而代之。如张炜的《古船》、李佩甫的《羊的门》等，从不同角度透视宗法社会解体后乡村的演变，刘醒龙的《凤凰琴》则刻画了乡村文化人的焦虑与苦痛。另如路遥的《平凡的世界》、陈忠实的《白鹿原》、莫言的《生死疲劳》、蒋子龙的《农民帝国》、赵德发的《君子梦》、和军校的《薛文化当官》、贾平凹的《带灯》、关仁山的《日头》等塑造了一个个性格各异的形象。特别需要注意到，城乡之间的互动互渗空前加强之后，乡贤的在地性已大大弱化，流动性越来越突出。这一特点不但表现在小说叙事中，在非虚构写作中也有更充分地呈现。《人民文学》自2010年起，开设“非虚构”写作栏目，梁鸿、王磊光和黄灯等对于农村的写实性作品引起了轰动，一度引发了人们对于“故乡”和“乡愁”的想象与讨论，整体上反映出作家对乡村趋势的描画和关注。这些文学创作，或解构或重构，既关切到中国农村社会现实变迁，也透射百年乡土文化变迁的复杂与艰难的侧面。

四

如前面一再强调的，作为现象的乡贤文化，本身是复杂的、多面的。近年来乡贤书写有浪漫化想象的倾向。尤其是当作家带着乡愁的情绪及滤镜去观看乡贤及其现象时，难免会有浪漫化和道德化的书写冲动。事实上，文学的乡村与乡贤文化书写，应警惕道德化，要祛浪漫化，要把传统乡贤和现代乡贤的变化与社会变迁的深层关系彰显出来。换句话说，要从朴素、不自觉的浪漫乡愁，变成一种自觉的现代的理性的认识。这实际上也关涉到如何理性对待乡愁，如何祛除“乡愁”的“毒素”的问题。因为乡愁也是有“毒”的，任何一种未经审视辨析的情绪情节都是有“毒”的。“乡愁”是现代人的普遍心理症候。近百年前，鲁迅谈及乡土文学时所用的“侨寓”一词，其实就涉及这个问题。乡愁，至少应该包含两个层面的问题，一个是物理空间的故乡，一个是精神空间的归宿。对物理空间的怀恋和对精神归宿的追寻，这个返而不至、寻而不得的过程所产生的心理和情绪，其实就是“乡愁”。说到根本，乡愁某种意义上还是人不能放弃（也不可能放弃）“我是从哪里来，要到哪里去”的追问和好奇的一个问题。乡愁之弥漫，这本身也反过来说明了现代人的悬置飘浮的生存状态。尤其是城市化和流动性日趋加剧的当下中国，这更普遍。

随着流动社会的形成，迁徙状态的普遍，乡村人尤其是乡村里出来的青年人会越来越多、越来越频繁地进入城市。一方面，乡村之于他们，也只是个符号性的存在，与他们的血脉联系会逐渐淡化。另外一方面，他们在城市里，仍然是异乡者。随着城乡关系的复杂，城乡空间的切换越来越容易、越来越频繁，这带来的并不是不断在城乡之间辗转的人对城乡感情认同的融合，反而加剧了无论是对于城还是对于乡的认同的分裂。于是，进城的青年人更加惶惑、迷茫、撕裂、痛苦。在农村找不到归宿，在城市中又失去了依托。所以，他们因来自乡村而带着的文化痕迹和身份感，或许是这一代移居城市的青年人的另一种乡愁的变异。

表达乡愁，思考乡村，这本身其实是一个文化过程。文化是一种最无力而又最长久的力量。它在这种润物无声的过程中，以文化人，当人起了变化，事就会慢慢变。那么，在进行这个文化的过程时，我们也有必要思考一下，城市与乡村的区隔、撕裂到底意味着什么。以往有些研究和写作，容易把问题绝对化或者简单化，把城市、乡村与现代、传统简单对应。比如固执地认为城市代表了文明先进，乡村意味着落后愚昧，或者简单地认为乡村意味着静谧、美好，城市则令人压抑、厌弃。其实，这些观点是需要商榷的。现代并不意味着城市化，也并不意味着乡村的物质化，反之亦然。现代传统与城市乡村是一个层面或范畴里的问题，二者并不存在必然的对应关系。在笔者看来，如果说有一个所谓的“现代”的话，现代应该意味着社会体制、物质发展与人的精神状态、文明程度在较高层次上良性的均衡，或者说契合，而不是对立和分裂。分裂只是存在于工业化时期的现象，而绝不能视作是现代化的必然结果。也许有一天，城市和乡村不再对立、分裂，城市和乡土不再作为现代和传统的文化价值所附而对立，无论是城市还是乡村就不再是一个问题，那时候或许才算是真正的现代。质言之，“现代”是一种社会体系、人的精神状态文明程度的标示，而与城乡的地理空间并无直接对应关系。所以，表达“乡愁”不是简单的怀旧、抒情，更不是讴歌，而是基于真正的现代理念，以审视、剖析的眼光，而进行的以文化人的过程。因此，面对百年来城乡之际的变迁，乡土文化的转型，需要更多的文学创作和研究从人性、历史和审美的维度更真切地关注乡土及城乡之际，用批判的眼光审视“乡贤文化”的复杂面向，挖掘其中所葆有的人文关怀，以及孕育现代的可能。

五

近现代中国乡贤文化演变与中国现当代文学中乡贤文化书写

变迁呈现出明显的互动、互渗的关系，而且这个关系存在明显对应或者说正相关趋势。基于此社会和文学的事实，本书在体例上确立的社会史与文学史互动的框架，具体落实为两大部分：一是文学文献叙录，二是研究文献叙录。两部分叙录，一方面力图呈现出乡贤文化及其研究从晚清以来至今百余年间的发展和多样理路，另一方面力图呈现出乡贤文化书写在百年中国文学创作和研究的变迁和多重面相。

为此，历时和历史的线索是重要的条件。故本书文学叙录和研究叙录均采取历时的顺序编排，通过时序呈现出二者对应和互动的内在关系。特别是为使这个历史的过程更加清晰，乡贤文化在文学和社会互动中体现的更真切，我们特别撰写第三部分编年纪事。通过百余年来的历史事实、现象、节点的挖掘，让包蕴丰富历史讯息和文学意涵的史料、史实客观呈现和自己言说。

关于本书的研究初衷，我想有必要在这里再多说几句。时至今日，乡土文学、乡绅乡贤文化研究文献可谓汗牛充栋了，而本书的意义又在哪里呢？我们的想法就是力图让此书成为一个立体化的工具性和研究性兼备的著作。所以，本书的写作并非以提供史料奠基为唯一目的。本书的定位并不是仅仅将其作为工具书来酝酿、设计和写作的，笔者努力想做到的是以史料为方法的学术研究。我这里所说的以史料为方法，是指这背后包含着大量的研究工作，这个研究工作不是以理论和阐释表述呈现，而更多地是以处理史料的方式呈现。让史料说话，并不代表著作者深度的研究工作及文学立场、判断的取消。恰恰相反，没有作者大量的研究，没有价值判断和学术判断，史料的整理不可能实现。那种价值的犬儒和取消主义者，以及简单的史料堆积者，并不能在纷繁的史料中爬梳剔抉，史料依然是散沙一盘。要将散沙凝聚、建构并葆有丰富的可能，研究者主体的学术工作和判断甄别选择必不可少。

我们的判断、观点和研究都浸透在本书的各个方面，试图做到盐溶于水的结合。比如关于起点，我们选择 1898 年为起点，这就包含着我们严谨的史料根据，也包含着我们对研究对象的判断。1898年不仅仅发生了戊戌变法，湖南官绅也在本年推行新政掀起了“兴绅权”的时代舆论。我们撰写的每一条叙录，不仅仅是对文献内容的概括，也包含着判断，努力在文学史和社会史文化史基础上做出的凝练和评述。另如，在编年史部分，史实的选取和简要的评点，也力图在百年间文学文化变迁的坐标中进行定位和扼要阐发。

限于种种原因，我们当然无法做到尽善尽美，也不可能将所有相关文本“竭泽而渔”般全部体现。比如，我们搜集、积累和写作的相关内容比目前本书呈现的要多出很多倍，很多材料因篇幅限制等因素，不得不忍痛割爱了，像已经完成的中国台湾乡土文学文化的那部分，全部放弃了。还有，需要特别说明的是，乡绅乡贤及其文化等问题本身是复杂的、历史的和多向度的，本书用广义的“乡贤”来概指这种形象谱系、人物群体及文化现象，也是迫不得已的权宜之计。诸多不可抗的因素使得本书留下这样或那样的遗憾，尽管如此，毕竟我们在努力遵循典型性、历史性的原则，经过爬梳、甄别、遴选和反复推敲锤炼，希望尽可能呈现出较能经受住考验的中国现当代文学中乡绅乡贤文化研究的成果。

总之，本书以史料为方法，以文学史、文化史互动为视角，以文学史为聚焦，努力最大程度实现其原创性和工具性。也就是说，本书期望能为乡村文化研究、乡土文学研究的再出发和不断推进提供较为坚实的文献基础、多重的可能向度，以及我们的思考。我想，唯如此才是向近百年来乡土文学创作研究和乡土社会研究的前辈时贤们致敬的最好方式。当然，这是我们努力的方向，限于问题的复杂性、史料的庞杂以及撰写者的水平等，能否达到预期，则祈学界方家批评指正，也需更长时段的历史去检验。

上编　文学文献叙录

轰天雷

上海大同印书局1903年出版，翌年再版。作品署名藤谷古香，伪托日文小说译出，共十四回。后收入阿英编《晚清文学丛钞·小说四卷》（下册）（中华书局，1961年版），吴组缃、端木蕻良、时萌主编《中国近代文学大系·小说集（5）》（上海书店，1991年版），章培恒、王继权主编《中国近代小说大系》（第27号）（百花洲文艺出版社，1996年版）等。

该小说可称为时事小说，又可称为传记小说，以戊戌变法、庚子事变为背景，以历史人物沈鹏（字北山）为原型。从第一回中得知，小说乃为表彰江苏常熟一地“大人物”荀北山而作，此外还有“一部《缙绅领袖记》，一部《魑魅魍魉录》，是讲那二家的事”。该书线索是“太史公的始末”，自荀北山少年进京求学讲起，叙说其婚配、高中、家庭生活等早年生平，中间穿插华家与罗家的寓言故事（影射清代满汉历史），之后重点叙述其生平的高潮，即戊戌变法后上奏折要求慈禧归政，并诛杀三凶，而被革职入狱，末了因庚子事变爆发，荀北山获释，友人们饮酒行令，用《水浒传》点将录中“轰天雷凌振”代指荀北山（书名即缘此而起）。

关于乡绅的部分集中在小说第三回。该回讲到荀北山中进士后，自京返乡，董事谭老爷为之谋划做绅士后的经济来源，如包仓米、管闲事等，并入赘苏州巨绅贝家，展现了一幅近世乡绅权益和交游的浮世绘。在文学史谱系上，乃是延续了《儒林外史》范进中举的余波，但未显示出新的时代信息。

《轰天雷》尚未受到太多的关注。与同时代小说相比，从小说语言和手法上言属于上乘之作。小说虽然意在表彰近世乡贤，却既不“溢善”也不仰视，而是用较多日常生活、心理活动的细节展示荀北山的“疯”“呆”与“落魄”，笔法平实、语言妥帖，却少了一些波澜。传主的前后变化似缺少内在的线索，因而略显突兀。

据忏庵《〈孽海花〉与〈轰天雷〉》(《古今》1944年第43、44期)、沈缙《小说〈轰天雷〉作者藤谷古香考》(《文学遗产》1986年第3期)可知，作者系孙景贤。孙景贤(1880—1919)，字希孟，号龙尾，笔名阿员，江苏常熟人。曾于清末留学日本，筹组同盟会常熟支部，1912年后任北洋政府国务院参议等职。为南社社员，有《龙尾集》《梅边乐府》等诗文集传世。值得一提的是，近世常熟人写常熟人的文学作品除孙景贤《轰天雷》外，尚有更著名的曾朴《孽海花》、张鸿《续孽海花》。

瓜分惨祸预言记

上海独社1903年1月出版铅印本，标“政治小说”，首“例言”七则，共十回。作品署名日本女士中江笃济，中国男儿轩辕正裔译述，伪托日文小说。后收入章培恒、王继权主编《中国近代小说大系》(第16号)，董文成、李勤学主编《中国近代珍稀本小说》(第17册)(春风文艺出版社，1997年版)等。

该作品系政治理想小说，展示了一幅面对列强瓜分中国的现状，各地志士谋求地方独立、文明排外的时代画卷。作者一开始便设置了一个故事背景，即中国面临各国列强瓜分，清廷私下签订卖国条约，于是地方志士纷纷号召地方独立。这背景的设置突出了改革的紧迫性，继而重点叙述了北方商州的曾子兴等人与南方兴华府的华永年、夏震欧等人的独立事业。结局是，曾子兴等人失败，夏震欧成功建立兴华邦共和国，但他们念兹在兹的仍是恢复中国，夏震欧独立成功后，先派使者巡视四方，“使他们心中想着将来尚有全国独立的希望”(第六回)。

该小说以理想的新党为主角，同时塑造了众多与新党合作的贤绅形象。当毕永年打算自保地方时，在城里有故内阁大学士刘千秋支持其办乡团，提供办公地，而且变卖家产，在乡下有乡绅甄得福响应其办地方自治，将十顷田尽数献出充作筹办款项。

该小说艺术性并不强，但作为政治小说的代表作被后世多加讨论。小说的建国想象颇为独特，对内是武装革命，对外是文明排外，将西方文明作为一种普世性价值观，为后世讨论清末革命、文明观提供了很好的范本。

据黄季陆主编《革命人物志·第七集》可知，作者系郑权。郑权（1878—1939），字仲劲，福建闽侯人。早年入江南水师学堂学习，作为革命党人，组织革命团体福州益闻社、汉族独立会，撰写《福建之存亡》等宣扬福建自立的小册子，后加入南社。其小说创作亦瞩目地方，除《瓜分惨祸预言记》外，推测尚有以福建泉州为故事背景的《福求人》（作品署名宗敬，《福建白话报》1904 年 10 月第 1 号）。

苦社会

上海图书集成印书局 1905 年印行，不题撰人，标四十八回（实为二十四回）。书前有漱石生序，曰“是书作于旅美华工。以旅美之人，述旅美之事，固宜情真语切，纸上跃然，非凭空结撰者比”。后收入章培恒、王继权主编《中国近代小说大系》（第 60 号）。

从题材上看为时事小说，具体可归入反华工禁约运动或华工小说。前十回写江南一地下层士绅阶层的困窘，其后写同一群人在海上、秘鲁、美国的悲惨遭遇，末了人们被逼回国，计议抵制美货、兴办实业。小说写法近实，贡献了特别的社会画面，如下层士绅的艰难生计，华工、华商在海上的监禁与惨死、在美国备受禁工条约的欺辱等。

关于乡绅的部分集中于前十回。前十回集锦式地描述了苏州、镇江、南通等地乡绅如阮通甫（秀才）、李心纯（秀才，蒙学堂教习）、鲁吉园、滕筑卿（秀才，经商）、庄明卿（二十四乡董事）等人的穷困生活与身份转型，例如以阮、李为焦点铺陈穷苦，又以滕、庄为焦点展示潦倒背后的匪乱、官压等社会环境。小说后十四回则是铺排乡绅离乡后的出路，空间是去上海乃至海外，职业则是经商。与流行的谴责小说相比,《苦社会》笔法平实不夸张，且力图呈现底层乡绅的仗义与担当，如贯穿前后的两个人物鲁吉园、李心纯常在困境中为朋友、乡人挺身而出。

小说篇幅不长，讲了许多组人物的故事，类似集锦小说。关键处缺乏铺陈，笔力较弱，但贵在语言平易，细节生动。阿英《晚清小说史》最早予以关注,“反华工禁约运动的小说，即就艺术方面讲，这也是很好的一部。不过作者似非真正的工人，这即就他所以用三个穷途末路的教习做主人公一点上也可想见，大概是一个熟习在美华工华商的知识分子。”当代论者多从海外华人文学的角度加以论述。

文明小史

原载于《绣像小说》1903 年第 1 号至 1906 年第 56 号，署名南亭亭长。六十回，又楔子一篇，每回有插图和自在山民评语。1906 年由商务印书馆出版单行本。后收入章培恒、王继权主编《中国近代小说大系》(第 14 号)。

该作品以 1901 年新政后的整个社会为对象，在阶层上涉及官绅商民，在空间上涵盖内陆沿海。小说最得《儒林外史》精髓，作为集锦式小说，却有精巧的设计，如空间上先从湖南永顺、江南吴县两地说起，其后转向上海等中心城市，相应的故事则是由一组人物转向另一组人物。在空间与人物的流动中，李伯元以时人面对或处理现代文明的境遇为中心，从多个侧面展示了新政新学所带来的社会影响。

关于乡绅的部分主要集中于前二十回。该部分由两组故事构成，很好地呈现了地方社会绅士处于变局下的出路和选择。前十三回以湖南永顺为背景，以先后两任知府的施政为中心，再现了官、绅与外来传教士的冲突与纠葛。其中，乡绅举足轻重，不仅借势传教士保全自身，又可影响地方官的任免，年轻的秀才们在动乱中出外游学，向武昌等地域中心聚合。其后七回以江南吴县、上海为背景，以贾氏兄弟离乡返乡为一环形故事，表现乡绅进城后的新奇见闻，涉及各色新党和文明事物，但统统是反讽的角度。

小说格局甚大，虽然夹杂了许多小故事，却像万花筒一样呈现了晚清中国人初遇文明的光怪陆离景象。阿英给予了较高的评价，认为其“在维新运动期间，是一部最出色的小说”，“就整然地反映一个变动的时代小说，《文明小史》是应该给予更高的估价的”。当代论者有较多的关注，多从新党、假洋鬼子等新形象的角度切入。

南亭亭长，即李宝嘉。李宝嘉（1867—1906），又名宝凯，字伯元，别号南亭亭长，笔名游戏主人、讴歌变俗人等，江苏常州人。作为晚清报刊文人的代表，在上海创办《指南报》《游戏报》《世界繁华报》等，主编《绣像小说》，创作《官场现形记》《文明小史》《活地狱》《海天鸿雪记》《中国现在记》《醒世缘弹词》等众多的小说、弹词，影响甚大。当代出版有作品集《李伯元全集》（全五册）。

黄绣球

原载于《新小说》1905 年第 15 号至 1906 年第 24 号，署名颐琐。标“社会小说”，共刊出前二十六回。1907 年由新小说社刊印，二册续满三十回。后收入阿英编《晚清文学丛钞 · 小说一卷》，章培恒、王继权主编《中国近代小说大系》（第 23 号）等。

该作品借一地（自由村）的新政想象隐喻一国的理想蓝图。小说以黄通理（贡生）、黄绣球夫妇为主角，又以受西方罗兰夫人感化的黄绣球为核心。黄绣球夫妇为整顿村俗，力图在自由村推行以新学为主的新政。在办民立学堂过程中，黄绣球获得书办张开化支持，结交女医生毕德，感化尼姑，争取众人支持。为影响更多地方，黄绣球等人毅然移居，但自由村却受到后任官员猪大肠和劣绅黄祸的破坏，从而引发了革命性的地方独立。

小说以地方士绅推行新政理想为线索。作者整体上持改良立场，熟谙地方社会秩序，故在理想的新政实践中，上有本地官府的支持，如知县施有功、书办张开化，中有众乡绅的赞助，如陈乡绅、李太史、胡孝廉、孔员外等，下有平民的追随，如觉迷庵王老娘、曹新姑等。作者的立场又是变通的，深知贪官劣绅的危害，故将黄祸作为始终在场的搅局者，并将旗人官员猪大肠作为自由村的破坏者，最后将"地方自立"作为一可选项。

小说布局严谨，笔法从容，妥帖地想象了地方新政的诸多环节，虽然不乏浪漫色彩，却折射出一代改良者的务实，如"可是章程是呆的，办法是活的，别处地方，哪里有黄通理夫妇这样人？别处地方，哪里有施有功夫妇这样人？"因为小说对黄绣球等系列女性的着力描绘，故后世多关注其女性形象。阿英《晚清小说史》将之视为"最优秀"的妇女问题小说，后来论者主要从书中女性形象尤其是英雌的角度加以评说。

经郭长海《〈黄绣球〉的作者颐琐考》(《社会科学战线》1993年第4期）等文考证，颐琐系汤宝荣。汤宝荣，生卒年不详，字伯迟，号颐琐，江苏吴县人。清末被张元济聘入上海商务印书馆编译所，从事校勘涵芬楼四部丛刊等工作，与徐珂友善，与陈三立、夏敬观等唱和，与年轻小说家沈禹钟为忘年交。颐琐书传人不传的命运，乃是清末众多小说家命运的缩影。

新党升官发财记

原载于《大陆报》1905年6月12日至12月6日第8期至20期，未完，不题撰人。1906年作新社刊行，封面题《新党发财记》，目录与正文均题《新党升官发财记》。又民国铅印本，二册十六回，题《官场维新记》。后收入章培恒、王继权主编《中国近代小说大系》(第50号)。

该小说乃讽刺小说，以当时备受瞩目的新党为对象，实际指向假新党的种种发迹史。小说主人公是江西袁伯珍，举人，在新喻县城做绅士，1900 年后改弦易辙做起了“假维新的人”。故事以袁伯珍的行迹为线索，将当时的维新事业一一展示出来，如购买铸铜元机器、排演洋操、办理官督商办公司、兴办新式学堂等。作者实际聚焦的是新政之下官绅的贪污腐败，袁伯珍屡次中饱私囊，却都安然脱身，最后一身兼任学务处、练兵处、财务处三职。

清末以新党为对象的小说不胜枚举，以《中国通俗小说总目提要》为例，其中以新党为题的小说便有《新党现形记》（嗟予，1904）、《上海之维新党》（浪荡男儿，1905）、《一字不识之新党》（虎林真小人，1907）等多种。新党的来源复杂多样，该小说以乡绅出身的新党为对象，呈现了乡绅向新党嬗变的一种途径。袁伯珍作为一县的绅士，最初“最不佩服的是新法新政，和那外洋传来的各种新学术”，但在新政推行后，受到堂兄袁仰侪（进士，京官）的启发，成了维新党。乡绅向新党的转变，时代的动力主要来自新政，故事最后说道“新政是我们候补人员的续命丹，没有新政必然饿死”（第十六回）。

小说以一人为主线，结构清晰，包蕴了丰富的时代信息。小说的主要成就在于对“假新党”的刻画，以丑化为主，与当时众多新党小说同调。当代研究者主要将其列入新党题材小说。

绅董现形记

日商株式会社 1908 年 5 月出版，汇通印书馆印刷，标“社会小说”，署名白莲室主人。十回，未完。后收入章培恒、王继权主编《中国近代小说大系》（第 61 号）。

该作品是社会讽刺小说，专门以当时势大的绅董作为对象，揭露以新学为中心的种种怪现象。小说以淮南省平江府梧县为空间，以大绅查乾斋为中心，王芸从、牛文通、宫长福、冯瑞华等为附庸，叙述大小绅董借开办新学、商会、团练等新政揽权揽财等事。小说主体是新学的开办，安排了夺占东方庙、贪墨捐税、招考、教习留日等环节。第十回写到学务处成立，朱澍田开办民立学堂引起绅董们的敌视，但双方矛盾尚未展开，便没了下文。

新政推行后，乡绅被权力体制所接纳，一变而为绅董，当时舆论界遂有权绅劣董之批判，此小说聚焦的正是此类形象，即“假维新的绅董小照”。小说一方面议论乡绅权力的变化，“从前绅士的权力是从地方官借得来的，现今绅士的权力是从地方官夺得来的”；一方面展示乡绅内部的差异和冲突，如乡绅内部有大小等级，查乾斋（翰林院检讨出身，返乡），“天字一号的个大乡绅”，围绕其周围的是王芸从（书班捐实缺巡检）等小乡绅，有新旧分化，在以查乾斋为首的新兴绅董面前，旧绅士无招架之力。

白莲室主人，其人生平不详。

安徽某州自治会

原载于《安徽白话报》1908 年第 1 期，标“短篇小说”，署名黑心。

该小说仅四五百字，却形象再现了一地自治会的闹剧。首先介绍位于文昌宫的会场，门口虎头牌上写着“会场重地，毋许擅入”；接着州县大老爷入场，落座后先吸了七八口烟；紧接着会议开始，两位绅董登台演讲，一位说没什么可演说的，一位谈自治会是自然治化之意，主张“先唱三本戏，酬酬神，下次开会，随便备几条桌酒，请大家聚聚，不然，怕没有人到”，最后大老爷演说，表示奉上宪公事不得不开自治会，首要的是捐钱筹措经费，之后散会，只有一个地保在那里收拾烟家伙。

地方自治是清末新政的重要内容。1906 年预备立宪推行，各地官绅开始自发尝试，1908 年末正式颁布各级地方自治章程，全国的地方自治运动进入高潮。与地方自治的实践同步，多部反映地方自治的小说涌现。因乡绅是地方自治的主力，故地方自治小说多将乡绅作为主角。该小说乃讽刺小说，刻画出地方自治中官绅的浅薄无知，不堪大任。

小说为白话短篇小说，虽然稚嫩，却也有可圈可点之处。如语言口语化却简练生动，开篇便是“咦，我州，公然开会，公然开自治会”，其后由人物对话构成主线。又如情节注重前后呼应，前有大老爷吸烟，末尾有地保收拾烟家伙，讽刺自治会的乌烟瘴气。近代短篇小说的兴起，多以《时报》(1904)、《月月小说》“短篇小说”栏（1906）为标志。该小说全用白话，熟练运用场景、对话的描写，显然是短篇小说发展到一定程度的产物。

该小说刊于《安徽白话报》(1908),《安徽白话报》作为地方性白话报，由李辛白等安徽人创办，将倡导地方自治等作为刊物主要宗旨之一。该小说显系时闻与小说的结合，与刊物整体关怀保持一致。

黑心，其人生平不详。

驴夫惨剧

上海环球社1909年出版，四章三十二回，署名醉痴，前有《缘起》《集评》各一篇。前六回另载于环球社创办的《十日小说》(1909年第1期至1910年第12期)。

该小说以贵州贵县、云南思茅县为空间，从贵县一地推行新政讲起。贵县新政有学堂和巡警两项，分别由文廪生和武秀才主持，各有一番作为，不料最终起了冲突，文廪生、文千里父子被迫离乡。其后的故事颇为曲折，夹入了婆媳矛盾、抢劫冤案、冤情昭雪等传统小说的典型情节，如文千里妻子美姑被驴夫抢劫，导致文家入狱，后在众人帮助下冤情得以昭雪。最后文千里捐官，办学禁烟，荣宠一时，却悬崖勒马，辞官归乡。

乡绅书写集中于前五回，表现了新政和乡绅的复杂性。偏僻的贵县，也开始面对新政的冲击。首先登场的是方县令，他熟悉新政推行的困难，在传教士的提点下，以旧书院、保甲为基础创办新学堂和巡警。但新政推行并非一帆风顺。武秀才与刑钱师爷等人办巡警，中饱私囊，并贿赂方县令。文廪生在书院里受气，因为寺庙诱拐妇女，被其子文千里识破真相，才为兴学堂打开了一条路。巡警们惹是生非，最终与学堂学生产生冲突，武秀才意外身亡，文廪生父子被迫出逃。无论是官员、传教士还是乡绅，都有一定的个性，尤其是乡绅的形象，武秀才奸猾，文廪生懦弱，文千里机智，描写得较为鲜活。

醉痴，其人生平不详，从小说可见其观念相对保守，开篇大谈财色误人，动辄称“我朝”“今上”。该作品也有其他小说所不及的长处，在人物塑造上容纳诸般角色，不流于脸谱化，在情节安排上多夹入公案，富有传奇色彩。

六路财神

上海改良小说社刊于1910年，青浦陆士谔先生著。二册十二回，封面标“社会小说”，有图十二幅。后收入章培恒、王继权主编的《中国近代小说大系》(第61号)。

该小说是社会讽刺小说，以乡绅为对象，聚焦于商业领域。小说以香海（即上海）为假想空间，先后以夏霸喜、马希辟为中心讲述乡绅发横财的故事。与其他小说以新学为中心的想象不同，该小说将重心置于上海新兴的商业活动，并将其作为故事的主线，如举办物产会、发行彩票、倒卖军火、开办银行等。故事带有传奇色彩，专门安排了一位侠士鸣不平，以笔刀劫富济贫，但所杀之人却未死（第六、七回）。小说以讽刺为主，所谓六路财神，楔子里介绍按习俗而言只有五路财神，但自玉帝行了维新政策，出现了一邪派财神（横财或野财神），被封为新路财神，“只要是维新事业，就属他权力范围内”。

该小说描写乡绅有独到之处，除了聚焦商业活动外，还表现在：一是专门铺排乡绅的发迹史，以讽刺其来路不正，如夏霸喜原为店铺伙计出身，后来占了东家的皮货铺，捐了知县后返乡，“地方上有甚公事，夏明府也必预闻预闻，夏霸喜居然大绅士了”；二是讽刺手法是道德的丑化而非智力的矮化，近代讽刺小说多将反面人物弱智化处置，该小说并非如此，在商业活动中处处可见乡绅的狡猾或奸诈；三是涉及乡绅的城乡流动，如马希辟进城后返乡。陆士谔在《新上海》一书中更集中描写了青浦李梅伯等人的进城、返乡。

陆士谔（1878—1944），江苏青浦（今属上海市）人，名守先，字云翔，号士谔，亦号云间龙、沁梅子等。一生创作了百余部小说，以《新上海》《新中国》最知名。小说惯以上海为背景，再现了近代上海一地的社会风俗，且不同小说的人物、事件等之间有互文性，构成了一个庞大的上海叙事序列。在近代小说家中，陆士谔堪称大家，备受当代史家关注，系统的研究参见田若虹《陆士谔小说考论》（上海三联书店，2005 年版）。

自治地方

原载于《小说月报》1910 年 12 月第 6 期、1911 年第 1 期，标“地方自治小说”，十四章，署名刍狗。

该小说通篇由“友”与“小可”二人对话构成，演义了某地地方自治的推行过程。小说围绕地方自治中新旧两班绅士的冲突展开，其中新绅士代表是魏自治（最后一位科举人，留日），追随者有卜自利等，旧绅士代表是真自尊（二十年前老举人），追随者有卜自强、甄自在等。小说围绕地方自治展开，主要情节是调查户口财产及开办公所、选举议员等。在各环节中，新旧两派绅士为了自身利益，相互勾结或彼此告发，无一不是狼狈不堪。选举结束，新旧绅士都在其中，但是“自从议长总董举定以后，死的死，走的走，得钱的安享，没事的没事，并没议什么，也没办什么”。

该小说聚焦地方自治推行中的士绅，依旧是讽刺的写法。颇可注意的是，小说设想了地方自治的全过程，从调查到选举，置身其中的士绅都为之奔走。此外涉及新旧两班绅士的冲突。虽然新绅士占据优势，但是二者都是地方自治的受益者。另外，小说还专门塑造了绅士家眷志常和自爱这两个女性人物，虽然结局都是悲剧的，但与扁平的绅士形象相比，两位女性反而有较复杂的面貌。

该小说形式很独特，通篇是两人的对话，整体来看有利有弊。作者太在意地方自治的演义，故通过对话铺排故事，议论和插科打诨太多，而细节描写太少，导致整个故事质木无文。但一问一答、一正一反，使得整个故事充满了反讽性。从叙事学角度看，“小可”与“刍狗”实为一人，“小可”与“友”（“功狗”）亦是一人。既是叙述者，又充当小说中的讲述者，这无疑是一种形式上的实验。但此类实验在当时曲高和寡，其后亦少人响应。

刍狗，其人生平不详。

新照妖镜

原载于《游戏杂志》1915 年第 17 期至 19 期“说部”栏，标“社会小说”，共七回，署名剑秋，未完（因《游戏杂志》终刊而中断）。又名《乡董现形记》。

该小说以鹿峰县花菉堡为舞台，生动再现了前后乡董的冲突和斗争。区立生和钱必贵是花菉堡的前后董事，小说一开头介绍两家的恩怨，区立生在茶馆里凭借权势逼钱阿三（钱必贵之父）下跪认错。不久钱必贵中了秀才，两者恩怨再起。在清廷推行新政改行策论后，钱必贵放弃科举转向地方，借侵占放赈积谷事向县里告发区立生，最终获得了董事一职。地方自治筹办过程中，双方各自运动，互相中伤，致使公开选举中断，故事未完待续。

该小说精彩之处在于还原了乡绅权力的原生态。在乡绅权力关系中，小说写到县衙的门稿符常，乡绅区立生、钱必贵，帮闲郝心仁（“既不是农，又不是商，说他是绅衿，却不像绅衿，说他是财主，又不是财主，专门管闲事，吃吃白食，董事是手臂相连的，地保是一鼻孔出气的”），地保等，关系纵横交错，共同作用于乡里社会。乡绅欺上瞒下，如区立生侵吞放赈积谷一节，区立生连同王地保欺骗知县放赈，在放赈过程中上下其手，从中获利。而乡绅之间亦冲突不断，如地方自治选举一节，双方大搞酒肉运动、金钱运动，钱必贵借董事一职私改名册，区立生则借控告施压。

清末小说喜夸诞，乡绅形象多被卑劣化或弱智化，该小说则不同，同是讽刺却重细节的衬托和逻辑的自洽，不大而化之和过甚其辞。在细节方面，小说喜夹入各种文体，如书信、禀帖、公文等，写实倾向较为显著。

剑秋，即孙剑秋，江苏昆山人，别号楞伽庵主，任《游戏杂志》编辑、《礼拜六》前100期助编，创办世界通讯社，在《游戏杂志》上发表《楞伽庵随笔》等。著有历史演义《廿五朝艳史大观》《清朝官场奇报录》等，以及武侠小说《十三妹演义》《剑侠吕四娘演义》《神怪剑侠》等。

稗史罪言

原载于《小说月报》1917年8月第8卷第8期，署名半侬，为系列故事的第一则，另一则连载于第8卷第11、12期。

该小说以乡绅赵元甲为中心，叙述民国初年乡绅的权势。起笔处是赵元甲的茶馆议事，颇见其权威。小说的中心事件是对乡民李四的讹诈。最初是捕目钱乙亨借捕盗之名下乡勒索富人李四，李小四（李四之子）请赵董事从中调解，赵与钱合谋敲诈。此后，赵董事借故进一步索贿，令土差上门，李四自杀未遂。李小四为复仇而信教，请洋人帮忙，于是形势大变，钱乙亨、赵元甲各自托人逃避惩罚，最后赵赔偿了事。文章末了，赵元甲借烧路头收礼，钱乙亨赌场抽头，各得数百金。

该小说再现了民初乡里的权力生态，再现其以绅为中心的权势网络。李小四借洋人势力施压时，钱、赵二人各自托关系，捕目钱乙亨拜托巨绅孙立三，乡董赵元甲托进士周道五，才最终摆平。虽然洋人势大，可以借官方施压，构成了一种超然的势力，但并没有影响乡里秩序的根本。如小说直言“地方性格，十九听命于巨绅”，又如周道五向县吏进言“元甲虽非，使必欲依法惩治，恐于绅董面子有关。而愚民仗洋教以为护符，其风万不可长”。在刘半农小说中，所有大小乡绅均为劣绅，如孙立三“为吾邑绅界领袖，几欲置全邑之事于一人掌握，以逞其绅士之狂欲”，周道五“于地方公事，亦处置一依货值人之法，苟以钱米无不允也”。

该小说写实手法精细，但整体上仍延续清末民初社会小说的范式，特色在于叙述具体的人事，不足在于很少发掘人事背后的内涵。刘半农早期创作对社会的关注，与其他民初鸳鸯蝴蝶派文人并无二致。学界对该时期刘半农的讨论比较充分，代表作有徐瑞岳《刘半农评传》(上海文艺出版社，1990 年版)、郭长海《刘半农前期研究》(团结出版社，2014 年版)、姚涵《刘半农对五四新文学的贡献》(上海社会科学院出版社，2015 年版)等。

半侬，即刘半农(1891—1934)，原名寿彭，后名复，字半农，号曲庵，以字行，江苏江阴人。民国初年在上海，为各大小说杂志创作了 30 多篇小说，为鸳鸯蝴蝶派文人中的一员。1917 年进北京，成为新文化运动的倡导者，对现代歌谣运动、语言学研究贡献颇多。代表作有《扬鞭集》《瓦釜集》等。

广陵潮

该作品共一百回 100 余万字，李涵秋著，最初名为《过渡镜》，1909 年先在汉口《公论新报》连载，至五十二回，因辛亥革命爆发而停刊。1914 年改名《广陵潮》，在《大共和日报》从头刊登，后由《神州日报》连载，至 1919 年登至八十回。1915 年开始由上海国学书室出单行本，补齐一百回，后由上海震亚图书局出版。

该作品规模宏大，折射了清末民初扬州各阶层的日常生活和时代变动。小说中心是云家、云麟，旁及伍家、田家、柳家等几个家族，内在线索是近现代的时事变动，涉及清末新政、辛亥革命、袁世凯复辟、张勋复辟等，主体内容是世变下三教九流的恩爱情长、衣食住行、谋生丧生等。小说波澜壮阔，随处点染，人人皆主角，事事皆关键，写一个时代的消逝和悲哀。

该小说以扬州城里的绅士阶层尤其是底层士绅为主体，塑造了众多类型的人物，并书写了该阶层的变迁。在众多类型中，有新旧之分，守旧者多为腐儒、遗老，如何其甫等人，趋新者多为投机者、放荡者，如乔家运、田福恩等，但亦有云麟一样的痴于情者，又有投身革命的富玉鸾。在时代变迁中，不同类型的士绅各自寻求自己的位置。守旧者维护旧道德、旧政治，却始终生计艰难。趋新者办工厂、运动议员，多如鱼得水，而有光彩的士绅们，却是时代的牺牲者或旁观者，如富玉鸾求仁得仁，云麟满怀凄凉。

作者李涵秋是新旧之间的文人，对旧道德、新智识都能包容，故对笔下人物、事件都能持一种开放的态度，所以整个小说气象万千、浑然一体。在人物上，除了士绅商人，还有农夫、妓女、流氓、大盗，均活灵活现，甚至赋予了小翠子、红珠等妓女圣洁的光环。在事件上，大到政治角力，小到腐儒聚会、求神拜佛、婚丧嫁娶，都细节丰赡。该小说影响深远，是社会小说“三潮”的奠基之作，被视为民国社会小说的代表作。

李涵秋（1874—1923），名应漳，别署沁香阁主、韵花馆主，秀才，江苏扬州人。早年去武汉，晚年一过上海，其他时间均在扬州，以教书作文为生。代表作有《广陵潮》《侠凤奇缘》等。

阿Q正传

原连载于1921年12月4日至1922年2月2日《晨报副刊》，署名巴人，共九章。后收入《呐喊》（北京大学新潮社，1923年初版）。

该小说叙述了乡间贫民阿Q的悲喜故事。故事发生在未庄，阿Q依赖打短工为生，住在土谷祠中，是未庄地位最低的一群人。阿Q依靠精神胜利法，虽然备受他人的欺侮，却总能找到安慰的法子。因为吴妈的事，阿Q去城里讨活路，返乡后迎来了人生的高潮。很快辛亥革命爆发，阿 Q 欲革命而不得。在革命后，因为赵家遭了抢劫，阿 Q 被作为凶手砍了头。

该小说虽然以贫民为中心，但城乡士绅却是最重要的配角。可以说，阿 Q 的处境和选择都与城乡的士绅们有关。阿 Q 地位的卑下，是赵太爷钱太爷衬托出来的，一句“你那里配姓赵”入木三分。阿 Q 进城，是因为调戏了赵家的吴妈而失去了活路。阿 Q 革命不得，是被赵秀才和假洋鬼子拒绝。阿 Q 最后的死，也是因为赵家的案子。在鲁迅笔下，城里的白举人和乡里的赵太爷等人，是地方无上的权威，主导着乡间的舆论甚至一切，但他们也经历了社会变革，在军阀上台后慢慢有了遗老的气味。

清末民初小说以“绅”为焦点，鲁迅等人的新小说则转移到了“民”和新型知识分子身上。这一转变的结果，是士绅在小说中的位置趋于边缘化。以鲁迅小说为例，乡绅们成为了一个符号或隐喻，只是乡村氛围、乡民命运的参照物，而不再拥有独立的世界。对鲁迅笔下士绅形象的讨论，可参见袁红涛《绅权与中国乡土社会——鲁迅〈离婚〉的一种解读》(《浙江社会科学》2011 年第 5 期)、毕绪龙《鲁迅小说中“士绅”形象的隐喻意义和结构功能》(《山东理工大学学报》2004 年第 6 期)、晏洁《“儒”变——鲁迅小说中的乡绅叙事》(《鲁迅研究月刊》2017 年 1 月)、江腊生《乡村秩序与乡绅叙事——鲁迅小说研究的一个视角》(《中国语言文学研究》2018 年第 2 期）等论文。

巴人，即鲁迅（1881—1936)，原姓周，名树人，字豫才，浙江绍兴人。新文学的奠基者，以小说、杂文著称，为乡土题材和知识分子题材开辟了方向。代表作有《呐喊》《彷徨》《野草》等，涉及士绅的小说另有《祝福》《离婚》等。

漂泊

原载于《红玫瑰》1924 年 8 月 23 日第 1 卷第 4 期，署名王西神。收入范伯群编选的《鸳鸯蝴蝶——〈礼拜六〉派作品选》(修订版）（人民文学出版社，2009 年版）。

该小说以孙北辰的职业变动为中心叙述了新时代中旧士人的境遇。孙北辰，落魄的世家子弟，为谋生从教习做起，直到大学教授，但是随着新文化兴起，旧文学落寞，他受人中伤后离职。此后进入官场，在交通部做秘书，但官场一团漆黑，于是悄然离去。回南方后，受交易所经纪人鼓动做投机事业，结果经纪人亏空自尽，其经商之路遂告终。最后从上海返回乡间养鱼，结果频遭流氓流民偷鱼，依旧是“穷愁潦倒”。

该小说极精练地描绘了旧士人在新时代的状态，即在漂泊中处处碰壁。小说中多处表露对时代的观感。孙北辰偏重旧学问，被时髦少年称为“新文学时代的落伍者”，但孙北辰坚持两个宗旨“其一，是认定一个好字，不问他新与不新，旧与不旧；其二，是新旧二字，既没有显著的分别，为顺应世界潮流的缘故，应当从旧的中间，研究最好的结果；同时更从新的中间，也研究最好的结果。这样调和新旧，融冶一炉，方有真理发现”。孙北辰代表了有操守的保守士人，“漂泊半生，由儒而宦，由宦而商，由商而农，什么事都经过了”，却不能适应当下社会，“没有一件事可以得着精神上的安慰”。

小说写法上并无特殊之处，但短短篇幅，借一人而关照整个时代变迁，可谓行云流水。

王蕴章（1884—1942），字莼农、蒓农，号西神，别号、别署西神残客等，江苏无锡人。清光绪二十八年（1902）中举，南社社员，鸳鸯蝴蝶派主要作家之一。商务印书馆编辑、《小说月报》首任主编，20 世纪 20 年代历任上海多所高校国文教授，汪伪政权时期任伪职。擅长诗词、小说、戏曲等各体文学，有《西神小说集》《燃脂余韵》等传世。

疲于奔命

原载于《民众文学》1925 年第 11 卷第 12 期，署名烟桥。收入范伯群编选《鸳鸯蝴蝶——〈礼拜六〉派作品选》（修订版）（人民文学出版社，2009 年版）。

该小说叙述了盛秋笙和胡景海二人作为乡绅的境遇。小说以胡景海为主线，胡景海与盛秋笙对门，看到盛作为乡绅的气派，也希望走进绅士们的圈子。正好因借债事，胡景海“居然在绅阀上行走，渐渐和许多绅士配得上分庭抗礼了”，担任了众多社团的职务。一天里忙于各种聚会，上午去时疫医院参加开幕典礼，中午欢迎新任的警察厅长，下午送老翰林的丧，晚上出席青楼义务学校并捐款五百块，“这一天的交际，使他疲于奔命了，后来足足病了一礼拜”。故事最后，盛秋笙因做绅士破产而自杀，胡景海幡然醒悟，辞去绅士，过上了安稳生活。

该小说所反映的绅士及其生活较为独特。民国时期绅士阶层仍在社会中占据着重要的位置，但成分渐渐变动了。小说所写的两个主角，均是由商而绅，如盛秋笙是商人，“那些绅士，本来不很瞧得起商人的，但是一桩两桩的事，绅士们的尽力倒不及商人的成绩好，少不得要移转目光，不敢小觑了，有时反向商人连络”，经过努力，“社会上已经公认他是一个绅士了”。做了绅士，需要各种应酬，甚至需要付出许多，正如文章第一节说的“肯抛弃了实利去求虚荣，结果虚荣没有得到，实惠却终究牺牲了”。小说甚至将做绅士视为人生的弯路，这一点可以从小说对两位主人公命运的安排中表现出来。

该小说的叙事艺术较为成熟。在情节上，采用对照的方式，既有一个人前后命运的对照，又有两个主人公境遇的对照。在细节上，注重人物内心的描绘和典型案例的选择，前者集中于盛秋笙做寿一节，将胡景海的期盼、忐忑和难过描写得入木三分，后者集中于胡景海做绅士的交际，自早至晚的各种活动亦有条不紊。

烟桥，即范烟桥（1894—1967），名镛，别号含凉、鸥夷、愁城侠客等，江苏吴江人。南社社员，同南社、星社发起人，任《同言报》《吴江》《珊瑚》等主编，民国时期著名通俗文学家。有《中国小说史》《民国旧派小说史略》等众多著作传世。

人海潮

新村书社 1927 年出版，后由中央书店再版，共五十回，网蛛生著，48 万字。书前有钱芥尘、程小青、张秋虫序各 1 篇，杨了公、王小逸、顾佛影、赵云眠、范君博、郑逸梅、范烟桥题词各 1 首，作者赘言 1 篇。该书有上海古籍出版社 1991 年版、湖南文艺出版社 1998 年版等。

该小说讲述民国初年以来苏州乡下各阶层人士离乡到上海的各色生活。前十回以苏州乡下为空间，铺排乡绅子弟的玩乐和爱情生活，绅民之间的往来故事。之后以上海为空间，以沈衣云为主线，讲述一群以报业为生的文人在上海的日常生活和时代遭遇。其间夹杂了大量文人和妓女的故事，以及当时上海学界、报界、金融界的种种时事。小说最后多以死为结局，乡村随士绅的没落而没落，上海成为活着的人的最终归宿。

小说前十回写苏州乡下，一开始便建构了一个绅民互动的乡间社会，民初的乡董和庄主没有表现出新的气象，却依旧主持着整个乡间的秩序。但小说聚焦的是年轻一代绅民的命运，乡下陈旧却动荡着，抢劫、洪水不断发生，年轻一代纷纷离开乡下来到上海。绅士的后代选择进入报界或学界，而平民的后代多进入妓院，两者的命运在妓院里又一次联系起来。与当时新文学家的书写相比，该小说展示了另一种历史图景，虽然也透露出乡间的动荡和困苦。最后写到绅士阶层的落寞，如钱福爷去世，“一乡之雄，而今去矣”，其子钱玉吾耗尽家产病逝，也写到平民的起伏，金珠银珠都嫁了苏州的乡绅，其父亲成了财主，相对平实地呈现出绅民在不同空间的境遇和变迁。

该小说是民国旧派社会小说的代表作，无论是整体布局还是细部刻画都有非常高的成就。新文学作品大多是政治分明、情感裸露的，但这部所谓鸳鸯蝴蝶派小说没有太多的讽刺，基本是平实的白描，在文字的背后又蕴含着深刻的人情体验。该小说的特色和地位尚未得到过多的关注。

网蛛生，即平襟亚（1894—1980），原名衡，字襟亚，别号秋翁，又称沈亚公，江苏常熟人。早年考入江苏常熟简易师范，后在本乡任小学教师。1918年至1923年任上海世界书局编辑，并兼上海各报特约撰稿，同时编辑《滑稽新报》和《武侠世界》，1927年后创设中央书局和万象书屋，1941年7月主办《万象》月刊。以小说著称，代表作有《人海潮》《中国恶讼师》等。

初秋之夜

原载于《东方杂志》1926年第23卷第22期，署名蹇先艾。后收入《一位英雄》《山城集》《蹇先艾文集》等书中，字句有所改动。

该小说记述了初秋之夜贵州某县城县长和乡绅们聚会的一段场景。新县长上任，县劝学所所长宴请县长和本城的乡绅们，与会的乡绅有中学堂的桐城派国文教员、前清翰林现任女子中学校长吴为善、首富张子鸿、北京回来的留学生等。在宴会中，乡绅们争相巴结新县长，并在几天后将珍藏的书画送给了县长，而县长马上转送给了他的上司黎厅长。

该小说充满了对乡绅们的尖锐讽刺。宴会中乡绅们毫无风度，争着入座，散席后纷纷吸食鸦片。讽刺的焦点是乡绅们对县长的巴结和官绅们的守旧，守旧的表现是对女子中学的议论，县长要整肃学风，禁止自由恋爱，吴校长则抱定“女子无才便是德”的精神办学。

小说的一大特色在于反讽的巧妙。乡绅们入座一节，文章里写道“座次的逊让完全免去了，这就表示出了宿儒名士们的豪迈，为一般人所望尘莫及”。又如点评郑珍行书一节，本是风雅的事，却全成了拍马屁，反衬出了士绅文化的粗鄙。与旧体小说不同，新小说将重心从故事转到了人物，尤其注重人物的动作和语言，该小说全由细部的动作和巧妙的对话构成，不避讳借猥亵的言行凸显人物性格，如“一条灰白的鼻涕飞到地毯上去”“他往外一吐，恰好落在他自己的裤腿上”等等。

蹇先艾（1906—1994），字萧然，笔名罗辉、赵休宁、陈艾新、蔼生等，贵州遵义人。新文学社曦社发起人，以乡土小说著称，代表作有《水葬》《还乡集》等。

子卿先生

原载于《小说月报》1927 年第 8 期，署名许杰。后收入小说集《子卿先生》《许杰短篇小说集》等。

该小说讲的是城里年轻绅士兼讼师子卿调戏馄饨店店主女儿的故事。子卿喝醉后来到合兴小馄饨店，命令店主的女儿梅英做馄饨并陪坐。趁店主出去取酒，子卿借着酒劲试图猥亵梅英，但并未得逞。最后醉倒的子卿被夫人带着人扶走了。在故事的间隙里，夹叙着各人的想法和经历，尤其是子卿的放浪史。

子卿属于民国的年轻一代绅士，“一向晓得自己的威风，所向无敌，锋芒永未挫折过”，与前辈绅士英生合作，“做他的手脚，使他在乡村贫民的背上多刮一些血汗”，勾结县官逮捕党人，“这小城镇中的天下，又是英生与子卿等一批绅士讼师们的天下了”。但小说重心不在展现绅士的劣迹，而在呈现绅士的心理状态。小说中提及党部和劣绅口号，前者“刺激着子卿的脑筋所引起的反应，是一种仇恨的厌恶与胜利后的自得”，而后者让他“觉得又恨又惭”。

小说的句子冗长，夹杂着许多修饰的词语，其特长在于展示人物的内心活动，包括所有出场的人物，“在各人的心中，围绕着各种不同的心情”、“于是这一晚的风波，各人感受到的奇怪的印象，都在惊悸之后平静的过去了”。除了子卿外，店主和女儿的内心都得到了充分的描绘：前者新丧偶，过着惨淡的生活，为了生活而迁就子卿对女儿的骚扰，“阿兴仅有的细微的精神的棱角，是深深的藏在他肥胖的肉体当中，永没有露过锋芒的”；后者上过几年学，有旧的遗传，又受到新潮流的影响，“对于向她用情的男子似乎只有倾慕，但对于这一位有了风流史的子卿却又是厌恶”。

许杰（1901—1993），原名世杰，字士仁，号子三，笔名张子山，浙江天台人。1924年起任小学教员，1927年加入中国共产党。文学研究会成员，以乡土小说著称，代表作有《惨雾》《赌徒吉顺》等。

一个危险的人物

原载于《小说月报》1927年10月第18卷第10期，署名王鲁彦。后收入小说集《黄金》（新生命书局，1929年版）。

该小说讲述了清党前后一个知识分子返乡后的遭遇。子平，原在中学和大学教书。回到林家塘后，乡民们肆意窥探和猜度子平的身份，认为他的衣着、举止都不合规矩。县党部农民协会发布减租的告示，引起林家塘村民的仇视。不久清党运动开始，子平的叔父，当地的权威人物，也将子平视为危险人物，并向县里告发。结果，在村民的围观下，子平被枪杀了。

小说重在描绘返乡知识分子和乡绅、乡民的隔膜和冲突。当地的乡绅、乡民对读书人的标准都是传统的，像子平衣着不整、拒绝社交、糟蹋米饭等，都被视为像流氓、贱骨头一样的恶行。北伐之后，本地人更将子平视为敌对者，甚至势不两立。于是在亲叔叔惠明（“他在林家塘是一个最威风，最有名声的人，村中有什么事情，殴斗或争论，都请他去判断”）的揭发下，子平走向了死亡。

小说在叙事角度上很独特，讲究视角的陌生化和情节的发现。虽然叙述的是清党期间知识分子的悲剧，但是小说将时事隐藏在角落里，侧重营造乡绅乡民眼中的陌生人形象，更凸显了不同阶层的隔膜。应当说王鲁彦的视野非常开阔，不仅看到两代读书人的冲突，更看到乡民们的保守和冷漠。小说节奏很好，就像破解谜题一样，有紧张的渲染，也有乡土风景的点缀，两者相得益彰。刘俐俐在《中国现代经典小说文本分析》（北京大学出版社，2006

年版）中分析该小说留白的艺术效果，认为是不可靠叙述所导致的，林家塘人和子平代表了两个价值系统，叙述者对林家塘人全知全能，却对子平一知半解，如此构成了叙事的空白和冲突。

鲁彦，即王鲁彦（1901—1944），原名衡，浙江镇海人。创办新文学社团明天社，1927 年任武汉《民国日报》编辑，1941 年任《文艺杂志》主编。以乡土小说著称，小说集有《柚子》《黄金》等。

今昔

原载于《文学周报》1927 年 3 月 27 日第 267 期，署名彭家煌。后收入小说集《怂恿》《彭家煌小说选》等。

该小说通过十年间的两个场景再现了官民关系的变化。1916 年，“我”旁观了清乡委员审判乡民的场景，委员高高在上，“匪”民战栗磕头，被毒打一顿罚钱了事。十年后，农民协会成立，县里委员来审视，要求严惩私自酿酒的皮酒贩子，但是这一次农民们要求公开讨论，最后打了委员两巴掌。

故事很简单，小说的焦点从过去的官绅关系转到了官民关系。十年前，只有芝大王爷敢打委员，“芝大王爷做过一任知府，又是候补道……只有他就配打委员”。十年后，农民协会成立，农民们“大多数却能认识农会有新鲜的重大的意义”，于是敢反抗县里的委员了。

小说的技巧和主旨都很简单，但选择了一个有意思的叙述者。小说以“我”为叙述者，“我”是在外求学的学生，家里世代书香。小说讲述了两次返乡的见闻。作为返乡的知识分子，“我”显得很克制，但又在不经意间表示了对故乡的关注，“觉着前后两次在故乡的清溪庙参观，委员虽是于今犹昔，而农民着实两样”。

彭家煌（1898—1933），又名介黄，字蕴生，号韫松，湖南湘阴人。任《小朋友》、《儿童世界》、《民国日报》副刊等编辑，文学研究会、左联、无名文艺社等文学社团成员。以乡土小说著称，代表作有《怂恿》《喜讯》等。

斗

原载于《小说月报》1927年第18卷第17期，署名刘一梦。后收入刘一梦小说集《失业以后》等。

该小说叙述了县城绅士与县署、不同绅士派别间的矛盾和冲突。小说从县里差役的见闻开始讲述，当地绅士二大人为了争办牛头税，给居间调和的县长一个下马威，让佃户堵门大骂。县长回城，很快加以报复，派人抓了当日为首的佃户。而二大人等士绅也开始密谋，试图控告县长等人。与这条主线相应，还有二大人和袁三爷的冲突，两派绅士是争办牛头税的主角，也是导致主线冲突的真正原因。故事最后是开放的，“日后的诉讼就接着开始了”。

小说反映的是地方势力的冲突，最有意味的是两派绅士的冲突。两派绅士分属绅派和民派，前者依赖家族余荫，如二大人的父亲是清末候补道，后者民国后兴起，如袁三爷在洪宪称帝时参与革命。二大人不齿革命造反尤其是出身不正的袁三爷，但两派势均力敌。小说侧面反映了民国绅士在地方社会举足轻重的地位，他们多方面影响着官方势力，如每次新县长上任都要“恭维绅士”，主动拜访二大人和袁三爷。

该作品尚未涉及国民大革命等新的时代变动，所刻画的仍是士绅内部的冲突。作品在技巧上可圈可点，从衙役的角度说起，对衙役等平民的动作言语有生动的刻画。据刘宝吉《士绅演变与地域权力更迭：刘一梦小说〈斗〉文史互证》(《近代史研究》2019年第2期）可知，该作品中的人物、地点和事件都有迹可循，对应于山东沂水的历史现实，并总结“从历史的角度看，它塑造的典型人物主要是像南宅二大人和葛庄袁三爷这样的新旧士绅；它所揭示的典型环境则是北洋时期被‘绅士圈套’所困扰的地方社会，其最为突出的特点是士绅势力的强大以及不同派别间的分化和冲突”。

刘一梦（1905—1931），本名曾溶，笔名一梦、大觉，山东沂水人。出身于地方望族，曾就读于上海大学，并加入中国共产党，1924 年左右返回故乡进行地下工作，1927 年加入革命文学团体太阳社，为社内党组织负责人之一。以革命文学著称，有《失业以后》传世。

尘影

开明书店 1927 年出版，黎锦明著，后收入《黎锦明小说选》（人民文学出版社，1983 年版）。

该作品讲述了清明县地方权力的冲突和变迁。事件围绕土豪劣绅刘百岁展开，但真正登场的是县党部委员和县驻军头脑。为了营救父亲刘百岁，乡绅刘万发开始运动党部委员，由此激化了激烈派和温和派的矛盾。第一局争斗中，激烈派占了上风，温和派下台。在各界民众联盟大会上，温和派等人请驻军干预，结果军队血洗了农工团体。在省里胡委员的指导下，新军阀与温和派掌握了军政大权，并将党部主席熊履堂砍了头。

该作品意在揭示大革命失败的深层原因。虽然当时的口号是打倒土豪劣绅，但是党部委员和军队头脑却各有怀抱，在党部委员中有激烈派和温和派，即左派和右派，温和派多由投机者构成，某种程度上也是逐利的贪官劣绅，而革命军队也变成了新军阀，师长贪图军饷，团长出身平民却反对平民运动。这些势力的冲突，最终导致了大革命的失败，狡猾的劣绅刘万发不仅没有倒台，反而成了带兵抓捕熊履堂的人。在众多的形象中，除了狡诈的乡绅刘万发外，熊履堂和韩秉猷两位知识分子出身的党部委员形象最为鲜活，前者大学毕业，深受社会主义学说影响，返回故乡参与革命，在斗争中有理有据，不失稳健，事变发生后，慷慨赴死；后者留学日本，做过小官，回乡做了委员，却一心逐利，为刘万发出谋划策，引来军队的干预，并在获利后远走他乡。

该作品技巧上相对细密，关节的设置和前后的呼应都能看出小说家的慧心（结尾的开放性为鲁迅所称道）。以写人而言，该作品有两个特色，一是善于捕捉日常生活的细节，为了表现反派人物生活的腐化，描写韩秉猷吸烟片、逛妓院，团长和参谋长叉麻将、作诗等；二是表现人物性格的丰富性，没有落入以阶级论人性的窠臼，更多是以思想的新旧来强调人物的选择，如团长出身平民，却反对平民运动，参谋长是旧学出身的中学国文教员，却力图控制县政等。

黎锦明（1905—1999），号均亮，笔名锡朋、锡明，湖南湘潭人。出身世家，1926 年 9 月前往广东海丰中学任教，次年离开海丰，1927 年以海陆丰农民运动为背景创作中篇小说《尘影》，鲁迅为之作序。代表作有《轻微的印象》《烈火》等。

动摇

原载于《小说月报》1928 年第 1、3 期，署名茅盾。十三回，后作为三部曲之一，收入《蚀》出版。

该作品指向大革命失败前一个县城的权力更迭。三等劣绅胡国光最先出场，在打倒劣绅之际，他却经过运动成了商民协会委员。之后被人举报，但在省里特派员史俊的支持下，胡国光作为“革命的店主”，被选为县党部执行委员。革命与反革命不断纠缠着，除了工潮，还有解放妇女引发的社会暴动，以及革命军队的反戈。省巡行指导员李克要“拿办胡国光”，却遭到受胡国光煽动的店员工会的反对，引发了整个县城的混乱。最后敌军来了，方罗兰夫妇、孙舞阳等人仓皇逃难。

该作品以劣绅胡国光为线索，意在揭露大革命引发的社会动荡以及地方权要的精神状态。大革命到来，劣绅受到冲击，但并未真正被打倒。胡国光是民国时期兴起的新乡绅，辛亥革命时拥护革命，加入政党，“居然在县里开始充当绅士”。他是公认的劣绅，但是在大革命中投机取巧，摇身一变成了“激烈派要人，全县的要人”。关于劣绅，该作品的独特处在于再现了种种的时代细节，如“劣绅！打杀！”的宣传画，打倒劣绅舆论引发的父子冲突、性别冲突等，还揭露了革命的矛盾和荒诞，借方罗兰这位世家子弟出身的党部委员之口说出“你们把土豪劣绅四个字造成了无数新的敌人；你们赶走了旧式的土豪，却代以新式的插革命旗的地痞；你们要自由，结果仍得了专制”。

该作品是茅盾早期的试作，却显示出成熟的技巧和独特的风格。与《蚀》的其他两部小说一样，都专注于塑造典型的人物，并且始终关注革命与爱情的纠葛。几乎每个上场的人物，都被情欲或情感所牵绊着，劣绅胡国光也面临儿子的不伦挑战，方罗兰更是在妻子和新女性孙舞阳之间徘徊。相关研究很多，对该作品士绅人物的分析，代表性的是罗维斯《“绅”的嬗变——〈动摇〉的一种解读》(《文学评论》2014 年第 2 期)，区分了传统士绅阶层分化后的境遇，分别将陆氏一门、方罗兰、胡国光作为三种类型，认为相关书写蕴含了茅盾对传统绅士阶层的独特情结。

茅盾（1896—1981），原名沈雁冰，浙江桐乡人。1920 年接编《小说月报》，1921 年参与发起成立文学研究会，并加入中国共产党，1925 年开始参与国民大革命，1927 年 8 月脱离政治，开始以茅盾为笔名创作小说，以左翼的社会剖析派小说著称。代表作有《蚀》三部曲、《子夜》等。

倪焕之

原连载于《教育杂志》1928 年第 1 期至第 12 期“教育文艺”栏，署名叶绍钧。1929 年由开明书店出版单行本。

该作品讲述民国初年至国民大革命落潮时期青年知识分子倪焕之从事教育、改造社会的历程。倪焕之，中学毕业后带着某种期待来到一个江南市镇小学，与校长蒋冰如一起尝试新的教育模式，并找到了人生伴侣金佩璋，但是随着市镇社会矛盾和家庭矛盾的凸显，最终选择去了上海。经历了新文化运动和国民大革命的刺激，倪焕之开始有了改造社会的新追求，但是时代变幻，在打倒土豪劣绅运动中，曾经的同事蒋冰如成为被攻击的目标，在国民大革命失败后，昔日同学王乐山惨遭杀害，而他自己也最终患病死去。

该作品虽然以倪焕之为线索，但是却凸显了市镇社会两类乡绅的选择和冲突。作品以民国为背景，两类乡绅都可谓民国的新乡绅，一派以蒋冰如为代表，曾留学日本，有田有店，将改良教育和乡绅作为追求，但受挫后趋于保守，做乡董，并在倪焕之死后坚持新村的改良道路；另一派以蒋士镳蒋老虎为代表，反对新的变革，并破坏前者的努力。两派的冲突不断，该作品主要围绕学校农场和打倒土豪劣绅两个事件展开叙述，如蒋冰如开辟农场要迁走坟墓，蒋老虎等人利用民众习惯加以反对。又如打倒土豪劣绅开始后，蒋老虎在儿子帮助下加入国民党，反过来将蒋冰如视为“本镇腐败势力的中心”。作品塑造了两类乡绅形象，表现出乡绅群体的差异性和复杂性，他们的存在和变迁构成了整个社会变动的沉潜一面。

该作品作为新文学早期的长篇小说，有借一人再现一个时代变动的宏大抱负，在时间和空间的布局上颇具匠心。时间上，几乎涵盖了民初十几年的重要事件，空间上，建构了江南市镇和上海两个有机联系的中心。在这一时空内，倪焕之、蒋冰如、王乐山等人进行教育、社会等方面的改造，但都未成功，整个小说呈现悲剧性的灰色调。既往研究集中于主角倪焕之，对蒋冰如、蒋老虎这些代表乡村秩序的两派乡绅的讨论很少。

叶绍钧（1894—1988），字秉臣、圣陶，江苏苏州人。1912 年到小学任教，1919 年加入新潮社，曾参与发起成立文学研究会。1923 年起任商务印书馆编辑。以教育小说著称，代表作有《隔膜》《倪焕之》等。

暗夜

创造社出版部 1928 年 12 月 15 日出版，华汉著，共十节。收入三部曲《地泉》时，改题名为《深入》。后收入《阳翰笙选集》

第1卷（四川人民出版社，1982年版）。

该作品讲述了陈镇农民协会组织暴动打倒贪官劣绅的故事。故事的背景是农民协会被打散后，协会活动只能秘密进行。前半段铺叙农民暴动前的事件，如老罗伯面临缴租的困境，路上妇女即将病死的惨状，还有张老七进城卖桃被抓的回忆。中间写到农民协会的战前动员，还有乡董钱文泰、田主王大兴、警察局长胡奎的商议，以及胡奎的强奸行为。故事的最后是农民攻打警察局和田主的庄舍，不幸的是罗大战死，老罗伯、梁子琴等人发表演讲。

该作品着力刻画的是官绅和贫民，尤其是表现官绅的恶和贫民的苦。此外，还设计了一些次要的角色，如冷眼旁观的富农罗九叔叔，加入农会的青年教师梁子琴，还有农民协会会长汪森，但都比较单薄。作者的笔力较弱，只是机械地运用对比和夸张手法。写贫民的苦或官绅的恶，都意在证明农民协会和贫民革命的正当性，如张老七“一转念来想想他的将来。他过去的一切哀愁和现在的一切酸辛，都被他那熊熊的希望的炽焰焚化了”“只要干得成功，他不仅可以报仇雪恨，而且还可以解除他毕生的痛苦”。该作品还渲染暴力革命的正当性，在人物的口头上经常出现“我们要杀人”之类的说法，故事结尾是群众集体表决枪毙“生擒着的一切大恶霸地主”。

该作品的艺术性比较粗糙，最典型的是语言的冗长和细节的浮夸。如人物的语言很少具有个性的色彩，全都是满嘴口号式的宣言。还有细节的提炼仅停留在简单整合的层次，作者热衷于描写乡间风景，但最终的效果却是风景游离于整个情节之外。由《暗夜》组成的《地泉》三部曲，最初的批评集中体现在《地泉》再版的五篇序言中，其特征被视为“革命的罗曼蒂克”，茅盾指出此类作品失败的原因是“缺乏社会现象全部的非片面的认识”和“缺乏感情的去影响读者的艺术手腕”。

华汉，即阳翰笙（1902—1993），原名欧阳本义，字继修，四川高县人。1925年3月加入中国共产党，参加过五卅运动、北伐和南昌起义，左联重要成员，抗战时期组织中华剧艺社。以小说、戏曲著称，代表作有《地泉》《天国春秋》《草莽英雄》等。

刀柄

原载于《青潮月刊》1929 年第 1 卷第 1 期，署名王统照。后收入《王统照文集》(山东人民出版社，1980 年版)。

该作品借一把大刀讲述军阀杀害乡村红枪会大刀队成员的故事。故事从深夜的铁匠铺入手，警察队的力老大来修理一把大刀，其间讲了这把刀的来历。军阀催饷的副官在乡下坐催，与红枪会发生了冲突，结果反被扣了下来。副官被放回来后，便带了警察队去要人，结果活捉了十五个红小子，并欲就地正法，而这把捡来的刀就要用作行刑的刀。店主人认出了这把刀，正是一年半前贾家寨老乡绅为儿子打的刀。次日中午，红枪会的人被公开砍了头，旁观的店主人和周老大却十分冷漠。

该作品对时事的描写是委婉的，却塑造了一个善良而具有悲剧性的老乡绅形象。贾家寨的老乡绅“太古怪，他将田地分与大家，却费尽心力教那些无知的肉蛋练武与土匪作对”，他是红枪会背后的组织者。红枪会是乱世中乡村社会的保护者，却不得不与土匪，甚至军阀和县衙对抗。作品中的军阀和警察队，都是破坏地方的组织。悲剧性的是，善良的老乡绅却要面临儿子被抓住砍头的结局。对底层乡绅的正面塑造，无疑是王统照的独特贡献，在后来的长篇小说《山雨》中还有更深入的书写。

该作品艺术性很高，无论是情节的构造还是细节的提炼均进入了化境。在情节方面，不平铺直叙，而是通过铁匠铺两位老人的口和眼，侧面讲述了时代的动乱和地方的破坏。在细节上，借一把刀统摄全篇，并赋予刀多重意蕴，它既是老乡绅的希望，也成了军阀的罪证，还代表了铁匠铺两位老人对时代的眷恋和失望。王统照笔下的正面乡绅以及乡绅的代际分化，已经为学者所发现，可参见袁红涛《“乡绅”阶层的蜕变与断裂——重读王统照长篇小说〈山雨〉》(《文艺争鸣》2015年第1期)、丁燕燕《王统照的乡绅形象书写》(《宁波大学学报(人文科学版)》2018年第5期)。

王统照(1897—1957),字剑三,笔名息庐、容庐,山东诸城人。曾任《文学》月刊主编、开明书店编辑等,文学研究会发起人之一。以现实主义小说著称,代表作有《山雨》《华亭鹤》等。

咆哮了的土地

原连载于《拓荒者》1930年第3期、第4、5期合集,署名蒋光慈,未完。后改名《田野的风》(上海湖风书店,1932年出版)。

该小说讲述大革命前后乡间社会的变动。革命军即将来到,矿工张进德和革命军代表李杰先后回到村庄,为旧日的乡间带来了许多新的变化。人们开始成立农会,打破绅士地保的统治,将绅富们抓起来游街示众。但政局变化,革命军变了质,农会被要求解散。李杰等人转而成立自卫队,与当地绅富筹办的民团展开斗争。不久,自卫队成员被迫逃入深山,仍旧遭到民团的袭击,李杰被害,张进德等人冲出包围圈。

李敬斋、何松斋等绅士只是偶尔出现,小说浓墨重彩之处是绅士后代的革命。这一革命,突出地表现为代际的冲突。李杰是李敬斋的儿子,却立志反抗家庭,在参加革命军后返乡改造乡间生活,与矿工张进德合作,开始与过去的生活习惯决裂,最后在李木匠的逼迫下,允许自卫队烧了自己的家。小说虽然刻画了李杰的矛盾和变化,但整体上仍将其塑造为理想的反叛者和革命者,“只要于我们的事业有益,一切的痛苦我都可以忍受”。与李杰同类的,还有何松斋的侄女何月素,也背叛了家庭参加农会。他们在背叛士绅家庭后,在工作和情感上都选择与工人或农民结合,如情感上,李杰深受毛姑的喜爱,何月素最后与张进德拥抱。

蒋光慈早年的小说缺乏节制,抒情和写实缺乏边界,停留在较为粗糙的层面,但最后完成的这篇小说显示出小说家成熟的才华。小说人物虽然不乏理想化的一面，却容纳了众多阶层、代际、性别的政治和情感的选择、变动。值得注意的是，小说暴露了农民的暴力和粗鲁，农村女性的觉醒和反抗，绅士以及农民的父子冲突。宋剑华的《红色文学经典的历史范本——论蒋光慈〈咆哮了的土地〉的文本价值与后世影响》(《河北学刊》2008 年第 5 期)将该小说尊为“红色文学经典”的开山之作，对左翼文学、解放区文学和“十七年文学”的故事情节、人物塑造、叙事法则等构成了重要的影响。

蒋光慈（1901—1931)，原名蒋侠僧，笔名光赤、光慈，安徽六安人。1919 年参加五四运动，后留学苏联。1924 年回国后加入中国共产党，并从事文学活动。1928 年初与阿英等组织“太阳社”，编辑《太阳月刊》《拓荒者》等杂志，积极提倡革命文学。以新诗和小说著称，代表作有《新梦》《丽莎的哀怨》等。

为奴隶的母亲

原载于《萌芽月刊》1930 年 3 月 1 日第 1 卷第 3 期，署名柔石。1936 年被译成英文，选入埃德加·斯诺所编《活的中国》(*Living China*)。1951 年 7 月和 1952 年 6 月由开明书店分别出版甲乙种本，后选入 1958 年 9 月人民文学出版社出版的《柔石选集》。

该作品是柔石最具代表性的作品。小说通过春宝娘的不幸遭遇，控诉了中国农村的“典妻”制度，批判了农村封建文化及其对人的戕害。春宝娘满身恶习的丈夫是她悲剧的缔造者，秀才对春宝娘而言，则是经济和夫权双重压迫的施行者。秀才是中国农村典型的乡绅，有学识、有大量田地。看似道貌岸然的秀才，实则自私、伪善。为了给自己传宗接代，不顾及他人的痛苦，将女性当作生育的工具。而当春宝娘惹了他不高兴，他便将春宝娘驱逐。

该小说充满了对贫苦农民的同情，尤其是对生活在封建夫权之下的女性的同情。小说中诸多细节描写富于生活的实感，以人道主义的悲悯和同情，勾勒出农村社会的经济、性别等权力关系的图谱，成为从“启蒙乡土”到“左翼乡土”之间的重要作品。

柔石（1902—1931），原名赵平复，浙江宁海人，“左联五烈士”之一，代表作有《二月》《旧时代之死》等。1928 年到上海从事革命文学活动，1930 年任左联执行委员、编辑部主任。1931 年 2 月 7 日在上海龙华警备司令部被国民党杀害，年仅 29 岁。

焦大哥

该作品完成于 1930 年 4 月 1 日，原载于《萌芽月刊》1930 年 5 月第 1 卷第 5 号，署名金枝。

该小说的主人公焦大哥生于一个贫苦农家，弟弟被送给了地主家。焦大哥八岁即在外闯荡，多年后回乡，与朋友刘光汉共同组建“抗租同盟会”反对地主压迫。他将矛头指向地主范三，也就是他被送走的弟弟。此时的范三已经成年，冷漠且狠辣。焦老叔不希望儿子手足相残，和范三一起将刘光汉送到了县里。最终，焦大哥开枪打死了早已没有感情的父亲，并向范三家走去。

作者将对农村革命的观念寓于地主范三、焦大哥和焦老叔的微妙关系中。焦大哥毫不犹豫地彻底打破了血缘和亲情关系，将农民的革命同志关系置于更高的地位。小说写作于左联成立后的一个月，这样的情节安排显得饶富深意。对农村革命道路的选择、方式的规约，使得小说成为早期左翼文学发展过程中具有转折意义的作品。一方面，这篇小说的文笔与结构仍稍显幼稚；但另一方面，小说情节的不能自洽之处，也正是小说的有意味之处。

金枝，即魏金枝（1900—1972），原名魏义荣，浙江嵊州人，生于一个无田地的贫苦农家。他从小亲眼目睹了浙东地主对农民的欺压，这为他日后参加革命工作奠定了基础。1930 年 3 月，魏金枝加入左联，并协助编辑《萌芽月刊》。

洪水

独幕剧，田汉作于1931年，大道剧社在上海首演。收入上海普通书局1935年5月出版的剧本集《回春之曲》，中国戏剧出版社1983年出版的《田汉文集》第三卷，花山文艺出版社2000年出版的《田汉全集》第二卷。

故事发生在长江中区的某乡村。一场突如其来的大水让灾民流离失所，他们不得不躲在尚未被水淹没的屋顶，甚至有人卖儿鬻女以求活命。夜间，家中的老爷爷为了不连累孩子们，决定投水自杀。在《洪水》中，与农民的绝望境地和无尽等待相对比的，是镇上董事刘顺私自扣押救灾物资。平日里，刘顺霸占他人田地、囤积居奇，无恶不作。

受限于独幕剧的特点和体量，《洪水》在剧情安排上比较简单，“天灾”加“人祸”的模式在左翼作品中也并不稀见。但《洪水》的特异之处在于温情动人的细节，以及对“无产者”们之间真挚情感的书写。这些细节书写使得小说的悲剧氛围更为浓厚。在这场水灾中，普通农民守望相助，可以将自己的口粮分给他人；老爷爷为了不连累孩子，将口粮放在孙子身边，解下自己的衣衫盖在孩子身上，投水自杀。这些细节显示了田汉作为成熟剧作家的创作水准，以及田汉在转向过程中的积极探索。

田汉（1898—1968），字寿昌，湖南长沙人。《洪水》是田汉转向左联之后的作品，具有鲜明的左翼色彩。

小巫

原载于《读书杂志》1932年6月第2卷第2期，署名茅盾。先后收入天马书店1933年4月初版的《茅盾自选集》，开明书店1933年5月初版的《春蚕》集，人民文学出版社1959年3月出版的《茅盾文集》第七卷，人民文学出版社 1985 年出版的《茅盾全集》第八卷等。

该小说以姨太太“菱姐”的视角描写一个地主家庭。这个看似平静的家庭，内部的利益纠葛却十分复杂。老爷是镇上保卫团的董事，私下里却干着贩卖烟土的勾当。当警察的姑爷在一次枪战中向老爷放了冷枪。因为这次枪战的缘故，省里派来了保安队“剿匪”，老爷怕保安队影响自己的烟土生意，派人抢劫了西北乡，并诬民为匪。小说最后，姑爷杀死了老爷，还接替了老爷的团董职务。被诬为匪的民众回来报仇，打死了姑爷。

茅盾的作品中不乏对乡绅的书写，但多是将乡绅置于当时的政治、经济背景下进行审视，从而反映广阔的社会生活。像《小巫》中直接着意于刻画一众乡绅丑态的并不多见，故而《小巫》有一定的特殊性。这个荒谬家庭的劣绅们好色，贪恋权力和钱财，毫无同情心和情感可言，为了权力和利益不惜杀害家人。《小巫》尽管只是一篇短篇小说，但是情节的结构却比较复杂，冲突迭起，充分展现了茅盾的笔力。小说的结尾也揭示了劣绅们的贪婪与暴虐终将埋葬自己的命运。

五十元

该作品作于 1933 年 7 月 15 日，原载于《文学》1933 年 10 月 1 日第 1 卷第 4 号，署名王统照，后收入文化生活出版社 1947 年 6 月初版的《银龙集》，编入 1980 年 1 月山东人民出版社出版的《王统照文集》第一卷。

该作品讲述了农民受兵匪袭扰、劣绅欺压的故事。官府逼迫农民老蒲出五十元买枪，组织联庄会，以防土匪，老蒲只得举债凑钱。一天夜里，土匪袭击城外的老蒲家，老爷们不顾老蒲苦苦哀求，拒绝开城门营救，致使老蒲家人伤亡。最终，老蒲的小儿子拿走了枪，走上了反抗的道路。

小说中老蒲经济的困窘与老爷们生活的欢愉形成了鲜明对比。老爷们唯恐土匪进城，关键时刻拒绝命令团丁们出城营救。老蒲举债买来的枪反倒成为了妻离子散的“祸根”，老蒲只能典地还债。《五十元》将农村社会中的阶级冲突自然地安排于买枪、组织联庄会之下。小说对比了农村绅士阶级与贫穷农民的生活，描绘了农民在多种重压之下的悲惨境地，情节的发展极富波折，矛盾冲突紧凑集中。

刀手费

该作品作于1933年9月，原载于1933年10月6日《申报》副刊《自由谈》，署名叶紫。后收入胡从经编，湖南人民出版社1983年11月出版的《叶紫文集》(上)。

“刀手费”的故事是在沪期间一位家乡来的公公所讲述的。“刀手费”是县团防局敛财的方式。每杀一名本地的犯人，犯人家属就要送给局长二十至三十元钱作为“刀手费”，以表达对局长的谢意，感谢他替犯人家属除了一个坏人。如果不送，就不许收尸，甚至还要将家属监禁起来，送了钱之后才释放。还有伙食费从入监开始计算，每日三角。小说中少云婶的大儿子被处死，她拿不出刀手费和伙食费，于是小儿子被带走。少云婶走投无路只得自杀。小说中有一位族长三公公，用水喷在噩耗面前呆住了的少云婶，并用脚踢她，责备她养出不肖的儿子，但他面对少云婶的磕头哀求却无动于衷。这样的乡村绅士，无异于充当着团防局欺压农民的帮凶。

叶紫(1910—1939)，原名余昭明，湖南益阳人。受叶紫小叔余璜的影响，叶紫家庭的主要成员几乎都投入了湖南的农民革命运动，叶紫父亲和二姐在革命中牺牲。“马日事变”后，叶紫曾流亡漂泊多年，备尝人世艰辛，明白了“世界上没有不吃人的地方”，后抵沪加入中国共产党。

天下太平

原载于《文学》1934 年 4 月 1 日第 2 卷第 4 号，署名吴组缃。收入上海生活书店 1934 年 8 月初版的《西柳集》。

“天下太平”是丰坦村庙顶的四个大字，也是农民们全部的希望。然而近年来，村子的情形越来越坏，稻子贱，农民纺的布卖不上价钱。王小福是一个失业的店伙，他的母亲不得不卖油条，妻子不得不将自己的奶水出卖给一位患了咳血症的大老爷贴补家用。

该作品展现了农村破产的图景和普通农民的悲惨命运。农民们尽管再穷苦，看到庙顶“天下太平”四个字便得到了慰藉。小说并不是以启蒙的笔调批判农民的守旧，而是讲述农民如何被经济危机、老爷少爷们、高利贷者们催逼得走投无路，耗尽了最后气力，卷入了无边的黑洞的，这便是农民小农理想的幻灭。其中，成年地主饮穷苦人的奶水这一富有象征性的情节，在吴组缃的另一篇小说《官官的补品》中也出现过。

吴组缃（1908—1994），安徽泾县人。父亲曾是清末秀才，后从事商业。1928 年，吴组缃的父亲因经济破产所致的忧郁去世。其代表作还有《一千八百担》《鸭嘴涝》等。

懒捐

原载于《文学季刊》1934 年 7 月 1 日第 1 卷第 3 期，署名蒋牧良。收入上海文化生活出版社 1937 年 3 月初版的小说集《夜工》，以及湖南人民出版社 1983 年出版的《蒋牧良小说选》。

该作品讲述了一个乡间收捐的故事。农民吴大头子生了病，儿子因为卖鸦片贴错了印花被抓进了监狱，家里的烟田便荒废了。县里来了老爷收烟税，可是吴大头子并没有种烟。老爷没有体谅吴大头子的家境，而是巧立名目，声称要收他个“懒捐”。吴大头子被关进了县城监狱。

该作品中有两个乡绅形象——团总赵太爷和县里来的二十多岁的官老爷。赵太爷作为地方的领袖，也被繁重的税收所困扰，他设法替吴大头子向县里的老爷求情却不奏效。无论是地方的小头目还是吴大头子这样的普通农民，都是军阀和上层官绅借以谋利的工具。民生凋敝的罪魁祸首，不仅是经济危机，更是农民目光不可及之处的利益交换。饶有意味的是，叶紫也有一篇同名小说《懒捐》。两个同名作品，正是时代的面影。

蒋牧良（1901—1973），湖南涟源人，代表作有小说集《夜工》，中篇小说《旱》等。

微波

该作品作于1934年11月2日，原载于《生生》1935年2月1日创刊号，署名茅盾。后收入生活书店1936年初版的《泡沫》，开明书店1952年4月初版的《茅盾选集》，人民文学出版社1959年出版的《茅盾文集》第八卷、1985年出版的《茅盾全集》第九卷。

乡间地主李先生因为乡下的匪患和摊派，加上晚辈们的极力撺掇，搬到上海做了寓公。李先生感到越发难以维持从前在乡间的生活标准，尤其是还要操持晚辈的婚嫁、教育和消费。他把自己所有的财产都存进了银行吃利息，不料银行倒闭了，李先生的资产全毁了。结局是李先生决定明日就回乡催租。

《微波》以颇似小品文的有趣笔风和一个短篇小说的体量，集中展现了20世纪30年代广阔的城乡社会生活图景。李先生是一个旧式乡绅，但并非罪大恶极的地主，他受着乡间摊派和城市金融资本的夹击。在新与旧、城与乡的冲突中，李先生溃败回乡。在茅盾笔下，地主并非都是“恶霸”，他们也为时代的政治、经济大潮所裹挟。尽管茅盾对地主、乡绅等常持颇为中性的态度，但小说开头李先生家晚餐的一幕依然令人印象深刻。李先生因晚饭

“萧条”感到自己穷了，桌上却仍有几盘鱼肉，可见李家昔日在乡村的排场。与当时普遍的农村破产惨状相对比，这样的生活依然是奢侈的。

灯捐

原载于《水星》1935年2月第1卷第5期，署名蹇先艾，初收入上海商务印书馆1936年7月初版的《乡间的悲剧》，后收入贵州人民出版社2003年12月出版的《蹇先艾文集》第一卷。

该小说中的焦委员是一个毫无同情心的地方绅士，他为了邀功升迁，不遗余力地搜刮灯捐。想到穷人交捐时的局促，他甚至笑了。小说主要描写了焦委员和手下到卖臭豆腐为生的魏二嫂家暴力征收灯捐的场景。最后他们收上来的是五花八门的货币，这个细节反映了军阀和地方劣绅榨取农民的把戏，他们滥发纸币，甚至用一些作废的纸票来换取农民的财物。小说以一个短篇的体量，再现了军阀高压之下的贵州农村的社会现实。像焦委员这样的劣绅，无疑是扮演了军阀爪牙的角色。

结算

初收入上海生活书店1935年4月初版的小说集《结算》，夏征农著，后收入上海人民出版社2006年7月出版的《夏征农文集》第五卷。

故事发生在过年前三天。佃农礼生到田主四老爷家去结算工钱。在四老爷的精心“盘算”之下，礼生不仅拿不到工钱，反欠了四老爷十五元。小说中展开的冲突比较简单，主要以自然环境和细节对比来书写佃户与地主之间的矛盾，如北风的呼啸之下，身着“破短袄”的礼生与在房中烤火的地主。此外，将故事时间设定为春节前夕，也是借用民间传统中对团圆、和乐的春节的向往，将地主对佃农的欺压，视为农民实现基本愿望的阻碍。从而为礼生的妻子说出那句“我不相信穷人便没有日子过”埋下了伏笔。这句话中暗含的质疑与反抗成为了小说的主旨。尽管小说的人物形象还不够鲜活，情节也略显单薄，但作者表现出的对农村社会现象的关注，对社会公平的吁求，以及对贫苦农民的同情，仍然具有重大的现实意义。

夏征农（1904—2008），江西丰城人，1926 年加入中国共产党从事革命工作，1933 年在上海参加左联。代表作有《下雪的早晨》《萧姑庄》《“闹户口”》等。

清明时节

原载于《文学》月刊 1935 年 7 月 1 日第 5 卷第 1 号，署名张天翼，初收入上海文学出版社 1936 年 2 月初版的《清明时节》，后收入上海生活书店 1943 年 3 月初版的《清明时节》，上海文化生活出版社 1946 年 10 月初版的《清明时节》，人民文学出版社 1954 年 3 月出版的单行本《清明时节》，上海文艺出版社 1985 年 10 月出版的《张天翼文集》第三卷。

该作品是一篇讽刺小说，主角的原型是作者的一些亲故熟人。两位乡绅——谢老师和罗二爷之间，因为堪舆先生所说的“旺穴”，上演了一场啼笑皆非的故事。罗二爷因想占有“风水宝地”欲令谢家迁坟，因价钱无法谈拢，谢老师不同意。于是罗二爷将谢家的祖坟圈了起来，并多番奚落，谢老师气不过，用好酒好菜收买大兵殴打罗二爷。当得知有可能暴露身份时又迅速倒戈，供出了大兵，被迫同意以极低的价格迁了坟。谢老师本来觉得亏，但想到今后可以亲近罗二爷，便觉得钱花得值。

作品的基调是荒诞的，它由一处莫须有的“风水宝地”引发的斗法开始，把小绅士的灰色人生展现在读者面前。作品勾勒了地方绅士权力的轮廓：干预诉讼，与当地的武装势力结合等等，并突出了这类绅士性格中的无原则、迂腐、卑琐、怯懦以及对权势的攀附。

张天翼（1906—1985），原名张元定，生于南京一个没落了的世家。代表作有《华威先生》《包氏父子》等。

过渡

原载于《东方杂志》1936年第33卷第18、19号，署名熊佛西，三幕话剧，1936年由定县东不落岗村实验农民剧团演出。收入南京正中书局1937年5月初版的《过渡及其演出》，1947年5月沪一版。后收入上海文艺出版社2000年11月出版的《熊佛西戏剧文集（上）》。

该作品是一出农民成功反抗豪绅的故事。胡船户早年做过知县，是当地的“土皇帝”。他不仅管理渡口，还有许多土地。他的亲戚倚仗其势力，给渡船的费用涨价。从省城回来的大学生张国本欲带领众人修桥，胡船户暗中行破坏之事，引起了船工们的不满。大家群起造反，胡船户原本傲慢地以为自己与衙门同气连枝，衙门一定会帮助自己，结果却拿到了衙门的两张传票。在《过渡》中，熊佛西的创作已经具有相当的农民本位思想。但是，身处定县实验区的熊佛西，在书写农民的“造反”时，是书写农民对“土豪劣绅”的反抗，将农民的解放最终寄托于一个现代的“衙门”之上。

熊佛西（1900—1965），江西丰城人。1932年元旦到1936年期间，熊佛西和国立北京艺术专门学校戏剧系的部分师生到河北定县从事农民戏剧的研究、实验工作。其间熊佛西编写了不少反映农民生活的剧本，如《过渡》《屠户》，并组织农民剧团，指导农民公演。

龚老法团

原载于《光明》1937年5月10日第2卷第11号，署名沙汀。收入短篇小说集《苦难》（上海文化生活出版社，1937年7月初版，

1948 年 2 月再版）。

该作品是一篇描写小官僚的讽刺小说。主人公龚春官曾有监生的功名，是一个为人极其和气、爱重身份的绅士，却也是一个庸碌无能的小官员。每次开会他都要列席表决，但从不清楚自己表决了什么。在改旗易帜的政治风波中，县党部规定要通过一次法令考试才能继续担任公事，龚老法团狠命学习，还在毫无察觉的情况下，盖章同意了"全武行"的考试。过了几天，他便死在那场考试里。这篇小说再现了当时复杂的政治环境，并通过典型人物——旧绅士龚春官言语、行动的细节描写，成功塑造了一个庸碌的小官僚形象，用他的死亡来展现恶劣的政治生态，并揭示一些旧士绅阶层身上存在的弱点，如贪恋权力、自私、对政治缺乏热情和见解等。

沙汀（1904—1992），原名杨朝熙，生于四川安县一个地主家庭。沙汀小时便随着在哥老会中的舅舅四处游荡，对四川农村生活十分熟悉。

乡里善人

原载于《文学》月刊 1937 年 7 月 1 日第 9 卷第 1 号，署名叶绍钧，后收入 1958 年 10 月人民文学出版社出版的《叶圣陶文集》第三卷。

该作品是一篇讽刺小说。钱康侯是一个有着两千多亩田的老派乡绅，光绪年间作经义策论进了学。如今六十岁的他，平日以慈善家自居，准备在寿辰到来之际请学问家鲁太玄先生作寿序。钱康侯暗中盘算，鲁太玄先生的作品一定会传世。如此一来，钱康侯自己和后辈脸上都有荣光。为此，他不惜花大价钱请人打通关系。鲁太玄在寿序里称他为"乡里善人"。可几年后，钱康侯托人买到了鲁太玄的全集，发现根本没有为自己作的那篇寿序。

钱康侯是以"守产"为业的乡间读书人，他的一生缺乏波澜，用五百元买寿序是他平生从未有过的壮举，希望落空后，他一面感到五百块的重压，一面十分空虚。小说以讽刺的笔触，写就了新旧交替时代日渐没落的士绅阶层的一曲挽歌。叶圣陶以细腻的文笔，生动刻画出了吝啬迂腐又好名的乡绅形象。

梁五的烦恼

原载于《文艺阵地》1938 年 4 月 16 日第 1 卷第 2 期，署名草明。收入作家出版社 1957 年 9 月出版的《草明短篇小说集》，光明日报出版社 1992 年 10 月出版的《草明文集》第一卷。

小说中，十九岁的上等兵梁五在经历了京沪血战后，与大部队失散回乡。他的归来扰乱了这个偏僻农村的生活。村民们对抗战都缺乏应有的认识，村中的士绅们更是极其保守，征兵时只关心自己的宗族是否人丁兴旺，消极对待抗战。最后，梁五自愿出发，毅然决然地又一次踏上了抗日的征程。

小说中的乡绅作为农村的实际掌权者，缺乏应有的国家民族意识，梁五眼看着这些“混蛋”当权，便觉得抗战胜利无望。描写乡绅对抗战缺乏积极性的作品并不稀见，而《梁五的烦恼》中，作者不单赞扬农民身上强烈的抗战意志，标明阶级的分野，而且呼唤各个阶层共同抗战，希望以民族的旗帜在“死寂”的后方农村召唤出热血的“中国”。这是一篇时代特色鲜明、宣传性质强烈的作品。

草明（1913—2002），原名吴绚文，生于广东顺德一个没落的封建官僚家庭。抗战爆发后从事文化宣传工作，辗转上海、广州、重庆等地，作品主要反映工人和农民生活。

刀俎上的人们

作于 1944 年 5 月，原载于中华书局版《新中华》复刊 1944 年 8 月第 2 卷第 8 期，署名王西彦。1945 年初夏曾改作。后改题名为《刀俎上》，收入作家出版社 1957 年 6 月出版的《眷恋土地的人》，人民文学出版社 1982 年 3 月出版的《王西彦小说选》，四川文艺出版社 1985 年 11 月出版的《王西彦选集》第二卷。

故事发生在抗战期间。小说中的老农民荣林爷一家就是生活在刀俎上的人。为了让独生子缓役，荣林爷不得不卖了家中唯一一头牛来交缓役费。荣林爷不堪地方劣绅的欺压，最终选择了自杀。与荣林爷一家形成对照的是另一类形象：把持着基层事务解释权的保甲长是新式的乡绅。保长华安娶女学生作小老婆，儿子满月时，强令每家每户送五百法币礼金。章富则更是一十足的劣绅，他曾是赌鬼，后来发迹。在小说中，地方的土绅们把持着征兵的解释权，并借机敛财。这篇小说不仅通过压迫与被压迫、劣绅的富与农民的贫这些对立的概念来阐发作者的理念，更重要的是，小说将一切悲凉都包蕴在荣林爷一家人的体贴和爱之中，脉脉的温情一面缓和了叙事中的苦痛，一面令小说中的悲悯、同情及批判更为深刻。

王西彦（1914—1999），浙江义乌人，父亲是农村私塾先生。王西彦自小便十分关注浙东农村普通农民和妇女的命运，代表作有《古屋》《神的失落》等等。

移坟

原载于 1944 年 11 月《胶东大众》第 25 期，署名包干夫。后收入《山东解放区文学作品选》（山东人民出版社，1983 年版）。

该作品是抗日战争时期山东解放区小说创作的代表作品之一。在某村庄由佃农佣工联合组织的一个“回忆”晚会上，一位六十多岁的农民——刘老四向大家讲述了十二年前自己向村中地主借了阎王债，四亩半土地被地主阴谋骗走，儿媳妇也被地主逼死的不幸事件。小说中地主二阎王为了霸占刘老四家的四亩半好地，制造了一场借钱的阴谋。二阎王借钱给刘老四家娶媳妇，实际上却是知道刘老四还不起钱，故将刘老四的土地作为抵押，以到期骗取土地。作品以移坟作为小说线索，将新旧时代农民生活作了对比。通过佃农之口，控诉地主阶级的罪恶，以此表现减租减息运动中农民翻身的喜悦，达到一定的宣传效果。这种写作模式具有普遍性。

包干夫（1920—2008），笔名戈振缨、扬帆。山东蓬莱人。著有长篇小说《春宵谜》、短篇小说集《小徐和老曲》、中篇小说《团圆》《田野的歌》、诗集《歌唱红旗》等。

地板

原载于太行《文艺杂志》1946 年第 1 卷第 2 期，署名赵树理。后收入赵树理短篇小说集《福贵》（华北新华书店，1947 年版），以及《赵树理全集》（北岳文艺出版社，1986 年版）。

该作品是作者在参加太行农民的减租减息运动和反奸反霸斗争时，为了配合减租减息运动而写成的短篇小说。小说描写王家庄办理减租时，地主王老四虽按法令与佃农签订了租约，可是思想上仍然打不通。既是小学教员也是地主的王老三，向王老四讲述了自己地板的事情，劝说王老四改变观念，认识到只有通过自己的劳动才能获得粮食。小说通过王老三对王老四的规劝，叙述了王老三如何从一个靠吃租子生活的地主成为了能够自己种地获得粮食的农民的过程。小说描绘了一个开明的主动改造自我的地主新形象，这在当时普遍刻画奸猾无赖、恶霸地主形象的小说创作中，是一个少见的形象，这也为认识地主乡绅形象的多元复杂提供了参考。

赵树理（1906—1970），原名赵树礼，山西沁水人。主要代表作品有中篇小说《小二黑结婚》《李有才板话》《李家庄的变迁》和长篇小说《三里湾》等。赵树理的小说多以华北农村为背景，反映农村社会的变迁，塑造农村各式人物形象。其创作曾被誉为“赵树理方向”而被推崇，在中国现当代文学史上占有重要地位。

血尸案

中原新华书店初版于1945年5月，孔厥、袁静著。山东新华书店1948年再版，为“大众文库”丛书之一。

该作品讲述了土地改革过程中的一场血尸案。大营村地主钱康仁为了免于被斗争而费尽心思。他主动将儿子送去参军，成为抗属，为了拉拢武委会主任刘在本，与刘在本结亲，还献出几亩地表示支持改革。但是，在暗中却与特务村长魏老全勾结，阴谋打死了农会主任陈大牛，陈大牛的妻子也被民兵队长王黑胖子奸杀。最终命案真相被揭开，地主钱康仁、村长魏老全、王黑胖子被枪毙，刘在本被判刑。血尸案完结，村民们开始了轰轰烈烈的平分土地运动。作品积极配合了当时解放区的土地改革运动，暴露了某些村政权的复杂性，同时也揭露了某些干部由于腐化堕落成为反革命的帮凶的问题。

孔厥（1914—1966），原名郑志万，字云鹏，后改名郑挚，笔名沈毅、孔厥等，江苏吴县（今属苏州）人。著有长篇小说《新儿女英雄传》（与袁静合著）、《新儿女英雄续传》，短篇小说集《受苦人》《农民会长》《凤仙花》等。

袁静（1914—1999），原名袁行规、袁行庄。生于北京，原籍江苏武进。著有长篇小说《新儿女英雄传》（与孔厥合著）、《淮上人家》《伏虎记》，剧本《减租》《刘巧儿告状》，儿童小说《小黑马的故事》《芳芳和汤姆》等。

棺材

收入《青春的祝福》（生活书店，1945年7月初版），路翎著。后收入1995年8月安徽文艺出版社出版的《路翎文集》第四卷。

该作品写了一对地主兄弟的故事。哥哥王德全嫉妒、吝啬、生性多疑，甚至到了每天要核对柑子树上的果实数的地步。弟弟王德润则终日放纵，专心于鸦片等可以赚大钱的生意。兄弟二人彼此不和。一天，夜里狂风吹倒沙桐树，王德全立刻将树做了棺材，王德润不甘示弱，也来制作棺材。两人因卖棺材生意的竞争最终分家。贪财之极的二人，最终只能眼看着棺材发霉。作者运用“棺材”的意象，营造了地主家碉楼恐怖阴森、毫无生气的氛围。佣人李嫂从王家捡了一点煤回去，王德全不光毒打了李嫂，连她身上的蓝布衣也扯了下来。院子里停放着的发霉的棺材，隐喻着王家兄弟二人的归宿。

路翎（1923—1994），原名徐嗣兴，生于江苏南京。路翎母亲的舅父出生于苏州一个封建大家庭，路翎曾随母探亲，目睹了长辈争夺家产的过程，这对路翎的创作产生了一定影响。

抽地

原载于《时代青年》1946 年第 2 期，署名康濯。后收入康濯短篇小说集《亲家》（天下图书公司，1949 年 11 月初版）。又收入《康濯文集》（湖南文艺出版社，1998 年版）。

该小说讲述了减租减息运动之后解放区地主意图抽种佃户土地的故事。解放区执行减租减息政策之后，地主刘昭假装自家生活困难，想要抽种佃户完娃辛辛苦苦种好的地。完娃和地主刘昭来到村里请农会来主持解决这件事情。农会主任老吉理解佃户的苦处，觉察出了地主刘昭的计谋，并且说出了抽地并不是小事，是关系到所有贫苦农民的大事的道理。最终农会决定不让地主抽地。小说通过农会解决地主抽地的事情，一定程度上反映了减租减息运动中农村出现的实际问题，意在引起关注，积极配合解放区减租减息运动的开展。

康濯（1920—1991），原名毛季常，湖南湘阴（今汨罗市）人。著有《腊梅花》《灾难的明天》《抽地》等反映边区人民抗日斗争的短篇小说。尤其以歌颂农村妇女反对封建、争取自由的《我的两家房东》影响较大，郭沫若誉之为“可以说已达到完善的地步”。

瞎老妈

原载于《山东文化》1946年第3期，署名洪林。后收入短篇小说集《李秀兰》（山东新华书店，1947年初版）。

《瞎老妈》是洪林较早的一篇小说，小说讲述孙大嫂一家被本村外号为“五铁耙”的地主何家宝逼得家破人亡，孙大嫂成为瞎老妈的悲惨经历。小说借群众的语言“宁叫孩子瘦呀，不敢吃五铁耙的豆”点明地主何家宝在村人心中的形象，灾年穷人因吃树皮野菜导致浑身肿，何家宝却狞笑着说：“日子都过好了，大家都发福了。”并且趁人之危，又捞到了两顷多好地。作品刻画了一个狠毒狡猾的恶霸地主何五爷形象，意在反映地主阶级的罪恶，激起农民对地主阶级的仇恨，同时也展现了广大农民在共产党的领导下翻身做主的新面貌。

洪林（1917—2003），原名洪绳曾，安徽泾县人，曾考取武汉大学机械工业系，抗战爆发后赴延安，1949年以后主要从事电影编剧工作，著有短篇小说《刘秀兰》《莫忘本》《老许》等，与人合编评论集《科学教育电影创作问题》，发表《谈弄斧》等杂文。

故乡

上海自强出版社初版于1947年4月，艾芜著。1982年艾芜对《故乡》进行了修改，后收入四川文艺出版社1986年出版的《艾芜文集》第四卷，以及四川文艺出版社和成都时代出版社2014年联合出版的《艾芜全集》第五卷。

该作品对抗战期间国统区的生活进行了全方位的书写。地主家庭出身的大学生余峻廷为了躲避战事回乡，乡间与他六年前离开时似乎并无变化。他的母亲余老太太一直在乡间放高利贷，盘剥生活难以为继的农民。余峻廷的抗日理想未曾磨灭，于是到县城做事。可县城一样令人失望。小官僚徐松一表面上大谈为国为民，背地里除了攫取私利就是攻讦政敌。遥远而岑寂的大后方，似乎只有印刷工人雷志恒能够给农民带来希望。最终，余峻廷决定离开家乡。《故乡》成功刻画了地主余老太这一人物形象，精明、吝啬与母爱在她身上交织着。而徐松一的身上，则是兼有新旧乡绅的特质。他既是开设银行的资本持有者，又是地方小官僚。《故乡》的主题具有多义性，无论是大后方的腐败糜烂、各色官绅的嘴脸，还是农民的悲惨生活、知识分子的性格，从这部小说中都可略见一斑。

艾芜（1904—1992），原名汤道耕，四川新繁（今属四川成都）人。1925 年，艾芜只身南行，到缅甸、新加坡、马来西亚等地，1931 年回国，南行的经历让艾芜对底层人民的生活有了更深切的感受。

一个空白村的变化

山东新华书店 1947 年初版，那沙著。1949 年 4 月长春东北书店再版。后收入《山东解放区文学作品选》（山东人民出版社，1983 年版）。

该小说以民主革命中的“空白村”小齐庄为背景，描写了贫苦农民在共产党的领导下，逐渐摆脱自身的精神负担，翻身解放的曲折历程。在小说中，小齐庄地主陈立贤把持村庄政权，横行霸道，无恶不作。八路军到来之后，陈立贤骗取了工作人员莫步晴的信任，成为了开明士绅。张志、泥鳅分别当上了村长和农会主任，贫苦农民在减租减息运动中没有得到真正的翻身。随着真相慢慢被揭露出来，群众觉悟逐渐提高，小齐庄才真正彻底地掀起了土地改革运动的高潮，打倒了地主陈立贤，最终获得了胜利。群众获得了土地，空白村也改变了从前空白的面貌。小说中地主陈立贤阴险狡诈的反面形象，在一段历史时期的文学作品中具有普遍性。

那沙（1918—2000），原名林澄思，广东博罗人。祖籍福建漳浦。1936 年开始发表作品，著有话剧剧本《毒手》，诗集《英雄岩》，小说《土地是我们的》《血案》等。

圈套

该作品作于 1947 年 2 月，阮章竞著，收入诗集《天水岭群众翻身记》（华北新华书店，1947 年 5 月初版）。后收入诗集《圈套》（新华书店，1949 年 5 月初版），该诗集为“中国人民文艺丛书”之一。

该作品为长篇叙事诗，曾获冀鲁豫边区诗歌特等奖。全诗 600 多行，语言通俗易懂，叙说了北方农村翻天覆地的阶级斗争中的曲折故事。地主为了破坏土地改革运动，阴谋设下圈套，指使爪牙为出身贫苦的村干部万开和金女穿针引线。但当万开和金女幸福相会时，地主却带领自己的爪牙陷害万开，闹出捉奸风波。万开被地主反动派捉住，打得半死。英娥娘机智外出报信，民众最终揭露了地主的阴谋，地主受到应有的惩罚，万开和金女有情人终成眷属。诗歌在一定程度上反映了土地改革运动中农村的斗争状况和农村风貌。

阮章竞（1914—2000），曾用名洪荒，广东中山人。曾长期在太行山革命根据地从事文艺工作，并参加减租减息、土地改革等运动。有话剧《未熟的庄稼》、歌剧《比赛》等，主要表现革命根据地人民抗日斗争和大生产运动。1947 年创作大型歌剧《赤叶河》和长篇叙事诗《圈套》。著有诗集《漳河水》《金色的海螺》《阮章竞诗选》等。

王九诉苦

原载于 1947 年 7 月 13 日《察哈尔日报》，署名张志民，8 月 22 日被《冀晋日报》转载，初收入诗集《死去活来》（太岳新华书店，1948 年版），又编入诗集《天晴了》（读者书店，1949 年版），后收入张志民诗歌集《死不着》（人民文学出版社，1953 年版）。

该作品为长篇叙事诗，描写了王九一家在地主孙老财的剥削与压迫之下的悲惨生活。王九辛苦劳作，收获的粮食却还不够交租，为了还租，王九给孙老财做了长工，被折磨得只剩皮包骨头。不仅如此，地主孙老财还欺凌了王九的女儿葱葱，逼得葱葱上吊自杀，王九的老父亲也气得吐血身亡。诉告无门之后，王九带着家人逃走，但在路上儿子冻饿而死，妻子跳崖自尽，王九一家最终家破人亡。王九带着仇恨去找孙老财拼命，却被孙老财带人打断了腿。最后，在共产党领导的土地改革运动中，王九哭诉自己的经历，地主孙老财得到了应有的惩罚。诗歌通过贫农王九对地主孙老财饱含血泪的控诉，以典型事例展现地主的罪恶，具有高度的概括力，反映了旧社会中农民的悲惨生活，歌颂了共产党领导下的土地改革运动的斗争。作品采用民歌的形式，语言通俗易懂，在当时产生了巨大的影响，十分具有鼓动性。

张志民（1926—1998），直隶宛平（今属北京）人。曾任《北京文艺》主编，北京作家协会副主席，《诗刊》主编等职。著有诗集《天晴了》《死不着》《祖国，我对你说》等。

地覆天翻记

章回体小说，共二十二回，王希坚著。山东新华书店 1947 年 8 月初版。华东新华书店 1949 年 3 月出版修订本。为“中国人民文艺丛书”之一。

该作品通过山东革命根据地一个村庄的革命斗争运动，展现了根据地群众积极抗日，参加农村革命事业的热情与风貌。小说讲述的是 20 世纪 40 年代鲁南陇海线附近的莲花汪村在共产党领导的减租减息、建立农村基层政权及武装反扫荡等重大事件中，农村的各种人和事。村中首富“剜眼堂”（万缘堂）的地主吴二爷及其爪牙把持村政权，暗中扰乱减租减息等运动。随后的“反扫荡”中，县里派人改组了工农会，开展诉苦运动。而成为国民党特务的老大门“洋鬼子”大少爷暗中与吴二爷勾结，组成暗杀团，扰乱群众的翻身大会，暗杀无辜村民。麦收时节，暗杀团勾结日寇，朝莲花汪村发起大规模扫荡，结果被民兵埋伏的地雷炸得伤亡惨重，狼狈溃散。最终罪大恶极的吴二爷在烈士墓前被处决。莲花汪村群众在这一场“地覆天翻”的斗争之后，开始了新的生活。

王希坚（1918—1995），山东诸城人。著有长篇小说《地覆天翻记》《迎春曲》《雨过天晴》，诗集《翻身民歌》等。

孙宾和群力屯

原载于1947年9月《东北文艺》第2卷第3期，署名白朗。后收入白朗短篇小说集《牛四的故事》（光华书店，1949年初版）。又收入《白朗文集》（春风文艺出版社，1983—1986年出版）。

该小说讲述了姜恩屯群众在农会主任孙宾的带领下斗争地主姜恩父子的曲折故事。故事开始时，地主姜恩利用群众的同情和对政策的半知半解，蒙蔽群众，讨好干部，取得开明地主的称号，其子姜文飞也被认为是进步人士，当上了小学校长。但是姜恩屯群众在亲眼见到姜恩父子埋藏的粮食、子弹和枪支之后，才明白地主的罪恶，转而合力斗倒姜恩父子，取得斗争的胜利。姜恩屯也因此改名为群力屯。

白朗（1912—1994），原名刘东兰。又名刘莉、弋白、杜微等。辽宁沈阳人。著有短篇小说集《牺牲》《牛四的故事》，中篇小说《我们十四个》《为了幸福的明天》，散文集《西行散记》《月夜到黎明》等。

翻身民歌

东北书店1947年10月初版，为“通俗文艺丛书”之一。

该作品是王希坚创作的表现解放区人民在土地改革运动中，

翻身做主的新面貌的歌谣集。主要包括《送礼》《拨工》《白带地》《分场》《大斗》《叫名》等64首歌谣，书末有《农民在群众运动中的鼓动作用》一文。书中的歌谣可以大致分为三类：一是写地主对农民的压迫与剥削，反映农民的悲惨生活，如《送礼》《拨工》等；二是歌唱在党的领导下农民翻身做主的事迹，歌颂新人物、新制度，如《天晴了》《大团结》等；三是讲述党领导下的新思想、新政策，教育群众积极参加土地改革运动，如《耕者有其田》《田从哪里来》等。歌谣紧贴群众生活，通俗化的口头语言，内容简洁明了，便于群众传唱，富于鼓动性。书末附有《农民在群众运动中的鼓动作用》一文，可见作者的写作目的。

三个朋友

原载于《人民日报》1947年10月2日、5日，署名韦君宜，收入《一个女人翻身的故事》(新华书店，1949年初版，为“中国人民文艺丛书”之一)。又收入《解放区短篇小说选》(人民文学出版社，1978年版)。

小说以解放区一个下乡干部的口吻讲述了自己三个朋友的故事。小说描写了知识分子在解放区成长为脚踏实地与农民同甘共苦的革命干部的自我改造经历。“我”的三个朋友，分别是农民、知识分子、乡绅。其中“我”的乡绅朋友是刘家庄的地主黄四爷。他本名黄宗谷，是一个识文断字的老乡绅，也曾欺负过农民刘金宽一家人。在减租运动中，“我”和刘金宽等人一起去黄宗谷家要求退租时，黄宗谷热情待“我”，实则是希望“我”能为他说几句好话，免于退租。“我”在刘金宽等人的帮助下，及时认清了黄宗谷的两副面孔，及其对农民的残酷盘剥。小说通过鲜明的对比手法，刻画知识分子、农民、旧地主乡绅三类不同人的生活、精神，最终达到肯定农民的朴实勤劳，批评知识分子的不良习气，揭露旧地主绅士的两面性的写作目的。

韦君宜（1917—2002），原名魏蓁一，生于北京，祖籍湖北建始。作家，编辑出版家。著有散文集《似水流年》，短篇小说集《女人集》，中篇小说集《老干部别传》，长篇小说《母与子》，晚年有回忆录《思痛录》和自传体小说《露莎的路》等。

年关

原载于《文艺先锋》1947年第10卷第1期，署名韦晓萍。

这篇小说以战后农村的破产为背景。年关将至，普通农民的“关”也随即来到。农民漆老四不仅没钱过年，更没钱医治重病的妻子。漆老四梦见黄家大满爷来催逼下种钱。恍惚中漆老四痛打了儿子，杀死了病重的妻子。清醒过来后，漆老四只得在愧疚中掩埋了妻子，用妻子的破衣给大满爷还债。小说中大满爷的出现，是在梦境之中，他犹如盘桓在农民头上的阴影，使得农民本就贫苦的生活走投无路。与同时期着意揭示阶级矛盾的左翼小说和表现农村凋敝的小说相比，作家致力于刻画的，是农民细微之处的情感，从人性的角度“发现”农民。

韦晓萍（1917—2006），广西中渡人，是20世纪40年代知名的新闻记者。

赤叶河

太行群众书店初版于1948年2月，阮章竞著。新华书店1949年5月收入《中国人民文艺丛书》。后经作者做了第三次修订，于1950年9月再版。

该作品为歌剧剧本，讲述了解放区贫苦农民受地主阶级残酷的剥削和压迫，在共产党的领导下，团结起来斗地主闹翻身的故事。赤叶河众多贫苦的乡亲受尽了恶霸地主吕承书的剥削和压迫。吕承书在赤叶河边看见王禾子的媳妇燕燕年轻俊美，在调戏未遂后，趁王的父亲王大富不在家强奸了燕燕。王禾子误认为燕燕变心而离家出走，燕燕含恨投河自尽。在八路军解放了赤叶河后，王禾子回到家乡与乡亲们一起搞土改。地主吕承书在穷途末路之际，竟然放火烧山，想开枪打死王禾子之后逃跑，终被王禾子和民众抓获。在斗争吕承书的诉苦会上，民众清算了吕承书的罪恶。地主吕承书形象是当时恶霸地主形象的代表，在歌剧上演之后激起了民众的强烈愤恨，宣传鼓动的作用得以实现。

山野

上海文化生活社初版于1948年，艾芜著。1954年，修订版由作家出版社出版。后又经艾芜修改收入四川文艺出版社1986年出版的《艾芜文集》第五卷，以及四川文艺出版社和成都时代出版社2014年联合出版的《艾芜全集》第二卷。

故事在广西吉丁村的一昼夜之间展开。第一天深夜人们发现敌情，第二天天黑时战斗胜利，侵略者受到了重大打击。第二天深夜，新的战争又开始了。面对抗战，村中不同阶层的人物表现出不同的态度：有主张抗日、内心却十分动摇的小商人韦茂和，主张投降的有地主韦茂廷和曾做过县长的徐德川。与这类人物相对比的是广大的贫苦农民和青年知识分子，他们的抗日热情十分强烈。在这两类人物之间，还有只想过太平日子的自耕农，他们对抗战持消极的态度。错综复杂的人物矛盾和复杂的心理描写，在民族矛盾、阶级矛盾的小说框架设计下呈现出来。

《山野》中三个主要的乡绅形象：韦茂和、韦茂廷与徐德川，对抗战的态度总体上是消极的，但又各有不同。韦茂和是因为自己的产业在日本人的炮火下被毁，才主张抗日，可内心却怯懦、动摇，经受不住徐德川花言巧语的劝说。韦茂廷与徐德川唯恐自己利益受损，只想投降。但这部小说中的人物对抗战的态度，几乎与主人公身份、阶级直接对应，有脸谱化倾向。

江山村十日

东北书店初版于1949年5月，马加著。后上海群益出版社、新文艺出版社共印行十三版。上海文艺出版社1962年2月印行第十四版。春风文艺出版社1979年印行第十五版。

小说创作缘于作者参加东北土改运动的经历。这是继丁玲《太阳照在桑干河上》和周立波《暴风骤雨》之后产生影响的反映东北地区土改运动的作品之一。小说以江山村为对象，描写村庄土改运动前十天的情况。作品以农民群众与地主高福彬的斗争作为小说的主要矛盾和结构主线，土改工作队进入江山村，组织发动群众斗争地主高福彬，经过艰难曲折的斗争，群众最终获得胜利，分得了田地和地主的财产。小说中，经过土改运动斗争之后，群众的觉悟明显提高，青年人纷纷参军。小说勾勒了共产党领导下的东北地区土地改革运动的面貌，刻画了东北农村土改运动中的阶级斗争。

马加（1910—2004），满族，原名白晓光。其作品具有鲜明的地方特色，浓郁的乡土气息，语言质朴。主要作品有《滹沱河流域》《开不败的花朵》《北国风云录》等。

改造

原载于《人民文学》1950年1月第1卷第3期，署名秦兆阳。

拥有一顷多田地的财主王有德在农会干部的教育之下，由一个“废物蛋”改造成自食其力的农民。与同时期其他作品中无恶不作、罪孽深重的地主形象有所不同，作品中的地主王有德是一个被娇惯的地主后代，他并没有直接参与任何迫害群众的事件，因此土改运动中，农会对他的斗争并没有像其他地主那样严厉。在王有德烧麦地被抓后，农会也没有对他进行吊打之类的肉体处罚，而是想办法让王有德改过自新。值得注意的还有，小说也一反当时土改运动题材作品以农民为主的模式，以王有德在被改造过程中的行为、心理活动为描写重点，表现出王有德被改造过程中的艰难和痛苦，无疑小说塑造的被改造好的地主王有德是同时期地主形象中较为独特的一个。批评意见认为小说模糊了地主阶级的残忍、阴险、狠毒的面具，弱化了地主和农民的阶级对立。

秦兆阳（1916—1994），湖北黄冈人。1956年发表署名何直的论文《现实主义——广阔的道路》，引起较大反响。1984年发表长篇小说《大地》，获首届人民文学奖。有短篇小说集《平原上》《幸福》，中篇小说《女儿的信》，长篇小说《在田野上，前进！》，散文集《黄山失魂记》《风尘漫记》等。

柳堡的故事

原载于《文艺》1950年第1卷第3期，署名石言，后收入中短篇小说集《柳堡的故事》（上海文艺出版社，1957年版），又收入《石言文集》（解放军文艺出版社，2001年版）。

该小说讲述了共产党抗日部队某连驻扎游击区小柳堡时，四班副李进与房东女儿二妹子之间的曲折恋情。小说中李进与二妹子互相爱慕，违反军纪，在指导员的劝说之下，李进将这段爱情深埋心底。但二妹子一家被“二黄”刘胡子和恶霸地主郝掌柜压榨欺凌的悲惨遭遇激起了战士们的同情，决心救助二妹子。在二妹子被郝掌柜抢走时，李进和战友们及时赶到救下了她。后来部队攻下了敌据点蒋桥，李进经过激烈的思想斗争，决定抛弃个人感情与私利，跟随部队转战。四年之后，李进成为了连长、人民英雄，二妹子也入了党。在部队路过柳堡时，李进和当年的指导员一起去看望了二妹子。李进与二妹子之间埋藏多年的爱情又重新萌发。小说的重点在于革命斗争年代里珍贵的爱情，表现了一代年轻人的青春与成长过程，而地主郝掌柜等在小说里更多的是作为一种结构性的存在，目的是推动故事发展，并不是刻画的重心。在当时的时代背景之下，小说突破了爱情描写的禁区，反映出了人性的光辉，因此有较为强烈的反响。

石言（1924—2005），原名胡庆坻，浙江平湖人。著有小说《柳堡的故事》《秋雪湖之恋》等，另有《决战淮海》《新四军故事集》《陈毅传》等。

风云初记

孙犁著，原分三集。第一、二集由人民文学出版社分别于1951年10月、1953年4月出版单行本，1962年第三集初稿经作者改定后与前两集合并在一起，1963年3月由作家出版社出版。

冀中平原滹沱河南岸的小村庄五龙堂为故事发生地，从“七七事变”开始，滹沱河两岸群众在中国共产党的领导下组建人民武装、建立抗日根据地。在五龙堂群众积极的抗日活动中，地主田大瞎子和他的儿子田耀武暗中破坏抗战，游说高疤带着队伍脱离了自卫队，阴谋设计妄图造谣积极分子春儿，败坏春儿的名声。春儿机智地辟了谣，拆穿了田大瞎子的阴谋。田大瞎子赖租，被区政府逮捕，又因罪行累累，最终被从严法办。小说用诗意的笔触，塑造了在抗日斗争中成长的农村妇女和人民战士等人物形象，从日常生活的描写中侧面展现了动荡的大时代，反映出了冀中平原群众高昂的抗日热情以及在斗争中不断提高的思想觉悟。

孙犁（1913—2002），原名孙树勋，河北安平人。其作品艺术风格鲜明，充满诗情画意，具有清新朴素的泥土气息。著有小说、散文合集《白洋淀纪事》，中篇小说《铁木前传》，散文集《晚华集》《无为集》等。

高玉宝

中国青年出版社初版于1955年4月，高玉宝著。后经修改，增加“代序”一篇，由人民文学出版社1959年8月重排出版。1991年7月解放军文艺出版社再版时，增加了作者所写的“代序”“《高玉宝》出版后”和“我怎样写这本书”。

高玉宝出身于一个贫苦农民家庭，他的爷爷、叔叔、妈妈和刚出生的小弟被日寇、汉奸和恶霸地主相继害死，家中的几亩地也被抢走。高玉宝渴望读书，进入私塾一个月后却被地主剥夺了念书的权利，被迫去保长家当猪倌。高玉宝机智地与地主做斗争，设计惩罚了剥削长工的地主周扒皮。但因不堪地主的压迫，高玉宝逃到了大连，遇到了革命者“刘叔叔”，在他的影响下，高玉宝参加了对日寇的斗争，加入了解放军，成为了一名革命战士。小说契合了当时党的宣传政策，得到了政府的高度重视与表扬，出版之后，轰动文坛，发行数量也堪称奇迹。其中的“我要读书”和“半夜鸡叫”等章节被收入当时的课本，成为群众耳熟能详的故事，书中地主周扒皮也成为了这一时期具有代表性的狡猾残忍的地主形象和符号。

高玉宝（1927—2019），辽宁瓦房店人。童年时期曾为地主放牛，十岁后流浪乞讨，当过劳工。1947 年加入中国人民解放军，次年加入中国共产党，是从文盲战士成长起来的作家代表。《人民日报》曾以《英雄的文艺战士高玉宝》为题进行报道。主要作品有《高玉宝》《春艳》《我是一个兵》《高玉宝续集》等。

创业史

共两部，柳青著。第一部初刊于《延河》1959 年第 4 月至 11 月号（当时名为《稻地风波》）。单行本由中国青年出版社 1960 年 6 月初版，1977 年 11 月出版修订本。第二部连载于《延河》1960 年 10 月号至 1979 年 3 月号。中国青年出版社 1977 年 6 月出版第二部上卷，1979 年 6 月出版第二部下卷。

该小说以梁生宝互助组的发展为线索，描写了农村农业合作化运动的艰难开展历程。小说中，农业合作化运动中出现了两个对立的阵营：一边是坚决走“共同富裕”道路的梁生宝、高增福等贫雇农；另一边是富农姚士杰、中农郭世富、村长郭振山。作品围绕着梁生宝互助组的巩固和发展，直至灯塔社的建立，完整地书写了农业合作化运动中所遇到的复杂斗争。小说刻画的社会主义新人梁生宝，由反对到支持互助工作的梁三老汉及“三大能人”姚士杰、郭世富、郭振山等人物形象，反映出了那段特殊历史时期各阶层的思想动态与转变。

柳青（1916—1978），原名刘蕴华，陕西吴堡人，主要有长篇小说《种谷记》《铜墙铁壁》《创业史》，短篇小说集《地雷》等。

美丽的南方

作家出版社 1960 年 4 月初版，陆地著。广西人民出版社 1979 年再版。

该小说以 20 世纪 50 年代初期广西土地改革运动为背景，描述广西壮族贫苦农民在中国共产党的领导下与地主进行斗争的故事。长岭壮乡的地主覃俊三预感到自己灾难来临，便组织一股土匪进入深山，伺机反扑，还组织梁正、赵佩珍等人成立假农会。土改工作得不到进展，党及时派新的队长杜为人负责长岭壮乡的工作，此时覃俊三想收买韦廷忠的妻子韦大嫂，收买不成后害死了韦大嫂。工作队展开调查，从覃俊山给梁正的信中更得知，覃俊山与土匪、“告老还乡”的国民党特务何其多阴谋策划武装叛乱。在土改工作队的领导下，群众一举粉碎了反动阶级的阴谋，土改工作也获得了胜利。

陆地（1918—2010），壮族，原名陈克惠，曾用名陈寒梅，广西绥渌（现扶绥）人。著有短篇小说《落伍者》《红叶》，中篇小说《生死斗争》《瀑布》等。

重返杨柳村

组诗，陆棨著，原载于《诗刊》1963 年第 3 期。后收入陆棨诗集《重返杨柳村》（作家出版社，1964 年 11 月出版）。

该组诗通过作者回到十二年前参加土地改革斗争的杨柳村的所见所闻，讴歌了当时农村阶级斗争的情景与杨柳村农业合作社的发展成果。组诗包括《重返杨柳村》《界碑》《算盘声声》《老房东》等。其中《界碑》以土地界碑为视点，描写了农村生产关系的两次巨变。土地改革之后贫雇农得到了土地，土地界碑即土改成功的标志，而在如今的农业合作化中，界碑成为过去，重在表现农业合作化给农民带来的巨大改变。《接班人》则通过村支书的回忆，从昔日地主对农民的剥削和压迫，到如今的幸福生活，两者对比，突显农业合作社制度的优越美好。该组诗歌颂中国共产党的领导，采用民歌形式，朗朗上口，通俗易懂，语言朴素。

陆棨，1931 出生于北京，祖籍四川成都，诗人。著有诗集《灯的河》《重返杨柳村》，论著《歌剧创作论》等。

金光大道

该小说共四部，浩然著。第一部与第二部由人民文学出版社于 1972 年、1974 年出版。第三部于 1976 年 6 月由《人民文学》刊发。全四部由京华出版社 1994 年 8 月出版。

该小说讲述了解放后冀东平原上一个叫芳草地的村庄在 1950 年春天到 1956 年春天发生的故事。芳草地群众在土地改革运动中得到了土地后，他们在农民高大泉的领导下，在与推行“发家致富”路线的区委书记王友清、村长张金发，以及漏划富农冯少怀的斗争中取得了胜利，成立了天门区第一个互助组和第一个农业生产合作社，并且逐渐发展成为“大联社”。通过对芳草地农业互助组到“大联社”发展历程的描写，表现了当时农业社会主义改造过程中两个阶级、两条路线的斗争。小说完成在特殊的历史时期，因此对农村农业合作化运动过程的描写明显带有图解的倾向，人物形象塑造较为单一、概念化。小说主人公高大泉一心为民、毫无私心，是芳草地农民的主心骨，其形象塑造成为后来小说人物塑造“高”“大”“全”的范本和符号。

浩然（1932—2008），原名梁金广，祖籍河北宝坻（今属天津）。1956年开始发表作品，代表作有短篇小说集《喜鹊登枝》《苹果要熟了》《新春曲》《珍珠》《杏花雨》《花朵集》，长篇小说《艳阳天》《金光大道》《山水情》《晚霞在燃烧》《苍生》等。有《浩然文集》出版。

犯人李铜钟的故事

原载于《收获》1980年第1期。

该小说是张一弓的成名作，被誉为“开社会主义悲剧之先河”。1960年罕见的饥荒降临李家寨，土改时的民兵队长、抗美援朝时的志愿军、复原残疾军人“瘸腿支书”李铜钟为李家寨四百九十多口人能活下去，向粮站借粮，但被当作勾结靠山店粮站主任，煽动不明真相的群众，抢劫国家粮食仓库的首犯而受到处罚，直到19年后才得以平反。该作品发表后，因“动公仓”“抢皇粮”“讴歌抢劫犯”“不利于安定团结”等内容引起巨大争议。当前研究者多从小说发表的历史语境肯定张一弓大胆揭露现实的勇气，从“法律的罪人”与“道义的英雄”悖反的角度出发，称李铜钟为“高尚的圣者和殉道者”。

张一弓（1934—2016），祖籍河南新野。1956年开始小说创作，后因短篇小说《母亲》受批判而辍笔20年，1980年后重新发表作品。出版有长篇小说《远去的驿站》，中短篇小说集《张铁匠的罗曼史》《犯人李铜钟的故事》《流泪的红蜡烛》等。其中，《犯人李铜钟的故事》《张铁匠的罗曼史》《春妞和她的小戛斯》分别获1980年、1982年、1984年全国优秀中篇小说奖；《黑娃照像》获1981年全国优秀短篇小说奖。

甜甜的刺莓

原载于1980年《芙蓉》第1期，署名孙健忠。

该作品以土家族姑娘竹妹的爱情婚姻悲剧为主线，以在湘西高寒地区全面推广双季稻为副线，刻画了实事求是、一切从人民利益出发，敢于与“文化大革命”时期农村极“左”政策做斗争的支部书记毕兰大婶这一乡村实干家形象。作为处处打先锋的县劳模，毕兰大婶从枹木寨高寒的自然环境出发，顶住县委大力推广双季稻的政治压力，坚持让当地的农民种植县里要消灭的包谷子、洋芋等，并以乡村女性特有的朴实和善良慰藉背着沉重历史包袱的孤儿三牛，任命他为生产队长，排除万难让其搞杂交包谷试验。最终政治投机者向塔山所在的布谷寨因盲目推广双季稻而闹春荒，而三牛的杂交试验却成功了，认清向塔山面目的竹妹勇敢地回到了三牛的身边。该作品自发表以来，研究者多从独特的日常生活选材、政治反思及地方风俗画三个方面加以研究。如菊如在《评〈甜甜的刺莓〉》(《中南民族大学学报》(人文社会科学版)1982 年第 1 期）一文中高度肯定了孙健忠忠实生活的态度，认为毕兰大婶作为社会主义新人，“具有脚踏实地为社会主义奋斗的革命精神”，正因为他们的存在，我们才经受住了“文化大革命”的考验。

孙健忠（1938—2019），湖南湘西乾城（今湖南吉首）人。1956 年开始发表作品，著有长篇小说《死街》《醉乡》，中短篇小说集《娜珠》《五台山传奇》《乡愁》等。其中，《甜甜的刺莓》获 1977—1980 年全国优秀中篇小说奖，《留在记忆里的故事》获首届全国少数民族文学短篇小说奖，《醉乡》获第二届全国少数民族文学长篇小说奖，中篇小说集《倾斜的湘西》获第四届全国民族文学奖。

被爱情遗忘的角落

原载于《上海文学》1980 年第 1 期，署名张弦。

该作品以倒叙的手法写了母女三人的爱情悲剧。三十年前尚是姑娘家的母亲菱花冲破封建婚姻的枷锁与青年长工沈山旺走到一起，三十年后，这封建枷锁却直接导致了大女儿存妮的死亡，也成为了二女儿荒妹追求自由爱情的羁绊。幸运的是，荒妹一句“你把女儿当东西卖！”唤醒了母亲菱花，加上十一届三中全会精神的感召，被爱情遗忘的角落终于吹来了一缕春风。荒妹从家庭的悲剧中走出来，勇敢地追求自己的爱情和幸福。此外，该作品还将复员军人许荣树视为“春风的使者”和新时期农村新人的代表。作为团支部书记，他不仅熟悉国家的方针政策，敢于抵制当地仍盛行的“左”倾思潮，还开风气之先，将“爱情”的观念带至以封建婚姻为主的偏僻山村，并不畏权威，坚持为自由爱情受到惩罚的“小豹子”伸冤。王蒙评价张弦的创作“平而不淡，深而不艰，情而不滥，思而不玄”。

张弦（1934—1997），浙江杭州人，原名张新华。1934 年 6 月生于上海，1956 年开始创作，曾辍笔 21 年。出版小说集《挣不断的红丝线》，剧本集《张弦电影作品选集》《张弦电影剧本新作》及《张弦文集》《张弦代表作》等。小说《记忆》《被爱情遗忘的角落》分获 1979 年和 1980 年全国优秀短篇小说奖。

山杠爷

原载于《红岩》1981 年第 3 期，署名李一清。

该作品中，传统宗法文化化身的山杠爷凭借其智慧领会家国同构的文化内涵，推导出“国法 = 村规 = 家法”的简化公式，进而建立了自己独特的施政纲领。他集仁爱与专制于一身，管理堆堆坪村的一切事务，建立了圆满的乡村秩序。作为村支书，山杠爷一心为民，在村里几十年，享有很高的威望，获得村民真诚的拥护。但其强烈的控制欲与权势欲，动辄使用打骂、游村、关禁闭等责罚手段，也使得他成为冷酷无情的封建家长。封建专制与现代法律意识之间的纠葛引人深思。该作品对谙熟农耕文明内在机理的传统乡间能人山杠爷保留了一丝暖意甚至是礼赞，也隐含着乡村伦理与现代社会机制相遇时凸显的某些悖论，山杠爷的形象因而具备了阐释的张力。

李一清（1956— ），四川西充人。1975 年开始发表作品。著有长篇小说《父老乡亲》《农民》，中短篇小说集《山杠爷》等。《山杠爷》获第三届四川省文学奖，根据小说改编的电影《被告山杠爷》和同名川剧均荣获国家级多项大奖。

芙蓉镇

原载于《当代》1981 年第 1 期，署名古华，人民文学出版社 1981 年出版。

该作品以湘南农村女子胡玉音的起伏命运为主线，深入描写了 1963 年至 1979 年中国农村社会运动中人性的丑陋，批判了“左”倾社会思潮，歌颂了十一届三中全会所带来的巨大社会转变。该作品重点塑造了个性鲜明的知识分子秦书田及乡镇干部谷燕山等形象。1957 年，秦书田因编导“反动”歌舞剧，利用民歌“反党”，被错划成右派，开除公职，回乡劳动。在长期的屈辱生活中，他养成了玩世不恭的态度，但同时他又严肃自重、是非分明，坚守人性的底线，用“别样的反抗”应对时代的洪流。而谷燕山，虽为南下干部，但能入乡随俗，恪守民间道德，被人称为“北方大兵”。更为可贵的是，他不畏强权、明辨是非，宁愿冒着“丧失阶级立场”的罪名及“停止组织生活”的处分也要帮助胡玉音等乡民，从而赢得了老百姓的尊重。

古华（1942— ），原名罗鸿玉，湖南省嘉禾县石桥镇人，现客居加拿大。出版长篇小说《芙蓉镇》《山川海啸》，中短篇小说集《浮屠岭》《贞女》《莽川歌》《爬满青藤的木屋》《金叶木莲》《礼俗》《姐姐寨》《古华获奖小说集》，散文集《在地球那一边》《我的联邦德国之行》及文论集《小说创作花絮》等。其中，《爬满青藤的木屋》获 1981 年全国优秀短篇小说奖，《芙蓉镇》获首届茅盾文学奖。

人生

原载于《收获》1982 年第 3 期，署名路遥。

该作品以 20 世纪 80 年代初期陕北高原的城乡生活为时代背景，以城乡青年的爱情纠葛为主线，讲述了高中毕业生高加林回到农村、离开农村、再回到农村的曲折命运，再现社会转型时期农村知识青年艰难的人生选择。作为有知识、有理想的农村新人，高加林明显让高家村的书记高明楼感到忌惮，加上他为高家村带来的“卫生革命”及婚恋观念，掀开了乡村变革的一角。《人生》发表后，高加林便成为“进城”的乡村知识青年和“农村新人”的代名词，并被视为“外省青年”的典型代表和“中国版于连”。

路遥（1949—1992），原名王卫国，生于陕西清涧。1973 年开始发表文学作品。主要作品有中短篇小说集《惊心动魄的一幕》《当代纪事》《姐姐的爱情》，长篇小说《平凡的世界》等。小说《惊心动魄的一幕》获 1977—1980 年全国优秀中篇小说二等奖，《人生》获 1981—1982 年全国优秀中篇小说奖，长篇小说《平凡的世界》获第三届茅盾文学奖。

彩虹坪

上海文艺出版社 1983 年出版，鲁彦周著。

该作品以耿秋英和吴仲曦的爱情纠葛为主线，围绕彩虹坪推进农村生产责任制的艰难过程，叙写耿秋英、邓云姑、吕芸三位女性为之付出的努力，侧面折射出十一届三中全会以来我国农村经济改革方面的矛盾和探索。该作品刻画的队长耿秋英形象颇具特色，她不仅有文化，有现代科学知识，又有丰富的实践经验，更有一颗扎根农村的滚烫的心。正因为如此，耿秋英不顾个人安危，坚持生产责任制，反对“左”倾政策。这一形象，可视作新时期文学中乡贤形象的一种。

鲁彦周（1928—2006），安徽巢湖人。1954年开始发表作品。1956年开始从事专业创作，著有中篇小说《天云山传奇》《逆火》《乱伦》《苦竹溪，苦竹林》《啊，玛阿特》，短篇小说集《桃花风前》，长篇小说《古塔上的风铃》《彩虹坪》等。小说《天云山传奇》获1977—1980年全国优秀中篇小说奖。

腊月·正月

原载于《十月》1984年第4期，署名贾平凹，与《小月前本》《鸡窝洼人家》合称为贾平凹的"改革三部曲"。1985年6月，北京十月文艺出版社以《腊月·正月》为题结集出版。

该作品以王才和韩玄子的斗法来表现改革和反改革的对立，以王才的胜利和韩玄子的失败来展现农村土地政策改革的必然性，但同时也对商品经济进入农村后引发的伦理道德观念的变化保持某种警惕。受过私塾教育的乡村文化人韩玄子当时被视为是因循守旧、保守落后、虚荣爱面子的乡村知识分子，受到来自家人及村民的质疑乃至嘲讽。但近年来随着乡贤文化研究的兴起，韩玄子这种介于干部与农民之间的角色，热衷调解乡村纠纷、为农村诸事请求上级领导的帮助、办社火等行为使其成为乡绅的一个代表。

贾平凹（1952— ），本名贾平娃，生于陕西省丹凤县棣花镇。1973年开始发表作品。著有长篇小说《商州》《高老庄》《废都》《怀念狼》《秦腔》《古炉》等，中短篇小说集《山地笔记》《早晨的歌》《腊月·正月》等。其作品大都以陕南"商州"山地和州河流域为背景，故被称为"商州系列"小说。曾获茅盾文学奖、鲁迅文学奖、第三届全国优秀中篇小说奖、全国优秀短篇小说奖等。

满票

原载于《奔流》1985年第3期，署名乔典运。

该作品以选举事件为中心，借助老村长何老十的落选显示人民公社体制下的旧理念在新时期的失效，以及改革开放呼唤新的农村领导者的百姓心声。土改运动中无心插柳的长工何老十被村民推举为村长，他坚持“穷字当头，吃苦在前，享受在后”的苦干精神，以身作则但又导致了一系列悲剧。在模范大队何家坪新一届村干部选举期间，官清如水的老模范、老村长何老十却仅得两张选票。面对仅有两票的落选结果，村民表面安慰，实则长吁一口气。原因在于，何老十的理念已经成为农村改革和青年成长发展的阻力。这说明，随着农村改革，农民对农村能人、强人形象的认知也在悄然改变。因此，该作品也预示着文学中的乡贤形象将与时代同频，并非一成不变。该作品发表后，相关评论主要围绕何老十的形象及基层民主选举制度而展开。

乔典运（1930—1997），河南西峡人。1955 年开始发表作品。出版有小说集《磨盘山》《霞光万道》《贫农代表》《小院恩仇》《美人泪》《问天》《乔典运小说自选集》，长篇小说《金斗纪事》，散文集《西峡游记》及自传体小说《别无选择》等。其中，短篇小说《满票》获 1985—1986 年全国优秀短篇小说奖。

桃花湾的娘儿们

原载于《中篇小说选刊》1985 年第 3 期，署名张映泉，1986 年由中国青年出版社出版。

该作品讲述的是改革开放的春风唤醒大山深处愚昧麻木的乡村女性的故事。深山老林的桃花湾，山清水秀却也贫穷落后。愚昧、麻木的姑娘和媳妇们耐不住贫穷和孤寂，甘愿被玩弄、受唾弃，桃花湾因此而蒙羞。十一届三中全会后，年轻而又富有朝气的大学生书记梁厚民来到桃花湾，唤醒了麻木的女人们，她们一改轻佻散漫的陋习，办工厂、经商、办学校、竞选村干部、反抗陈规陋习，使得改革的春风鼓荡在未经开垦的大山深处。

该作品刻画了梁厚民这个充满悲剧色彩的乡村改革者形象。作为大学生，他有理想、有魄力，讨厌文山会海的官僚主义作风，将满腔的爱献给了桃花湾。然而，改革的胜利果实却被李广年等占有，自己被撤职。不过，梁厚民是一个实干家，受挫后仍能以一个果木专家的身份为民造福，因而赢得了桃花湾人的由衷钦佩。

张映泉（1945— ），湖北远安人。1973 年开始文艺创作，1979 年开始发表小说，著有《慰问》《白云深处》《山洞一夜》《同船过渡》《桃花湾的娘儿们》等中短篇小说。其中《桃花湾的娘儿们》获《中篇小说选刊》优秀中篇小说奖，《同船过渡》获第七届全国优秀短篇小说奖。

老井

原载于《当代》1985 年第 2 期，署名郑义。

该作品通过太行山深处几代人的“打井”伟业来叙写中国农民苦难的深重以及这片土地对人的束缚。黄土高原的老井村祖祖辈辈打不出一眼甜水井，摆脱不了干旱的魔咒。老年人把打井的希望寄托在年轻人身上。高中毕业生孙旺泉和赵巧英，青梅竹马，又有着对外面世界的共同向往，时常憧憬未来。但事非人愿，由于家贫，孙旺泉不得不做了倒插门女婿，巧英也离开了乡村。纠缠于离开乡村还是留在村庄的孙旺泉，经过痛苦的挣扎后，意识到老井村才是自己的根，并将打井视为自己的使命。终于在 1983 年，孙旺泉借助自己在培训班学习的水文知识，从一口深井打出了水，从而改写了老井村的历史。

郑义（1947— ），原名郑光召。祖籍四川双流，生于重庆，长于北京，插队山西，现旅居国外。1979 年开始发表文学作品。出版有小说集《远村》《老井》等。其中小说《远村》获 1983—1984 年全国优秀中篇小说奖。

古船

原载于《当代》1986 年第 5 期，署名张炜，1987 年人民文学出版社出版单行本。

该作品被认为是“民族心史的一块厚重碑石”，是新时期文学长篇小说最重要的收获之一。它以胶东小镇洼狸镇自土改至改革开放 40 余年的历史作背景，讲述了隋、赵、李三个家族之间的恩怨情仇，真实地再现了那个特殊年代里人性的扭曲与异化，以及在改革大潮的冲击下那片土地的变化。当时，中国文坛上兴起了一股“文化寻根”的热潮，张炜深受民间文化的熏陶，坚守道德理想的浪漫主义精神使得他对时代主题的变化以及由此而产生的诸多困惑感受更为敏锐。因此，他借助家族的变迁道尽儒家文化的变迁，也客观上完成了乡贤形象的塑造。

张炜（1956—　），祖籍山东栖霞，生于山东龙口。1975 年开始发表作品。出版有《张炜文集》48 卷，著有长篇小说《古船》《九月寓言》《刺猬歌》《外省书》《你在高原》等。其中小说《声音》《一潭清水》分获 1982 年和 1984 年全国优秀短篇小说奖，《你在高原》获得第八届茅盾文学奖。

支书下台唱大戏

原载于《北京文学》1986 年第 6 期，署名邹志安。

该作品讲述的是村民为被弄权者逼下台的村支书李润娃唱大戏的故事。李润娃，初中文化程度，学校团干，回村担任支书后始终葆有激情，不顾一切地要给村民“办点事儿”。他先后给村民办成三件大事：建小学，解决本村娃娃读书难问题；打井，解决村民吃水难和大骨节病问题；因地制宜种苹果树，让穷苦的村民尝到了富裕的滋味。不仅如此，李润娃作风严谨、为人正派、不贪赃枉法，因此，在村民心中颇有威信。然而，李润娃因拒绝门书记靠苹果树盘剥百姓的做法而被撤职，善良的村民便决意为其唱戏，并送牌匾“根深果硕”。该作品对农村带头人李润娃的倾力塑造，为乡贤文化的研究提供了典范的样本。当然从艺术角度看，李润娃的形象稍显简单。

邹志安（1947—1993），陕西礼泉人，1972 年开始发表作品。出版有中短篇小说集《乡情》《哦，小公马》《心旌，为什么飘摇》，长篇小说《爱情心理探索》等。《哦，小公马》《支书下台唱大戏》分获 1984 年和 1986 年全国优秀短篇小说奖。

蓝袍先生

原载于《文学家》1986 年第 2 期，署名陈忠实。

该作品借助徐慎行的悲剧命运批判封建思想对人的思想禁锢。曾承袭父辈坐馆教书的徐慎行，接受来自父亲的儒家箴言，备感痛苦却又抗争无力，一袭“蓝袍”穿上再也无法脱下来。1949 年后，受社会新思潮影响，渴望自由，希冀摆脱封建婚姻，却被父亲以死要挟，最终无果。1957 年“大鸣大放”中本着对信仰的执着，批评校长刘建国好大喜功，最终被定为右派，身心备受戕害，转而“慎独”，境遇却更加艰难，后经平反，却无法再工作。陈忠实是将“慎行”“慎独”“慎言”等视为禁锢人思想的封建遗毒加以声讨的，将人物悲剧命运的原因指向思想的禁锢。“蓝袍先生”给当代文学史提供了一种另类的乡贤形象。

陈忠实（1942—2016），陕西西安灞桥区西蒋村人，主要代表作有长篇小说《白鹿原》，中篇小说集《初夏》《四妹子》，短篇小说集《乡村》《到老白杨树背后去》等。长篇小说《白鹿原》获第四届茅盾文学奖，短篇小说《信任》获全国优秀短篇小说奖。

苍生

原载于《长篇小说》1987 年第 13 期，署名浩然。

该作品以田留根、田保根兄弟二人的爱情纠葛为主线，全方位展现十一届三中全会以后农村的巨大变化，反映了改革开放对农民思想观念及人际关系的冲击，在沧桑巨变中绘制农村生活画卷。该作品塑造了田保根这个新时期农村改革者形象，他有着较高的文化水平，转变农村面貌的勃勃雄心和忧患意识，敢于与几千年的农村生活方式决裂，从而拥抱新的生活。

乡长

原载于《青年文学》1989 年第 10 期，署名林和平。

该作品塑造了深谙基层官场规则但又体恤百姓的乡镇干部梁义的形象。身为乡长，梁义精通人际关系，左右逢源，为求仕途而谨小慎微。但因出身农家，与农民有着深厚的感情，故而梁义厌恶各级政府对基层的盘剥及基层的不作为。其为官的理念是：一、为民做主；二、为政清廉；三、多办实事，少谈空话。在小说中，梁义做了两件利民好事：一是斥责基层政府虚浮于事的官僚作派，并为老齐头讨回公道，修好其破旧的房子；二是解决汪家村汪老三拒缴国家征购大豆一事。梁义拒绝村长动用公权力暴力强征的建议，而是从农民的切身利益出发晓之以情、动之以理，并承诺贴补公私差价，圆满地解决问题。这两件事使得梁义成为百姓心目中“青天”的化身。

林和平（1952— ），满族。辽宁丹东人。1979 年开始发表作品。著有小说《腊月》《乡长》等。《乡邻乡亲乡人》获全国少数民族文学创作骏马奖。

乡村情感

原载于《人民文学》1990 年第 5 期，署名张宇。

该作品以“我”的乡村情感为主线，叙写郑麦生和张树声两位共同“打土豪”“剿匪反霸”“参加土改工作队”的生死朋友舍弃城市高官厚禄的生活，返回家乡淡泊而居的故事。郑麦生罹患胃癌，张树声为满足其心愿违背礼俗，顶着“血光之灾”嫁女，郑氏家族与张氏家族合力将喜事丧事办得隆重而又庄严。这让离开乡村多年的“我”明白，父辈与子辈的乡村情感缘何而生，即“城市感情的溪水是从乡村流过来的，乡村情感是城市情感的源头”。该作品较为完整地展现了乡贤文化在20世纪80、90年代的回响和余绪，其具体面相如“诚信友善”“守望相助”“尊重礼俗”“长幼有序”“合族议事”等成为人们怀念乡村情感的重要缘由。

张宇（1952—　），河南省洛宁县大阳村人。1979年开始发表文学作品。著有长篇小说《晒太阳》《疼痛与抚摸》《软弱》等，小说选集《活鬼》《苦吻》《乡村情感》《城市逍遥》等，散文随笔选集《南街村话语》《张宇散文》等。

村长

原载于《芒种》1991年第1期，署名何申。

该作品围绕油坊营子村长郝运来与村中刺头二叔的斗智，与后台硬实的胡全斗勇，与自家媳妇刘翠平和友才媳妇斡旋等几件事，展现乡村基层工作的复杂性和基层干部的难处。被迫接替其父郝来顺上台的村长郝运来，费尽心思解决乡里摊派的“敛钱”、计划生育、农民耕地、邻里纠纷、赡养老人等棘手问题，同时，他又自掏腰包办好油坊活络地方经济，使原本贫弱、劳动力外出打工的油坊营子富裕起来，并充满了生机和活力。加上他修缮学校、清理村中账目、照看五保户等，赢得了上下一致的认可。此外，他敢与上级领导周旋，切实为村中谋福利，嬉笑怒骂自在心中，左右权衡又不失法度。在完成当年“敛钱”任务时，郝运来便深谋远虑，想方设法减轻农民负担。考虑到本地生产芝麻，又有老油坊的底子，便自掏腰包成立香油坊。香油坊成立后，因品质良好在县内外远近闻名，成为致富典型，各级领导纷纷前来视察并带走不少香油。为避免油坊入不敷出，郝运来略施小计，不料引起工商、税务等部门的不满，幸好政府抓廉政建设才彻底解了油坊之围。这样一个农村基层干部形象，折射出农村复杂的文化和政治生态。

何申（1951—2020），原名何兴身。祖籍辽宁盖州，1951 年生于天津，1969 年到河北承德插队。1981 年开始发表文学作品。出版有中篇小说集《七品县令和办公室主任》《年前年后》《信访办主任》，长篇小说《梨花湾的女人》《多彩的乡村》，随笔集《千年醉一回》。中篇小说《年前年后》获第一届鲁迅文学奖。

村支书

原载于《青年文学》1992 年第 1 期，署名刘醒龙。

与何申笔下的村长郝运来的外圆内方、长袖善舞不同，刘醒龙《村支书》中的方建国，则更接近苦干硬干的形象。贫困的望天畈村村支书方建国未雨绸缪，在接连的干旱天气中预测会有大洪水，四方筹措资金修补望天畈水闸，他忍受着胃癌晚期的剧痛，十八次进城找张金鑫部长，筹得的五千元款项却被村长串通乡财政所截留，而他自己最终也因堵水闸而牺牲。方建国为人忠厚、老实，一心为百姓办实事，却因性格不圆滑，无力办成事。他自己的家庭一贫如洗，村子也未能脱贫。但他始终是一面镜子，让人看见村长及会计等村干部的自私自利，因此在群众中颇有声望，当了二十几年的支书。而他的去世唤醒了融通善变的村长，决心要让村子富起来。

刘醒龙（1956—　），湖北黄州人，祖籍湖北团风。1984 年开始发表文学作品。著有中短篇小说集《异香》《凤凰琴》《恩重如山》《黄昏放牛》《秋风醉了》，长篇小说《威风凛凛》《生命是劳动与仁慈》《寂寞歌唱》《爱到永远》《往事温柔》《痛失》《弥天》《圣天门口》《天行者》，长篇散文《一滴水有多深》等。长篇小说《天行者》获第八届茅盾文学奖，中篇小说《挑担茶叶上北京》获第一届鲁迅文学奖。

凤凰琴

原载于《青年文学》1992年第5期，署名刘醒龙，1993年出版单行本。

该作品重在反映乡村教育危机及民办教师生存现状。高考落榜生张英才经身为文教站站长的舅舅的安排来到界岭小学，本想以此为跳板实现身份的转换。但不经意间，他自身有了真正的精神转变，从初到学校的不适应、对民办教师的不理解，到热爱山村学生，热爱山村教育。同时，该作品也围绕“转正”，道出偏远山区教育的落后和民办教师生存的艰难，高度赞扬了民办教师辛勤耕耘、默默奉献的精神。正是他们的坚守，才奠基了乡村教育，维系了乡村的教育梦想，使农村的孩子看到了希望。大家都渴望转正，也各怀心思，但最终能坦诚相待，为了乡村的教育事业发展而放弃了转正名额。

白鹿原

原载于《当代》杂志1992年第6期和1993年第1期，署名陈忠实，1993年人民文学出版社出版单行本，1997年出版修订本，该版本获第四届茅盾文学奖。

该作品以白嘉轩这一形象为叙事核心，围绕白、鹿两大家族的矛盾纠葛叙写民国初年至20世纪50年代渭河平原五十多年的风云变幻，完整地呈现了传统的乡村儒家文化和传统意义上的乡贤文化在近现代中国的解体过程。该作品塑造了朱先生、白嘉轩、鹿子霖等特色鲜明、性格各异的乡绅形象。自《白鹿原》问世以来，乡贤问题特别是白嘉轩形象是学界研究的重点所在。1993年至2010年，除个别学者将白嘉轩视为乡绅或与乡绅有别的村社族长外，绝大多数学者从文化和阶级分析的视角，强调白嘉轩形象的颠覆意义，认定他是“一个‘大写’的地主”，他有着诸多的美德和修养，是几千年中国宗法封建文化所造就的人格，但又背负着沉重的文化传统，有着极为深刻的矛盾性和复杂性。2010 年以来，“乡绅”成为研究白嘉轩的关键词，而《白鹿原》也成为“乡贤文化”的典范之作。当然，事实上朱先生的形象，或许更寄托了作者对乡村社会和乡贤形象的理想和想象。

醉鼓

原载于《人民文学》1993 年第 12 期，署名关仁山。

该作品讲述的是鼓王世家在商品经济大潮中的困惑、挣扎与追逐。最后一代鼓王视鼓如命，恪守勤劳、正直、坦荡的祖训，时刻维护鼓王世家的尊严，不与世俗同流合污，但他的儿子和儿媳却将“鼓”视为摇钱树，用以张贴各种广告，甚至当作赌窝，这使得鼓王愤怒不已，坚决上缴赌资。最终赌徒逍遥法外，鼓王却众叛亲离，只能在空寂的海滩上，敲奏出充满羞辱、愤懑与无奈的鼓声。关仁山不仅将鼓王视为民风民俗的维系者和传承者，更视为抗拒商品经济大潮的逆行者，他的悲剧是一个时代文化的落幕和挽歌。

关仁山（1963—　），满族，河北唐山人。与作家何申、谈歌被文坛称作河北“三驾马车”。著有长篇小说《天高地厚》《白纸门》《风暴潮》《福镇》《麦河》《日头》《金山银山》等。曾获庄重文文学奖、第十四届中国图书奖、第八届全国少数民族文学创作骏马奖等。

平凡的世界

原名《普通人的道路》，路遥著。1986 年第 4 期《延河》杂志选载第一部卷一的第二十六、二十七、二十八章，标题为《水的喜剧》。1986 年 11 月，《平凡的世界》第一部在《花城》第 6 期发表。1986 年 12 月，中国文联出版公司出版《平凡的世界》第一部。1987 年第 1 期《延安文学》杂志选载《平凡的世界》第二部卷三的前两章，标题是《新上任的省委书记》。1988 年 4 月，中国文联出版公司出版《平凡的世界》第二部。1988 年 7 月 25 日，《平凡的世界》第三部发表于《黄河》第 3 期。1991 年，《平凡的世界》获得第三届茅盾文学奖。

该作品以恢宏的气势和史诗的品格，全景式地表现了改革时期中国城乡的社会生活和人们思想情感的巨大变迁。和乡贤文化联系较为密切的是作品中塑造的孙少安形象。孙少安因传统观念的束缚而扎根在土地上，但不甘于贫穷落后的现状，敢于改革，主动汇入时代大潮，带领村民发家致富。他有着农家子弟那种善良务实、吃苦耐劳的品质，但更有着白手起家的闯劲和干劲。17 岁就成为生产队长，对贫困的物质生活、落后的生产方式和令人窒息的政治氛围有着切身的体验，加上敏锐的捕捉时代气息的能力，他率先在双水村建砖窑厂成为农民企业家，并在富裕之后建学校兴办教育。该作品也塑造了以孙少平为代表的不屈不挠与命运抗争的新一代乡村知识分子形象。他们带着不屈的奋斗精神，冲出农村外出闯荡，创造出另一番天地，又带着土地的热忱回望乡土。此外，该作品也塑造了以田福军为代表的锐意改革的领导，他出身农家始终保持着农民本色，虽然仕途命运起起伏伏，但他始终心系家乡，坚决推行家庭联产承包责任制，整治基层官僚体制的沉疴。

曾国藩

唐浩明著长篇历史小说，由《血祭》《野焚》《黑雨》三部曲组成，1990 年由湖南文艺出版社出版。一经面世便引起轰动，与二月河的清帝系列共同推助着中国 20 世纪 90 年代历史小说热潮。

该作品还原了清末曾国藩复杂且又丰富的一生。《血祭》写曾国藩回家奔丧被迫组建湘军与太平军作战并平定叛乱，阻碍重重但能屡败屡战，坚决打硬战终于赢得胜利的故事；《野焚》讲述的是曾国藩为保住湘军和曾家名声而自剪羽翼、裁撤湘军，历任直隶、两江督抚投身实业而又名毁津门等故事；《黑雨》则重在写曾国藩作为儒生的人生观和处世哲学。总体而言，唐浩明借助曾国藩这一晚清名臣写中国知识分子在乱世的处境与选择，勾勒出晚清社会波澜壮阔的历史场景。

该作品花了不少笔墨描写曾国藩与当时的士绅阶层密不可分的关系。乡绅文化是他成长的极为重要的文化圈层和土壤。曾国藩出身于乡绅之家，其父为私塾先生，躬行耕读传家的古训。曾国藩教导其弟及后人皆以“耕读”二字为本，认为“家勤则兴，人勤则健，既勤且健，永不贫贱”，要求其子“做读书明理之君子”。而曾国藩自幼接受儒家思想，修身明志，以诚待人。同时，曾国藩所领导的湘军本就是在民间乡绅团练的基础上建立起来的，湘军将领大多乃封建儒生为主的乡绅，如江忠源、罗泽南、王鑫、彭玉麟等。其管理方式也是靠儒家纲常伦理和乡土宗族观念等维系。此外，在讨伐太平天国运动中，因湘军并非正规军，其军饷来源之一便是以儒家传统文化免遭破坏为由向当地乡绅募捐。而曾国藩本人也被视为湖湘文化的典范人物。

唐浩明（1946—　），又名邓云生，湖南衡阳人。编有《曾国藩全集》《胡林翼集》《彭玉麟集》《20世纪湖南文史资料文库》等近代历史文献。著有长篇历史小说《曾国藩》《杨度》《张之洞》等，历史随笔集《冷月孤灯·静远楼读史》，评点曾国藩系列图书。曾获国家图书奖、“五个一工程”奖。

分享艰难

原题为《迷你王八》，原载于《上海文学》1996年第1期，署名刘醒龙。

该作品讲述的是有谋略、有手腕的西河镇委书记孔太平为镇上财政、教师工资、乡镇企业的发展等殚精竭虑，却又深陷权力漩涡，自己的表妹又被亲手扶植的洪塔山强奸，为保全镇经济命脉，只能顾全大局、忍气吞声的故事。该作品刻画了孔太平这一左右掣肘的基层干部形象，他有手段而不失人性，有谋略而不失血性，能从大局着想，不甘于平庸，瞧不起“跑官”现象，却又不得不违心周旋。此外，因该作品以市场经济转型为背景，将官场生态、教育危机与教师生存现状、农民与土地的分离、道德观念的变迁等一一道来，并因“分享艰难”的姿态和反映现实的力度引发学界的争论。

九月还乡

原载于《十月》1996年第3期，署名关仁山，发表后被《小说选刊》《新华文摘》相继转载。

该作品讲述的是九月进城打工，沦为失足妇女，后又被迫返乡，在家乡美丽的田野上运用自己的存款、智慧和勇气开荒，带领返乡的和留守的人们为着丰收的希望而劳作的故事。她为这片古老的平原带来了商业意识、法律意识和自省意识，其能力也得到了充分肯定，在新的选举中被任命为村长助理。这是一个鲜活的返乡农民形象。与此相对应的，该作品还塑造了另一类青年农民形象，即九月的丈夫杨双根。他没有随着“进城潮”而抛弃土地，也没有因“返乡潮”而自怨自艾、坐以待毙，而是始终坚守土地伦理与守望相助的民间传统，对抗着商品大潮。作为售粮大户的儿子和村民小组长，杨双根想方设法筹钱，以开荒的方式为返乡的人们争取更多的土地，为此，他不计后果拆掉废弃的铁桥，却因固守传统伦理道德、缺少法律意识而被人蒙骗。在别人纷纷“返乡”的时候，村中唯一的“好人”杨双根却因逮捕而被迫“离乡”。在某种程度上，九月和杨双根可以被视为新时期文学中的“返乡”与“在乡”的两种乡贤代表。尤其是九月，她身上已经具备了“新农民”的质素。20世纪90年代初期和中期，农村的姑娘进城打工后因种种原因失足的现象时有出现，而《九月还乡》是较早反映这一现象的作品，不同的是主人公九月用劳作的汗水涤荡了资本原始积累过程中的罪恶。

多事之村

原载于《上海文学》1998年第4期，署名彭瑞高。

该作品借由一桩行贿案反映了乡镇企业在市场、政治“夹缝”中艰难生存的现实。因国家市场形势的改变，江海乡盐户村长江塑料制品有限公司为确保原料粒子的正常供应，而向负责供应的石化公司负责人余国新行贿。事发后，省市县各级领导、报社、检察院暗流涌动，最终村长苏玉芹被取保候审，原料问题也由省领导直接出面解决。苏玉芹作为20世纪90年代乡镇企业家的代表，她谋略与胆识兼备，敢拼敢干又不居功自傲，作为“领头雁”，领着盐户村创办企业奔向致富路，在村民中甚有威望。

彭瑞高（1949— ），江苏苏州人，生于上海。1970年开始发表作品。著有小说集《欲望与机密》，长篇小说《贼船》《中锋之死》《女儿们的追求》《男人呼吸》等，散文随笔集《徘徊在城乡》《世纪末留言》，纪实文学《小平同志在上海》，电影剧本《树德坊》等。

秋天的诺言

原载于《青年作家》1998年第11期，署名王立纯。

该作品以“秋整地诺言”为主线描摹乡村基层工作的乱象，借助二元对立模式塑造坚持实事求是工作作风的李社火这一乡村干部形象。作为龙眼村村长的李社火在酒桌上被副县长、副乡长等人撺掇，许下了抓秋整地五千亩的诺言。村中新富孔大哈为当村长，巧用伎俩与副乡长张名堂弄虚作假，沆瀣一气，完成秋整地任务。这引起不失农民本色的李社火的强烈不满，他抱着“人不能骗地”的执念，继续整地，实现“完成自家地一半”的诺言。

在该作品中，李社火不比孔大哈工于辞令，也不善于周旋，不懂官场规则，但能以身作则，不畏强权，被刻画为基层干部中的清流。因他口碑较好，即便是不参加换届选举，仍被村民推选为村长。

王立纯（1950—2011），黑龙江巴彦人。1979年开始发表文学作品。著有长篇小说《庆典》《北方故事》《苍山神话》《月亮上的篝火》等。

羊的门

原载于《中国作家》1999年第4期，署名李佩甫，后由华夏出版社1999年7月出版单行本。

该作品借助县长呼国庆的宦海沉浮经历，以历史与现实交汇的结构，塑造了呼家堡当家人呼天成屹立不倒的传奇人生。呼天成深谙处世之道，以“呼家堡法则”管控村民，又以独到的眼光和战略经营“人场”，用四十年的时间打造呼家堡与县、省城甚至京城方面的巨大关系网络，从而呼风唤雨。呼天成这一人物形象，在农村强人形象谱系中具有很强的文化符号意味，往往被视为乡贤文化形象的一种典型。

李佩甫（1953—　），河南许昌人。1978年开始发表作品。主要作品有长篇小说《李氏家族》《城市白皮书》《羊的门》《城的灯》《生命册》《平原客》等，中篇小说《无边无际的早晨》《黑蜻蜓》等。曾获庄重文文学奖、飞天奖一等奖、“五个一工程”奖、人民文学奖长篇小说奖、《小说选刊》优秀小说奖、《小说月报》优秀小说奖、《中篇小说选刊》优秀中篇小说奖等。

君子梦

人民文学出版社1999年1月出版，赵德发著。2002年12月“农民三部曲”成套出版时，《君子梦》改名为《天理暨人欲》。“农民三部曲”的另两部分别是《缱绻与决绝》《青烟或白雾》。

“农民三部曲”是作者从不同角度关注乡土和农民命运沉浮的长篇小说。《缱绻与决绝》关注“革命”，《天理暨人欲》关注“道德”，《青烟或白雾》则围绕着“权力”展开叙述。

作为“农民三部曲”的第二部，作品讲述的是百年来山东律条村许氏家族三代族长追求道德完美，意图建立君子之邦却遭遇尴尬困境的故事。第二代族长许正芝在宗法制为代表的村规族约渐失效力的情况下，反求诸己，将耻辱烙印在脸上，以自戕的方式警戒族人，可悲的是其人格楷模并未被族人效仿，这注定了其君子梦的最终破灭。许正芝等族长命运的结局，或昭示着传统儒家文化重建中的困境和悖论。

赵德发（1955— ），山东莒南人。1980年开始业余创作，主要著作有长篇小说“农民三部曲”（《缱绻与决绝》《天理暨人欲》《青烟或白雾》），“宗教文化姊妹篇”（《双手合十》《乾道坤道》）以及《人类世》《经山海》等。曾获第三届人民文学奖、第十五届精神文明建设“五个一工程”奖等。

歇马山庄

人民文学出版社2000年出版，孙惠芬著。

该作品完整地反映了在商品经济大潮冲击下，辽宁乡村基层组织的建设过程和农民思想的变迁。小说展现了乡村精英们面对新时代的不同应对方式。小说伊始，村长林治帮觉得自己没有能力领导歇马山庄，主动把村长的职务让给头脑灵活的买子。买子在继任村长之后，鼓励古本来承包沙地，去市建委规划设计室主任那里寻求扩大砖场销路的办法。在以买子为代表的年轻乡贤的带领下，歇马山庄的经济越来越有活力。在这个过程中，乡贤们明确地表达出对民工潮的独立思考，认为农民工在城市里工作不但辛苦，影响夫妻感情，还会导致乡村的凋敝。在乡贤们的感召下，人们重新重视起乡村的文化传统，比如说翁家重新从事木工职业；古本来克服对政治的恐惧，开始租地种植药材；游手好闲的金水和虎爪子也努力地顺应时代的变迁。而庆珠、月月和小青这些年轻的女性不再恪守保守的性别秩序，勇敢地追求自己的幸福。整个小说充满着日常气息和生活细节，无论是哭丧、洗衣，还是烧砖、饮食等均有辽宁农村的特色。

孙惠芬在“歇马山庄”系列作品之后，写了《致无尽关系》（载《钟山》2008 年第 6 期。《新华文摘》2009 年第 5 期、《北京文学（中篇小说月报）》2008 年第 12 期、《小说月报》2009 年第 1 期等均转载）。这是一个非常特殊的作品。“关系”是中国乡土社会中的特色词语之一，费孝通在《乡土中国》中以“同心圆”比拟乡土社会的人际关系。而此文呈现出乡贤们对乡土的复杂感受，同时带有明确的性别意识。贞子回家过年要照顾亲朋好友的各种利益诉求。这种照顾源自对于关系的认同，而不完全是情感的因素，它体现出作者对乡村文化的整体性反思。

孙惠芬（1961— ），辽宁庄河人。代表作有《歇马山庄》《生死十日谈》《民工》《歇马山庄的两个女人》《致无尽关系》等。作为辽宁土生土长的作家，以“歇马山庄”为中心，她写了一系列乡土故事，涉及了城乡冲突、性别秩序和乡村政治等，呈现出她对乡村问题的思考。

阴差阳错

原载于《上海小说》2000 年第 5 期，署名徐凤清。

该作品展现出了乡贤参与基层政治工作的热情，但是这种热情和基层官员对于政绩的追求相冲突，导致乡贤的理想无从实现。小说虽然有概念化的倾向，人物形象也较为扁平，但是提出了一个非常严肃的问题，即如何保护乡贤参与乡村建设的热情，如何发挥乡贤们为乡村服务的能力。徐凤清的另一个作品《爱打瞌睡的乡长》（《上海故事》2016 年第 5 期）也是如此。汪润生是青山乡的乡长。他发现青山乡的山体因为水土流失而有滑坡的危险，每天晚上和山民在山上巡逻，监测山体的动向，导致他每次开会都打瞌睡。但是县里并没有重视他的意见，以致山体滑坡，发生了悲剧。徐凤清的作品以较为直白的方式反映了乡贤的困境，体现出作者对乡村政治的集中关注。

徐凤清（1945—　），江苏江阴人，江苏作家协会会员。多部作品涉及乡贤与乡村政治的关系。出版有《同猴子交换人质》（入选“最受农民喜爱的故事家丛书”）等。

守望土地

原载于《人民文学》2000 年第 8 期，署名韦俊海。

该作品讨论了农村的土地问题。中医刘富贵一心想死后埋葬在和自己家族有历史渊源的土地上。但是村长马家明想用这块土地来建自己的砖厂。围绕着这一块土地，马家和刘家针锋相对，各显神通，最后刘家孙子凭借着未婚妻港商的身份完成了刘富贵的愿望。这个故事的叙事方式虽略显油滑，但是显示出了乡贤们对于传统“耕读传家”的重视，同时也凸显出历史传承与现实制度的矛盾。

韦俊海（1955—　），生于广西都安，被认为是“文学桂军”“桂西北作家群”和“都安作家群”的代表之一，代表作有《大流放》《血女浮生》《春柳院》《异性的土地》等。

我在霞村的时候

原载于《北京文学》2000 年第 8 期，署名邱华栋。

20 世纪末 21 世纪初，多则新闻报道了农民对于科学实验的尝试，造飞机、买飞机等是当时的一个热点话题。邱华栋这篇小说讲述了霞村农民为了发展旅游经济，买了一架小飞机。但是没有人会开这个飞机，农民们也只是在旁边看热闹。因为飞机没有准航证，故而县政府禁止农民从事空中游览活动。虽然农民们的飞机梦破碎了，却并不影响他们对于未来的憧憬。这个小说显示出了农民思想上的巨大飞跃：他们富裕了之后，摆脱了传统的子女玉帛思想，致力于发展科技，展现出了新一代乡村能人或者说乡贤的勃勃生机。

邱华栋（1969— ），生于新疆昌吉，“晚生代”作家代表之一，著作有长篇小说《夏天的禁忌》《夜晚的诺言》《白昼的躁动》《正午的供词》《花儿花》《戴安娜的猎户星》等。他尤其擅长描写都市，特别是人在城市文明影响之下的情绪与感受。

村民钱旺的从政生涯

原载于《人民文学》2000 年第 8 期，署名何申。

该作品讲述了一个乡贤参政议政的故事。小说主人公钱旺在当选葫芦峪村民主理财领导小组组长之后，依据《中华人民共和国村民委员会组织法》对村财政进行监督。钱旺时刻都在盯着村主任等人的花销，防止了村主任他们受骗，但也发现了村主任以权谋私的勾当。最后钱旺无法容忍牛乡长和村主任他们开设赌场，决定自己竞选村主任，以维护自己的正当权利。这个小说反映了以钱旺为代表的乡贤所萌生的权利意识和参政意识，体现出了乡村政治意识的觉醒。何申的作品对乡村现实有着强烈的关怀意识，与此同时，在他的笔下，河北乡村的风土人情得到了细致的描绘。

来到广州

原载于《长江文艺》2001 年第 2 期，署名姚中才。

作品主人公大哥李白从小就为温饱而挣扎，当他发现贫寒的家境迫使他与恋人分开时，社会的价值体系真实地震动了他的心灵。在恋人结婚那天，大哥呆坐一天，从此他的人生哲学发生了巨大变化。起初为了参军，他和村支书的女儿订婚；为了上大学，他又追求团长的女儿。为了能分到广州，他追求高干子女郑蔚；

广州刺激了他的金钱欲，他又去追求资本新贵；当资本新贵不再具有利用价值时，他又对同时具有官场背景、商场背景和海外背景的女人“怦然心动”。大哥在利用他人的感情来满足自己的欲望时，毫无道德上的负疚感，他认为“很多东西是不能用旧有的道德观念来评判的，一些迂腐的想法往往害人不浅，让这些想法去指导别人做好人吧，我们要做的是上等人”。并用这种观点去教育弟弟，而他们兄弟在广州如鱼得水，把土地远远地抛弃在身后。在城乡冲突的背景下，人性的异化在小说中表现得淋漓尽致。

姚中才（1966—　），生于湖北天门，广东作家，曾为《南方周末》《深圳青年》等刊物的记者、编辑。著有《南海！南海！》《感动》及《下海》等。他的作品往往于细微处见人性，体现出作家对于消费文化与资本主义文化的较为深刻的了解和细微的观察。

民选

原载于《小说家》2001 年第 5 期，署名梁晓声，《中篇小说选刊》2001 年第 6 期选摘，湖南文艺出版社 2003 年出版单行本。

该作品用虚构的方式讲述了部分乡村资本与权力结合、政权出现“西西里化”的现象并以此提醒和警示人们注意这种现象。面对韩彪的为非作歹，以翟老栓为代表的乡贤们不断使用法律的武器与其抗争。韩彪想连任村长，运用各种手段对村民们威逼利诱。但是翟老栓为代表的村民们运用民主的武器，选了复员军人翟学礼当村长。失落的韩彪派人动用暴力殴打翟学礼。在冲突中翟学礼失手打死了翟老栓的儿子。在这场悲剧中，省报记者王晓阳建议省委书记仔细研读一下《教父》。这个小说有着非常强的警示作用，体现出作者敏锐的洞察力。

梁晓声（1949—　），生于哈尔滨，原名梁绍生。他以创作北大荒知青题材的系列小说而成名，代表作有《这是一片神奇的土地》《今夜有暴风雪》《雪城》等。2019 年《人世间》获第十届茅盾文学奖。他的作品始终怀有对于现实问题的强烈关注，善于在冲突中描绘人性和人情。无论是高官显贵，还是贫民百姓，他都以人道主义和理想主义去评判人物的所作所为。

青烟或白雾

人民文学出版社2002年出版，赵德发著。“农民三部曲”的第三部。

该作品讲述了支吕二姓的祖坟连在一起，多年来青烟缭绕，人们以为这预示着某个后代的飞黄腾达。支吕二姓相继有人为官，但是却饱受时代的拨弄。“四清”运动撤掉了村支书支明禄，却让吕中贞走上了仕途之路。“文化大革命”结束之后，吕中贞回乡务农，她的儿子白吕成为县长郭子兴的秘书，亲眼目睹了官场腐化堕落，愤而辞职。白吕熟悉西方的政治哲学，认为传统的“清官”是“人治”的象征，只有完善的制度建设才可以真正保护人民的利益。由此，他给自己儿子起名“民民”，在下一代身上寄予民主法制的希望。他研读法律法规，反抗乡村社会的种种陋习。比如，他状告墩庄镇政府来为自己讨回公道，试图组织“农民协会”来维护农民利益；以《国家赔偿法》起诉县公安局；以《村民委员会组织法》来参选村委竞选等等。白吕是作者所设置的一个理想人物，启蒙精神的承担者，他最终获得了亲人和乡民的理解和支持。虽然小说以县纪委书记支明铎的遭遇预示着中国乡村民主化进程的艰难和曲折，但是白吕这个形象象征着乡村的觉醒与希望，显示出作者对于乡村精英的期许。

赵德发的作品承继了中国现代文学的启蒙传统，又受到了新历史主义的影响。他一方面以很大篇幅表现乡土社会的风云变迁，肯定乡贤对乡土社会的影响，同情乡贤们在现代历史中的各种不幸遭遇；另一方面，他极力审视人物内心的善恶，剖析人性内在的阴暗面，使得他的作品在某种程度上构成了乡村的精神寓言，因此出现了复杂多变的乡贤形象。

杨角的年关

原载于《山花》2002 年第 12 期，署名畀愚。

主人公杨角非常看重子女玉帛、崇尚风水、信仰菩萨。他不但按照风水先生的指示建厂，而且还请来观音菩萨和财神爷并排摆放，同时给两个神像上香，为了保佑财运和未出生的孩子。他对于现代化的理解就是吃喝玩乐：当工商所的人告诉杨角现在要全球一体化，要和国际接轨时，杨角立刻从娱乐的角度去理解。这体现出他的生活缺乏理想和追求。但与此同时，杨角对公共事务很认真负责，从不拖欠工人工资，对于产品均保质保量，他的产品甚至打入了国际市场。杨角夫妻想生二胎，然而这并不符合计划生育政策。消防、工商、税务等部门一起给杨角施加压力，影响了工厂的正常运营，最后杨角只得放弃二胎的计划。《杨角的年关》以戏谑的方式展示出乡村资本精英的柔弱无力和复杂的乡村政治社会生态。

畀愚（1970—　），浙江嘉兴人，代表作有《碎日》《站在到处是人的地方》《罗曼史》等。他擅长用调侃的方式陈述严肃的社会话题，有较强的现实情怀。

天高地厚

北京十月文艺出版社 2002 年出版，关仁山著。“中国农民命运三部曲”（《天高地厚》《麦河》《日头》）的第一部。

冀东平原上的蝙蝠村里，荣家、梁家、鲍家三个家族世代恩怨交织。青年农民荣汉俊在 20 世纪 70 年代因为私自开荒种地而入狱，出狱后一心获取权力，成为蝙蝠村的一霸。弟弟荣汉林借助他的权势放高利贷，蓄养打手，为非作歹。梁罗锅、梁双牙父子和鲍三爷一心种地，但是土地不断流转，没有一定之规。最初梁罗锅是蝙蝠村的种粮大户，后来村里收回土地。当村里发展集体企业的时候，农民纷纷做了工人；只有鲍三爷承包了村里的大部分土地；集体企业效益不好，农民回转村里，重新要回自己的土地；鲍三爷和村里签订的十年承包合同基本无效。农民种菜，种粮，发展立体农业，但是在中国加入世贸组织之后，粮价大跌，即便鲍青发挥自己的知识优势，仍旧无济于事。

与此同时，村里大片土地被荣汉俊私自卖给了韩国商人，梁双牙为了能够在土地上种植庄稼，不惜刺破手臂，保证不影响资方，但最终血本无归。该书延续了关仁山对于农村生活的一贯关注。小说全面反映了中国农村近三十年的历史变革，展示了三农问题的巨大困境。

小说还体现出了乡贤形象的复杂性。对于荣汉俊来说，作者赞赏他早年对于极“左”政策的抗争和对于晚辈的呵护，但是又批判他对权力的无穷欲望和缺乏诚信的行为。对于以鲍真为代表的新一代乡贤来说，作者饱含着赞赏与鼓励。即便鲍真多次失败，但是她始终呈现出不屈不挠的奋斗精神，作者通过这一形象表示了对于新一代乡贤的期盼。

在我们眼前消失

原载于《青春阅读》2002 年第 2 期，署名李治邦，《中篇小说选刊》2003 年第 3 期转载。

这个作品体现出乡贤所面临的两难处境，乡村旧有文化传统对人的深刻制约。该小说讲述的是关世江的故事。关世江从小没有父母，在关村村民们的抚养下长大。作为受过现代文化影响的乡贤，关世江并不遵守村里的传统习俗。例如关村因山上狼群而约定不能养牛。但是关世江并不在乎。村长想要他帮助村里要账，他却要求四六分成。村民们嫉恨关世江，认为他胡作非为，唯利是图，要把他赶出关村。但是另一方面，狼群围攻关村，关世江把自己的牛拿出来献祭；他为了帮村里要账，竭尽全力；即便被驱逐，他依旧捐款建立村小。这作品不但表现了受现代教育的乡村新人和传统思想的农民之间的理念冲突，也表现了传统文化和现代文明的冲突。李治邦在作品里寄托了自己的复杂情感。

李治邦（1953—　），生于天津。代表作有《逃出孤独》《城市猎人》《红色浪漫》等。与人合作的电视连续剧《苍茫》《小站风云》及广播剧《重整河山待后生》获"五个一工程"奖。

城的灯

长江文艺出版社 2003 年出版，李佩甫著。原名《会跑的树》，刊于《小说月报》2003 年第 2 期，《中篇小说选刊》2003 年第 3 期转载，出版单行本时改名《城的灯》。《城的灯》与《羊的门》（1999）、《生命册》（2012）组成"平原三部曲"，体现了李佩甫对于乡村的复杂情感。

作品主人公冯家昌幼年丧母，作为家中的长子，他想尽办法出人头地，包括用婚姻换取自己的前程。冯家昌的未婚妻刘汉香则是作者理想中的人物，被称为"香姑"。她纯真善良，在冯家昌当兵之后，不顾家庭的反对，独自来到冯家整整八年，支撑起冯家父子五人的生活。当她得知冯家昌另娶他人之时，没有选择复仇，而是选择了宽容，带领全村人致富。

一定意义上，冯家昌和刘汉香这两个人物形象可以视为作者心目中的现实乡贤与理想乡贤：作者对冯家昌充满了怜悯、理解和同情；对刘汉香充满了推崇和尊敬。从本质来说，冯家昌是一个乡村能人，如果乡村社会可以提供给他尊严和事业发展的可能性，冯家昌不会背弃自己的誓言和情感。他走出乡村之后，把全家都带到城市里，改变了家族的生存环境。刘汉香带领乡民致富的情节，是作者给予刘汉香这个乡贤的使命。由此，作者进一步展现出对城乡关系的思考：冯家昌依靠城市的体制，背弃了乡村伦理，却实现了个人和家族的阶层的跃升；刘汉香依靠城市的知识，致力于乡村的发展。

这种对于乡贤的思考是李佩甫独特的地方：他在关注城乡文明碰撞带给人精神苦痛的同时，始终怀有城乡共同发展的理想。他对于人物的选择抱有同情之理解，批判的是权力的滥用和体制对人的扭曲，而不是简单地否定某一人物。他这种思考在《生命册》和《平原客》等小说中得到进一步的呈现。

石榴树上结樱桃

江苏文艺出版社 2004 年出版，李洱著。该作品是在《龙凤呈祥》的基础上扩展而成的。原刊于《收获》2003 年第 5 期，扩展成长篇后改名为《石榴树上结樱桃》，分别被《长篇小说选刊》2004 年第 5 期和《当代（长篇小说选刊）》2005 年第 1 期转载。

该作品围绕着官庄村的换届选举，叙述了现任村委会主任孔繁花竞选失利的经过。小说以繁花的有限视角展开叙述，她年富力强，头脑灵活，一心一意为村民做事，甚至于物色好了自己的接班人孟小红。然而，她的连任设想被雪娥的计划外怀孕所打乱。繁花想尽办法去解决这个问题，但她逐渐发现无论是村官还是村民都是各怀心思：村官们把经济利益和政治身份结合在一起；村民们把传统伦理和经济诉求混为一谈。她空有一腔热情，却缺乏家族和经济的支持，不得不黯然退场。这个小说有趣的地方在于：整个小说呈现出现代制度下全能政府的权威和乡贤们的个人诉求之间的矛盾，同时也展现出乡贤之间微妙的人情关系和经济利益对人性的扭曲。小说看似幽默、冷静，实则体现出时代的悲剧特征。

李洱（1966—　），生于河南济源，代表作有长篇小说《花腔》《石榴树上结樱桃》《应物兄》等。他擅长用反讽的笔调讲述乡村政治的复杂性，在冷静的叙事态度中，体现出新世纪以来乡村文化内部的价值错位，体现出乡贤们在基层政治中或者主动或者被动的行动规则。

最后的田园诗

原载于《飞天》2003 年第 6 期，署名毕四海。

该作品是一曲乡贤的悲歌。斑鸠嫂的丈夫是富豪，但是富裕了之后却因为没有精神支持而堕落。他以为金钱和女人才是富豪生活的体现，虽然他在城市中的别墅充满田园风情。斑鸠嫂很伤心，她努力维护的家庭和谐在丈夫的厚颜无耻面前不堪一击。斑鸠嫂最后无可奈何地回到了乡村。该小说把城市和乡村分别视为两种精神的根源：城市堕落、乡村高尚。小说中的人物扁平化，缺乏深刻的心理冲突，但是体现出一种典型的观点，即城市文化是乡贤堕落的根源。

毕四海（1949—　），生于山东章丘，原名毕耜海，著有《东方商人》《苦楝树》《都市里的家族》《泥砚》《选举》等作品。

水乳大地

人民文学出版社 2004 年出版，范稳著。

该作品讲述了西藏东部边缘近一个世纪的风云变幻。各种文化背景的人在这片土地上既冲突，又融合。藏传佛教的活佛、纳西东巴教的代表、基督教的传教士、红汉人的干部、康巴汉子，以及西藏土著宗教苯教鼻祖的魂灵等，构成了这个地区丰富多彩的文化背景。

作品里的乡贤文化不是体现在某一个人身上，而是表现为一种不屈不挠的精神。人们和自然抗衡，在江边开拓出盐田；外来的传教士本着传教的态度去学习语言、顺应习俗，但最终折服于这片土地所孕育的文化等等。最终，文化的冲突孕育出这片土地独特的特征，教徒普遍成为贤者，乡民之间充满着理解与同情，这构成了藏区这片土地独特的魅力。范稳擅于塑造文化冲突中的人物形象，对于文化的冲突和融合有着独特的表现方式。

范稳（1962— ），生于四川荣县，代表作有《水乳大地》《大地雅歌》《悲悯大地》等。

愤怒的苹果

原载于《山花》2004 年第 11 期，署名王祥夫，《中篇小说选刊》2005 年第 1 期转载。

该作品描述了主人公亮气与村长红旗红及村民的冲突，展现了威权文化对于现代乡贤的挤压。亮气承包了村里的苹果园，每年秋收时，给村民们送苹果以分享丰收的喜悦。但是村民并不领情。村长红旗红打了很多白条，用苹果给各级领导送礼，导致亮气的苹果园虽然丰收，但是每年的实际收入连苹果园的雇工都不如。除此之外，红旗红还经常侮辱亮气，亮气忍无可忍，奋起抗争。红旗红运用村长的影响力，让村民去苹果园哄抢苹果；亮气只得用打伤自己的方式制止村民的集体抢劫。然而村民们并不认为自己有错，他们依旧觉得亮气自私小气。小说既体现出了村民的仇富心理，又体现出了世俗文化和官场潜规则对于乡村的深刻侵蚀。

王祥夫（1958— ），生于辽宁抚顺。代表作有《愤怒的苹果》《管道》《驶向北斗东路》等。《管道》荣获第三届鲁迅文学奖。他的作品关注社会底层，但是这种底层是文化意义上的底层。乡贤虽然经济上略有优势，但是无论是政治权力还是世俗影响力仍处于乡村社会的底层。这体现出了作家对于乡村社会的观察和理解。

秦腔

原载于《收获》2005 年第 1、2 期，署名贾平凹，作家出版社 2005 年出版。《秦腔》获第七届茅盾文学奖。

该作品讲述了清风街夏家的故事。作者分别用仁、义、礼、智来为夏家老一代四兄弟命名，象征着传统文化的四个方面。老大夏天仁是传统伦理规范的化身；老二夏天义代表着对土地的信仰；老三夏天礼代表着财富；老四夏天智是传统道德和传统艺术的化身，投身于秦腔艺术。四个兄弟和睦相处，但是他们的子孙却大多数卑微猥琐。兄弟妯娌之间常常大动干戈，传统的乡土文化甚至无法维系大家族表面上的和谐。

已经走出清风街在省城当作家的夏风则成为了城市文化的代表，他对自己的故土已毫无留恋之情。他与秦腔名旦白雪婚姻的破裂预示着文化改良之梦的破灭：白雪聪明善良而痴迷于传统秦腔艺术，她与夏风并无共同语言，最终白雪生下了一个畸形的女孩，这昭示着贾平凹终于痛苦地认识到城市文化与乡土文化不可弥合的隔阂，乡贤也无法拯救衰落的乡土社会。

整部小说都是以疯子引生的视角和口吻展开的，引生对白雪痴狂的迷恋背后实际上就是作者对传统文化的痴迷，而引生的自我阉割也象征着对自身文化根脉和传统文化情结的痛苦割舍。他对于乡村的叙述充满了矛盾和痛苦：一方面对乡村充满了眷恋，并且明确意识到自己作品的审美性源于乡土文化；另一方面，他又清楚地意识到在城市文化的冲击下，乡村文化已经无法提供给人以生存资源。在这种基础上，贾平凹仔细地考察了乡村的方方面面，如乡土伦理、家庭伦理、文化焦虑、性别秩序、城乡关系等，表现出作家对于乡土社会的关注和热情。

圣天门口

人民文学出版社 2005 年出版，刘醒龙著。2011 年改编为同名电视剧。

该作品以鄂东小镇天门口的杭家和雪家为主，讲述了小镇近一个世纪的风云变幻。小说描绘了价值冲突所导致的暴力、野蛮和血腥，以及乡贤们在历史变迁中的不同选择。作者以此探讨人类历史上的暴力循环有无破解的可能性。

从这个理想出发，《圣天门口》塑造出了两种不同的乡贤。雪家是作者极力推崇的一方，宽容、隐忍是雪家的特征；而雪家和梅家结合之后，又把宗教精神带进了天门口小镇。雪大爹夫妇被批斗而死，他们的女儿雪柠在驴子狼围攻小镇时，却献出他们的尸身，挽救了小镇；梅外婆被土匪以及日本人侮辱恐吓，依然淡定如故；她们受人之托，在大饥荒时倾尽家财购入田地，以很低的租金返租给农民；又在土地改革之际，无偿地把地还给农民。他们对于生老病死、爱欲情仇以及政权的更迭都有独特的看法。梅外婆不断提及的“福音”安抚了众人惶恐不安的内心。而杭家是另一种类型。以杭九枫为代表的杭家推崇武力，既可以保境安民，又可以犯上作乱。众人对于杭家的态度是又爱又恨，但是大家坚信只有杭家人才可以保护天门口的安全。雪家安抚的是精神，杭家代表的是实力。在一场场的血腥暴力斗争之后，两个家族几乎烟消云散，但是反思的精神已经被众人接受。

平原

江苏文艺出版社 2005 年出版，毕飞宇著。

该作品是一个相对另类的乡贤故事。这里的乡贤并不是成功的乡贤，而是乡贤的雏形。从某种程度上来说，这个文本阐释了乡贤之所以没落的原因。故事发生在二十世纪六七十年代的王家庄。高中毕业生端方高考落榜，回到家乡。他凭借着自己的头脑和毅力获得了众人的赞赏，同时也赢得了三丫的爱情。但是，这些都无法抵挡农村生活的寂寞无趣。端方不甘心留在农村，心高气傲的他放弃自尊，跪在大队支书吴蔓玲面前祈求参军的资格。参军不成后，精神萎靡、一蹶不振。

与此同时，吴蔓玲是知识青年扎根农村的典型，承担起乡村基层的工作。她一心一意地追求政治前途。对于吴蔓玲来说，她的生活方式、精神状态，还有人生理想均和政治身份密切相关。权力带给她荣耀，也禁锢了她的一生。她喜欢端方，却又不敢表白；厌恶混世魔王，却不得不屈服于他。《平原》展现出特定年代的精神扭曲，反映了时代给予乡贤的精神压力。

毕飞宇（1964— ），生于江苏兴化，代表作有《哺乳期的女人》《青衣》《玉米》《平原》《推拿》等。《推拿》获第八届茅盾文学奖。他擅于描绘人物的内心，通过细致感人的环境来呈现时代氛围和人物心理状况。

额尔古纳河右岸

北京十月文艺出版社2005年出版，迟子建著。

该作品重心在于反映鄂伦春人的日常生活。萨满是鄂伦春文化的传承者，她虔诚地相信万物皆是神，对生灵尤其是树木和驯鹿“玛鲁王”怀着敬畏。她们与森林水乳交融，如何生、如何死，如何歌、如何哭，均在小说中有细致的体现。每一任萨满死亡之后，部落都会诞生一个新的萨满。但是萨满妮浩为人治病的代价却是一命换一命，因此她为了救治别人而失去了三个孩子。

作者通过魔幻叙事表现出了人性美好而善良的一面，体现了乡贤博大的胸怀。但是在工业化的冲击下，人们最终主动放弃了萨满的传承，离开了森林。小说借萨满不断追问城市化进程的必然性，思考保护自然的方式以及如何在现代工业的进展之中维护人们的情感和心灵。与此同时，该书还表现了鄂伦春族独特的民俗文化和自然资源，以文学的方式呈现出少数民族的文化特质和生存环境。

迟子建（1964— ），生于黑龙江省漠河市北极村，1986年发表《北极村童话》而成名，凭借着《雾月牛栏》《清水洗尘》《世界上所有的夜晚》三次获得鲁迅文学奖。2008年凭借《额尔古纳河右岸》获第七届茅盾文学奖。迟子建的作品始终洋溢着温情和宽容。她以温柔宽厚的笔调叙述着乡村文化的美好，以此反思城市文化，体现出乡贤对文化建构的重要意义。

村长要直选

原载于《北京文学》2005 年第 3 期，署名蓝强。

《村长要直选》是一个短篇小说，但是展现出了城市文化对乡贤们的影响。杜大刚是离乡乡贤的典型代表之一。他本来想在城市里安家，不想回村。但是三叔的话“人不是只为自己活着的”改变了他的初衷。杜大刚最终答应参选，回到乡村，希望和同伴们一起建设山村。此时竞争对手李宝国花钱买选票，杜大刚坚决不同流合污，认为此举破坏了乡村的风气。小说虽然直白简单，但是杜大刚的形象体现出乡贤对公正信念和文化理想的坚守。乡村叙述已经呈现出现代文化对于传统乡村政治的影响，也体现出乡贤的流动性对乡村文化的影响。小说虽短，但是颇具象征意味。

蓝强（1969— ），生于山东五莲县，作品曾获第三届路遥全国青年文学奖小说类一等奖。

下雨了

原载于《时代文学》2005 年第 4 期，署名邓宏顺。

该作品体现出了乡贤与村民、基层政府的复杂关系。白马村的何老大在村民和乡干部发生冲突之际，挺身而出，替村民交了税。县里胡副书记因此提名何老大做县政协委员，请他参政议政。何老大先是提议修码头，再提议免除特产税，均得以实施。何老大在村民中获得了极高的威望。何副书记进而提议何老大当县人大代表。何老大更是一心为老百姓做事。

但是当白马村被河对岸的氯化石蜡厂污染时，何老大的意见再也无法获得县里的重视。因为这个工厂是县主要领导引进的，领导们认为污染是发展过程中的必然代价。何老大因此遭遇了极大的困境：县里不容许何老大管，村民们认为何老大收了贿赂；村民去工厂闹事，县里认为何老大是指示者；何老大争取到的赔偿金，村民们不满意，反而去破坏何老大的树苗。最后，在新一届换届选举中，何老大被取消了人大代表的候选资格，又受到了村民的嘲弄，他遭遇了来自乡土文化和体制权威的双重伤害。该作品关注乡村的基层社会，何老大这一形象体现了乡贤的困境。乡贤的政治影响力源自于基层政府的授权；村民们重视实际利益，从本质上来说，乡贤并没有在村民那里获得尊重，也不具备道德影响力。这体现出作家对于乡贤们实际处境的考察。

邓宏顺（1956—　），生于湖南辰溪，著有《红魂灵》《天意·地相·凡事》《回望乡村》等。

大嫂谣

原载于《人民文学》2005年第11期，署名罗伟章。

该作品被称为“底层文学”的代表作之一。大嫂充满奉献精神：未婚时候，一心一意地照顾行动不便的父亲；结婚之后，供小叔子上学；对待公公如同亲生父亲；秉承着传统的“耕读”思想，一心一意要孩子读书；在53岁的年龄去工地打工、拾荒供养孩子继续求学。大嫂的无私奉献和不求回报，体现出中华文化典型的女性美德。小说中的包工头胡贵是城市和乡村的桥梁：他收留了大量的农民工，从不拖欠工人工资。胡贵出于乡情对大嫂的包容，使得大嫂最终在城市中立足，而他的无知莽撞乃至于最后的锒铛入狱都让大嫂体会到了知识的重要性，坚定了大嫂让孩子接受高等教育的决心。

在传统的乡土叙述中，大嫂这样的人物并非稀见。但《大嫂谣》中因为有了城市作为乡村的对照，大嫂的形象变得格外动人。大嫂并没有因为城市的声色犬马而失去初心，也没有因为胡贵的违法乱纪而淡忘胡贵曾经对她的帮助。大嫂这一形象可以视为传统女性乡贤在21世纪的代表。她没有文化资本、没有经济资本，但是她以身作则，凭借着自己对传统文化的坚守成为了整个家庭的精神支柱。在她的感召下，小叔子始终坚守着精神的独立性；大儿子迷途知返、自食其力；小儿子奋发图强、金榜题名。因此，《大嫂谣》不但是“底层文学”的代表作之一，也是乡贤文化的具体体现之一，寄托了作者的一种理想。

罗伟章（1967— ），生于四川宣汉。代表作有《饥饿百年》《不必惊讶》《我们的成长》《声音史》等。罗伟章始终关注于乡村文化对人的影响，他的小说细腻、深沉，展现出农民在被边缘化过程中的挣扎、努力和不屈。

笨花

人民文学出版社 2006 年出版，铁凝著。

该作品是作者建构的一个理想的乡土道德世界。它以向喜父子为线索展示笨花村的乡土世界，思考现代文化对笨花人的影响。整个小说贯穿了宗教文化、女性话语和民族解放话语。《笨花》里的乡贤们对于基督教文化体现出开放的胸襟与温和包容的心态；对于女性而言，女性们的思想被束缚在传统的道德伦理秩序之中。这种女性是中国文化中最传统的形象。就民族解放话语来说，乡土叙述在这里达到了一个比较完美的境界，展示了中国人不屈不挠的战斗精神和博大的胸襟。这种叙事方式和乡土文学传统的叙述方式不同：她的乡土是和谐的，不带有一丝灵魂的苦难。即便经历了时代变动和多种现代性话语的冲击，乡土的世俗生活没有受到任何破坏。

铁凝（1957— ），生于河北赵县，代表作有《玫瑰门》《大浴女》《麦秸垛》《哦，香雪》《孕妇和牛》等。散文集《女人的白夜》获首届鲁迅文学奖，中篇小说《永远有多远》获第二届鲁迅文学奖。她的作品以不同的女性形象而著名，这些女性或者尖酸，比如说尹小跳；或者纯真，比如说香雪；或者刻薄，比如说司漪纹。在《笨花》中，女性只是乡土世界的一部分，整个乡土社会才是《笨花》的主体，构成乡贤生长的文化土壤。

湖光山色

原载于《中国作家》2006 年第 3 期，署名周大新，作家出版社 2006 年出版。2008 年被改编为电影。2011 年被改编为电视剧。

该作品呈现出作者对于农村发展的独特思考。楚暖暖和旷开田抓住了发展乡村旅游的机遇，把自己的住房扩建为楚地居，专心接待旅客。在扩大规模的过程中，夫妇二人逐渐意识到自己不能独自享有旅游经济的红利，应该与其他村民分享。于是夫妻二人逐渐吸纳村民们参与进来。夫妻二人呈现出乡贤的特质：带头发展旅游经济，引领村民致富。在权利意识觉醒之际，积极参与乡村政治，他们反抗一手遮天的村长詹石磴，办起赏心苑，扩大经营范围。然而，在权力与经济的双重冲击下，夫妻二人对旅游经济的发展前景有了不同的设想。旷开田在资本的引诱和薛传薪的蛊惑下，把赏心苑变成声色犬马的场所；楚暖暖与其分道扬镳，独自经营楚地居。楚暖暖和旷开田的矛盾体现出资本介入农村之后给乡贤们的影响。乡贤们逐渐分化：旷开田逐渐呈现出楚王贵与老村长詹石磴的性格特点，无情无义、专横跋扈、唯利是图；而楚暖暖则不断反思自己的历史责任，并试图纠错。周大新完整地表现了旷开田的异化过程：在某种程度上旷开田很像《高老头》中的拉斯蒂涅，资本与权力诱使他走上了非法经营的道路，关键是他还获得了乡镇市等地方官员的支持，这实际上是经济改革的某种侧影。而楚暖暖的反抗则给整个小说带来了光明与温暖，是作者对农村寄予的美好期望。

周大新（1952—　），生于河南邓州。代表作有《湖光山色》《走出盆地》《第二十幕》《21 大厦》等。其中《湖光山色》获得第七届茅盾文学奖。

第九个寡妇

原载于《当代》2006 年第 2 期，署名严歌苓。《长篇小说选刊》2006 年第 6 期全文转载，作家出版社 2006 年出版。2011 年改编为同名电视剧。

这个作品的背景是 20 世纪中期的中国乡村。该作品讲述了童养媳王葡萄在长达 40 年的时间里藏匿公爹孙怀清的故事。孙怀清是传统的乡贤，他精明能干、热心善良。乡人们对于孙怀清的态度前后有着巨大的变化：起初是羡慕与愤恨，羡慕他的富裕和能干，愤恨他的炫耀和精明；之后，在荒年之际，开始怀念孙怀清，认为如果他活着，大家就不会挨饿；在得知孙怀清尚在人间时，人们不约而同地缄口不言，共同维护其晚年的安稳生活。王葡萄则以独特的情感和人性的视角看待当代历史的风云诡谲。她不但救护了孙怀清，还用宽厚的情感包容了弑父的孙少勇、孱弱的琴师、宽厚的史冬喜、霸道的史春喜和落魄书生“反党老朴”等男人，养育了挺和平两个孩子。人情的温暖和人性的无常在宏大的历史叙事之中显得动人。

严歌苓（1958—　），生于上海，美籍华人作家，被视为新移民文学的重要代表。代表作有《天浴》《少女小渔》《第九个寡妇》《金陵十三钗》《小姨多鹤》《陆犯焉识》等。

乡村天空里的舞步

原载于《北京文学（中篇小说月报）》2006 年第 6 期上，署名宋方金。

该作品是一个以对话为主的中篇小说。刘高贵是乡村的“哲学家”，从小就喜欢玄想。他想方设法探究村名“抬头村”的来源，给自己家里安门铃，造了抽水马桶。他专心各种发明，甚至于耽误了自己的婚事。青梅竹马的恋人李小猜另嫁他人；和他相亲的姑娘全都关心他会不会种地以及能赚多少钱。最后，刘高贵成为乡村中的另类人物，他最大的成绩就是造出了一架飞机，并且试飞成功。在2000年之后，有相当一部分数量的乡村叙述是和农民自主发明、造飞机有关。作家们在这里呈现出不同的价值判断：有的作品是嘲讽农民的异想天开；而有的作品是对农民的奇思妙想给予了充分的尊重，例如这篇《乡村天空里的舞步》。在作者看来，刘高贵虽然看起来“不务正业”，但是这种理想主义恰恰是人类文明前进的动力。因此刘高贵也可以算作那种出于理想而不断进行科学探索的乡贤。

宋方金，生于山东青岛，编剧、导演、作家。代表作有《逃离无名岛》《美丽的契约》等。

阿芬的困惑

原载于《山东文学》2006年第12期，署名李先锋。

该作品着重于讨论乡贤的内心感受。阿芬离婚之后，无法忍受村民的流言蜚语。独自来到S城，办起一家保洁公司。阿芬对于婚姻有恐惧感，但是生活寂寞无聊，她不知道如何安排自己的个人生活，好友阿莲劝说她再婚，但是阿芬依旧无法摆脱乡村思想的禁锢。该短篇小说体现出女乡贤性别意识的觉醒。阿芬的困惑在于阿莲强调的“性”，阿芬并不认同，她需要精神慰藉和文化资源。小说提出一个严肃的问题，当乡贤摆脱生存压力之后，如何让生活更有意义。

李先锋（1960—　），生于山东荣成，代表作有《小镇铁事》《黑娃》《博海》等。

红煤

北京十月文艺出版社2006年出版，刘庆邦著。

该作品讲述一个被金钱腐蚀了人性的“乡贤”故事。20世纪80年代中期，高中毕业的宋长玉去煤矿做了临时工。他为了成为正式工，用尽各种办法来把握各种机会，如展示自己的写作才能，追求矿长的女儿等。但是矿长一手遮天，把宋长玉赶出了煤矿。宋长玉无可奈何地到了砖瓦厂做工人，在那里他追求村支书的女儿，并且入赘。他借机承包煤矿，并且不择手段地赚取财富。他排斥有文化的工人，并且相信金钱的力量，横行无忌，大肆破坏环境。宋长玉本来可以成为一个乡贤，回馈乡村，但是他最终成为了乡村的破坏者。作者在这里思考着资本对乡村精英的影响，体现出作者的悲悯情怀。

刘庆邦（1951— ），生于河南沈丘。代表作有《红煤》《断层》《远方诗意》《平原上的歌谣》等。短篇小说《鞋》获第二届鲁迅文学奖，中篇小说《神木》获第二届老舍文学奖。

别拿村长不当干部

花山文艺出版社2007年出版，金燕平著。

该作品由40余篇短篇故事组成，故事多数发生在2000年之后的清平县。这一时期的中共中央有关农村的重大政策，比如2000年以来的农村税费改革、2001年之后的劳动力转移、2004年的“村务公开”和“民主管理制度”等均在这些短篇中有所反映。基层干部是作品描绘的重点，这些干部身处国家体制与乡民之间，在经济建设、自身仕途、乡里声誉之间呈现出完全不同的个性，其中郭聪的憨傻、芦花的能干、涂局长的狡猾、五魁的蛮横、牛乡长的智慧给人留下突出的印象。

作品还通过乡长牛永贵这一形象展现了基层政治的微妙之处，讽刺中带有理解。比如《顺口溜》中牛乡长以顺口溜的方式，从细节上规范农民的言行;《助手》中，因为他没有经验，所以在引进高科技项目时受了骗;《失踪》中牛乡长被地痞流氓绑架；在《借力》中，处理两个家族的械斗；在《秸秆》中为保护环境，科学利用秸秆等。这些短篇既写出了牛乡长为官不易，也写出了他的狡猾精明。总体来说，这些作品以诙谐的口语化叙事造就了喜剧风格，但艺术性略显不足，人物形象较为扁平化。

金燕平（1958—　），生于北京，该小说为作者首部文学作品。被改编为长篇电视连续剧《欢天喜地对冤家》。

赤脚医生万泉和

人民文学出版社2007年出版，范小青著。

该作品讲述了一个较为边缘化的乡贤故事。后窑村赤脚医生万人寿在“文化大革命”中受伤瘫痪，其子万泉和接替他当了赤脚医生。万泉和没正式学过医，每一次给人看病都很害怕。虽然李玉、涂医生、马莉等先后配合他行医，但又很快离去。整个村子最后还是只有万泉和给人看病。即便如此，他的医务室还动不动就停业：包产到户，没有赤脚医生的工分时，停业；经济无法支撑时，停业；上级检查行医资质时，停业。小说也呈现出乡村的落后愚昧：农民买不起西药，马莉不得不自学中医中药；万万金坑蒙拐骗地要开办“万氏医院”，给万泉和一个假的行医执照；王医生是一个聋子，量血压都不会却依旧行医。在种种困难的情况下，万泉和依旧承担起了整个乡村的医疗工作。

该作品展示了整个乡村的无奈：经济处于破产边缘，村办企业无法盈利，养不起医生。农民身患疾病的时候，无钱住院，他们要么去相信巫婆胡师娘，要么去找赤脚医生。该作品提出了一个非常严肃的问题：在贫穷而广袤的乡村，如何建立医疗体系，如何为农民提供最基础的医疗保障？万泉和虽然仅是一个赤脚医生，但是热心、坦诚，体现出乡贤对乡村的责任心。

范小青（1955—　），生于上海松江，代表作有《裤裆巷风流记》《老岸》《百日阳光》《赤脚医生万泉和》等。她的作品同时涉及了城市与乡村，呈现出社会转型期的时代文化面貌。

青木川

太白文艺出版社2007年出版，叶广岑著。后改编成电视连续剧《一代枭雄》。

该作品以“土匪”魏富堂的传奇经历为主线，从青木川镇解放前夕战乱写至20世纪80年代。魏富堂的形象在官修史书与民间传说中有着巨大的差异，通过后人的不断追问，一个乡贤的形象凸显出来。他生活在历史的大转折之际，保守与求新同时存在于他身上。他基本上不去城市；种植鸦片，一心求子。但是他对于现代文明无比向往，他在乡村中安装电话，把汽车开到深山之中。特别可贵之处在于他不仅追求物质文明，也追求现代文化：他办学校，建新学堂，架桥修路，资助贫家子弟外出求学，甚至于让孩子学外语等等。在他去世半个世纪之后，青木川的人依旧对外来文化充满包容和向往之心，这体现出乡贤的巨大影响力。

叶广岑（1948— ），生于北京，代表作有《本是同根生》《采桑子》《状元媒》等。中篇小说《梦也何曾到谢桥》获第二届鲁迅文学奖；长篇纪实文学《没有日记的罗敷河》获全国少数民族文学创作骏马奖。叶广岑的作品或者关注满族文化的变迁，或者展示普通人的悲欢喜乐，探究社会转型对乡土文化的影响。

黑白

人民文学出版社2007年出版，储福金著。

该作品讲述的是乡绅后代陶羊子的故事。陶羊子自幼被舅舅家收养，他喜欢下围棋，师傅任守一送他一副古玉棋子。舅舅家败落，陶羊子靠在戏院打杂为生，围棋给予了他骨气和自尊。他虽然身为杂役，但是自尊自爱，凭借手艺，自力更生。在抗战中，他家破人亡，把古玉围棋卖了一千大洋捐给军队买枪炮打日寇。后流浪到云南，重新建立家庭，自立于世。该作品显示了乡贤文化的传统并未断绝，这种文化传统和经济地位无关，而是在于人的风骨品格。

储福金（1952—　），生于江苏宜兴。著有《心之门》《奇异的情感》《羊群的领头狮》《紫楼十二钗》《柔姿》《雪坛》《魔指》等。

农民帝国

人民文学出版社 2008 年出版，蒋子龙著。

该作品反映了改革开放对乡村的影响，审视了农民在社会转型过程中的文化特质。作品描写了郭存先成长、发家、致富，乃至于堕落的过程。一般来说人们都认为此书是以大邱庄禹作敏为原型，但是作家坚决否认这种说法。蒋子龙不断在小说中提出自己的看法，认为郭存先的失败是挽救了郭家庄。

该书不仅是蒋子龙在创作题材上的重大跨越，更是他关注中国农村发展问题深化的结晶。他在这里提出了一个严肃的问题：在缺乏文化的支持下，那些本来可以成为一方乡贤，引领潮流的能人们如何在社会变迁中自处。

蒋子龙（1941—　），生于河北沧县，代表作有《乔厂长上任记》《燕赵悲歌》等。

上山钓鱼

原载于《西湖》2008 年第 1 期，署名杨中标，《中篇小说选刊》2008 年第 2 期转载。

该作品写了一个非常荒诞的故事，表现了乡贤在乡村政治中的变质过程。龙飞村的老村长张二炮找到了在县城里做生意的唐不拽，想请他和社会团体及政府一起为村里修路。但是围绕修路，县镇官员均各怀心事。唐不拽的资金不断被镇里截留。之后，无论是李县长开的现场办公会，还是唐不拽用自己房产为抵押从银行贷款，这一条路始终修不好。银行告唐不拽违约；老村长张二炮急火攻心，死在法院门口。唐不拽四处跑贷款，这条路始终差一二百米无法完工。但是在这个过程中，基层官员升职，唐不拽的财产不断增加。唐不拽起初找各级政府要钱修路是为了凑集资金，后来变成了趁机揩油。该作品反映了基层政治生态的复杂性，正说明了建构乡贤文化的必要性和紧迫性。

杨中标，现居武汉，代表作有《一把想象的钥匙》《你竟敢如此年轻》《去天堂使坏》等。

薛文化当官记

原载于《中国作家》2008 年第 9 期，署名和军校。

该作品讲述了一个乡贤的成长历程。薛文化读书不行，学石匠不成，学木匠又失败了。父亲调侃说，他只有去当官了。村里改选村主任，父亲给薛文化报名参选，并最终当上了村主任。薛文化当村主任后，首先把孩子们从破落的村小挪出来，让孩子们到自己家去读书。然后就是自费在外面学习其他村的先进经验，他感动了范技术员，义务到村里指导村民。之后，薛文化选卫生员去卫校学习医药知识，又四处化缘修路。他的举动得到了百姓们的认可，但是却得罪了苏副乡长，乡政府让薛文化停职，要他接受调查。

该作品虽然是短篇小说，却有着丰富的细节，反映了时代的大环境：农民进城、土地荒置；村庄里有很多留守儿童和留守妇女；基层个别干部尸位素餐；还有乡贤们的觉醒以及乡村共同体的构建。

和军校（1963—　），生于陕西礼泉，代表作有《千万别说我爱你》《石油人的家》等。

空山

人民文学出版社 2009 年出版，阿来著。

该作品分为《随风飘散》《天火》《达瑟与达戈》《荒芜》《轻雷》与《空山》，描写了20世纪50年代末期到90年代初，发生在一个叫机村的藏族村庄里的6个故事，反映了乡贤们因不同理念而造成的矛盾和冲突。这6个故事里有相同的人物反复出现，但是这些故事又相对独立，叙述的重点有所差异，呈现出乡贤们在不同时期的文化特征。

机村的三任村支书是乡村的能人，也是乡村的守护者。第一任村支书驼子带领大家拓荒，因为在地里积肥过多，导致庄稼绝产，被调走。后来公社为了压制第三任支书索波，把他调回，但是他痛恨公社对于机村生态的破坏，支持索波寻找家园的活动。第二任村支书格桑旺堆在《天火》中支持巫师多吉放火烧荒，被关在监狱，在《荒芜》中刑满出狱后，以传统的藏民方式完成他和老熊的约定。第三任支书索波，在《随风飘散》中坚持砍伐森林；在《天火》中，一心执行老魏的命令；在《荒芜》中，面对着生态灾难，索波按照藏族古老歌谣的指示，带领青年人去寻找新的家园，成为机村的英雄。

除此之外，《天火》中的巫师多吉、《达瑟与达戈》中的达瑟都可以视为乡贤形象。多吉的故事呈现出传统和现代管理机制的某种对立。从藏族传统上，维护牧场就必须烧荒，最后多吉付出了生命的代价。达瑟反感声色犬马，退学回家，坚持自学，成为机村的先知。在整个故事中，阿来提出一系列尖锐的问题：什么是乡贤的文化责任，藏族与汉族如何顺畅地沟通以及藏族乡贤如何引导民众处理现代与传统的关系等等。相比《尘埃落定》，《空山》更能体现出阿来的历史责任感和对文化的思考。2019年出版的《云中记》也体现出乡贤对于故土的依恋和留守，以及与这片土地共生的民俗文化。

阿来（1959—　），藏族，生于四川马尔康县。代表作有《棱磨河》《大地的阶梯》《尘埃落定》《空山》等。长篇小说《尘埃落定》获第五届茅盾文学奖。《空山》获华语文学传媒大奖杰出贡献奖。他的创作始终关注于藏区的文化与精神，表现出对传统文化的热忱。

蛙

上海文艺出版社 2009 年出版，莫言著。

该作品由剧作家蝌蚪写给日本作家杉谷义人的四封长信和一部话剧构成，讲述了姑姑——一个乡村妇产医生的人生历程。姑姑是女乡贤的代表，最开始她是助产士，接生了很多乡村儿童。随着计划生育政策的实施，姑姑的身份转变为计划生育政策的执行者。在她的雷霆手腕下，张拳妻子耿秀莲跳水而亡；她主动上报侄媳的计划外怀孕，动用暴力手段逼迫侄媳去流产，导致侄媳命丧手术台。姑姑亲手流掉两千八百个孩子，晚年用泥娃娃寄托哀悼之意。该作品表现了行政力量对乡村的干预，以及体制内乡贤的反思，也写出了乡村精英内在的复杂性。

莫言（1955— ），本名管谟业，生于山东高密，代表作有《红高粱家族》《檀香刑》《丰乳肥臀》《生死疲劳》《蛙》等。《蛙》获得第八届茅盾文学奖。2012 年 10 月 11 日，获诺贝尔文学奖。莫言的“高密东北乡”已经被认为是类似于福克纳笔下“约克纳帕塔法世系”的文学世界。

城里来的女村官

中国社会出版社 2009 年出版，班继胤著。

该作品主人公女大学生甘英毕业后并没有接管家族的企业，而是到广西的贫困山村黑沟村任村主任。上任伊始，她秉承县长的指示，提议农民种甘蔗。但是经过实际调查，她发现农民无法通过种植甘蔗得到基本的经济收入，因此整个山村青壮年外出打工，女人纷纷外嫁。甘英从父母处获得经济与知识支持，同时也通过老同学的帮助，先是嫁接橘子，之后挖掉甘蔗种植经济蔬菜，终于使得黑沟村摆脱了贫困。以前的黑沟村村民囊中羞涩，不敢购物；现在的黑沟村村民，随时带着万元现钞，不再为钱出卖身体和良心。

该作品展现出乡贤们为乡村做出的巨大努力，甘英虽然是城市姑娘，但是最终扎根乡村；而本土的乡贤们无论是医生还是教师都自发地为改变乡村落后面貌而努力，反映了乡土文化在市场经济大潮下的新生。

班继胤（1958—　），生于广西南宁，代表作有《密林猿踪》《抢劫即将开始》《丛林大追踪》等。

一句顶一万句

长江文艺出版社 2009 年出版，刘震云著。

刘震云始终关注传统文化对中国乡村社会的影响，努力探求乡土文化更新的可能性。《一句顶一万句》是一个农民寻找梦想的故事。它分为上下两部分。上部是“出延津记”，下部是“回延津记”。一出一返之间，写尽了乡土人物对于精神家园和灵魂伴侣的追寻。从表面上来看，故事的主人公杨百顺并不富有，是乡村生活中的底层人物。他原名杨百顺，信主之后，改名杨摩西，入赘之后变成吴摩西，最后改名罗长礼。从人物的经历来看，他是一个随波逐流的小人物，一生颠沛流离。但是他在流浪的过程中，接触了很多坚定信念的人，他的善良和温和也让继女巧玲有了精神之乡。小说中所有的人物都在寻找自己的精神依托，寻找可以交流的对象。从这个角度上来说，《一句顶一万句》中的杨百顺代表了不断探求的乡贤。这超越了以阶层、经济和文化资源来划分乡村社会的方式，作品凭借着精神力量阐释了乡贤文化的内在特征。

刘震云（1958—　），生于河南延津，现居北京。代表作有《故乡天下黄花》《故乡相处流传》《故乡面和花朵》《一地鸡毛》《我叫刘跃进》《一句顶一万句》《手机》等。《一句顶一万句》获第八届茅盾文学奖。

凿空

作家出版社 2010 年出版，刘亮程著。

该作品以新疆南疆一个在西部大开发中成为被遗忘的角落的阿不旦村为主，描述了村民在现代化建设和传统民俗中的无所适从。村子里两个重要的人物：一个是汉人张旺才，另一个是当地人玉素甫。张旺才靠着种菜成了村里的富裕户，但是因为他是汉人，他无法参与村中的日常事务，始终是一个边缘人物。与张旺才相反，玉素甫是当地最早出去当包工头发了财的老板，但是在现代化建设中，他的工程队落伍了，无处揽工，只得回到阿不旦村。两个人均无所事事，不约而同地在地下挖洞：张旺才的目的是为了回到自己原来的房子；玉素甫的目的是为了找到地下的古代村庄。

此时，外面的世界发生了巨大的变化，可是所有的繁华和经济活动都和阿不旦村无关，但是它们带来的污染和破坏却改变了阿不旦村民的生活。村庄里的村长、能人们对此均无可奈何。小说不但展示了一个被彻底凿空的村庄，也展示出了乡村的空洞化和乡贤们的精神磨损与精力损耗。从这个角度来说，《凿空》显示出脱离了现代化进程的乡贤终将落伍的命运。

刘亮程（1962—　），生于新疆古尔班通古特沙漠边缘的一个小村庄。代表作有《一个人的村庄》《在新疆》《虚土》《凿空》《捎话》等。《在新疆》获得第六届鲁迅文学奖。

天香

原载于《收获》杂志 2011 年第 1、2 期，署名王安忆，人民文学出版社 2011 年出版。

该作品的写作是王安忆首次涉及明清题材，整个小说叙事方式类似《红楼梦》，以乡绅日常生活为主，叙事重心在申家的女人身上。上海县申家造“天香园”，申柯海娶妻小绸，又阴差阳错纳闵氏为妾。闵氏系苏州织工之女，与小绸共创“天香园绣”；后柯海侄媳希昭又以书画入绣，成天下一绝。后来申家败落，申家女子以绣艺支撑家用，蕙兰更设幔授艺，使“天香园绣”光大天下。小说以平淡优雅的笔调叙述了“天香园绣”的缘起与发扬光大，禅意散淡于女子们的日常生活之中。这个小说体现了乡贤在本土文化建构与传承之中的巨大作用，特别强调了女乡贤之间的情谊和互助。虽然申家最终没落，但是乡贤的精神与艺术泽被众人。

王安忆（1954— ），生于南京，代表作有《小城之恋》《荒山之恋》《锦绣谷之恋》《长恨歌》等。2000 年《长恨歌》获第五届茅盾文学奖。2004 年《发廊情话》获第三届鲁迅文学奖。王安忆的作品题材广泛，无论城市生活还是乡村社会都是她关注的对象。她始终考察人的文化需求和精神特质，体现出作家对于民族文化的关怀。

裸地

作家出版社 2011 年出版，葛水平著。

该作品是葛水平的第一部长篇小说，塑造了盖运昌这个在宗法秩序、情感伦理和外来文化冲击之下的乡绅形象。盖运昌饱读儒家经典，一辈子生活在儒家文化的笼罩下；但是他的一生又处于矛盾之中。在名义上，他是盖丙生的儿子，但是盖丙生实际上是一个太监，并没有尽到教育之责；生父是家中的苦力，他只能在无人处孝顺生父。他一心想着家业昌盛，却后继无人，只能让“绣娘”女女的儿子继承家业。

盖运昌固守着中国的文化传统。当荷兰人米丘来到暴店传教并要求建立教堂的时候，他虚与委蛇，最后婉拒；但在女儿的影响下，不但容许米丘公开放电影，还同意女儿入教。这些情节非常有历史感，体现出对于外来文化欲拒还迎的复杂心态。与柴家和原家的斗争展现出盖运昌为了经济不择手段的特点。在安县令的强硬统治之下，他阳奉阴违，让响马抢走他想要的波斯玉壶；靠在乡民中的威信普及大烟，既体现了地头蛇的秉性，又体现出了资本的嗜血，展现出了近代乡贤精神的变迁。

葛水平（1965— ），生于山西沁水，代表作有《心灵的行走》《喊山》等。《喊山》获第四届鲁迅文学奖。

春尽江南

上海文艺出版社 2011 年出版，格非著。

该作品以诗人谭端午和律师庞家玉（原名李秀蓉）这对夫妻为中心，描绘了他们夫妻及周围人近二十年的人生遭遇和精神感受。虽然作品中并没有明确说庞家玉出身乡村，但是庞家玉在生活中的各种无奈和尴尬，都表现出她对于整个时代的陌生和隔阂。

在某种程度上，这是一个超越乡村和城市的作品，是乡土中国的寓言。谭端午和庞家玉都固守着内心的底线，无法适应残酷的城市游戏规则，他们深感疲惫，且无能为力。谭端午自我放逐，宁愿做一个无用之人；而庞家玉远走西藏，客死异乡。谭端午的红颜知己绿珠希望远离城市、定居于郊区，过一种踏实而朴素的生活。这折射出了作者对传统乡土中国理念的理想主义想象。

格非（1964— ），原名刘勇，江苏镇江人，先锋文学代表作家之一，著有《格非文集》《欲望的旗帜》《塞壬的歌声》等。2015 年“江南三部曲”获第九届茅盾文学奖。

炸裂志

上海文艺出版社 2013 年出版，阎连科著。

该作品充满隐喻。主人公孔明亮及其家族既有雄心壮志又不择手段。从经济角度来说，这是一个城市的崛起史、创业史。孔明亮让炸裂村成为县里第一个万元村，并使炸裂村由一个落后的小山村一步步地发展、膨胀，由村改镇、由镇设县，最终竟然发展至地级市乃至超级大都市。村民们都随之发家致富，生活条件得到了极大的改善。

该作品的重心在于揭露乡村能人、强人的卑劣行为和炸裂村民的无尽贪婪。孔明亮致富的秘诀是偷盗，甚至于他当上了市长也改不了顺手牵羊的毛病，而他的妻子朱颖带领炸裂村民去卖淫。孔明德权势熏天，情感、人性、亲情均不在他的考虑范围。他甚至可以左右动植物的生长和自然界的气候变化。金钱改变了传统的伦理道德，人人以金钱为荣；欲望左右了整个社会，但是这种欲望最终毁灭了他的家族和炸裂市。

该作品是一则中国社会激烈变迁的寓言，乡村强人们推动了整个社会的沦落和“炸裂”。作者充满忧患意识，这些人野心勃勃，充满力量感，但是他们越有力量，整个社会就越堕落。虽然正文中，炸裂最后被毁灭，孔明德等人也走向死亡，但在尾声中，孔明德等人又再一次出现。尾声与正文的冲突体现了作者对于中国社会变迁的观察及隐喻。

阎连科（1958—　），生于河南嵩县，代表作有《年月日》《日光流年》《坚硬如水》《丁庄梦》《风雅颂》《四书》等。1998 年，中篇小说《黄金洞》获第一届鲁迅文学奖。2001 年，中篇小说《年月日》获第二届鲁迅文学奖。2005 年，《受活》获第三届老舍文学奖优秀长篇小说奖。2014 年，阎连科获卡夫卡文学奖。

外公

原载于《钟山》2013 年第 6 期，署名徐晓思。

该作品讲述了革命时代的乡贤——外公矛盾的一生。外公是当时的区公所书记，曾经参与和亲历了抗日战争和解放战争。外公对自己亲人很严厉，在 1960 年宁可母亲饿死，也不多给粮食；让舅舅砍掉父亲私种的庄稼；坚信“读书无用论”，没有让舅舅们去上学。但是外公对其他人很友善，他保下来很多人，包括枪支走火、误杀孩子的李大安；被认为攻击“文化大革命”的武大夯；

甚至于他的仇人癞老五。他政绩突出，治下的“一条路”和“一片森林”至今依旧是造福后人的典范。小说也写了外公的晚年：舅舅们怨恨他没让自己读书，父亲虽然对外公很好，但是体弱早逝。外公老无所依，居无定所，无人照顾，临去世前不断忏悔自己的过往。这是一个矛盾、扭曲的乡贤形象，真实地表现出一代人的心路：亲情被革命所压抑，最后无所弥补。表面上看是个人的命运，实则是时代的悲剧。

徐晓思，江苏高邮人，作家、书法家。代表作有《一路喜鹊窝》《爱然后知教》《母亲望着我》等，曾获汪曾祺文学奖。

后土

青岛出版社 2013 年出版，叶炜著。

该作品为叶炜的“乡土中国三部曲”(《富矿》《后土》《福地》) 之一。三部曲以“麻庄”为对象，关注百年乡土社会的文化变迁。《后土》主要叙述了四代村干部在麻庄的生命历程以及乡村政权的交替。第一代基层干部李是凡付出毕生心血也没能使“麻庄”摆脱贫困。王远是第二代村支书，他虽然带领群众脱贫，而且自己多年不拿工资，把收入捐献出来，但是私下贪污不少财产，甚至于欺男霸女。刘青松、曹东风是第三代村干部，他们尽管存有私心，但不敢像王远那样无法无天，曹、刘二人在某种程度上是一种制衡。二人响应社会主义新农村建设的号召，村民的生活水平得到了提高，麻庄的生态环境得以改善。在刘非平、王东舟这些第四代村干部和乡贤手中，他们把自己的工作重心放在经济建设上，成立了麻庄旅游开发股份有限公司，麻庄的前途日益光明。

小说不但写出了中华人民共和国建国之后基层乡村政治的变迁，也体现出了对乡土习俗的尊重。村民们无论日常生活还是村政大事都要考虑到土地爷的存在，麻庄一定要在土地庙的东南方向，否则任何工程都会遇到阻碍。刘青松甚至多次在梦中和“土地爷”对话，醒来之后传达“土地爷”的指示，从而保障麻庄经济建设的平稳发展。这种乡土理念体现出新乡贤文化和传统乡土文化习俗的纠缠。以刘青松和曹东风为代表的新乡贤们并没有粗暴地对待地方文化传统，而是以温和且宽容的态度接纳了民俗，与此同时，以刘非平和王东舟为代表的返乡乡贤们进一步发掘民俗和民间文化，为麻庄经济发展出谋划策。小说体现了作者对农村未来的乐观态度。

叶炜（1977—　），生于山东枣庄，本名刘业伟，代表作有《后土》《富矿》《福地》等。

花村

原载于《当代》2015 年第 2 期，署名王华，人民文学出版社 2017 年出版。

该作品体现了作者对乡村传统文化在城市化进程中出现的溃败危机的隐忧。小说中男人们都进城去打工，村里的女人们留守在家。村长张大河承担起村里壮劳力的责任，不但要干自己家的农活，还要为村里其他家庭义务劳作。可是留守在家的女人们难以承担家庭的重负，也难以接受两地分居的婚姻生活，最后村长张大河鼓动花村的女人们抛下田地，集体进城。从文化的角度上来看，《花村》还展现出基层乡贤们的困境。鲁乡长难以推进政府所规定的种植任务，而村长张大河也只能偷天换日。小说中详细描写了女人们灵肉冲突，整个乡村礼崩乐坏，吉利大娘想到要修庙，但是无济于事。男人们宁可在城市被偷被抢被欺骗也要待在城市。《花村》用疼痛和焦灼的笔触，呈现了乡村在城市化进程中的遭遇。

王华，贵州人，代表作有《桥溪庄》《傩赐》《旗》《海雀，海雀》等。《桥溪庄》（又名《雪豆》）曾获全国第九届少数民族文学创作骏马奖，《海雀，海雀》获得全国少数民族文学创作骏马奖报告文学奖。

独药师

原载于《人民文学》2016年第5期，署名张炜，人民文学出版社2016年出版。

该作品主人公季昨非是半岛的首富，也是养生世家季府的主人。他深深陷入了本土传统与外来文化的冲突之中。在外来文化的冲击下，“独药师”的第六代传人季昨非逐渐克服了自身的欲望，接受了西方的医学知识，并投身于革命洪流之中。季昨非是传统乡绅必然退出历史舞台的象征：无论“独药师”有多少可以长生不老的药丸，无论他对乡土有多少热望和留恋，对城市和现代文化有多少不适和厌恶，他都不得不接受整个半岛和他的家族卷入整个中国现代化进程的必然命运。《独药师》的故事以二十世纪上半叶的山东为背景，张炜在这里呈现出对传统乡土文化的整体性反思。从他的《古船》到《九月寓言》《刺猬歌》《你在高原》，这些作品充满对理想的不懈追求，但后来的《艾约堡秘史》则把叙述重心放入了城市中，乡绅及其背后的传统文化则成为一个遥远的回响和背景。在这转变的过程中，《独药师》是具有标志性的转折。

呼喊在风中：一个博士生的返乡笔记

复旦大学出版社2016年出版，王磊光著。

该著作汇集了多篇短文，从不同层面展示大别山区一个普通农村的生活场景，体现出作者对于乡村问题的思考。《近年情更怯》《为什么我们越读书越困窘》《我们将无路可退》展现出城市化进程对于乡村的冲击。《表哥的亲事》《母亲的初夏》《父亲的信》《二父住院记》从家族亲人的遭遇反思乡村现状。《一位乡村教师的命运》《一个乡镇公务员的自白》《从梁漱溟的困境看今日的乡村动员》《为了什么去农村》《寻找乡贤》等从历史和现实出发，对乡村文化进行整体性的反思。

在审视乡村社会的过程中，王磊光注意到：在外打工的第一代农民工回到家乡之后，他们愿意为家乡做事情。而且，他们也看到了年轻人在城市里很难获得优质而稳定的生活，也不再把城市作为幸福生活的象征。由此，王磊光思考乡贤对于乡村的重要性，同时以修路为例，证实了乡贤的存在和必要性，并认为乡贤是乡村复兴的必要因素之一。

此外，该书还收录了作者的导师王晓明教授于 2004 年的纪实报告《L 县见闻》。这与王磊光对当下乡村的观察与思考构成了对话关系，显示出了学者和作家对于乡村社会的持久关注和思考。

王磊光（1981—　），湖北罗田人，作品见诸《青年文学》《青春》《文学界》《天涯》等数十种刊物。2015 年春，《一个博士生的返乡笔记》以“非虚构写作”的形式描绘了乡村的现状，在网络上广为流传，引起社会热议。《呼喊在风中：一个博士生的返乡笔记》缘起于此，成为“非虚构写作”的代表作之一。

梁光正的光

人民文学出版社 2017 年出版，梁鸿著。最初发表时名为《梁光正的光荣梦想》，原载于《当代》2017 年第 5 期。

该作品叙述了乡贤梁光正矛盾的一生。梁光正并不是一个老实本分的庄稼人，他热衷于“投机倒把”，爱出风头，终年不变。他对于女人充满热情：自己的妻子在床上瘫痪七年，始终不离不弃；在和梅菊、蛮子以及巧艳妈等诸多女人的情爱婚姻之中尽心尽力，对养子养女极度爱护，以致忽视了自己孩子的成长历程。与此同时，他在外面呈现无私的大爱，被家里人认为是一种“道德建构”。年轻时，颇叛逆；晚年不懈地寻亲访友，寻遍了各地和他有血缘关系的人。他质疑某些不合理的政策，要求对土地的使用问题、征地补偿问题、雇工合同以及村里的经济账目等信息予以公开，已然成为村上的意见领袖。但是当基层领导放弃征地后，他又成了大家眼中的罪人，因为人们渴望那笔征地补偿款。当梁光正去世之际，大家终于理解了梁光正，他“竭力追求更美好的生活，他始终没有放弃”。梁光正看起来是一个失败者，但是这个失败者的精神蕴含着巨大的能量。他被作者塑造为一个近似“堂吉诃德”和“西西弗斯”式的人物，寄托着乡土社会的理想。

梁鸿（1973— ），生于河南邓州，现为中国人民大学教授，代表作有《中国在梁庄》《出梁庄记》《梁光正的光》等，为新世纪以来兴起的“非虚构写作”的代表作家之一。

李光荣下乡记

江苏凤凰文艺出版社 2017 年出版，周荣池著。

该作品由若干短篇小说组成，以纪实的方式，讲述了李光荣担任村书记期间的所见所闻，展现了乡贤们的人性之善。薛元中是菱塘清真寺里的一位阿訇。村民杨文敏家的母牛难产，兽医没有带齐兽药。薛元中主动冒着大雨去取药，杨文敏家的牲畜保住了，薛元中却为此付出了骨折的代价。乡村教师钱白平，一生自尊自爱，“文化大革命”中反抗造反派，拒绝下跪；在城镇化的进程中，维护乡村文化，拒绝拆掉老屋，体现出乡村教师的风骨。此外，儒商谢生林一直在捐资助学。小和子虽然年轻时候偷学厨艺，但是她聪明能干，在美食技艺比赛中获得业余民间组第一名。小说通过一系列乡村人物，展示出了农村欣欣向荣的生活情景，体现出作家对农村的热爱之情。

周荣池（1983— ），生于江苏高邮，著有《李光荣当村官》《李光荣下乡记》《大淖新事》《村庄的真相》等。

村长过年

原载于《小说月报·原创版》2018 年第 3 期，署名向本贵。

该作品讲述了乡贤面临的舆论环境。“最美村长”邹前栋把村里的五保老人刘长生接到家里来照顾，一直照顾了三年。刘长生却开始挑剔邹前栋，认为邹前栋并没有把他当作自家亲人；邹前栋的妻子也很不满意，觉得刘长生影响了家庭生活，她已经很久没有回娘家了。邹前栋不得不一边处理家事，一边去处理村里的盗窃案件。邹前栋一心为村里做事，但是流言蜚语不断。当他下定决心放弃村干部职位的时候，众人又发现邹前栋难以取代。该作品显示出了乡村社会的复杂性和乡贤的尴尬处境。

向本贵（1947—　），生于湖南沅陵，代表作有《苍山如海》《凤凰台》《遍地黄金》《盘龙埠》《非常日子》等。《苍山如海》获“五个一工程”奖、第六届全国少数民族文学创作骏马奖，《这方水土》获第七届全国少数民族文学创作骏马奖。

他乡

北京十月文艺出版社 2019 年出版，付秀莹著。

《他乡》讲述了在城镇化背景下，一个脱离了乡村的女乡贤如何适应现代城市生活的故事。翟小梨是一位来自乡村的知识女性，她勤奋好学、能忍耐、肯吃苦。不管丈夫幼通如何不求上进，公婆如何刁难，小梨都忍辱负重，承担起全家的重担。当小梨通过自己的努力把全家都带入北京之后，她重新审视自己的内心和丈夫幼通的性格，才对生活有了真正的反省。对于小梨来说，她所有的价值和思想都是源于传统乡村，对生活要勤奋容忍，对丈夫要忠贞，对父母要孝敬，对他人要友善，而这些文化观念在城市中受到了巨大的冲击和挑战。最终小梨在两种观念之间找到了平衡。小梨和幼通分别代表着是否适应现代城市生活的两个向度。现实的维度之外，文本也体现了对于精神世界的探讨。

付秀莹（1976—　），生于河北无极，代表作有《陌上》《他乡》《野望》等。

有生

原载于《钟山》（长篇小说专号）2020 年 A 卷，署名胡学文。

凤凰文艺出版社 2021 年出版。

该作品是一部百年家族史。作品以祖奶的故事为核心，叙述了乡村中各种人物苦难的生活。祖奶乔大梅是享誉乡里的接生婆，无论生育者的阶层如何，皆一视同仁。她接生的孩子有近一万二千人，体现出母性的博大胸怀。大家尊重她，把她敬为观音弟子，乃至认为她是神灵的化身，不断祈求她的庇佑。但这职业也给她带来磨难：一生婚嫁三次，生育了九个子女，但是所有的子女都先她而去。文本中的其他人物，也遭受各种苦难。如花和钱玉两情相悦，但是钱玉死于矿难，如花只好寄情于乌鸦；毛根喜欢隔壁的宋慧，却求而不得；罗包和麦香的婚姻不幸，但无法离婚，罗包只得忍受着麦香对他的欺辱；杨一凡身为镇长，却有着诗人的隐秘身份；喜鹊父亲无比懦弱，是诸人嘲讽的对象。但是，在苦难的阴影之下，胡学文极力展现人的尊严和情感的温馨。祖奶喜欢树叶飘落的声音，能辨别出母鸡们不同的声音；如花爱花如痴，甚至于在风雨交加的日子中在田野里欣赏闪电，为了欣赏雪花，在野地里受伤流产；罗包和自然融为一体，走到街上可以感受到各种自然的声音；镇长杨一凡才思敏捷，油菜花、胡麻花、葵花、马铃薯花都可以激发他的诗情。喜鹊和鸟相处久了，她能懂得喜鹊们的喜怒哀乐。小说把苦难视为乡村的常态，通过自然风景来慰藉人的心灵。人们面对苦难，不是捶胸顿足、辗转反侧，而是在自然景物中消解徘徊。这是胡学文对于乡村文化的独特解释。小说中乡村人物形象的智慧、坚忍、忠贞等品格，可视为作者对乡村文化和乡贤文化理想特质的想象和追寻。

胡学文（1967— ），生于河北沽源，代表作有《从正午开始的黄昏》《命案高悬》《婚姻穴位》《逆水而行》《红月亮》等。《从正午开始的黄昏》获第六届鲁迅文学奖中篇小说奖。

中编　研究文献叙录

论湖南应办之事

原连载于《湘报》1898年4月5日、6日、7日第26、27、28号，署名梁启超。

该文条分缕析，论湖南应办之事，将人才作为重中之重，论人才，由民而绅，由绅而官，步步深入。依次是如何开民智、开绅智、开官智。此处仅论关于绅的第二部分。首先归纳核心观点“欲兴民权，宜先兴绅权；欲兴绅权，宜以学会为之起点”，进而承题，引中西历史证明其是，旋即提出兴绅权的两大问题及其对策；其次详论“定权限”，援引西方立法与行政二权分立之通例，提出乡绅有议事权，而官方有行事权；再次详论“开绅智”，主张通过学会进行，将其与南学会联系起来；最后称“合全省人之聪明才力，而处心积虑，千方百计，以求办一省之事，除一省之害，捍一省之难，未有不能济者也”。《湘报》第76号上，另有黄熙敬《废胥吏用士人论》，历数胥吏的七害，主张用士人取代，立论更加激进，却同样显示了当时舆论对在野士绅的期待。

梁启超是湖南新政的积极参与者，所作政论文有很强的对策性和预见性，不仅与新兴的时务学堂、南学会相印证，并且预示了后来地方自治推行中的关键问题。梁启超等人将湖南一省作为新政的试验场，最早呼吁将固有的精英阶层作为现代变革的承担者，并且力图从西方现代政治中为传统士绅寻觅恰当的权力位置和组织形式。梁启超的相关论断，堪为晚清“兴绅权”舆论的滥觞。

梁启超（1873—1929），字卓如，一字任甫，号任公，又号饮冰室主人、饮冰子、哀时客、中国之新民、自由斋主人，广东新会人。作为影响全国的一代文豪，并不排斥地方色彩，不仅在《新小说》上为广东文人、广东地方文学提供一席之地，并且在小说、戏曲、史传实践中多以广东人为主角。

新湖南

1902 年冬在日本出版，杨守仁著。

该著受欧榘甲《新广东》(1902) 影响，宣扬省籍意识，以湖南人为对象，呼吁湖南一省的独立。分六篇，依次为绪言、湖南人之性质及其责任、现在大局之危迫、湖南新旧党之评判及理论之必出于一途、破坏、独立等。欧榘甲将广东人视作一体，而杨守仁对湖南人进行了区分：一是区分上中下三等社会，寄望于湖南中等社会，即“实下等社会之所托命，而上等社会之替人也”，具体而言是“自居于士类者成一大部分，而出入于商与士之间者附属焉，出入于方术技击与士类之间者附属焉”；二是从革命排满的角度重构地方传统，此传统自晚明王夫之开启，至魏源、王闿运，直至谭嗣同，并及唐才常等人，并反思曾国藩、左宗棠等中兴诸公未尽责任；三是从思想立场分新旧党，并抑旧扬新，以王先谦、叶德辉为湖南旧党代表，所争者乃“个人之私权私利”，而推崇新党，即“所贵于新学者，不为一身之奴，不为一家之奴，不为一姓之奴，亦不为一学说之奴，不为一党派之奴”。

杨守仁时为留日学生，持革命立场，故将反满自立作为全书诉求，并呼吁新的同道者。梁启超从体制内的角度出发改造传统乡绅，而杨守仁则从反体制的角度出发推崇嬗变的力量，即以士为主的中等社会，反满的革命家和独立的新党。1902 年以后，以同乡为言说对象的政论文层出不穷，均表现出对新型士绅乃至新兴群体的期待。

杨毓麟 (1872—1911)，又名守仁，字笃生，号叔壬，湖南长沙人。1902 年东渡日本留学，1903 年筹组华兴会，1911 年在英国利物浦蹈海自杀。作为一个近代的革命文学家，1902 年与同乡创办《游学译编》，开各省留日学生办本省刊物之先河，1907 年任革命报刊《神州日报》主笔。文章多收入《杨毓麟集》(岳麓书社，2008 年版)。

敬告我乡人

原载于《浙江潮》1903 年 3 月 18 日第 2 期，署名攻法子。

该文是留日学生以同乡为对象的文章，较早地在西方地方自治制度与传统绅治之间建立关联，即将士绅作为地方自治落地中国的根本力量。首先论地方自治的内涵，“自治云者，对乎官治而言”，“自治体云者，以国家公共事务视为地方固有之事务而实行之公共团体是也”；其次论中国地方自治之必要，主要为了“分政府之劳，以速改革之事业”，“养人民之政治思想，练人民之政治能力，以为立宪之准备”；再次论中国地方自治的基础，即从绅士的角度出发，认为绅士即地方自治之代表；最后同样从绅士角度论中国地方自治之局限，指出绅士“有自然人之资格，而无法人之资格”，应该进一步组成自治机关，并列出组织自治体的具体步骤：“（一）就各地方固有之绅士联合成一自治体；（二）自治体宜分议决与执行二机关；（三）分任机关之事者，由绅士中互相投票公举；（四）机关议事，必以多数为可决；（五）机关之职员悉为名誉职。”

作者攻法子显然熟稔西方现代政治理论，又深具务实的眼界，故以传统绅士为依托力量，而以西方政治制度为秩序。以攻法子为代表的留日学生是输入和宣扬地方自治思潮的重要力量，其理论依据与政策演绎均深刻影响了国内舆论界和官方政策的走向。

攻法子在《浙江潮》上仅发表过一篇论文，在《译书汇编》（后改名《政法学报》）上发表《世界五大法系比较论》等十三篇文章，被当代法学界视为近代中国输入“法系”概念第一人。据陈灵海《攻法子与“法系”概念输入中国——近代法学史上的里程碑事件》（《清华法学》2017 年第 6 期）等论文推断，攻法子为吴振麟笔名。吴振麟（1877—1943），字止欺，浙江嘉兴人。1898 年留学日本，1907 年充任宪政编查馆官员，后长期担任外交官。

论绅士之义务及其责任

原载于《岭东日报》1903 年 4 月 4 日。

该文推重绅士，强调绅士在新政中的义务与责任。开篇指出绅士的地位，“固位于官民之间，而为官民之枢纽也”，继而论绅士之义务，“在能肩地方之责任，在为吾民之干城也”，再论与四民阶层比，位居其上的绅士不应放弃义务与责任，并以官绅的关系立论，认为在议行日本地方议会制度之际，绅士之义务“非侵官之权，在自尽其地方之责任也”。

清末新政推行，官方开始有限度地向精英群体分享体制内的权力。但付诸实际，权力的分享或让渡的界限何在，无论官方还是社会并未达成一致意见。以地方自治而言，官方只将其作为官治的补充，但在实际中却成为绅士获取权力的契机。官绅的博弈、冲突成为之后政治的一大线索。此文出于民间立场议论官绅的权力关系，颇具预见性。

文章未署名。《岭东日报》（1902—1908）作为汕头一地的维新刊物，由杨源、温廷敬等地方精英主持，论说一栏多出自其手。后被《湖南演说通俗报》1903 年第 6 期转载，标注来自《粤峤报》。

绅商权力发达

原载于《中国白话报》1904 年第 21—24 合期。

该文作为短篇时评，指出当时绅士、商人等新兴社会力量的上升。首先谈过去的绅商，二者只顾私利，没有能力，而且二者并不合作，导致“绅士虽有势力，商人虽有赀财，也不过各人在各人私计上，有点用处，于大局着实不相干的”；其次论当下绅商的状况，以湖南、广东、江西等地绅商为例，指出各省绅商保全公益，扩张权力，导致“绅商的权力一大，那官吏的权力，自然渐渐的减缩下去，这地方自治的基础，就慢慢的筑起来了”。

绅士与商人虽为传统社会两大阶层，但自明清以来存在合流的趋势。在重商主义、新政的影响下，尤其是科举废除、商会普遍设立后，绅商作为亦绅亦商的群体，已经成为一个有标识度的新阶层。该文虽然“绅”“商”连用，却是分别论之，尚未将其作为一个名词看待。当代研究绅商群体的重要著作有马敏《官商之间——社会剧变中的近代绅商》(天津人民出版社，1995年版)。

文章未署名。该文全用白话写成，刊于《中国白话报》最后一期“时评”栏。从《中国白话报》文章署名情况看，大部分专论文章均有署名，只有时事（纪事）栏、谈苑栏等例外。可推知，不署名文章一般应为编辑所作，此文的作者很可能是主编林白水（白话道人）。林白水（1874—1926），原名獬，又名万里，字少泉，号宣樊、退室学者、白话道人等，福建闽侯人。作为近代的著名报人，最早借白话启蒙民众，曾担任《杭州白话报》主笔、《中国白话报》《公言报》等主编等。与刘师培合著《中国民约精义》，另有长篇小说《玫瑰花》，鼓吹地方革命。身后有《林白水先生遗集》。

毁学果竟成为风气耶

原载于《东方杂志》1904年第1卷第11期。

该文作为新闻时评，讨论毁学风气背后的成因，表明绅民冲突的加剧。首先陈述毁学之现象，“自无锡毁学之事起，四川江西，旋亦有毁学之事，今则广东毁学之事又见矣”；其次讨论其成因，民众向来受困于抽捐，此时以毁学为突破口，一方面是未从兴学等事中获益，另一方面是抽捐者由官吏改为士绅，容易对抗；最后归纳历史潮流，表明态度，认为“甲辰以前，中国闹学之事见于学生，甲辰以后，中国闹学毁学之事见于愚民”，“愚民毁学，其咎则全在于官吏”。

新政刚开启数年，绅士阶层已广泛卷入，成为了新政的受益者，也激发了与民众的种种矛盾。根据此文，绅民冲突的关键原因在于利益的分配。新政最初以新学为中心，但兴办新学需要的经费，在许多地方被转嫁到普通民众身上。但新学建立后，却因为高昂的学费，让平民子弟难以进入其中。此外对寺庙等民间公共设施的侵占，影响了民众的信仰、娱乐活动。于是绅民冲突成为清末的普遍现象，劣绅论逐渐兴起。

文章未署名。此文刊于《东方杂志》“时评”一栏。《东方杂志》(1904—1948)，时任主编徐珂，作为近现代重要的综合性刊物，《东方杂志》自一开始便以其厚重的内容和敏锐的视角著称于世。对新政、士绅一类现象的报道与评论，在早期《东方杂志》上一直是重头戏。

地方绅士与国家之关系

原载于《第一晋话报》1906 年 10 月 13 日第 4 期，署名舟子。

该文以山西人为言说对象，讨论地方绅士在国家治理中的重要性。首先谈在国家贫弱之际，以国家、国民等新思潮为理论依据，“现在要强我国，总是不能不责望我们大家”，但“国民程度果当太浅，尚且不可不有代为谋的人”，主张不能依赖官与士，而推举地方绅士。其次谈地方绅士的位置，同样从中西历史上寻找依据，认为“其最熟于地方情形，而能周知其利害，是地方上重要的人”，“我国的兴亡之故，绅士几认大半”，其后话锋一转，认为当今能主持公事的绅士并不多，并专门举例证明。

绅士与地方，是舆论界的一个焦点。此文并未提出新的见解，但其特殊之处在于，通过通俗化的白话传播流行的舆论，正是近代新思潮向地方下行、渗透的典型案例。该文只是半成品，仅证明了地方绅士的重要性，之后的论证未见存于世。

舟子，生平不详。此文刊于留日学生刊物《第一晋话报》“社说”栏。《第一晋话报》在日本东京创刊，由山西同乡会编辑，主持者有景梅九等人，“社说”等多出其手。《第一晋话报》作为地方性白话报刊，主要着眼于山西一地，代表了新思潮的通俗化、地方化。

绅士正名

原载于《新世界小说社报》1906 年第 4 期。

该文从名实关系出发，指出现实中劣绅的普遍化对绅士之名的破坏。首先指出绅士的内涵，即“能确实关心地方之利害，以辅官力之不及，而其人又确实有公举之资格，于官民之间，承上启下，作一关键”。其次指出“今之所谓绅者”，“非觊覦地方之公款，即希冀有地方之权势，质而言之，则不出乎名利而已”。最后指出“十绅九劣”的原因，一是无考成，二是无界说，并提及政府严禁劣绅干预公事的新闻。

劣绅成为舆论的焦点，大体以 1906 年为起点。此文区分正绅与劣绅，将绅士之名理想化，并以官员的考成为参照提出绅士的考成。劣绅舆论的兴起，与官方推行预备立宪有密切的关系，当绅士被体制接纳后，其优劣才成为被广泛讨论的话题。此文正是基于绅士与体制的关系，要求正名，并提出考成的对策，可谓慧眼独具。绅士与体制的关系，正是体制变革、绅士转型中的关键问题。对于绅士的定位和考核，清政府并未给出清晰的政策，最终导致旧阶层乃至旧制度的全盘崩溃。

文章未署名。此文刊于《新世界小说社报》“时事闲评”栏。《新世界小说社报》1906 年 7 月 16 日在上海创刊，共出 9 期，由警僧（南社孙经笙）主编，常设“小说”“论著”“时事闲评”“杂志”等栏目。该杂志对政治颇为关注，除了“时事闲评”外，还有《论戏剧弹词之有关于地方自治》（第 5 期）等专门的文论。

论新名词输入与民德堕落之关系

原载于《申报》1906 年 12 月 13 日，署名刘师培，转载于《东方杂志》1906 年第 3 卷第 12 期。

该文讨论新名词与中国现状的关联性，认为时人对新名词的误读导致了民德的堕落。首先总论新名词与民德堕落的关系，“自新名词输入中国，学者不明其界说，仅据其名词之外延，不复察其名词之内容”，于是导致“为恶为非者，均恃新名词为护身之具，用以护过饰非”。其次列举典型，涉及家庭主义、地方分权、自由、平等、共产等新名词。最后归纳和建言，“既有新名词之输入，而后宗教不足畏，格言不足守，刑章不足慑，清议不足凭”，“今也欲救其失，其惟定新名词之界说而别创新宗教乎”。其中，将劣绅与地方自治联系起来，“又如地方分权，美政也。今之奸绅劣董，遂援地方自治之名，上以绝官吏之约束，下以受人民之欢迎，因以横行乡曲，把持公务以自植其权，而地方分权之美政，遂为奸民蠹民所假托矣。”

此文在西方文化与劣绅兴起之间建立关系，亦可谓独具只眼。在此之前，政论家推崇地方自治，并将士绅作为理想的推行者，无疑是一种理想的设计。在此文中，理想是理想，现实终归是现实，地方自治反而成了“奸绅劣董”争权夺利的温床。西方文化与中国现实的关系，并非冲击与反应这般清晰明了，但这模式却体现了本土学者的反思性和创造性，即“定新名词之界说”而“别创新宗教”。

文章未署名，应系刘师培所作。刘师培（1884—1919），字申叔，号左盦，江苏仪征人。刘师培熟悉传统学术（经学世家），又热衷现代文化（周游上海、东京等地），讲学复论政，均显示出古今中西的开阔视野。著作宏富，涉及经学、文学、史学等领域，代表作有《左盦集》等。

各省学务公所议长议绅之地位

原载于《中国新报》1907 年 2 月第 1 卷第 2 期，署名熊范舆。

该文以维护学务公所为宗旨，辨析学务公所与提学使的关系，强调学务公所在地方学务中的积极作用。文章首先提及当时的舆论，认为学务公所“有虚荣而无实权”，但作者主张学务公所首先应壮大自己，“地方人民，联络结合，组织机关于教育之团体，以操纵一切，而复专致力于公立私立之学堂。公私立学堂发达普及，则关于教育之团体亦因之稳固膨胀，而实力愈大”，方可以排除官吏的挟制。其次从中央学部颁布的章程出发，讨论提学使与学务公所各自的范围和界限，指出学务公所的空间。最后再次强调，不应寄望于官方，根本在于“地方人之合力自谋”。

此文正面立论，涉及当时的一个关键问题，官绅的界限问题，代表了晚清舆论的建设性声音。从清政府新政的制度设计看，地方自治为官治的辅助，但是又为自治机关留下了余地，为地方士绅进入制度提供了通道。当自治机关、地方士绅有了制度的保障后，权利意识进一步增强，即此文频繁强调的反对官方干涉。此文代表了典型的立宪派立场，力图在官民之间调和，但终归是以民为落脚点。伴随着改革的进程，立宪派的政治企求不断高涨，而政府却裹足不前，于是就爆发了旧制度与大革命的冲突。

熊范舆（1878—1920），字承之，号铁厓，贵州贵阳人。清光绪三十年（1904）进士，后留日学习法政，1907年组建《中国新报》和宪政讲习会，为立宪党的代表人物。1911年策划云南起义，民国初年参加共和党、进步党，参与贵州护国讨袁运动，1920年在“民九政变”中被害。熊范舆作为立宪派—进步党代表人物，曾编译《国法学》《行政法总论》等，但身后无文集。

论今日办学士绅

原载于《广益丛报》1907年第136期。

该文批评了当时兴学的士绅，归纳了士绅兴学的四种乱象。首先指出士绅兴学的起因和优势。官绅作为兴学的主力，其中绅士占据着优势，因为“以地方之人，任地方之事，而又得地方之信用，一举手一投足间，有百倍于官权之易办者”。接下来指出绅民的冲突，并从士绅的角度寻找原因：一是轻躁，表现在筹措经费方面，“大率轻举妄动，此则请提庙产，彼则拟抽杂捐”；二是虚饰，表现在科目设置方面，注重体操、军乐等形式；三是好胜，表现在不同学校间的纷争、学潮迭起；四是专擅，表现在主事者独断专行、排斥同僚。

新政推行后，传统士绅纷纷投入新兴事务，分化出商绅、学绅、议绅、军绅等不同类型。但嬗变中的士绅能否承担新政的重担，在此文看来，这一群体显然存在许多局限，并引发了新的社会矛盾。此文可谓政论中的精品，不仅切中肯綮，而且不乏深刻的见解，如“其能具热心开民智者，固不乏人，而经理一不得人，则开民智不足，招众怨有余”“教育所以铸国民，非所以造伪士”“在精神不在形式”等。

文章未署名。此文刊于《广益丛报》上编政事门“萃评”栏。《广益丛报》，1903 年 4 月 16 日创刊于重庆，1912 年 2 月停刊，是以“广收博益”为目标的文摘性质的丛报。自 1905 年第 72 号开始，分为四编，其中上编列有“萃评”等栏目。作为重庆一地的重要刊物，刊发了大量关于新政的文章，尤其是关于绅士与新政的文章。

法政学绅之特色

原载于《云南》1907 年 6 月 18 日第 6 号。

该文批判云南一地学法政者，论述其品行低劣的表现与原因。首先称云南一地学法政者，“尽系地方素有声势之绅衿，故不曰学生，而曰学绅”。继而指出其腐败的种种表现，如要求提高伙食津贴，入寺游观、买红绣鞋，立纳宠同年会等。最后指出腐败的成因，“特因一般贼官劣绅，既未知法政为何物，又未知学法政后办何事，但视为升官发财之捷径。劣绅辈或亲自来堂，以巩固把持公事之势力，或援引子弟，以杜他人之干涉公事，一当法政一途，地方有志之士，未得问津焉。该绅等自入堂后，文理不通者有之，劣迹被人告发者有之。”

士绅是新政的主要受益者，除了主持新政，还摇身一变为新式学生。士绅有优有劣，对新政的贡献亦有正有负。但舆论开始倾向于批判，此文亦从德不配位的角度进行申论。此文亦印证了新旧事物、概念的变迁，士绅与学生本是不同的群体，而学绅作为中间物，见证了新旧事物的关联性，以及“新学界”的诞生。

文章未署名。此文刊于《云南》“访函（本省之部）”栏（相当于新闻报道）。《云南》，1906 年 10 月在日本东京创刊，1911 年停刊，由滇籍同盟会员李根源、赵伸创办。刊物具有强烈的地方色彩，主要关注云南一地变迁，尤其是“访函”等栏目，由访事员、通信员等进行实地采访，揭露地方种种弊端。

论绅权

原载于《申报》1908 年 2 月 16 日、2 月 22 日。

该文为晚清批判绅权的代表作。首先指出在外交新政的失败中，绅士“为害不亚于官，或更胜于官者”。其次分析绅权的特征，“大抵绅士者有权利而无义务者也，所以在社会之上，别成为一种之团体，而其权力则在民之上官之次”，构成“或为去任之官，或为有职衔而未到任之官，或为去任之官之伯叔子弟”，有高下大小之别，绅权的消长与地理（腹地与沿海）、时势（乾嘉时期与其后）有关。继而谈论绅权的扩张，“上则馈献官场，以保其禄位，下则敲剥商民，以饱其欲壑”，尤其是新政以来，举凡教育、实业、咨议局等多为其把持，“乃绅士恢复权力之好机会也”，并分析成因，“其在社会之上，究与人民为切近”，“故有一新政之举行，必有一绅士之位置”，但实际上“亲于官而疏于民”，“试观地方绅士，一握政权，则其言论皆袭官场之气派，宗旨多以官场为依归，气焰煊赫，不可一世”。最后分析绅权的危害，“阻教育之发达”，“碍实业之前途”，“遏自治之进步”，要求绅士独立于官场，并要求不以绅士为新政的唯一代表，“苟有学问有才具有经练，不必问其绅士非绅士，皆可有参与政事之权”。

该文对绅权的批判的独到之处表现在，首先将绅士、绅权与地理空间相联系，绅士影响力、绅权的扩张均因所处空间的不同而不同；其次指出绅、官、民的复杂关系，指出绅“亲于官而疏于民”，正是绅进入新政机构的重要原因；再次打破传统身份的束缚，要求不拘一格降人才，隐含了人才观念变迁的历史呼声。

文章署名亻广。从文章中可知，作者系“苏人”（江苏人），其他信息不详。此文刊于《申报》“论说”栏。《申报》创刊于1872年4月30日，6月6日第32号上便有《绅衿论》，其后始终保持着对绅士、绅权的关注，并被国内其他报刊所转载，发挥了重要的影响。

论今日绅士与地方自治

原载于《广益丛报》1908年第177期。

该文从地方自治的角度，力图“以旁观之冷眼窥测今日绅士之面目，而因以研究其性质”。首先主要认为绅权应该伸张，但“今日之性质，则殊有大拂乎吾人之愿望者”，具体有五方面，如“今之绅士由于因仍旧日之资格，而不出于选举”，“今之绅士，十九为昔日干预地方公事者，今日名为担任谋公益之发达，而实带有以前只旧习惯”，“今之绅士多为他省之官，故其任事仍不离乎官场性质”，“今之绅士往往只有片面之权利思想，仍与官场无甚差异”，“今之绅士仰承大吏之意者多，俯恤舆情者少”，并认为第一点最为根本。其次提出对策，要求“必先举公民始，由公民公共举代议士”，进而要求对绅士进行资格审查。

该文重论绅士与地方自治的关系。在地方自治思潮初起时，提倡者将绅士作为推行地方自治的理想力量，但时势变迁，人们对西方政治思想和现实政治有了更深刻的观察后，认识到绅士的诸多不足。此文多处阐述西方选举制度，引入公民、代议士等新概念，并以此为契机，质疑绅士资格的合法性。

文章未署名。此文刊于《广益丛报》上编政事门“萃评”栏。

绅士为平民之公敌

原载于《河南》1908 年 5 月第 4 期。

该文为批判绅士之作。文章用词夸诞，开篇视绅士为“一种似驴非驴，似马非马，俨然与现在政府互相提挈，以直接压制我全国平民”。其后讨论绅士的危害，如借新政名目导致亡国灭种，利用曾做大官的乡绅和留学界的学生，“上可以狼狈政府，假公济私，下可以把持社会，淆黑混白”。继而主张全国同胞合力驱逐士绅，因“只此少数人，而吾合群力以踣之，直不啻摧枯拉朽乎”。最后进行古今绅士的比较，从干政、谋利、讲学、经商等方面看，今日之绅士与十数年前绅士相比更加贪婪、无耻。后有本馆附注，主张“前之责任在长官，今之责任在绅士”。

该文对绅士地位做了更进一步瓦解。借助阶层对立的理论批判绅士，将绅士定位成“平民之公敌”，毫无肯定之处，可谓国民大革命时期打倒土豪劣绅之先声。此外，在批判绅士与小说创作之间建立联系，“世友撰《官场现形记》之小说者，欲尽今日绅士种种之丑态，非别为《绅界现形记》，必不足以尽吾说也”。

文章未署名。此文刊于《河南》“论著”栏，后被《广益丛报》1908 年第 188 期“萃评”栏转载，署名扫魔。作者应系新学家，对宪政、地方自治等有保守的判断，认为中国仿行新政，“犹恐效东家之颦，失邯郸之步，效未一见，丑已百出”。并且使用了贵族、资本家、平民、阶级等概念，可能受无政府主义影响，对政府、绅士均持质疑态度，“立宪乎，地方自治乎，利多数之平民乎，利少数之政府与绅士乎”。

改良地方警察应以绅士为主体平议

原载于《湖北警务杂志》1910 年第 2 期，署名赵瀓宇。

该文从改良警务的角度出发，建议以地方绅士为改良的主体。

开篇指出数年来办理警务的成效不彰，并从警民关系紧张、警察自身素质以及舆论批评等方面分析原因，之后宣明宗旨，呼吁地方绅士“宜提倡警察之知识”“宜筹划警察之款项”“宜解释警察之嫌怨”，最后强调“抉择地方警察诸受病之由，而与我地方士绅一商榷其补苴之策”“固我警察前途之幸，其实则仍为地方全体之幸也”。

该文代表了官方的声音，从官方角度论证地方绅士在警务办理中的重要性。自报章兴起，民间舆论最为势大，而官方言论的影响力式微，导致批判的、破坏的声音大行其道，而肯定的、建设的声音隐而不现。文章指出警察制度的不完备，包括理论准备、经费准备、人才准备等方面的不足，并在此基础上，呼吁发挥地方绅士的重要作用，借助他们的影响力和办事能力来推动新事业的开展，整体立论较为稳健。在当时地方巡警的兴办中，不少地方也出现了绅办、官督绅办等形式，以绅士为警官的主要来源，并依靠绅士筹措经费。但绅士进入体制后的转型，此文并没有加以讨论。

赵瀓宇，生平不详，文章最后自称“记者”，应为《湖北警务杂志》的编辑。文章刊于“论说”栏。

科举停止安置士人刍议

原载于《北京日报》1911 年第 39 期。

该文提倡废止科举后，国家应通过广设学堂为士人提供新的出路。首先指出科举停止后，广大士人面临无路可走的困境，“全国中骤增数千万之游民，小之而流毒于社会，大之即贻害全国”“至于新旧冲突之祸，恐延至二十年后而尚不能止”。接下来呼吁政府广开门路，并建议“政法学校宜设立也”“师范学校宜普设也”“各项实业学堂宜普设也”，为士人进入政府、学校、实业提供必要条件。

该文所涉问题重大，涉及近现代人才的更迭和过渡。1905 年科举停止，当时并未引起轩然大波，但影响极其深远。科举是传统士人最重要的升降渠道，一旦废除，随之会产生许多问题，包括既有士绅阶层的生计问题、科举与学堂的关系问题等。此文切中肯綮，希望政府开设各类学堂，吸纳传统士人入学，提供进入新式职业的机会。此主张融合新旧体制，为旧士人提供新出路，与当时整个社会变革相呼应，立论稳健。

文章未署名。此文刊于《北京日报》“外论”一栏，应为外来稿。《北京日报》（初名《北京报》），1904 年由朱淇（1908 年北京报业工会会长）创办，朱通儒等编辑，注重反映政界活动，1931 年报社产权售出。

恶恶篇
——中国士人之尊崇，不几乎欧西僧侣之特权

原载于《社会杂志（上海 1911）》1912 年第 5 期，署名尹洪。

所谓“恶恶”，就是以恶为恶，憎恶恶，文章以中国士人为恶，从专制、阶级等层面予以新的批判。首先从对专制的批判入手，引出对士人的批判，认为“其祸较专制为尤大，其痼较专制为尤深，其浸润于社会，历久而弥长”。其次从古今士人对比的角度入手，认为“今日之士人，非往古比，而犹拥往古之尊荣，以狼藉平民，蛊惑社会”，并立足于阶级固化，指出士人的危害，不仅自成一士人社会，又有木讷、浮夸、奸险、骄横等四类，“中国教育之不普及，士人为之阻也，阶级之难破除，士人为之梗也，中国之士气不绝，中国之民气不生”，故“欲破除阶级制度，为社会造幸福”，应摒弃士人阶层，“吾社会人民何不共起而诛之，以为清社会之妖孽耶”。

该文是从学理角度对士人的批判，所借助的是西方人道主义、无政府主义等理论资源。作者并不像后来新文化运动者那样反传统，对中国传统士人及其思想资源颇多肯定之处，如肯定孔孟等儒家，“往古之士人，读书为国，辅世翼民，孳孳终日，堇念

苍生”，并在儒家文化与人道主义、社会主义之间寻找共通性。此外，文章还显示出现代知识分子自我批判的端倪，作者在后记中言“作者惭愧为士人之一，目击此苦窳，不良之社会，居今之世无以变今之俗，有负先民，有负来者，近为教育二三年，见士毒之遗传病入腠理，恨无越人术以一洗五内之细菌”。

文章署名尹洪，其人生平不详。《社会杂志》1911 年 8 月创刊于上海，具体停刊时间不详，由上海惜阴公会编辑部编辑。该刊由社会党人创办，因而主要体现了该党的思想主张和政治倾向。该刊意在提倡社会教育，改良社会，保存国粹，尊崇武勇，研究社会主义和无政府主义，为推行社会主义之先声。可知尹洪《恶恶篇》正与该刊宗旨一致。

大总统令：严除地方恶蠹（中华民国二年十一月七日）

该条令载于《政府公报分类汇编》1915 年第 40 期。

该条令公开要求铲除地方恶势力。首先指出地方恶蠹的背景和恶劣行径，“改革以来，纪纲尽失，地方官吏法令不行，乡党自好者流匿迹鸣高，放弃职务，于是土棍流氓乘时竞进，把持朋比，遂为蠹民害政之尤”，“假公益以敛钱，托社团以树党，议会董会听其指挥，营弁警界联为羽翼，武断乡曲，鱼肉平民，违法营私，明目张胆”。接着提出“急欲为正本清源之治，尤非严除地方恶蠹，无以肃纲纪而勗贤良”，主张“各省民政长严行访察，如有前项败类把持公事、挟制长官、作奸犯科、恶劣昭著者，即行提起公诉，严拿究办”，“既遏暴民专制之渐，并植地方自治之基”。

该条令的颁布是袁世凯政府加强统治，反对“暴民统治”的举措，却折射出了更多的地方社会问题。自晚清地方自治推行后，士绅阶层进入体制，获得了部分正式权力，却导致流弊丛生。此文指出在地方舞台上，正绅退出，土棍流氓势大，对官方权力构成了很大的威胁。如何管理地方社会，如何挑选地方精英，是民国历届政府都将面对的难题。

该条令由熊希龄、朱启钤签发。1913 年 9 月，熊希龄组织内阁，吸纳了梁启超、张謇等立宪党、进步党一系领袖，试图推行“开明专制”之路，却昙花一现。1914 年 2 月，内阁被袁世凯解散。

中国士大夫阶级的罪恶

原载于《每周评论》1919 年第 20 期。

该文从马克思主义革命理论出发，要求劳农阶级向士大夫阶级进行革命。作者首先介绍欧洲革命史的两个时期，先是资产阶级对于贵族阶级的革命，接着是劳农阶级对于资产阶级的革命。对于国内的革命，则号召劳农阶级向“仿佛像贵族阶级、又仿佛像资产阶级的一种世界上特有的士大夫阶级”革命。其次分析原因，认为整个社会除了劳农阶级都以士大夫为人生目标，故只能由劳农阶级承担革命的任务，又认为中国没有贵族阶级只有士大夫阶级，这一阶级“表面上惟一的目的就是作官发财，里面惟一的目的就是骄奢淫逸”，“是腐败政治、腐败社会的张本人”，并且联系当代历史，认为“中国辛亥革命，所以没有一点好结果，就是因为只去掉了一个满洲皇帝，其余支配阶级的人，依然是那种腐败已极的士大夫的原故”。最后提出对策，如实行普通选举、积极参政等，末了夹杂一些口号，如“我们如果是个人，就有自卫的权利。我们单为自卫起见，也万不能不把这种士大夫阶级推翻”。

该文折射了“五四”思想革命的种种端倪，新派学者接受了马克思主义的社会革命思想，开始将革命对象对准传统社会的中坚力量。此类主张的产生 / 兴起并非无风起浪，从文章可知，一是因为马克思主义思想的输入，二是受到辛亥革命挫败的启示。从整个思想史来看，此类文章最早以劳农阶级为主力，以士大夫阶级为推翻对象，开后世制造阶级仇恨、鼓动阶级对抗的思想先河。

文章署名一湖，系笔名。该作者另一篇文章《新时代之根本思想》发表于第8号“读者言论”中，由此判断可能是社外投稿人，但从思想资源和激进程度来看，与《每周评论》应属同路人。

地方绅士的包办制和社会的革新

原载于《课余丛刊（上海）》1921年第2期。

该文从革新社会的角度批判地方绅士。文章主体议论地方绅士在地方社会的作用，首先将地方绅士作为“固定的信仰人物”包揽地方事务，定性为“牢固不变的怪习俗”。接下来举例分析包办制的表现，如选举和集会等方面，尤其是与官府的勾结，即“地方绅士，因太看重阶级制和财产问题，同那万恶的政界，就发生了密切的关系”。最后呼吁“绅士的包办制一日不铲除，黑暗的社会一日不光明”“我们人民要向光明的路上走，安乐的社会里住，第一要着就是革这般劣绅恶董的命了”。

该文较早将打倒绅士阶层与革新社会联系起来。革新社会，是“五四”新文化运动的重要主题，为新式师生广泛接受。从革新社会出发，该文作者号召重构地方力量，提及“有为的青年”“劳工神圣”等，注意到了青年、劳工与地方士绅的矛盾，于是要求推翻地方士绅。在此动机下，文章将地方士绅从“社会的重要人物”定位成“社会的怪物，也该是国家的蠹虫”。

文章署名源淹，应系笔名。笔名后附有写作时间和地点，如作于浦校。发表的杂志《课余丛刊》为上海浦东中学学生会主办，可推知作者应系中学学生。从此文可推知当时青年学生思想的动向，如普遍接受新思想，要求社会革新，这都表明国民大革命的有生力量和思想土壤已经具备了。

中国的绅士

原载于《中国青年》第1卷第17期，1924年2月9日，署名舜生。

该文全盘否定中国士绅阶层。文章从各个层面对士绅阶级进行定性和比附，首先称之为“一种上不在天，下不在田，立于官僚军阀与民众之间，莫名其妙的一个阶级”，接下来用资产阶级、智识阶级比附，认为他们拒绝革命，是旧思想旧制度的拥护者。其次论他们的恶，如受贿要钱、把持事权、盗用名词等等，列举种种名号，如“恶霸”“土豪”“土皇帝”“虎而冠”等，认为他们是导致地方自治、代议制度、教育事业失败的“罪魁祸首”，并从整个社会制度上判断，“中国现在是一个军、官、绅三位一体合作造乱的国家，要打破这种局面才够得上谈法治，谈民治，乃至才够得上谈学术，谈思想，谈教育”。

晚清舆论对士绅阶层期许甚多，故怒其不争，但“五四”以来舆论将之作为整个社会的绊脚石，故全盘否定，士绅阶层从“社会的柱石”转为阻碍社会进步的绊脚石。文章还提及绅士的由来，“是从旧时的‘仕宦之家’蜕变得来的，是从旧时的‘士’的阶级蜕变得来的，是从新近的学者、财阀中蜕变得来的”，还提及他们的分类，有一乡的乡绅、一县的县董、一省的耆硕、一国的名流等，提供了新的视野。

舜生，即左舜生（1893—1969），名学洲，字舜生，湖南长沙人，少年中国学会核心成员，中国青年党领袖。写这篇文章的时候，左舜生尚在中华书局工作（1925年方加入中国青年党），并受恽代英、邓中夏等好友之约为中国共产党机关报《向导》《中国青年》杂志等撰稿。该文既未采用阶级斗争学说，也未显示国家主义的倾向，反映的是左舜生介入共青两党论战前的思想状态。另外，《中国青年》（1923—1927）、《中国农民》等党派刊物是讨论士绅问题的代表性刊物，引导了一个时代的潮流。

万恶的绅士

原载于《松江评论》1924年第36期，署名黄麟书。

该文为全盘批判绅士之作。开篇从制度层面否定了绅士的存在，认为绅士只存在阶级制度的时代，但自共和制度创立后人民一律平等，绅士没有了基础。其次指出当下的绅界现状，列举绅士的行为，一共十七条，全部都是否定性的，如“把持一地方以至一县的事权的”、“包办公共事业，霸占地盘，侵吞官产的”、“庇护私人或同党，贻误地方的”等等，并认为只要符合其中一条或数条的都称为“绅士”，进一步推论“‘绅士’就是‘土豪’‘恶霸’‘土皇帝’”“就是无恶不作，蹂躏平民的人们”。最后呼吁“共和国家不当有‘绅士’的一个阶级的”。

该文是“绅士”泛化、污名化的代表作。作者将“绅士”泛化，打击面甚广，包括守旧的群体，如“尸位多年，有莫名其妙的资格，自称老成，认少年为过激派，同时又拥护旧制度旧思想的”、“提倡灵学，迷信鬼神，设立扶乩坛、道院、庙宇、同善社等等的”。此外将“绅士”一词彻底污名化，如称“‘绅士’两字，就是罪恶的代名词。‘绅士’资格愈深，就是罪恶愈重。我们以后逢到万恶的人们，就赠他一个‘绅士’的雅号”。

黄麟书，其人生平不详。《松江评论》是一份地方性报刊，1923 年 4 月由侯绍裘、朱季恂等人创办，以“批评地方时事，唤起革命精神，介绍新的思想，提高民众常识”为宗旨，并反映了国共两党合作时期的地方革命动向。江南地区国共两党的地方精英活跃，侯绍裘等人在改造地方时，均表现出对旧士绅的敌意。如《吴江》1922 年第 8 期有《改造绅士式的社会》等文。此外，《松江评论》的背后隐藏着思想传播的人际网络，侯绍裘作为国共两党党员，与恽代英（《中国青年》）、柳亚子等人都有交集。

绅士民团县长何以反对农会

原载于《中国农民》1926 年第 10 期，署名甘乃光。

该文是对地方各政治势力矛盾关系的分析。首先指出地方政治制度的变化，过去是以巨室势力为基础，而现在是推行民权主义和县自治，这一变化是导致冲突的根本原因。接下来分别讨论绅士、民团、县长反对农会的原因，一是认为在地方政治中，绅士是官民之间的中坚阶级，但为了实现总理的民权主义，自然要求农民组织要取代绅士的位置，所以绅士与农会的冲突必不可免；二是民团的主持者是绅士阶级，所以民团与农会的冲突也是必然的；三是县长在因袭上依托绅士阶级，所以常常反对农会。最后指出基于客观形势，冲突是必然的。

该文从地方政治变革趋势立论，表现出清晰的洞察力和判断力，揭示了农会与绅士阶级斗争背后的制度和思想根源。绅士阶级处于官民之间，是传统地方政治的基础，但是在现代政治中，为了实现直接的统治，势必破除这些中间阶级，而代之以农会（“农会是实现总理在地方政治上实现直接民权的唯一出路”）。在二者过渡的时期，冲突必不可少，“在这个民众团体组织没有完全具备，绅士阶级尚有多少作用的期间，所以农会与绅士阶级指挥下的民团，在乡村间就发生猛烈的斗争”。

甘乃光（1897—1956），字自明，广西岑溪人，国民政府党政要员。1924 年在黄埔军校任政治教官，1926 年任国民党中央党部农民部部长，参与了国民大革命时期的农民运动。甘乃光非常注重农民运动的理论问题，除了在《中国农民》《农民运动》等刊物上发表文章，另有《农民运动初步》（1928）一书，其中将秦以后政治命名为绅士政治，要求建立直接面向民众的政治制度，并将孔孟文化作为绅士政治文化的代表。

绅士问题的分晰

原载于《中国农民》1926 年第 10 期，署名克明。

该文是分析不同势力关系的力作。首先指出不同势力的渊源关系，“不是有了军阀官僚才有贪官污吏，然后再有土豪劣绅的，却是先有了土豪劣绅然后再有贪官污吏以至军阀官僚的”“绅士阶级决定了军阀官僚的存在，这些便是凝成军阀官僚的客观事实”。其次讨论绅士阶级作为“中间阶级”的产生和作用机制，强调其必备的条件，一是农村里的智识分子，二是代表农村里资产阶级的利益，指出其利用的工具，包括民团、法律、族规、乡约、习惯以及各种民间机构。基于以上讨论，总结“要打倒军阀必须要解决绅士问题，要整顿县政治更不能不解决这个绅士问题”。最后提出解决的办法，主要是扶植民众的组织尤其是农民组织去削减绅士阶级的权威，同时指出“我们不相信，绅士阶级是马上可以取消的，是可以用布告军事的力量取消的，必定要在农民群众有了组织之后，而且有了相当的宣传和训练，代表他们的组织的不会变成土豪劣绅，那时候绅士阶级便真正的完全消灭了”。

文章的特色是从社会结构的“客观事实”出发，将士绅群体作为一个阶级，强调其阶级的整体属性而非个体的道德属性，故承认士绅也有好人，但基于打倒军阀和革新县政的现实目标，必须将之推翻。

克明，其人生平不详。《中国农民》月报，1926 年 1 月 1 日在广州创刊，由中国国民党中央执委会农民部创办，1927 年 7 月停止，共出 12 期，刊发了大量关于农村、农民、农民运动的文章，与当时农民运动的高涨呼应。同在第 10 期上，还有邓良生《农民运动的障碍——绅士阶级》，进一步区分了都市的绅士和乡村的绅士，前者包括失意军人、政客、前清遗老、买办阶级，后者包括恶地主、劣土棍、无聊的半智识分子，公开呼吁“打倒绅士阶级”“打破乡村的封建制度”。

惩治土豪劣绅例条

原载于《国民政府公报（南京 1927）》1927 年 9 月 30 日第 12 号。

此法令由国民政府 1927 年 8 月 18 日正式公布，是对大革命时期惩治土豪劣绅行为的规范。第一条强调“为发展党治精神，保障民众利益”。第二条规定各类行为及相应的处断，行为中包括：武断乡曲、欺压平民致伤害者，欺人之孤弱以强暴胁迫行为而成婚姻者，因资产关系而剥夺人身体自由者，重利盘剥者，包庇私设烟赌者，挑拨民刑诉讼、从中包揽诈欺取财者，胁迫官吏为一定或不为一定之处分者，逞强纠众、妨害地方公益或建设事业者，伪造物证、指使流氓图害善良者，恃强怙势、勒买勒卖动产或不动产者，盘踞公共机关、侵蚀公款或假借名义敛财肥己者等。第三条规定“凡土豪劣绅犯前条之罪者，如兼犯反革命罪，以俱发论”。第六条规定“凡依本条例宣告死刑者，须经国民政府核准方得执行”。第七条规定“凡犯本条例之罪者，由特种刑事临时法庭审判之”。第八条规定“凡土豪劣绅有本条例第二条之行为者，地方人民均得向特种刑事临时法庭举发”。凡挟嫌诬陷者，依照诬告反坐暂行条例办理。

国民大革命期间，伴随着北伐、农民运动的开展，各地打倒土豪劣绅运动此起彼伏，却自行其是。湖南一地最为活跃，1926年12月17日颁布《省政府铲除土豪劣绅布告》，同月湖南省第一次农民代表大会通过《铲除贪官污吏土豪劣绅决议案》，1927年1月28日颁布《湖南省惩治土豪劣绅暂行条例》，规定行为的前两条是“反抗革命或阻挠革命者”“反抗或阻挠本党及本党所领导之民众运动者”，具有强烈的政治色彩，与之相应的处罚是“处死刑、无期徒刑或一等有期徒刑”。在具体运动中，湖南各地农民协会私自处死事件频发。《惩治土豪劣绅条例之订定》(《解放旬刊》1927年第4期）指出“土豪劣绅，虽已经成为革命的对象，然而设无具体办法，以致酿成种种农民暴动的危险，演出两湖‘无绅不劣’‘有土皆豪’的惨剧，也不是国民革命进程中之好现象”。基于此，国民政府5月9日颁布《禁止民众团体及民众自由执行死刑条例》，8月18日颁布《惩治土豪劣绅例条》，更加细致地列举土豪劣绅的具体行为（淡化革命、政治色彩），并收回死刑权和开设特种刑事临时法庭（从法律上规定国民政府的主导权）。

绅士

原载于《新月》1928年第1卷第8期，署名梁实秋。

该文是为绅士辩护的文学散文。开篇指出当下的时代精神就是黑白颠倒，引出“绅士”这一个名词，“本是尊敬的称呼，然而在现今的时代便大大的不同了，奥伏赫变，变成一个很难堪的罪名了”，提及“有土皆豪，无绅不劣”的话为证。接下来展示英国对绅士即“gentleman”的理解，专门翻译了作家牛曼的大段话，其中有“不但他的哲学教他以公正的态度去观察一切信仰，文化中所不可缺的感情的力量也使他不得不如此”，基于此解释，“绅士永远是我们待人接物的最高的榜样”。

该文文学色彩很强，略带反讽，但主旨清晰，反对绅士的污名化。与国共两党理论家相比，梁实秋不关注政治、经济、阶级层面的绅士，而关注文化层面的绅士。实质上，梁实秋借对“绅士”一词的辩护，来表明个人对宽容、自由等价值的坚持。对这一绅士文化或绅士趣味的热衷，是梁实秋以及整个新月派的倾向，展示了民国思想界和文学界的不同声音。

梁实秋（1903—1987），生于北京，浙江杭州人，文学家、翻译家。1923 年留美，1926 年回国任教于国立东南大学等，1928 年主编《新月》杂志，是现代自由主义文人的代表。

中国社会之史的分析

新生命书局 1929 年出版，陶希圣著。

该书是最早系统研究传统士大夫产生、发展和变迁的著作。研究起因与国民革命密切相关，为了解答革命的基础和对象问题，“必须把中国社会加以解剖”，于是发现了“士大夫身分的特质”。作者的核心判断是“从最下层的农户起到最上层的军阀止，是一个宗法封建社会的构造，其庞大的身分阶级不是封建领主，而是以政治力量执行土地所有权并保障其身分的信仰的士大夫阶级”，并且从社会史的角度探究士大夫身份的发展和变迁，建立士大夫、官僚、僧侣、知识分子的关系。作者的研究是为了解决现实问题，认为从士大夫中分化出了革命的知识分子，并要求他们“克复观念知识阶级的自然生长性，尤其是克复士大夫身分遗留下的传统意识，认清历史运动整个过程的本质和倾向，贡献正确的革命理论给农工小市民——这是中国目前知识阶级——看透了社会的现实的知识阶级的使命”。

该书是典型的论学复论政，服务于国民党的革命理论，同时开启了用唯物史观研究中国社会史的先河。该书是一系列论文或论说文的合集（多刊于《新生命》杂志），并不严密统一，却直接引发了中国社会史的论战，对传统社会结构尤其是传统士大夫的研究，不失为开山之作。

陶希圣（1899—1988），湖北黄冈人，笔名方岳、方峻峰。1925年主编《独立评论》，1928年主编《新生命》月刊，引发社会史论战，1934年组织“食货学会”，出版《食货》杂志，开创中国社会经济史新局面。有关士大夫阶层的研究，尚有《中国社会与中国革命》《辩士与游侠》《中国政治思想史》等。

中国底田赋与农民

原载于《新创造》1932年7月22日第1卷第1—2期，署名李作周，后收入上海太平洋书店1933年3月出版的《中国农村问题——佃农问题·农民负担》。

该文既对当时各级政府管理的混乱、不作为进行了批评，也对农民的利益和遭遇表示关切，更关注了整体的经济局势。当时田赋征收混乱，尽管南京政府一早便禁止滥收未经财政部核准的田税、亩捐，可近在咫尺的江苏都照收不误。不仅如此，征收捐税的依据还是明朝万历年间的耕地“鱼鳞册”。地方官僚、保卫团团总乃至村长趁虚而入，私设名目，中饱私囊。农村中的大地主往往无须负担捐税，或转嫁给佃农。佃农为避免拘押，不得不借高利贷，大量的金钱流入城市，部分城市商业却越发畸形繁荣。这篇文章批判的笔调是彻底的，作者站在农民的角度，将田赋定义为“封建领主对于农民所施与的单纯的露骨榨取”，并揭示了存在于中国城乡经济中的恶性循环怪圈。

李作周（1902—1980），原名张锡昌，曾用笔名张西超等，无锡县钱桥周基头村人。民国时期，著有《河南农村调查》，曾主编《中国农村》战时特刊、《中国工业》杂志等。

中国农村中的兵差

原载于《新创造》1932年7月22日第1卷第1—2期，署名周之章，后收入上海太平洋书店1933年3月出版的《中国农村问题——佃农问题·农民负担》。

该文关注了中国农村的兵差情况。全国近半数的县都遭遇过兵差。兵差的征派来自军阀的临时命令，百姓因为兵差蒙受了巨大损失。在兵差征派中，地方的官僚豪绅扮演着重要的角色。他们不仅担当着军阀的地方代言人，还巧立名目，进行敲诈，从中渔利，更加重了农民的负担。作者认为，在封建制度日渐动摇之时，原以封建地主阶级为基础的乡绅，与收买流氓无产者而成的土豪，越发难以区别。作者从兵差角度切入、研究农村问题，揭示了在封建田赋、捐税之上中国农民所受的另一重压力，呈现了其时乡绅、地主活动的侧面。在这篇文章中，作者使用了阶级分析的方法对农村中的不同群体进行研究，对各个群体的利益对立和冲突加以强调。

中国佃户问题的焦点——佃户能变成自耕农吗？

原载于《旁观》1933年2月11日第10期，署名吴景超，后收入上海太平洋书店1933年3月出版的《中国农村问题——佃农问题·农民负担》。

该文关注了中国佃户阶层的上升问题。作者概述了中国部分地区佃农的生存情况，认为中国佃农问题的焦点就是他们很少有成为自耕农的可能，祖祖辈辈都为地主服务。这也是中国佃农问题不同于其他国家的特质。为此，政府应该努力帮助佃农，甚至可以采用古代“限民名田”的方式，设立金融机关帮助佃户购买地主的土地。这篇文章着眼于社会阶层的流动，寄希望于通过政府的努力来达成佃户个人阶层的改变——耕者有其田，比较具有理想主义的色彩。毕竟在其时内忧外患的社会条件下，纯粹自由竞争的资本主义是无法实现的。

吴景超（1901—1968），安徽歙县人，社会学家，主要研究方向为都市社会学。代表作有《社会组织》《都市社会学》等。

救济农村偏枯与都市膨胀问题

原载于《新中华》1933 年 4 月 25 日第 1 卷第 8 期，署名千家驹，后收入中华书局 1935 年 5 月出版的《农村与都市》。

该文分析了中国农村经济偏枯和都市资金过剩的原因和现状。农村经济的破产是由于帝国主义的统治和残余封建势力的剥削；包括上海在内的大都市的畸形膨胀则是源于农村破产的加重。不论是国际金融资本，还是封建势力，他们的压迫都指向了农村中贫穷的农民。作者认为，要解决中国的经济问题，只能从根本上革除帝国主义和封建势力。

在这篇文章中，作者没有就局部谈局部，没有从单方面去审视农村的凋敝，而是将中国农村和城市的经济情势作为一个整体来考察，并根据资金的流向找到了二者之间的联系。而且，作者寄希望于通过对帝国主义和包括高租佃率、军阀在内的封建势力的彻底革除，来保证经济的正常发展。

千家驹（1909—2002），浙江武义人，经济学家。

中国农村问题之研究

广州国立中山大学出版部 1933 年 7 月出版，翟克著。

翟克是农政学家，主张“以农立国”，强调农业生产作为工业发展基础的重要意义。该书在 20 世纪 30 年代影响较大，视野较为宏阔，从农村经济的疲弊切入，但探讨的问题却涉及了农民土地、农民金融、农民离村、农民教育、佃农、农业肥料、农村合作、租佃制度、农村副业、农村卫生、农产价格、农民迷信等，几乎涵括了农村生活的方方面面。作者认为经济问题是农村问题的中心，但要使农村振兴，也要注意政治方面和社会方面的问题。在对中国农村社会结构进行分析时，作者认为只有打破不平等的阶级才能解决民生问题，并将农村社会结构按土地所有和经济情况分为上、中、下三层，翟克的论断，已经在一定程度上触及了农村问题的本质，展现了20世纪30年代中国农政学者探索农村复兴方法的努力。

翟克，生卒年不详，广东番禺人，曾任教于国立中山大学农学院农业经济系。

中国佃农问题之检讨——兼评农村复兴委员会

原载于《新中华》1933年7月25日第1卷第14期，署名章子建，后收入中华书局1935年5月出版的《农村与都市》。

该文从农村经济的角度，讨论了当时中国的佃农问题及农村复兴问题。作者认为，中国的土地关系还停留在前资本主义时代。在土地集中制的情形之下，佃农不仅是地主的奴隶，更无法扩大生产，甚至要借高利贷生活。这是帝国主义领导下的都市资本主义造成的结果。有决心改造农村者不应回避这些残酷的事实。耕者有其田，是国家资本主义前提之下最必要的农村经济改造原则。这篇文章中，作者分析了中国农业经济所面临的困境，未浮于表面的经济改良或农村救济来阐释问题，而是直面农村残酷的现状，将结论指向“耕者有其田”和“国家资本主义”的发展道路。作者还认为，国民政府组织的农村复兴委员会“从容论道”的态度和细枝末节的方案，根本无法缓解农村、农民的惨况。

章子建，生卒年不详。著有文章《国际帝国主义与中国农村经济》，译著有《农业问题论》。

乡农学校的办法及其意义

原载于《乡村建设》1933年第2卷第16期，署名梁漱溟，山东乡村建设研究院编。

梁漱溟认为，致使中国乡村遭到破坏的原因是“人祸”，也就是学西洋对中华文化的破坏，而他自己倡导的乡村建设运动是“开出新道路，救活老民族”，组织进行乡村教育，走振兴农业以引发工业的道路。这篇文章就是梁漱溟对于乡农学校的论述。作者认为，要有知识分子来开展乡村运动，启发农民的公共意识。乡农学校的建设可以请求地方领袖的帮助，乡村领袖、民众和教员要协力解决乡村问题。乡农学校的意义就是“推动（或推进）社会，组织乡村”。后来，千家驹在《中国的歧路——评邹平乡村建设运动兼论中国工业化问题》中对梁漱溟关于“乡农学校”的观点做了批驳，认为梁漱溟忽视了农村中各个群体的利益冲突，尤其是梁漱溟设想的“学董会”正是给了地方掌权者以机会，绅士是不可能为农民谋利益的。

梁漱溟（1893—1988），现代新儒学的代表人物，哲学家，曾任北京大学教授，长期致力于乡村建设运动。有《梁漱溟全集》行世。

乡村建设与乡村教育之改造

原载于《东方杂志》1933年11月16日第30卷第22期，署名古棣。

该文从乡村破坏的角度出发展开论述，但与梁漱溟不同，古棣认为乡村破坏不是近百年来的事，而是已有两千年历史，原因有地主阶级的兴起、水利制度的失修、官僚政治的巩固和帝国主义的破坏等。除了强调土地集中、官僚和绅士对农民利益的损害之外，作者还强调了乡村教育对乡村建设的作用、知识分子个人的品德修养以及深入乡村、深入民众的重要性。

梁漱溟曾在其《乡村建设运动由何而起》一文中对古楳的观点进行了反驳，认为阶级剥削是任何社会都不能避免的，是社会内部的矛盾冲突，各个阶级互相依存，不能说谁破坏谁。该文收入梁漱溟的《乡村建设理论》。

古楳（1899—1977），又名古柏良，广东梅县人，教育学家、经济学家。代表作有《中国农村经济问题》《乡村教育新论》等。

中国土地问题之检讨
——中国土地问题的重心何在

原载于《新中华》1934 年 3 月 25 日第 2 卷第 6 期，署名冯和法，后收入中华书局 1935 年 5 月出版的《农村与都市》。

20 世纪 30 年代，学界掀起了关于中国农村社会性质的论争。主要论争两个问题：一是农村经济的研究方法，是主要研究生产力还是生产关系；二是中国农村的社会性质，是半殖民地半封建的还是资本主义性质。当时，冯和法也撰写了著作和文章，并参与了陈翰笙组织的中国农村经济研究会的工作。

在这篇文章中，作者反驳了中国地政学会的表决——“土地问题的重心在于‘分配与生产合并’”，并认为这样的观点只是“中庸之道”。作者强调，确定土地问题的重心，既要明确各地的土地所有权关系和使用关系，又要从动态中把握二者的变化。作者还认为，土地问题的重心未必在土地之上，不改变社会关系、社会制度，则没有改变生产与分配方法的可能。

冯和法（1910—1997），上海人，经济学家。代表作有《农村社会学大纲》《中国农村经济论》等。

农村复兴之理论与实际

商务印书馆 1934 年 5 月出版，章鹏若著。

在 20 世纪 30 年代的农村情势面前，章鹏若为农村经济统制理论的代表者之一。作者认为，中国农村衰落的原因，主要是资本主义国家的侵略和封建势力的压榨。为复兴农村，就要着眼于政治，要树立坚强的中央政府，实行裁兵，澄清吏治，尊重法纪，消弭匪患，进而实现依价收买土地、农村合作、农村副业、水利建设、农村教育等等。在当时，这种诉诸于政府强力的农村经济统制理论十分有影响力。但是，一方面，国民政府的行政问题难以在一时之间解决，强有力的中央政府难于建成；另一方面，即使将农业问题视为救国的根本，而不诉诸制度方面的改革，依然是以局部的眼光看待整体的问题。因此，尽管作者对农村问题已经有了较为清醒的认知，却依然难以使自己的思想付诸实践。

章鹏若（1907—1964），江苏无锡人，经济学家。

农村问题——中国农村崩溃原因的研究

中国农村复兴研究会 1934 年 9 月出版，1936 年 3 月再版，徐正学著。

该书论述简明扼要，具有总括性和代表性，用丰富的事例和大量的数据，从整体上探析农村崩溃的原因。作者认为，帝国主义、军阀和苛捐杂税是中国农村崩溃的三个原因。其中，帝国主义以贸易、借款、银行、交通和工业进行侵略，是农村凋敝的总因。作为帝国主义的代理人，军阀彼此交战，强迫农民种植鸦片，滥发纸币和银票。苛捐杂税及其征收上的腐败更是令农民陷入绝境。

该书将帝国主义视为广大农村破产的始作俑者，论述层次清晰，有对农村经济问题的全盘考虑和科学严谨的论述，较为客观地勾勒了其时农村凋敝的图景，为后来者研究当时的经济、政治与民生提供了宝贵的资料，也展现了一代知识分子对国家前途、命运的忧虑。

徐正学，生卒年不详，代表作有《国人对于东北应有的认识》《中国农村建设计划》等。

农村复兴与乡教运动

商务印书馆1934年12月出版，1935年6月再版，金轮海编著。

在20世纪20至30年代，通过乡村教育实现乡村复兴，是许多学者共同的主张。其中，晏阳初、傅葆琛等为代表人物。作者也持这一观点。对于农村复兴，作者总的主张是以经济建设为目的，以乡教运动为中心。

作者分析了农村的现实情况，认为农村的政权为闲暇的士绅所把持，农村阶级矛盾尖锐，而农会往往为土豪劣绅利用，榨取农民血汗。为此，必须发挥乡村教育的喉舌作用，使无产阶级自己谋幸福。当前的乡村教育严重地脱离实际，亟待改造。在改造过程中，必须注意联系实际，开展公民教育、学术教育、职业教育、健康教育和休闲教育。作者能从农民生活和农民运动出发，对“贫农”和“青年”群体进行分析，并将其与乡村教育相联系，这样的理论探讨是具有比较重大的现实意义的。

金轮海（1903—1989），江苏昆山人，教育学家、农村社会学家、经济学家。代表作有《中国农村经济研究》等。

广东农村生产关系与生产力

上海中山教育文化馆1934年12月出版，陈翰笙著。

该书在当时产生了较大影响，常为当时研究农村的文献所征引。该书主要论述了三个问题：耕地所有与耕地使用，田租税捐利息的负担与生产力，生产力低落与农村劳动力。

陈翰笙带领王寅生、薛暮桥、钱俊瑞等致力于中国农村生产关系研究的“中国农村派”青年学者，对广东农村的生产关系展开调查，并得出结论：广东土地集中严重，集团地主势力强大，农民往往受其欺压，艰难度日。田租税捐不断走高，由此滋生的高利贷破坏了农民的生活。农村生产力低下，劳动力价格低廉。

作者由对广东农村的观察得出结论：农村生产关系与农村生产力的矛盾，体现在有可耕的土地而不耕，有可用的劳动力而不用，大量的银钱流入城市，不能投入农业再生产。出现这样矛盾的根本原因，是耕地所有权与耕地使用的背驰。而农村劳动力没有出路，体现了这个矛盾的深刻性。书中的调查研究是立足于广东农村的，展现了广东农村的特殊性，同时更是对中国广大农村普遍凋敝的回应。

陈翰笙（1897—2004），江苏无锡人。中国科学院院士，社会学家、历史学家、社会活动家。著有《美国垄断资本》《中国农民》等。

中国保甲制度

商务印书馆1935年4月出版。

该书是闻钧天担任国民政府礼俗司司长期间所写。为20世纪30年代保甲研究影响较大的、提纲挈领式的作品，比较全面地论述了保甲制度的流变，分析了保甲制度在各个历史阶段的不同特征，论述精当，内容充实。

作者认为保甲制度“为共同担保，共同责任之制度。其组织深合全民政治之原则，而其机能与效用，可为增进地方行政体系整肃之方”，保甲制度的目的则是“将使无一家无一人不得其治焉”。作者还考察了保甲制度的历史，认为保甲制度可以追溯到周代的井田制度，至周秦时期初步形成，历经汉、魏晋、唐，到宋代正式确立，经过元明的演变，清代又复兴。最后，作者对当前保甲运动的概况和保甲运动的实践方法进行论述。旨在通过对保甲制度的历史研究，确立民国时期保甲制度的合法性，从而表达作者的观点：“保甲者，为建立社会，组织国家，健全民族之本位制度也。”

闻钧天（1900—1986），别名一尊，湖北浠水人，美术家。

乌江乡村建设研究

南京金陵大学农林新报社 1935 年 5 月出版，蒋杰著。

安徽和县乌江农业推广实验区，是由中央农业推广委员会及金陵大学农学院合办，该实验区以农业改良为中心，兼及整个乡村建设，主要工作涵盖经济、教育、卫生、政治及社会诸项。在风起云涌的乡村建设中，乌江实验区的特点是注重农业。该书是对乌江实验区自 1923 年成立起所做工作的分析，还介绍了乌江乡村建设运动对国内乡村建设运动的贡献。1930 年，乌江农会成立，帮助农民对抗土豪劣绅，减轻农民负担，办理区政事务，进行农业实验。

尽管乌江农会在民生领域的实验卓有成效，但实验区的范围毕竟比较小，可以集中上级政府的财力进行乡村建设实验，但很难全部推广。此外，乡村建设实验毕竟不能从根本上改变农村群体的利益关系，实验区有知识分子替农民伸张正义，联系上级政府，可是一旦实验结束，不能保证情况没有变化。这也是当时不少知识分子对乡村建设的忧虑。

蒋杰（1910—1986），江苏武进人，农业经济学家，曾参与乌江乡村建设调查。

中国农村经济性质问题的讨论——一个“老”的问题的诠释

原载于《中国农村》1935 年 6 月 1 日第 1 卷第 9 期，署名周彬。后收入中国农村经济研究会编，新知书店 1935 年 9 月出版的《中国农村社会性质论战》。

本篇假托问答形式，对中国农村的经济性质进行了讨论。通过问答，作者否认了中国农村已经发展到资本主义的阶段，因为近代的农业生产并没有占据优势，资本主义的扩大再生产也难以实现。作者认为持“农村已经是资本主义的”观点者忽视了解决中国农村问题的可能。中国农村目前的问题是，帝国主义在中国是“铄”的力量，列强为实行资本的支配，一定会利用中国的社会内部矛盾，在上层分子中培植买办的力量，获得利益。发展中国经济，必须废除“半封建”的生产关系，进行土地革命，抵抗帝国主义资本的统治。后来，“中国经济派”的王景波对这篇文章进行了批驳。

周彬是钱俊瑞的笔名。钱俊瑞（1908—1985），江苏无锡人，中国科学院院士、经济学家、教育学家，“中国农村经济研究会”的发起者之一。与其他“中国农村派”的学者一样，钱俊瑞亦从生产关系总和构成的社会经济结构特征出发，来阐释社会经济问题，认为中国农村处于“半封建”的阶段。

关于中国农村问题的研究之试述

原载于《中国经济》1935 年 7 月 10 日第 1 卷第 10 期，署名王景波。后收入中国农村经济研究会编，新知书店 1935 年 9 月出版的《中国农村社会性质论战》。

在 20 世纪 30 年代“中国农村派”与“中国经济派”对于农村社会性质的这场论争中，王景波属于“中国经济派”，是该派别中一位较有代表性的学者。作者在本文中对周彬的《中国农村经济性质问题的讨论——一个“老”的问题的诠释》进行了批判。作者认为，中国虽然是殖民地，但中国的经济是完全资本主义化的，是以特殊的形式顺应着资本主义的发展。他主张通过推翻帝国主义在中国的经济统治，达成经济的自由发展。作者还认为，只有先解决民族独立问题，才能解决土地问题。作者还否认了地主、富农剥削的封建性。随后，对于王景波的观点，“中国农村派”的薛暮桥和钱俊瑞都展开了批判，尤其是薛暮桥认为王景波将农业问题简单化，忽视了中国农业生产关系内在的矛盾。

王景波，即尹宽（1897—1967），安徽桐城人。

中国农家经济

商务印书馆1936年8月出版，1937年3月再版，卜凯著，张履鸾译。

该书是作者在大量调查的基础上写出的著作。主要探讨了农家土地利用、田场经营、田场企业、农佃问题、作物、家畜与地力保存、田场劳力、农家家庭与人口、农家的消费与生活程度等等。最后，作者将中美农场进行对比并得出结论。作者认为中国最富裕的人力资源并没有得到充分的利用，当下最救急的方法，就是用集约的方法增加单位面积土地的产量。除了强调金融、交通与良好市场的意义之外，作者也对中国农人的受教育程度低下、精神生活贫乏有所认识。该书是20世纪20至30年代研究农家经济的重要专著，彰显着作者所秉持的实证精神，但是在动荡的时局中，这样的著作也仅能停留在学理的探讨上，难以从实践方面触及问题的本质。

卜凯（John Lossing Buck），美国人，康奈尔大学农业经济学博士，1915年来华从事农业调查、改良及推广等工作。1921年，卜凯创立了金陵大学农学院农业经济系，这是中国第一个农业经济系。

张履鸾，生卒年不详，生于江苏江宁（今属南京）。出版有《江苏武进物价之研究》《江宁四百八十一家人口调查》等。在民国时期农村人口经济领域具有扎实深厚的社会调查和研究功力。

地主都应该打倒么

原载于《现代农民》1942年第5卷第9期，署名木甘。

文章从地主在乡村的作用、地主财产的来源以及地主与佃户的关系等几个方面，论述了乡间地主存在的合理性。文章所论地主为普通乡间地主，而不是军政界或富商出身的大地主，分析说明了普通人对乡间地主的误解，普通乡间地主并不是不劳而获，乡间派款征丁、塘堰堤防、农民欠租问题都需要他们解决，因此乡间地主是有帮手的自耕农；乡间地主土地的来源是由于勤俭得来的，要想持续拥有土地仍需勤俭，靠土地获取收入利润通常不高，并且还有天灾和苛税需要地主承担，投资土地是保守的方法，因此乡间地主是社会上最安定保守的分子。并且中国因人多地少导致难有大地主出现，地主土地出租与国家公债发行是同样的实质，地租就等于公债利息，农民第一次取得土地时所缴的代价，履行手续等与买公债相似，因此普通乡间地主出租土地也有其合理性。文章最后提出租额稳定，良好的供求关系，产业发达减低租额是改善租佃关系的方法，不能盲目地打倒地主。

文章对军政界、富商出身的大地主与普通乡间地主做出了区分，说明乡间地主及土地出租存在的合理性和必要性，强调乡间地主对于维系乡村社会稳定具有一定的作用，应该正确地解决乡间租佃关系问题，保护农民的实际权益。从文章发表的时间来看，此篇文章对乡村社会现实情况的反映是较为客观的，是对 20 世纪 40 年代初乡村社会的共时性观察，因此对了解乡间地主实际情况具有较为重要的史料价值。

木甘，其人生平不详。

中国土地问题及其对策

商务印书馆 1944 年出版，1947 年 2 月再版，吴文晖著。

该书是 20 世纪 40 年代土地问题研究的重要著作之一，主要运用了统计学的方法，讨论了土地利用问题及其对策，土地分配问题及其对策。土地利用和土地分配是作者认为的中国土地问题的两翼。作者认为，中国的土地使用分散，农场面积小且散碎，浪费了劳动力，阻碍了农业技术的发展。为此，必须要“地尽其利”，增加耕地的面积，优化土地的利用，改进现有的耕地利用的方法。此外，作者还探讨了与农业经济相关的农业金融、农业行政等问题。对于抗战之初毅然回国的吴文晖来说，这样一部著作不仅代表了他在农业经济方面的学术水准，更是一代知识分子救国救民的积极探索。只不过，吴文晖在农业经济上的提议，远非 40 年代的中国所能实行。

吴文晖（1913—1990），伦敦大学社会学博士，农业经济学家。

中国农村社会经济学

商务印书馆于 1945 年 4 月在重庆出版，乔启明著，1946 年 5 月在上海出版重排版，1947 年 5 月在上海再版。

该书是作者在金陵大学农学院执教的讲义，是作者学术思想的代表，内附大量调查图、表，较全面地对中国农村的情况进行了学术分析，包括人口、经济、文化、农民生活、农村组织等五项。作者认为，中国农村人口过剩是农村社会问题的本源。此外，中国农村还存在土地利用情况不合理，农民生活水平低下，农村无组织，文化落后等问题。为实现国富民裕，既要改良农业的技术，又要迟婚节育，保持适度的人口。由于民国期间始终缺少具有现代意义的、科学严密的人口和土地普查，作者对人口问题的看法，虽然没能得到精确数据的佐证，但仍不失前瞻性。

乔启明（1897—1970），山西临猗人，社会学家。乔启明一生著述颇丰，研究涵盖了农村社会的大部分问题，且都以社会调查为基础。代表作还有《中国人口与粮食问题》等。

乡村建设运动

大东书局 1946 年 5 月出版，陈序经著。

该书是作者对乡村建设运动现状的考察与批判。作者认为当时的乡村建设运动大多无甚收效。除了经费缺失与人才不足，理论建设也存在问题。梁漱溟领导的山东的乡建院是“孔家店”式的，复古倾向十分严重。作者否认梁漱溟的“以农立国”方针，以及梁欲创造的“新文化”的存在。作者认为，中国的乡村建设只能走全盘西化的老路，必须用城市工业辐射乡村建设。此外，作者还批判了乡村建设中存在的行政效率低下、建设对象范围小且脆弱等问题。虽然该书是一部观点较为激进的著作，但其中有一些观点亦颇有价值，比如坚定地提倡走近代工业化道路，以及对乡村建设的反思。

陈序经（1903—1967），广东文昌（现属海南）人。历史学家、社会学家、民族学家。陈序经持“全盘西化”的文化观，反对中西文化调和折中的论点。代表作有《中国文化史略》《文化学概观》等。

人民文艺的杰出成果——推荐《李有才板话》

原载于《解放日报》1946年6月23日，署名冯牧。

文章从主题内容、政治意义和表现形式三个方面，对赵树理的中篇小说《李有才板话》进行了全面的分析评价，认为小说是正在茁壮成长着的人民文艺的杰出成果，并真诚地向读者推荐这部小说。文章认为《李有才板话》真实地写出了解放区农村中的农民生活和农村关系的急剧变化，创造出了栩栩如生的农民和地主的人物典型，明确表达出了对农民的赞美和对顽固地主的憎恨之情，反映了解放区农民翻身斗争的真实情景，说明了领导群众运动必须深入群众中去的真理。小说将艺术与革命的现实政策“工作方法”高度结合，并且能够采用群众化的表现形式，因此成为具有现实教育意义的群众最熟悉的作品。文章结尾也提及了小说创作上的一些不足之处，但整体上评论者对小说进行了高度的认可和赞扬。评论者从《李有才板话》对于解放区文学创作的重要意义出发，对小说进行强烈推荐，因此在一定程度上指明了解放区文学创作的前进方向。

冯牧（1919—1995），原名冯先植。北京人。文学评论家。著有评论集《繁花与草叶》《耕耘文集》，散文集《滇云揽胜记》等。

论赵树理的创作

原载于《解放日报》1946年8月26日，署名周扬，后收入《周扬文集》(人民文学出版社，1984年版)。

文章通过《小二黑结婚》《李有才板话》和《李家庄的变迁》三篇小说来对赵树理的创作进行鉴赏分析。整体上，作者认为赵树理的创作在一定程度上反映了解放区农村的农民与地主之间微妙而剧烈的斗争，展现了农村发生的伟大变革的庄严美妙的图画。接着分别论述了三篇小说的主要内容和艺术特色，从三篇小说的创作中分析赵树理小说关于人物和语言创造两方面值得学习的地方。在人物创造方面，作者认为有三个特点：将人物安置在一定斗争环境中，放在斗争中的一定地位上来展开人物的性格和发展，划清农民与地主之间的界限；通过人物自己的行动和语言来显示性格，表现思想情绪。在语言创造方面，作者认为赵树理熟练丰富地运用了群众的语言，显示出赵树理卓越的口语化能力。文章也认真分析了作品中对地主形象的描写，认为赵树理出色地描写了地主恶霸和他们的“狗腿”，肯定了赵树理创作中对地主阶层在农村社会中的定位与形象塑造。

作为延安地区具有影响力的理论阐释者，周扬认为赵树理的作品契合了毛泽东在延安文艺座谈会上提出的指导理论，是毛泽东文艺思想在创作实践上的一个胜利，对此后赵树理创作方向的形成具有重要的影响。其中对于赵树理描写的地主定位与形象的肯定，契合了当时党对农村阶级的认识理论。赵树理小说中地主形象的刻画，客观上也为此后反映农村变革的作品中地主形象的塑造奠定了一种基调。

周扬(1907—1989)，原名周运宜，字起应，笔名绮影、谷扬、周苋等，湖南益阳人。有《周扬文集》。

东北地主富农研究

东北书店 1947 年 12 月出版，李尔重、富振声著。

该书是为配合东北解放区土地改革运动而作的关于东北地区地主富农历史情况及发展现状的资料性书籍。该书共分为四章，第一章介绍东大山一带地主阶级形成的历史，地主阶级依靠着政治权力圈占荒地，强迫农民开荒，占有了一大批土地。第二章论述了在伪满统治下地主阶级的变化，分别对满拓地区、开拓地区、军用地区和移民地区的地主阶级变化情况进行了详细的分析。揭示了不同地区地主压榨农民，获取土地与财产的方式。第三章介绍了地主阶级对农民剥削的具体方式，包括工资上的剥削、分种地、伙种瓜、高利贷等十九种剥削方式。第四章为总结，具体对桦川县地主和辽宁省富农的情况进行了初步调查，是较为详细的、区域性的地主富农情况的调查分析。该书为东北地区地主富农阶层的研究提供了相对完整的材料，具有一定的史料价值，也对东北地区的土改运动起到了宣传作用。

李尔重（1913—2009），河北丰润（今属唐山）人，1932 年加入中国共产党。著有中短篇小说《长白山下的自卫队》《翠英》《战洪水》《新战争与和平》等。

富振声（1912—1985），原名董维林，满族，辽宁西丰人，1933 年加入中国共产党。

官僚，绅士，地主

原载于《陇铎》1948 年第 2 卷第 7 期，署名安静之。

文章论述了官僚、绅士、地主三者的历史发展与各自的特点，以及三者之间的差异与联系，表明了封建社会中官僚、绅士、地主三位一体的身份实质。官僚阶层依附封建皇权，腐化保守，具有寄生性和投机性，帮助统治者无情榨取利益。绅士总体上是由封建士大夫而来，占有广大土地、祖辈或亲戚做过大官、曾举过科第等是成为绅士的固定条件。这些绅士依靠特权可以吃租且不纳税，有钱有权势，并且以三纲五常作为维持社会秩序的唯一法宝。最后分析认为地主是封建社会中处于剥削地位的阶层。他们从《诗经》中的"分土而治""分地而食"逐渐演变为私有兼并，并且按取得土地的方式可以将地主分为官绅地主、商绅地主、乡绅地主与土地主。文章得出结论：官僚、绅士与地主本质上是相同的，他们互为庇护，阻碍着封建土地制度的改革。

安静之，生卒年不详，著有文章《当前教育问题症结之探源》等。

地主翻把血的教训

东北书店 1948 年 2 月出版，井岩盾等著。

该书集中列举土改过程中的地主"翻把"事件及教训。主要包括前言《如何对付地主翻把》,《后五道木事件的教训》(井岩盾),《喇嘛甸事件血的教训》(顾雷),《恶霸"党炮"翻把经过》(罗蓝),《辉南新立屯翻把惨案》(郑文),《汤原永远屯的反"翻把"斗争》(山),《厢黄二村的反"翻把"斗争》(续磊)以及《方正挖坏根防"翻把"办法介绍》(李一清)，分别介绍了东北土地改革运动中某些村庄出现的地主翻把现象，及民众与地主翻把之间的斗争，总结了斗争的经验教训，介绍了一些防止地主翻把、反翻把斗争的具体方法。

井岩盾（1921—1964），原名井延盾，山东东平人。1940 年到延安，入延安人民鲁迅艺术学院文学部学习。著有《摘星集》《辽西纪事》《在晴朗的阳光下》等。

从《白毛女》的演出看中国新歌剧的方向

原载于《大众文艺》1948 年第 3 期，署名冯乃超。

文章从《白毛女》在香港的公演意想之外的成功谈起，对《白毛女》歌剧的演出状况与剧本进行了评价与分析，认为《白毛女》是一部创造中国新歌剧的里程碑的作品。文章对《白毛女》剧本的主题进行了深入的分析，认为剧本“深刻反映出中国革命的历史的主题，集中暴露出地主阶级杀人喝血的罪恶和他们所统治的社会的黑暗与落后”，“用落后的神怪故事，揭开地主社会借以维持其存在的神怪思想，暴露其愚昧与黑暗的实质”，因此“加强了作品中指导人民生活的积极作用”。文章在一定的历史语境之下，从政治和艺术两方面对《白毛女》进行分析评价，着重强调了作品所具有的政治意义。

冯乃超（1901—1983），笔名冯子韬。祖籍广东南海，生于日本横滨。中国现代诗人、文艺活动家。创造社和左联等文艺社团的领导人。著有诗集《红纱灯》，小说散文集《傀儡美人》，文艺论著《文艺讲座》等。

乡土中国

上海观察社 1948 年 4 月出版，费孝通著。

《乡土中国》是 20 世纪 40 年代研究乡村社会结构和乡村社会文化的重要著作。作者通过对农村的社会调查，对中国传统乡村社会格局进行了剖析，提出了“乡土中国”“差序格局”“长老统治”等学术概念，尤其是中国乡村社会结构的“差序格局”，对后来的研究产生了巨大的影响。作者将西方社会比作以团体为单位的“团体格局”，而中国乡土社会格局则像是把一块石头丢在水面上出现的一圈圈的波纹，每个人都处在他所产生的影响的中心，社会关系就是从一个人逐渐推出去的私人联系的增加。因此，中国乡村社会关系的模式亦是人治社会、长老统治。

费孝通（1910—2005），江苏吴江（今属苏州）人，社会学家、人类学家、民族学家，代表作有《乡土重建》《江村经济》《禄村农田》等。费孝通堪称对中国社会学影响最深远的学者，他的学术贡献主要在于开辟了社会学“中国化”的路径，并在西方社会学与中国本土社会学研究之间架起了沟通的桥梁。

论地主阶级的出路：读费孝通教授“乡土复员论”后

原载于《燕京新闻》1948 年第 14 卷第 16 期，署名章明。

该文是作者对费孝通发表于上海《大公报》上的两篇《乡土复员论》文章的分析与讨论。针对费孝通《乡土复员论》中希望地主阶级“放弃农业，开拓工业”的观点，作者认为二者都行不通。首先，关于“放弃农业”。地主阶级放弃农业即放弃土地的方式有三种——农民购买、发行公债与土地公有，但这三种都是不现实的。因为，“在现政府下，要地主阶级放弃农业可能走得路，不是地主阶级不愿意，就是政府不愿意，再就是事实上行不通”。其次，关于“开拓工业”。中国目前的资本形态中，并没有民族资本，并且中国的统治阶级本质上就是地主、官僚、买办三位一体的特权集团，因此，如果地主阶级开拓工业，必然要同官僚、买办资本做斗争，地主阶级不是投降便是灭亡。作者指出费孝通所提工业乃是乡土工业，该观点已经过时。作者指出，地主阶级应“无条件放弃一切既得利益，走到农民队伍中去”，但作者并没有说明地主阶级如何才能走到农民队伍中去。文章呼应了当时农村的土改运动现状，但在否定了费孝通关于地主阶级出路的观点之后，没有给出新的出路、方法。

章明（1925—2016），原名章益民，江西南昌人。1949 年参军，长期担任部队文艺部门创作员。曾任广东省作家协会理事、杂文创作委员会主任。著有《女神箭手》《两个哨兵》等。

读《江山村十日》

原载于《小说月刊》1949 年 12 月第 3 卷第 3 期，署名沈起予。

该文对马加的长篇小说《江山村十日》进行了分析评价，认为小说是汇合了作家与群众智慧于一炉的集体创作。文章首先将

《江山村十日》与丁玲的《太阳照在桑干河上》进行了整体上的比较，同样是以土地改革为题材的小说，《太阳照在桑干河上》写出了人物之间错综复杂的关系，需要读者花时间仔细阅读才能理解透彻，而在《江山村十日》中，人物关系十分简明，故事推进得快，因此读者能够获得轻松明朗的阅读感受。接着文章从恋爱主题入手，以贫农子女与地主子女之间的封建式的婚姻关系为例，分析了小说如何表现农村封建社会的复杂与矛盾。文章结尾将小说中不合理的封建现象的迅速消失直接归因于党的正确领导与群众的力量。

沈起予（1903—1970），重庆巴县人。著有短篇小说集《火线内》《人性的恢复》，中篇小说《残碑》《飞露》，译著有《欧洲文学发展史》《艺术哲学》《我们七个人》《酒场》等。

参加土地改革，正确的反映土地改革

原载于《红岩》1951 年第 2 期，署名刘仰峤。

该文是关于文艺工作者在土地改革运动中如何进行文艺创作的政策性指导。原文开篇有编者按称："西南人民艺术院院长刘仰峤同志，应本刊如何正确反映土地改革的问题写了这篇文章，值得正在参加土地改革的和准备创作关于土地改革作品的同志们参考。"文章针对土改过程中出现的同情地主阶级的改良主义思想，及其所带来的负面影响做了分析，强调应该认清现实，发动群众与恶霸地主做斗争，尽快完成土地改革。对于文学作品如何正确地反映土地改革，作者指出："要想正确的反映运动，表现新的人物，就必须熟悉运动的规律，熟悉新的人物，而熟悉政策则是真正熟悉运动熟悉人物必具的政治前提。"号召文艺工作者们深入土地改革运动中，去农村中与群众一起生活，实际体验土地改革运动，正确地反映土地改革。文中强调：地主阶级是封建社会制度的基础，要想消灭封建社会制度就必须消灭地主阶级，因此不能将土地改革与阶级斗争割裂开来，群众必须在土地改革的过程中与地主阶级进行斗争。

刘仰峤（1911—1980），山西岢岚人，曾参加左翼作家联盟。1937年参军，曾任延安中央党校秘书处处长。1964年任教育部党组副书记、副部长。

对我国历史上土地问题的几点认识

原载于《新史学通讯》1951年第9期，署名刘尧庭。

该文从具体历史事件出发，分析论述了我国历史上出现的土地问题。首先分析了历史上地主阶级兼并土地造成农民流离失所，民不聊生的社会状况，以及在此社会中农民阶级的暴动、反抗，得出观点："中国历史长时期是农民阶级和地主阶级斗争的历史"，"农民问题长时期是中国历史的中心问题"。其次，认为历史上允许土地买卖的政策实质上是地主强取豪夺的方式，也是封建贵族压榨百姓的手段之一。接着，作者称中国历史上的井田、均田制度都是统治阶级欺骗农民的手段，从商鞅变法到王莽改制，以及北魏到唐代实行的均田制度，表面上是为解决农民问题，实质上是统治阶级见地主获利而实行的为统治贵族阶级服务的土地制度。文章结尾，作者从历史上的多次农民运动之中得出结论："历代的土地问题，只有农民自己动手，才能得到部分解决。"中国农民只有在中国共产党的领导之下才能获得真正的胜利，把自己的土地从地主手中夺回来。

刘尧庭（1907—1969），原名刘兴唐，河南南阳人，曾任教于河南大学历史系，长期从事中国社会史、中国经济史及魏晋南北朝史、宋史的研究。有《春秋时代中国经济的主要发展》《北魏均田制度的形成》等论文。

中国封建时期田租的变动

原载于《新史学通讯》1951年第10期，署名冯汉镛。

该文论述了从战国到清代各个时期田租的不同变动。开篇对田租与田赋这两个比较混淆的名词做出了明确的解释，地主向农民榨取的叫做田租，封建政府向农民榨取的叫做田赋。接着分析了封建社会地主收取田租的方式：力役地租与实物地租，分别论述了两种地租的发展历史及表现形式。接着以具体的史料说明从战国时期到西晋，地主收取的田租不断增多，农民生活日益艰难。西晋统治者进一步加大了对农民的剥削，使得农民生活难以维持，最终爆发了大规模的农民暴动。唐以后历代田租都有不同程度的变化，时轻时重。文章通过对中国封建时期历代田租的变动情形分析，发现了田租变动的线索。当农民暴动刚结束，田地荒芜程度大时，田租会相对较轻，农民生活相对安定。而一定时间的稳定之后，田租逐渐增加，残酷的剥削又会使得农民发生反抗。这样周而复始的活动，便造成了中国封建时期田租的变动。文章在一定程度上揭示出了封建社会中地主阶层与农民关系紧张的原因。

冯汉镛（1920— ），四川宣汉人。著述以交通史、中国藏学、医学史方面为多，有《传信方集释》《古代秘方遗书集》等。

苏南土地改革访问记

生活·读书·新知三联书店1952年8月出版，潘光旦、全慰天著。

该书是潘光旦和全慰天在1951年2月至4月对苏南和杭州一带的土地改革进行了观察和访问之后，在《光明日报》《人民日报》《进步日报》《文汇报》《新观察》《新建设》等报刊上发表的七篇文章的合集。包括《谁说“江南无封建”》《苏南封建势力的几个特点》《苏南农村：两种租佃制度的分析》《从“义田”进一步看苏南的封建势力》《土地改革必须是一系列的激烈斗争》《枯树鲜花朵朵开》和《关于土地改革后个体农业经济发展中的一个问题》。这些文章阐述了苏南封建剥削的一般情况，并且有重点地分析了苏南封建势力的特点，认为苏南封建势力特点的形成既有本土因素又与帝国主义有密切联系。在谈论土地改革时，着重论述了土地改革应该坚持的一个原则，即不斗争便不能改革，斗争不激烈改革便不能彻底。文章也介绍了苏南土地改革的一些成就，以及苏南农业生产发展的问题。两位作者以亲身体验观察，提供了苏南土地改革时期苏南农村运动与社会状况的材料。但由于作者观察和访问的时间不长，观察的范围有限，当时苏南土地改革也还没有结束，因此文章缺少对苏南土地改革全过程的客观记录和分析。

潘光旦（1899—1967），字仲昂，江苏宝山（今属上海市）人。著有《优生学》《人文生物学论丛》《中国之家庭问题》，译著有《性心理学》等。

全慰天，生于1917年，卒年不详，湖南南县人。著有《从旧中国到新中国》《中国民族资本主义的发展》等。

暴风骤雨

原载于《文艺报》1952年第11、12期，署名陈涌。

该文从人物、结构、语言等方面对周立波的长篇小说《暴风骤雨》进行了具体的分析论证，认为《暴风骤雨》比较完整地表现了农民土地斗争的整个过程，真实地表现了农村各个阶级的面貌和斗争。小说作者对生活的热情和敏感，对新人物美好品质的发扬以及艺术上的单纯性等是小说的显著特点，然而小说却没有充分地表现农村阶级斗争的复杂性和激烈性，缺少对地主形象的个性化描写，对赵玉林的人物描写也过分单纯，并指出小说的本质缺点源于作者对生活的认识不足。因此文章结尾提出小说创作要将作者的热情与深沉的实际观察相结合，才能取得更瑰丽的创作成果。

该文是较早对《暴风骤雨》进行评论的文章之一，较为全面地指出了小说的优缺点，其中一些观点也为此后《暴风骤雨》的评论研究的基本观点。

陈涌（1919—2015），文艺评论家，原名杨熹中，广东南海人。《论鲁迅小说的现实主义》曾有较大影响，出版《文学评论集》《文学评论二集》。

从现实生活出发表现人物的真实形象——评《不能走那条路》

原载于《长江文艺》1954年1月号，署名于黑丁。

该文从主题思想、人物形象、矛盾冲突和生活语言方面对李凖的小说《不能走那条路》进行了具体的分析评价。文章赞扬小说是群众迫切需要的，深刻反映现实和有力推动现实的，正确思想内容和艺术性相结合的，与过渡时期政治中心工作结合得最紧密的作品。文章认为《不能走那条路》表现了社会主义合作化时期农村的新生活，写出了农民的思想变化，生动刻画了转变中的老农宋老定和农村新人宋东山的人物形象，并且运用群众语言描写了复杂的矛盾斗争。

《文艺报》之后对此文进行修改，增加了对小说缺点的分析，托名李琮，以《〈不能走那条路〉及其批评》为题发表，引起了争议。康濯撰文《评〈不能走那条路〉及其批评》回应，并且以《人民日报》转载小说时的按语为证，肯定了小说的政治价值，强调了源自政治权威的文学批评的绝对正确性。

于黑丁（1914—2001），原名于敏亦，山东即墨人。著有短篇小说集《北荒之夜》《农村的故事》《区委书记》，评论集《文艺论》《生活·学习·创作》等。

中国地主经济封建制度论纲

华东人民出版社1954年11月出版，王亚南著。中国社会科学出版社2007年7月再版。

该书是王亚南在《文史哲》杂志上发表的有关中国封建社会

中地主经济制度的八篇论文的合集。包括《中国地主经济封建形态的形成及其演变》《地主经济与中央集权官僚政治》及《地主经济与天道观念的政治思想》等篇目，这些论文最初发表时都是以《由封建的领主经济和地主经济引论到中国社会发展史上的诸问题》为题，因此构成了一个系列。作者对中国地主经济的封建制度、地主经济与中央集权官僚政治、地主经济与天道观念的政治思想问题、地主经济与民族产生问题、中国封建社会长期停滞问题、亚细亚生产方式问题等方面进行了系统的研究。该书率先提出"地主经济"这一独立范畴，以此来概括秦汉以来中国封建土地关系的特点，论证建立在此基础上的中国封建政治制度和意识形态的特殊性，开创了中国经济史研究的一个学派，是中国封建领主经济与地主经济研究的重要文献，对国内外历史学界有较大影响。

王亚南（1901—1969），湖北黄冈人。经济学家、教育家，曾任厦门大学校长。中国马克思主义经济史学的开拓者之一，提出了"地主经济论"，首倡"中国经济学"概念。曾翻译《资本论》，有《中国经济原论》《中国地主经济封建制度论纲》《中国官僚政治研究》等著作。

三至六世纪江南大土地所有制的发展

上海人民出版社 1957 年 12 月出版，唐长孺著。

该书以建康与吴会区域为限，分为孙吴统治期间农民封建化的迅速发展、东晋南朝对农民的残酷剥削和农民斗争、东晋南朝的豪门地主、奴婢和各种依附者的地位等四个部分，具体论述了三至六世纪江南大土地所有制的形成和发展过程。三至六世纪，随着南方生产力的发展，在相对稳定的社会环境下，江南大土地所有制的发展呈直线上升的趋势，江南寒门地主的出现与发展，加剧了农民内部分化，削弱了公社的残余。商品化经济的发展与政府的残酷剥削，共同加速了农民的破产，小农贫困，沦为依附者的过程也缩短，江南社会贫富差距逐渐增加。论著反映了三至六世纪江南大土地所有制发展下的地主与贫农社会阶层生活情况，读者从中也可窥见中国古代一定时期内农业经济发展的具体情景和地主阶层的发展状况。

唐长孺（1911—1994），江苏吴江（今属苏州）人。早年从事中国辽金元史的研究。1944年后，专注魏晋南北朝隋唐史，并从事敦煌吐鲁番出土文书的整理和研究。著有《魏晋南北朝史论丛》《三至九世纪江南大土地所有制的发展》等。

南宋大地主土地所有制的发展

原载于《史学月刊》1959年第9期，署名杨国宜，后收入《中国封建社会土地所有制形式问题讨论集》（生活·读书·新知三联书店，1962年1月版）。

该文从丰富的史料出发，论证分析了南宋大地主土地所有制的发展情况。南宋初年实行改良措施，在较安定的社会环境之下，社会经济不断发展，然而这也刺激了地主阶级的贪欲，土地兼并现象十分严重，同时大地主土地所有制发展迅速。南宋时期官田空前扩充，大地主兼并势力发展壮大，官僚、商人、地主三位一体，导致土地集中、农民破产。地主占田却不纳税，导致国家税收减少，从而加速了农民的破产，农民只有依附地主生存。大地主所有制高度发展，庄田租佃制盛行。地租的形态以实物形态为主，而实物地租又以货币地租为主要形态。租额高，导致佃户负担重。佃户与地主之间的身份关系也有所发展，农民地主之间形成了契约关系，在一定程度上农民封建隶属性也有所减轻，但实际上并没有脱离地主的掌控。

文章分析了南宋大地主土地所有制下地主与佃户之间的隶属关系，描述了地主与佃户之间契约关系的形成过程。从文章可见，地主与佃户之间并不是简单的压迫剥削与被压迫剥削的关系。这为理解历史上地主的身份与实际情况提供了新的视角。

杨国宜（1930—　），四川南部县人，著有《求索集：杨国宜史学文选》。

关于梁生宝形象

原载于《文学评论》1963 年第 3 期，署名严家炎。

该文对长篇小说《创业史》中的主人公梁生宝形象进行了详细分析。首先从社会主义文学新英雄人物的评价标准出发，认为既要热情鼓励又要严格要求。接着对当时一些相关的评论文章进行了分析讨论，提出了关于梁生宝形象塑造的“三多三不足”观点：即写理念活动多，性格刻画不足；外围烘托多，放在冲突表现中不足；抒情议论多，客观描绘不足。作者从小说内容本身出发，分析梁生宝形象刻画的长处与不足，敢于对新英雄人物的形象塑造提出自己独到的见解，是众多评论文章中较为客观的一篇。文章在当时评论界产生了较大的反响，引发了相关人物形象塑造问题的争论。被后世学界谈论更多的是他的《谈〈创业史〉中梁三老汉的形象》，该文另辟蹊径，从艺术形象塑造角度提出：作为艺术形象，小说中最成功的，是梁三老汉。

严家炎（1933—　），江苏宝山（今属上海市）人，文学评论家、文学史家，北京大学中文系教授，有《严家炎全集》。

“高尚的圣者和殉道者”——读《犯人李铜钟的故事》

原载于《新文学论丛》创刊号（1980 年第 3 期），署名阎纲，后收入评论集《文学警钟为何而鸣》（作家出版社，2012 年版）。

该文针对当时文学界对《犯人李铜钟的故事》的批判意见而作。意见一是认为作品为“犯人”讴歌，于安定团结有碍。二是认为作品描写的“动公仓”“抢皇粮”等行为有助长不安定因素之嫌。该文主要从三年灾害的历史事实出发，高度肯定李铜钟的精神，认为他不是“犯人”，而是“英雄”和共产主义事业的殉道者，有力地反诘了“不利安定团结”论。在此基础上，该文还认为《犯人李铜钟的故事》的主要价值不在于张一弓“写了别人没有写的或不敢写的题材，而在于他把‘真实’和‘崇高’艺术地结合在一起”。

该文是阎纲最有影响力的评论之一。《犯人李铜钟的故事》这部文学作品引起了当时评论界的争论，阎纲显示出一个评论家的筋骨，称其为“暴露文学”的名作，恢复了我国文学的现实主义传统，经得起时间的考验。他高度肯定了“大跃进”后期基层干部冒着政治风险和生命危险为农民动公仓的行为。

阎纲（1932— ），陕西礼泉人，编辑家、评论家。1949 年参加工作，1956 年入职中国作家协会，后调入文化部，后期以散文随笔著称。著有《文坛徜徉录》《神・鬼・人》《冷落了牡丹》《文学警钟为何而鸣》《我吻女儿的前额》《我还活着》等。

《甜甜的刺莓》人物谈

原载于《湘潭大学社会科学学报》1982 年第 2 期，署名曹让庭、张世君。

该文结合毕兰大婶、竹妹和向塔山三个主要人物的形象，探讨《甜甜的刺莓》在内容、人物塑造、语言等方面的特色。毕兰大婶作为农村基层干部，作者将其视为一个普通的劳动妇女，她极富人情，是党性与人情的完美统一。在“左”倾风气盛行的年代，她实事求是，具有极大的人格魅力，其形象也给人耳目一新的感觉。竹妹是一个受着旧道德观念的束缚，自我意识尚未觉醒的纯真善良的农村姑娘。作者虽然抓住了农村婚姻悲剧的主要原因——封建道德观念，但在塑造竹妹形象的过程中，过分夸大了竹妹的软弱和善良，使得竹妹这个形象不够成功。向塔山形象的塑造试图摆脱此类形象的脸谱化和概念化的写作方式，着力于揭示反面人物的多层次性格和复杂的内心活动，虽没有成功，但其探索是值得提倡的。

曹让庭（1928—　），湖南望城人。曾任中国高等院校外国文学教学研究会理事、湖南省外国文学研究会会长、《湘潭大学学报》（社会科学版）编委。

张世君（1951—　），重庆人，暨南大学文学院中文系教授。

含泪写笑　寓庄于谐
——《芙蓉镇》的一个艺术特色

原载于《求索》1983 年第 5 期，署名胡光凡。

该文在论述《芙蓉镇》“含泪写笑、寓庄于谐”的艺术技巧上，重点分析秦书田这一人物形象。认为秦书田表面上看来“穷快活，浪开心”，实际上人前欢笑人后痛苦，其无限配合甚至卓越发挥的滑稽形状，实际上是对荒唐岁月和“左”倾错误的无声抗议。古华采取含泪微笑、寓庄于谐的写法塑造了特定历史时期中国知识分子的典型形象。该文对塑造秦书田形象的艺术手段的独到分析被广泛接受。

胡光凡（1931—　），笔名钢帆，湖南益阳人。出版、发表论著 300 余万字，主编、合编有多部论文集、资料集、鉴赏辞典等。

农村青年形象与土地观念

原载于《文学评论》1983 年第 3 期，署名雷达。

该文从土地观念变迁的角度分析高加林的形象，重点阐释高加林土地观念单薄背后的历史成因：第一，我国农村长期的“左”倾错误严重破坏了农业生产，土地无法满足农民的物质与精神需求；第二，农民并非土地的主人，土皇帝式的专制人物压制高加林的成长；第三，高加林是一个有着很高精神需求的青年，热切拥抱现代文明，他将这人生的实现寄托在城市生活上。

雷达（1943—2018），原名雷达学，甘肃天水人，文学评论家。著有《小说艺术探胜》《文学的青春》《民族灵魂的重铸》《传统的创化》等。曾获第四届鲁迅文学奖、首届孙犁散文奖。

当彩虹升起的时候
——评鲁彦周的长篇小说《彩虹坪》

原载于《安徽师范大学学报》(哲学社会科学版)1984年第3期，署名张晓明、盛书刚。

该文在乍暖还寒的时代氛围中，肯定了《彩虹坪》与当时展示农业改革成效的集体创作的不同声音。它着眼于改革的艰难性与复杂性，认为鲁彦周在广阔的时代舞台上，展示改革春潮中的艰难险阻与无可抵挡，具有深沉的历史感和独特审美价值。小说不仅在宏观上展现改革的春潮对我国农业生产结构的冲击，更在微观上洞察改革带来的人的心灵的颤动。年青一代的改革者耿秋英，披荆斩棘勇于开创，屡遭打击但绝不屈服，最终成为“彩虹坪的山峰的鹰”。而中老年一代，则比较分化，既有像钟波、吕芹这样坚持改革的人，他们坦荡无私，以人民利益为本，支持农村责任制，并为之奔走呼告；也有像吴立忠这样的只为个人仕途，一切从个人得失出发，绝不干任何危及权力的事情，甚至不惜抛弃妻儿，灵魂丑陋的人。正因为将改革的时代大潮与处于改革中的人们的灵魂悸动结合起来，才造就了《彩虹坪》的广度和深度。

张晓明，安徽芜湖人，华南师范大学文学院教授。

盛书刚，安徽芜湖人，中共芜湖市委党校教授。

折射的历史之光——《腊月·正月》纵横谈

原载于《当代作家评论》1985年第1期，署名夏刚。

该文在总览文坛思潮和贾平凹创作概貌的基础上，肯定了贾平凹对农村日新月异的社会变化尤其是价值观念体系转变的洞悉。而韩玄子和王才的矛盾主要体现为：兼有家长制和长官意志的韩玄子和顺应生产力发展、租让土地经营加工厂的农村能人王才的矛盾。前者是对农村改革有限度的认同，带有鲜明的阿Q性格，是落后顽固势力的典型代表；后者是应时代而生的弄潮儿，满肚子生意经而不是斗法计谋，他任人唯贤，虚心受教，听取受过新式教育的乡村教师二贝的建议，剪断与旧事物的脐带，从而走向新生。贾平凹聚焦于昨天与今天、今天与明天，在双向的历史回声中把握时代的脉络，介入生活但对生活葆有思辨和审美距离。

夏刚（1954—　），生于上海，1972年作为知识青年去黑龙江，先后在营林所、电建建工处工作。先后在黑龙江大学、中国社会科学院研究生院外国文学系学习，毕业后任中国社会科学院外国文学研究所助理研究员。1987年赴日，曾任教于京都工艺纤维大学工艺系、立命馆大学国际关系系等，从事中日文化、文学比较研究。

山·井·人——中篇小说《老井》爱情描写赏析

原载于《名作欣赏》1985年第6期，署名魏威。

该文从郑义创作的整体风貌及20世纪80年代中期文坛思潮出发，在分析孙旺泉及赵巧英爱情悲剧的基础上，指出孙旺泉固然有冲出“父母之命媒妁之言”的旧式婚姻的主观愿望，但他更有老井人世世代代打井的使命感和责任感，意识到个人的生命在民族繁衍与发展中的锁链意义。因此，他肩负起祖辈的理想和贫瘠的土地带给的苦难，这使他的行为具有一种“磊落浩然的利他主义的历史内涵”。而自小“怀在省城”而“生在老井”的赵巧英，尽管热烈爱着孙旺泉，但她对现代城市文明有着不可遏制的向往，这使得她和偏僻落后及由这偏僻落后所制约的风俗习惯与道德规范均发生了不可调和的矛盾，她时刻准备着出走，高喊着“人要活个自在”，这必然造就了二人的悲剧。孙旺泉扎根于老井的历史，而赵巧英着眼于未来，他们对历史的判断和生活道路的选择迥然不同。但即便是分道扬镳，二人的所作所为仍有相互启迪和互为补益的绝妙意义。巧英的敏感和思索可为旺泉提供一种科学精神的启发，旺泉的孜孜以求的苦干精神也可为巧英提供一种典范。此种观点，为后来的研究者提供了解读旺泉与巧英爱情悲剧、形象内涵的范式。

魏威（1935— ），四川蓬安人，任教于南充教育学院。

人生的压抑与人性的解放
——读陈忠实的《蓝袍先生》

原载于《文学家》1986年第4期，署名白烨，后收入《陈忠实研究资料》（雷达主编，山东文艺出版社，2006年版）。

该文认为《蓝袍先生》一改陈忠实往日作品那种对乡村生活唱赞歌的态度，变得基调悲凉，令人凝神驰思，充满了浓重的悲剧意识，并从人物形象、语言特色、表现手法等方面加以阐释。在研究的核心部分，白烨重点分析了蓝袍先生的形象，认为“蓝袍”只是束裹许慎行的外在枷锁，摆脱这种历史因袭并不困难，困难的是缺乏合适的环境和土壤，“左”倾思潮和专制主义的合流构成了“非人”的力量。因此，《蓝袍先生》便在亟需呼唤人性复归，更新人的观念和氛围的社会主义人道主义文学中据有一席之地。

白烨（1952— ），陕西黄陵人。笔名文波、晓白，文学评论家，曾任中国当代文学研究会会长。著有《文学观念的新变》《文学新潮与文学新人》《批评的风采》《文学论争20年》等。2018年凭《文坛新观察》获第七届鲁迅文学奖文学理论评论奖。

执着于现实的非现实主义之作
——评张炜的《古船》

原载于《文艺争鸣》1987年第5期，署名李星。

该文认为张炜的《古船》将历史的苦难、现实的痛苦、未来的危机共同构成基本的生命意识，隋家与赵家的家族争斗，实际上是历史真善美与假恶丑的争斗。隋抱朴与隋见素兄弟二人传达了张炜对中国先哲理想人格的推崇，兄弟二人性格迥异，却又相互补充，意味着理想与现实的难以两全。抱朴厚重、刚毅，具有历史使命感和远见卓识，是人类理性意志的代表；见素粗狂、奔放，决断果敢，敢于铤而走险，是感性行为主义的代表。二人相互批判，却又不得不钦佩对方。而赵多多，表面上虽为乡间楷模和正人君子，实则是“恶”的代表，披着斯文面皮的活阎罗。李星此文关于赵多多的论断与后来研究学者将赵多多视为乡贤的看法迥异。

李星，1969 年毕业于中国人民大学中文系文艺理论专业。历任《陕西文艺》《延河》杂志编辑，《小说评论》杂志编辑、主编。著有评论集《读书漫笔》《书海漫笔》，专著《路遥评传》（合著）等。

沉思与憧憬——读张弦的《被爱情遗忘的角落》

原载于《中国文学研究》1987 年第 3 期，署名李钧。

该文认为张弦《被爱情遗忘的角落》是对反对买办婚姻、追求婚姻自由老主题的新开拓。村妮和小豹子的爱情悲剧，并不新鲜，但妹妹荒妹由疑惧、惶恐到大胆追求的爱情转变及母亲菱花冲出爱情枷锁却又阻碍女儿爱情的迂回态度，却是少见的。这从侧面反映出社会主义革命和建设的曲折路程，表现了作者悲天悯人和忧国忧民的沉思以及对农村改革的憧憬。爱情悲剧的缘由主要是贫穷、落后和愚昧，这也是农村改革的动力之一。

李钧（1969—　），复旦大学教授，著有《破镜与重圆——海德格尔论真与美》等，编有《结构与解放——二十世纪西方美学经典文本》等。

旧轨与新机的缠结
——从《苍生》返观浩然的创作道路

原载于《文学评论》1988 年第 1 期，署名雷达。

该文以《苍生》为回溯的起点，在纵向的比较中，将浩然视为身跨“十七年”和“新时期”特殊的文学形态和典型加以研究，并结合浩然的心理历程，认为《苍生》虽有创新之处，但仍有大量的“十七年”文学的积淀和沿袭。不过，该文将重心放在《苍生》的“新”，认为其最突出的贡献是创造了田保根这个农村青年形象，他大胆叛逆，既叛逆庄稼人几千年周而复始的人生模式，又叛逆双亲给予的宿命，更叛逆传统的为人准则和道德规范。刻骨的智慧、清醒的油滑、不露声色的主见，超出了一般意义上的农民形象。因此，在某种程度上《苍生》能够敏锐发现农村变革中人情世态的微妙变化。

《古船》之谜和我的思考

原载于《当代》1989 年第 2 期，署名刘再复。

该文认为《古船》是弥漫着宗教气氛的具有原罪感的文学。隋迎之虽为开明绅士，却始终因自家产业而充满原罪感，隋抱朴因袭了这种原罪，成为一个背负着沉重十字架而屡次拯救粉丝厂的人，一个“不是罪人的罪人”。被罪感裹挟的隋抱朴，希望通过托尔斯泰式的“勿报复”“勿以恶抗恶”的道路来消除原罪，但同时他又意识到绝对的善使他陷入更大的人生困境中，伦理秩序乃至社会公义并没有因此而改善。带着“天问”苦苦思索的隋抱朴借助《共产党宣言》告别伦理主义的救赎路径，而转向介入社会的探索。刘再复从隋抱朴的精神困境出发，探讨张炜写作的价值和意义，高度肯定张炜难能可贵的精神探索和对人类良知的呼吁。

刘再复（1941— ），福建南安人，文艺理论家、评论家、散文家。曾任中国社会科学院文学研究所所长、《文学评论》主编等。自 20 世纪 90 年代起先后在美国芝加哥大学、瑞典斯德哥尔摩大学、香港城市大学与台湾“中央大学”等担任客座教授、荣誉教授、讲座教授和访问学者。其代表作《性格组合论》《文学的反思》《论中国文学》《放逐诸神》《共鉴五四》《人论二十五种》等影响广泛。

从《苍生》看浩然的矛盾心态

原载于《文学自由谈》1990年第1期，署名杨长春。

该文虽肯定《苍生》乃浩然的转型之作，但认为就展现宏阔的农村改革而言，和当时贾平凹、张炜、王滋润等人的创作相比，它并非一部成熟的小说，浩然的价值观念和思想状态仍处于矛盾之中，他既对田成业、田留根身上的传统美德持留恋态度，又认识到这些内容的消极作用，且没有很好地处理二者之间的关系，使得内容显得失调。新人保根，游离于农村生活之外。对邱志国完全是否定性的判断，先富起来的巴福来和孔祥发不是实干家和弄潮儿，反而是邱志国弄权营私的荒谬结果。文章虽然对《苍生》塑造的农村新一代领导人及领军人物形象持否定态度，但肯定了新人形象的部分新质。

杨长春（1964—　），1989年进入河南日报社工作，曾担任《河南日报》文艺处副处长、《大河报》副总编辑、河南省杂文学会副会长等职，发表文学作品和评论100余万字，其散文、杂文、报告文学、文学评论多次获奖。

动人心魄和发人深省之作——读《村支书》

原载于《青年文学》1992年第1期，署名冯牧，后收入《刘醒龙研究》(黄永林、李遇春主编，武汉大学出版社，2016年版)。

该文认为《村支书》以“震撼人心的生活内涵”“引人思考的思想主旨”“朴素生动并不乏幽默情趣的语言描写”散发出独特的艺术魅力。其核心部分重在阐释方建国这一丰满的富有革命英雄主义色彩的人物形象。他身上有着农村基层干部朴素的社会主义理想，对农村改革中存在的不正之风和腐败现象坚决抵制，但同时他身上又有着狡黠、圆滑等明显不足，身患重病安于清贫，身怀理想却又无能为力，这使得他不同于以往那种光芒四射、完美无瑕的理想化人物。方建国平凡而又崇高的形象与只知道个人发家致富而无视共同富裕、人格卑下的村长形成鲜明对比，这使得该作品具有一种振聋发聩的动人力量。

冯牧（1919—1995），原名先植，北京人。曾任中国作家协会副主席。1940 年开始发表作品，主要著作有《冯牧文集》九卷，包括文艺评论三卷，讲话、散文、战地纪事各一卷，云南手记两卷，日记与书信及年表简编一卷，计 370 余万字。

中国乡土小说史论

江苏文艺出版社 1992 年出版，丁帆著。

该书出版后在乡土文学研究领域中影响深远。2007 年，北京大学又出版了增补版的《中国乡土小说史》。作者在世界乡土文学的发展背景下，对于中国乡土小说史进行历史梳理和理论建构，既确立了中国乡土小说在世界文学中的地位和价值，又明确了中国乡土小说独特的现代审美特征。该书秉持着“审美”和“启蒙”两个准则，审视了中国作家们面对乡土社会的复杂心态和深情叙述，并系统总结了“异域情调”“地方色彩”和“三画四彩”等美学主题。《中国乡土小说史论》及其增补版《中国乡土小说史》是中国乡土小说研究中里程碑式的著作。该著的理论和文本分析对文学中的乡贤叙事也有着借鉴意义。

此后作者不断对乡土小说的发展变化进行深入思考。2012 年人民文学出版社出版的《中国乡土小说的世纪转型研究》，以 20 世纪 90 年代初至新世纪前 10 年的中国乡土小说为研究对象，对于 21 世纪的乡土小说研究、乡贤文化叙事有着重要的启发意义。

丁帆（1952— ），笔名风舟、马风，生于苏州，南京大学中国新文学研究中心主任，南京大学人文社会科学资深教授。文学评论家、文学史家，曾任中国现代文学研究会会长。著有《中国乡土小说史论》《中国新文学史》《十七年文学：人与“自我”的失落》《中国大陆与台湾乡土小说比较史论》《重回五四起跑线》

《中国西部现代文学史》《中国乡土小说的世纪转型研究》等，另有散文随笔多部。

解嘲与关怀
——评张宇的《乡村情感》和《城市逍遥》

原载于《广东社会科学》1992年第2期，署名陈玉立、查振科。

该文通过对《乡村情感》和《城市逍遥》两部中篇小说的解读，阐释张宇及绝大部分进入都市生活的人们矛盾的文化心态。谈及《乡村情感》，文章认为该作品撤去了人物与故乡之间的栅栏，是都市人的故乡梦，这里面既有解嘲也有关怀，解嘲就形式而言是反讽与幽默，就内容而言是自审与批判，而关怀则是一种正向的价值取向。其核心内容讲述了《乡村情感》的统领作用，郑麦生和张树声这对患难与共的知己，是乡村社会的灵魂人物。其品格的高尚及对国家大事、世事变迁的敏锐捕捉，使他们超越了一般的农民。郑麦生死前的种种，特别是张氏与郑氏家族婚丧嫁娶之间隆重的以礼相待，均慰藉着从都市回乡的“我”，使“我”得到净化。

陈玉立，生卒年不详，主要译著有《从大海到大海》《小妇人》等。

查振科（1954—　），安徽怀宁人。现当代文学研究学者，文艺评论家、诗人、散文家、书法家。现任中国艺术研究院文化发展战略研究中心名誉主任。出版有《存在主义与文学》《对话时代的叙事话语：论京派文学》《我与丁玲五十年：陈明回忆录》等，译作有《从大海到大海》等。

湖北有个刘醒龙——读《凤凰琴》所想起的

原载于《长江》1992年第3期，署名丁帆，后收入《刘醒龙研究》（黄永林、李遇春主编，武汉大学出版社，2016年版）。

该文认为《凤凰琴》近乎原生态的人物、无意识反照现代文明、强大的伦理道德力量等构成了独特的现代悲剧意蕴。与湖北文坛的代表作家方方、池莉及名声大噪的王安忆、刘恒等作家隐形的知识分子视角相比，刘醒龙的现实主义创作近乎浑然天成，有着不可替代的独特性，因此，作者大声高呼“湖北有个刘醒龙！”该文的核心部分在于跳出该作品的教育作用和认识主题，而强化乡村教师对悲剧的自我价值体认而呈现出的真实化、平民化和无距离感。

《白鹿原》：民族秘史的叩询和构筑

原载于《小说评论》1993年第4期，署名王仲生，后收入《〈白鹿原〉评论集》（人民文学出版社编辑部主编，人民文学出版社，2000年版）。

该文认为陈忠实借助宏阔的历史架构来反思我们民族的生存，从历史、文化、生命的角度还原我们民族的秘史。具体体现在：以血缘为纽带的家族制度与儒家文化及社会政治斗争盘根错节地纠缠在一起，共同影响或制约着我国的现代化进程；中国传统文化特别是乡社文化是一个复杂的集合，这在族长白嘉轩和集“圣人”“智者”“预言家”“传统知识分子理想人格”于一身的朱先生二人身上得到集中体现，陈忠实从文化的角度对其进行审视和批判；民族的沉重由个体的沉重积聚而成，《白鹿原》承载着生命的沉重感，并与文化的厚重感紧密纠缠。

王仲生（1936— ），笔名仲真，浙江兰溪人。1957年毕业于陕西师范学院中文系。专著《鲁迅作品试析》1981年获陕西省首届社科学术研究优秀奖，《贾平凹的小说与东方文化》1996年获陕西省第六届文学奖。

瑰丽雄浑的历史画卷

原载于《小说评论》1993年第4期，署名孙豹隐，后收入

《〈白鹿原〉评论集》。

该文认为陈忠实的《白鹿原》对现实、历史乃至整个国家民族命运的揭示、神秘诡谲的东方文化意蕴、大俗大雅的情节以及精心架构的艺术技巧，使《白鹿原》当之无愧地成为当代长篇小说创作的重要作品。该文重点分析了陈忠实塑造人物形象的高超技艺，作品中的人物庞杂繁复但又个性鲜明，特别是身为乡绅的白嘉轩，他身上集中了我们这个民族的传统观念和思维方式，是古老文化的影子，是封建大厦的脊梁，具有丰厚的历史意蕴。

孙豹隐（1946—　），笔名谷音，山东即墨人。著有《武林奇谭》《时代·人·艺术》《灯下文谭》《云楼碎语》《搏击艺术论》《文坛散论》等。获1993年“五个一工程”奖。

谈白嘉轩

原载于《小说评论》1993年第4期，署名费秉勋，后收入《〈白鹿原〉评论集》。

该文采用历史辩证的眼光，重新审视了“十七年文学”及“文革文学”关于人物塑造、“文学新人”等观念的弊端，认为《白鹿原》的收获有三点：第一是宏阔的艺术气势和史诗的规模；第二是严谨而又开放的现实主义品格；第三是全景式的社会生活图景及丰厚的文化意蕴。其核心观点认为，白嘉轩作为文学史中独特的这一个，是名副其实的“文学新人”。作为“封建性”的人物，他将封建人际关系和伦理秩序的思想、哲理和道德规范，均与日常生活水乳交融。他的存在解释了中国封建制度有着长久生命力的重要原因。其悲剧是属于时代的，反封建的时代要求与封建时代缔造的精神价值之间的不可调和性造就了白嘉轩的悲剧。

费秉勋（1939—　），陕西蓝田人，西北大学文学院教授。1991年加入中国作家协会。著有《贾平凹论》《中国舞蹈奇观》《奇门遁甲新述》等。

废墟上的精魂——《白鹿原》论

原载于《文学评论》1993 年第 6 期，署名雷达，后收入《〈白鹿原〉评论集》。

该文以大气磅礴的宏论从内容与形式两方面阐释《白鹿原》的独特性、复杂性。其核心内容认为《白鹿原》借助家族史展现民族灵魂史，将白、鹿两族的生存状态作为宗法文化的完整模型置于整个近现代历史进程中加以审视，写出白嘉轩、朱先生等人格典范的文化意义，正面观照传统文化培养的人格，重新发现人，发掘民族灵魂。同时，站在时代、民族、文化思潮的制高点上观照历史，其文化立场和价值观念充满了矛盾，批判与赞赏、鞭挞与挽悼同在。

《白鹿原》：史之诗

该文作于 1993 年 7 月，署名蔡葵，后收入《〈白鹿原〉评论集》。

该文认为《白鹿原》在较长的时间跨度内，全景式描绘清末民初到新中国成立后半个多世纪的社会变迁和人世沧桑，艺术地呈现旧时代的终结和新时代的艰难到来，叙事规模宏大，人物形象鲜明，具有鲜明的史诗品格。其核心部分高度肯定了陈忠实人物塑造的艺术功力，是我国社会主义文学的破冰之作。白嘉轩作为封建族长，“仁义”是他的人生信条，身上储存了传统文化富有价值的东西；鹿子霖作为地主乡绅，显示了旧文化的衰败和没落。二人身上均具有我国农民的思想文化性格，是时代民族精神的象征。朱先生作为关中大儒，是智者、预言家、道德完人和传统文化的体现者，但又非不食人间烟火的圣贤，显示了中国传统文化的博大精深。

蔡葵（1934—　），江苏溧阳人。中国社会科学院文学研究所研究员。1957 年开始发表作品，1983 年加入中国作家协会。曾任《文学评论》常务副主编等职。主编《小说家喜爱的小说》《长篇的辉煌》《新时期文学六年》《青少年长篇小说导读》，编辑《何其芳文集》(合作)、《中国新文艺大系 · 理论二集》(合作)、《茅盾文学奖获奖丛书三种》等，另有《中华文学通史》等集体论著多种。

文化、权力与国家：1900—1942 年的华北农村

江苏人民出版社 1994 年出版，杜赞奇著、王福明译。

该书以 1900 至 1942 年河北、山东两省六县六个村庄为研究样本，试图探讨 20 世纪上半叶国家政权的扩张对华北农村社会权力结构的影响。在杜赞奇看来，该时期的政权更替并不影响国立权力向基层社会的渗透，所有的中央和地区政权，都企图将国家权力伸入到社会基层。而国家政权与乡村社会的互动关系，是通过“权力的文化网络”完成的。对于传统中国来说，乡村领袖进行社会活动的主要动机就是为了获得文化网络中的权威位置。但在 1928 年之后，现代化的国家政权财政需求过快，以致传统农业经济无法与之协调，造成了“国家政权的内卷化”，进一步导致了乡绅的“退位”，取而代之的“土豪”的登场。而土豪是一个“有特殊目的的追求权力的政治类型”，他们取代乡绅是典型的劣币驱逐良币，导致了腐败和农民负担加重的现象，从而在很大程度上削弱了新政权的合法性。在此基础上，杜赞奇进一步思考中国革命的必然性。

该书清晰而系统地展示了民国时期乡绅们社会功能的变化，特别是杜赞奇从大历史的角度，通过“权力的文化网络”这一概念，不但连通了社会发展规律和历史偶然性，并且尽可能地展现出乡绅们在伦理、经济、政治等方面的处境与抉择。作者在该著中提出乡绅这一时段由“保护型经纪”转向“营利型经纪”，为我们深入理解乡绅即乡贤的社会功能提供了一种思考角度。

杜赞奇（Prasenjit Duara），历史学家、汉学家，印度裔。早年就学于印度，后去美国求学，拜汉学家孔飞力为师，现为美国芝加哥大学荣休教授。代表作有《文化、权力与国家：1900—1942年的华北农村》《从民族国家拯救历史：质疑现代中国叙事》《主权与真实性：满洲国与东亚现代进程》等。其中，《文化、权力与国家：1900—1942 年的华北农村》曾先后荣获 1989 年度美国历史学会费正清奖以及 1990 年度美国亚洲研究学会列文森奖。

新时期商品经济条件下农村新人形象的塑造

原载于《内蒙古教育学院学报》1995 年第 1 期，署名李敏霞。

该文重点阐释了随着商品经济改革所引发的农民内心世界的巨大变化，农村新人的形象也随之呈现出崭新的时代风貌。农村新人有文化、懂科学、善经营、有胆识、有谋略，更有积极进取的开拓精神，带头奋斗致富。他们绝大多数是大队党支书，部分人开始时迷惑彷徨，但觉醒后能奋起直追，典型的如蒋子龙《燕赵悲歌》中的老支书武耕新，《聚福镇新传》中的俞大胜等。还有一部分是脑子活络的年轻改革家，他们从土地中挣脱出来，从事工商业、农业加工业等，如贾平凹《鸡窝洼的人家》中的才才，成一《洼地》中的马占奎等。整体上，随着时代的发展，农村新人的塑造也逐渐脱离二元对立（先进与落后、新生与腐朽、真善美与假恶丑）的模式，人物性格趋向于复杂化与多样化。

李敏霞（1964— ），河套学院教授。主要从事新闻传播学、网络与新媒体、中国现当代文学研究，著有《新闻传播历史发展与理论前沿》。

银翅：中国的地方社会与文化变迁

台湾桂冠书局 1996 年出版，庄孔韶著。生活·读书·新知三联书店 2000 年再版。

该书是林耀华《金翼：中国家族制度的社会学研究》（*The golden wing*：*A sociological study of Chinese familism*. 北京：生活·读书·新知三联书店，1989年版）的后续研究。《金翼》以中国福建省闽江边乡村的两个农人家族为线索，分析了19世纪末至20世纪30年代的乡村文化生活。庄孔韶五次访问《金翼》所描写的同一县镇，追寻金翼之家的尚存者及其后裔，完成《银翅》一书。

该书聚焦于中国福建某地方社会半个世纪以来的社会变迁、人事更迭和文化传统，透视乡土文化与国家、社会的关系，认为：第一，清末民初，政权下沉至基层社会时，引发旧绅阶层与新绅之分化，但军人通过强权和武力凌驾于文化和行政制度之上，在中国乡镇县社会的层位结构中处于重要地位。第二，中国社会存在着"类蛛网式结构"，中国文化的连续性一直存在。即便是在阶级原则下，旧的文化协调方式仍微弱地存在着。人民公社体制向以家庭为单位的生产责任制之适应性转换，可视为政治对文化的妥协，文化的连续性并未中断。第三，宗族、房和家族问题同样显示出乡土文化的传承与变化。设祭产、写族谱、宗族形式与组织，乃至伦理教化都是强化宗族血缘团体的措施。

在乡村文化的变迁中，乡贤若隐若现地存在着。他们既体现出对于传统的承继，这是一个崇化导民、以国统族的持续性过程；又展示出其在社会变迁中的灵活性，表现出地方性与小传统的民俗认同、个性及自主性之相对存在。该著反省了以往人类学研究的局限性，提出对于中国乡土社会的研究，不但要体认深层"文化的逻辑"，重视其"文化直觉"，还要观察精英思想、乡贤文化对大众生活的渗透及其生命力。作者认为这将是观察中国家族组织古今变迁及其关联的一个重点。

庄孔韶（1946— ），生于北京，云南大学西南边疆少数民族研究中心教授。代表作有《银翅：中国的地方社会与文化变迁》《时空穿行——中国乡村人类学世纪回访》等。

把握无序　逼近真实
——读关仁山中篇小说《九月还乡》

原载于《唐山劳动日报》1996年10月8日，署名潘石，后收入《关仁山研究专集》(内蒙古师范大学中国少数民族作家研究中心编，作家出版社，2009年版)。

该文认为《九月还乡》面对纷繁杂涌的现实生活，具有敏锐的洞察力和清醒的认识，借助九月这一乡村女性形象，展示了社会转型时期农民观念的变迁。九月与村民道德观念的冲突，围绕土地功利性的做法，理论的超脱与现实的不确定性，汇聚成当代农村生活风景。宏观把握与微观描刻，立体架构与细节真实，逼近现实与情感投入，共同构成了关仁山现实主义文学的独特魅力。值得注意的是，该文虽从宏观层面阐释《九月还乡》，但它高度肯定了九月作为新时期农村新女性形象的价值和意义，认为九月是牺牲自身利益而为乡亲们无私奉献的乡村女子，她不光彩的城市经历没有被社会转型期的人们唾弃，而是成为带领乡村致富的领头人，引发了乡村生活和价值观念的变迁。

潘石，任职于《唐山劳动日报》副刊部。

关于陈忠实的创作

原载于《文学评论》1998年第3期，署名陈涌，后收入《〈白鹿原〉评论集》。

该文在回顾陈忠实《白鹿原》之前的作品的基础上，肯定其关注社会主义农村生活的现实矛盾，同时又保持清醒的头脑，敏锐地洞悉社会历史发展的方向这一创作主张，以此为依据，驳斥《白鹿原》历史倾向性问题论调。陈涌以气如长虹的魄力对《白鹿原》的争议性问题进行抽丝剥茧式的辨析，认为白嘉轩身上的人性光芒及思想之危害、田小娥悲剧浓厚的文化意蕴、黑娃前后陡然大变的不合理性、20世纪前半叶中国革命斗争的复杂性等均显示出陈忠实对中国社会关系和社会斗争探索的深刻性，反映了解放前中国现实的真实，不存在历史倾向问题。可以说，陈涌力排众议，据理力争，最终推动《白鹿原》问鼎第四届茅盾文学奖。

陈涌（1919—2015），广州人，文学评论家、鲁迅研究专家、马克思主义文艺理论家。1938年到延安，鲁迅艺术学院文艺理论研究室研究生毕业后，曾任《解放日报》副刊部副主任。后为中国科学院文学研究所研究员。1987年起，先后担任《文艺理论与批评》《文艺报》主编。有《陈涌文艺论集》等。

《平凡的世界》：中国农民二次翻身的史诗——与《安娜·卡列尼娜》比较

原载于《中国文化研究》1999年第2期，署名郑万鹏。

该文从中、俄文学历史影响的角度出发，认为《平凡的世界》描写1975至1985年的历史事件很像《安娜·卡列尼娜》中的“不流血的革命”和“一切都翻了一个身”，二者都描写重大历史转折所引发的社会心理的波动，均是“心理历史小说”。在此基础上，该文重点分析了《平凡的世界》，认为其基调是中国农民二次翻身的史诗。尤为重要的是，该文核心部分集中于孙家三兄妹的人生历程和婚姻爱情，他们的转变呼应着十一届三中全会以来的时代潮流。孙少安率先在自己的生产队建立承包责任组，他是农村的田福军，是务实的农业改革家，发家致富又不忘其他乡人，逐渐成为双水村第一号“瞩目人物”。少安代表的是扎根农村的新一代农民，少平代表的是不安于现状、躁动的农村青年，他追求精神的自由和独立的人生。他们均在完成自我意识觉醒的基础上完成对他人的责任，在翻身的基础上实现了伦理的和谐。

郑万鹏（1940—2015），吉林松原人，北京语言大学人文学院教授。著作主要有《十九世纪欧美文学史论》《〈白鹿原〉研究》《中国当代文学史——在世界文学视野中》《中国现代文学史》及长篇小说三部曲《自由大路》（《东镇》《南城》《北郊》）等。

论当代文学中地主形象的塑造

原载于《松辽学刊（社会科学版）》1999 年第 5 期，署名李鸿。

该文将梁斌《红旗谱》中的冯兰池形象及陈忠实《白鹿原》中的白嘉轩形象进行对比，纵向比较十七年文学及新时期文学中地主形象由单一化向多样化的变化过程。其核心部分探讨地主形象演变的原因在于时代精神的不同，以及创作者和读者对文学理解的不同。十七年小说家将地主视为统治阶级，为了自身的利益不惜严酷压迫农民，而作家遵循文学为阶级服务的立场，未能挣脱政治的藩篱；新时期作家力图突破政治标尺，将人物置于多重的时空幻境中，表现其复杂的性格特征。这种变化过程，表明了人与文学的双重复归。

李鸿，四平师范学院（2002 年更名为吉林师范大学）中文系教师。

中国乡土小说史

安徽教育出版社 1999 年 12 月出版，陈继会等著。

该书从文化的角度构建“五四”至新时期的中国乡土小说史，发掘其文学价值和文化精神，认为乡土作家普遍存在乡恋心态，而乡土小说的主题形态可概括为“反叛与眷恋”。

该书涉及乡绅的部分主要集中于现代乡土小说对乡绅群体的批判和讽刺，突出了乡绅的虚伪狡诈和胡作非为，如《抒情、讽刺对文体的渗透》《艺术探索与艺术倾向》等；此外，在对新时期寻根乡土小说和农民文化人格的剖析中，频繁提及“仁义”“宗族”“血亲”等观念，如《农民文化价值的时代选择》《农村改革与传统文化人格的新变》《大陆乡土小说的文化意蕴》等。这些章节，在现代意识的观照中，指出乡土中国诸种理念对人的束缚，并以传统文化人格幽灵的方式徘徊在乡土中国的上空，滞留在中国农民的深层文化心理结构中，固守陈规抑或顽冥不化的乡绅自然成为负面人物。而渴望挣脱传统文化人格的农村改革者也不得不迫于强大的“乡土场”，未能实现文化人格的现代转化。整体观之，该著对乡贤文化的研究仍是持审视的态度。

陈继会（1952—　），笔名冀慧，河南南阳人。1976年毕业于郑州大学中文系。曾任郑州大学教授，后为深圳大学教授。著有《理性的消长》、《文化视界中的文学》、《二十世纪中国小说文化精神》、《中国乡土小说史》（主笔）、《批评：文化审美之维》等。

礼物的流动：
一个中国村庄中的互惠原则与社会网络

上海人民出版社2000年出版，阎云翔著，李放春、刘瑜译。

该书以黑龙江下岬村为研究样本，分析了乡村社会中的礼物经济与关系网络，互惠原则与人情伦理，礼物交换关系中的权力与声望，婚姻交换与社会转型等方面的问题，全面展现了乡村社会近几十年来的巨大变化。著作强调了工具性送礼是干部们在任时的工作之一，礼物在遵循互惠性原则的同时，还承担了政治功能用以人际关系的维稳和人情网络的构建。除干部之外的乡贤们，无论占据了文化资本，还是占据了经济资本，都必须遵从于乡村的礼仪。违反者会受到村民的排斥，最后不得不离开乡村。但现实是，作者通过访谈，了解到礼物已经构成了普遍的经济负担，哪怕礼物会带给乡贤以地位和荣耀。该著有助于我们理解改革开放以来乡贤们的文化背景和行为方式。

该书之后，作者在《私人生活的变革》中进一步展现出代际更替给乡贤们造就的压力；乡贤乡绅文化逐渐消退；作者在审视乡村的文化变迁时，进而提出了“无公德的个人”，并在《中国社会的个体化》中做了具体阐释。阎云翔从《礼物的流动》开始便不断强调需要从中国社会的传统和现实出发去理解中国社会的变迁，不可以将西方的理论和经验套用在中国的乡村社会研究中。

阎云翔（1954— ），美国加州大学洛杉矶分校中国研究中心主任、文化人类学教授。代表作有《礼物的流动：一个中国村庄中的互惠原则与社会网络》《私人生活的变革》《中国社会的个体化》（上海译文出版社，2012 年版）等。《私人生活的变革》获得 2005 年度“列文森中国研究书籍奖”，这是该奖项首次颁给华裔学者。

黄河边的中国：一个学者对乡村社会的观察与思考

上海文艺出版社 2000 年出版，曹锦清著。上海文艺出版社 2013 年出版增订本。2011 年 6 月，此书入选英国《卫报》“有史以来 100 部最伟大非虚构图书”。

该书以日记的形式，记录了作者对黄河边几个重要城市进行田野调查的过程。作者把“三农”问题纳入到中国社会现代化进程的大视野中，从文化基因、社会伦理、市场经济、公民意识、社会组织、科层治理等方面展示了自己在中原大地的所见所闻和所思所想。不但讨论了实行土地承包责任制后的农民与土地与市场关系的变化，展现出对农村、农民、农业、收支、农负等诸多方面的思考，还对中国基层的县、镇、乡、村等各级政权的运作方式进行了仔细访谈和考察。

作者集中思考了土地承包制下地方政府与农民的关系问题，展示了农民与基层干部的不同困境。在作者眼里，乡贤、乡绅和能人等均受到整体社会环境的制约而无法发挥其能力。因此作者在强烈呼吁民主与法制的同时，强调既不能单纯地使用经济策略，也不可以简单地挪用西方理论来解决我们的社会问题，而必须重新思考我们的发展策略，进一步确定民族的主体意识和主体目标，重新制定一条切实可行的现代化发展道路。2013 年的增订本比 2000 年的初版本多了八万余字，均是当年受篇幅限制所删去的第一手材料。为了保持原貌，作者把当初删除的文字以五号楷体排印，以便读者辨认。所删除的文字有对社会现象的所思所感，有对于某些俗语的解释性文字，以及访谈中的一些细节。增订本还原了访谈的细节和研究者的现场感受，增加了文本的可读性。

曹锦清（1949— ），生于浙江兰溪，社会学家，代表作有《当代浙北乡村的社会文化变迁》《黄河边的中国》等。

中国社会的阶层与流动
——一个社区中士绅身份的研究

学林出版社 2000 年出版，周荣德著。

该书是美国学者周荣德（Yung-Teh Chow）英文著作 *Social Mobility in China*（纽约 Atherton Press，1966）的中译本。作者以在云南昆阳县多年的实地调查为基础，对中国传统社会阶层及权力体系中的核心阶层——士绅阶层进行了全面、深入的分析和描述。不但阐释了士绅阶层的起源、阶层特征、社会功能、生成方式，还强调了中国社会阶层结构的开放性、士绅的流动性及其生成的多种途径。作者指出，在工业化的压力和西方价值的冲击下，民国时期士绅流动的方式和以往相比发生了很大变化：有相当多的士绅通过非法的途径来积累财富；即便是传统的士绅们，也很难维持往昔那种社会影响力。与此同时，他们的后代并不愿意重新回到乡村，而倾向于在大城市里做官、当教授、做律师。这种情况导致基层农民的需要被忽视，在乡村的士绅阶层的文化资本也无法更替。

该书进一步审视了士绅在整个社会发展中的历史作用，而不仅仅是其现实功用。作者经过对众多士绅的访谈，提出来一个非常重要的问题，即士绅根本无法推动社会的发展与进步。士绅虽然维护社区的平安，调解人们日常的纠纷，但是他们的知识和能力都极其有限。从士绅们的阅读史中，作者发现士绅们既不懂得社会科学和自然科学，也不了解重要哲学派别。他们的生存目的仅仅限于如何保持并提高威望，并压抑了技术改良的可能性。由此，作者指出无论士绅阶层在整个社会中是否有存在的价值，都因为他们对于整个社会的发展并无助益，故而必然消亡于历史之中。

周荣德（1915—2016），生于浙江武义，社会学家。“卢沟桥事变”之后，考入中华平民教育促进会主办的“农民抗战教育团”，曾受云南大学社会经济研究所的聘请，调查昆明与路南县的地方行政。1941 年，在清华大学国情普查研究所工作，进行云南环湖四市县的户籍示范调查。1967 年任芝加哥大学社会学系教授，1973 年至阿拉巴玛大学任教。

乡村社会权力和文化结构的变迁（1903—1953）

广西人民出版社 2001 年出版，张鸣著。

该书收入 22 篇文章，以专题的形式，全面论述了从清末到中华人民共和国成立初期，乡村社会基层权力的活动和社会意识形态的变化。从空间上，既有对山西阎锡山“军国主义试验的评述，又剖析了广西少壮派军人所主导的‘乡治’”。从现代性的角度，既有农村现代火器意义上的武化与统治形态的“原始化”，又有军国主义试验的标本——山西的“村本政治”。从阶层的角度来说，既介绍了李鸿章所主持的“村图”，又解析了河南“土围子”。从制度创建的角度来说，既有国民党政府的保甲制度，又有中国共产党抗日根据地基层政权的选举及“三三制”政权。从社会意识形态来说，既有乡村的大小渠道教育与意识形态框架，又有抗日敌后根据地农村社会的意识形态改造和重塑。

作者自述受到了杜赞奇的《文化、权力与国家：1900—1942 年的华北农村》的影响。在作者笔下，中国社会在 20 世纪上半叶的风云变幻是有迹可循的，即乡土精英们试图采取各种办法整合乡村资源，力求发动乡村内在的能量。在这个过程中，传统的乡土精英们不断分化，有的脱离乡土，有的劣化，武装暴动已经成为乡土的常态。最后，中国共产党的阶级革命顺应了整个中国社会底层的内在需求，以全能政权的形式重塑了中国乡村的文化观念和思维方式。

该书有助于理清乡村基层政权及其文化结构变迁的内在线索和发展方向。该著对绅权的讨论以及对乡绅文化的考察有助于读者了解乡村历史的另一面。

张鸣（1957—　），生于浙江上虞，历史学者，中国人民大学教授。著有《乡村社会权力和文化结构的变迁（1903—1953）》《共和中的帝制》《武夫治国梦》《乡土心路八十年》等。

中国乡村，社会主义国家

社会科学文献出版社 2002 年出版，弗里曼、毕克伟、赛尔登著，陶鹤山译。

该书集中考察了 20 世纪 30 至 60 年代华北平原的社会变化，从国家和社会的角度审视了中国乡村基层政权发生的一系列变化。三位作者是中国改革开放之后首批来华的美国人文社会科学专家。他们从 1978 年起，在五公村、饶阳、石家庄等地进行田野调查，掌握了大量的一手材料。该书以地方精英的生命史为对象，不但把家庭、宗族、地域文化和社会发展相联系，还借此把国家、意识形态、经济生活以及政治历史的变迁相联系。作者们发现晚清以来的社会危机摧毁了乡村精英们对社会的影响力。在民族主义和共产主义影响下，乡村精英们承担起重现乡村文化系统、社会教育体系乃至于社会保障体系的重任。在 20 世纪后半叶，农村基层干部取代了传统精英对农村的控制权。但是传统文化中的一些消极因素，强化了这些基层干部的负面性。他们按照宗族、宗教以及乡村传统和政治规范来思考和行动，导致了精英们的多样性和非道德性。书中提出了一个富有启发性的观点：中国乡村社会的传统是“皇权不下县”，经过社会主义改造之后，表面上国家的控制网络已经触及个体的农民，但是实际上乡村的基层治理权依旧被农村干部所控制。

该书是运用“国家政权建设理论”研究中国乡村社会的经典

著作之一，为读者了解共产主义革命与乡村基层社会的互动方式提供了新角度。

弗里曼，威斯康辛大学政治学教授；毕克伟，加州大学圣迭戈分校历史学教授；赛尔登，纽约州立大学社会学教授。

中国农村制度变迁

四川人民出版社 2003 年出版，杜润生著。

该书收录了作者从 1980 年至 2000 年的 53 篇讲话和文章，其中 31 篇系首次出版。该书涵盖了被誉为“中国农村改革之父”杜润生的学术观点和工作历程。该书呈现了从农业集体化到家庭联产承包制、从发展社队企业到城乡一体化等中国农村改革开放的历史进程，也集中展示了在这一历史进程中的各种困境以及作者提出的诸种解决思路和理论探索。在农民问题上提出家庭承包经营要长期稳定、尊重和保护农民的土地权利、呼吁给农民国民待遇等；在体制改革上提出沿海地区需要外向型发展战略，在社会主义条件下建立市场经济体制，要鼓励制度创新；在城乡关系上认为小城镇是中国农村发展的战略性历史任务，并且要大中小城市配套发展，努力开创一条节省资源与资本投入的城市化道路。总体上，该书意在强调的是，中国农村的改革应该建立在市场经济与民主政治基础之上，并且应不断深化政治体制改革和鼓励制度创新。

杜润生（1913—2015），原名杜德，山西太谷人，农村问题专家，农村改革重大决策参与者和亲历者。从 1982 年到 1986 年连续 5 年参与主持起草“中央一号文件”。著有《杜润生自述：中国农村体制改革重大决策纪实》。

新乡土中国：转型期乡村社会调查笔记

广西师范大学出版社 2003 年出版，贺雪峰著，北京大学出版社 2013 年出版修订版。

该书是对世纪之交中国乡村所做的调查，其初衷继承了费孝通先生《乡土中国》的社会调查传统。该书由多篇调查笔记组成，考察了世纪之交中国农村的多个方面，比如制度下乡、税费改革、富人治村等，呈现出转型期中国乡村社会中的复杂情景。在市场经济和城市化的影响下，中国乡村社会已经转变为“半熟人社会”，中国农村和市场经济、现代民族国家和全球化的关系日渐紧密。人际关系趋于理性化，基层村治成为乡村生活的核心内容；个体和社会的关系日趋复杂，出现了两委关系、党政关系、干群关系等等。作者以大量的篇幅叙述了村干部、能人、富人等对乡村的影响。从本质上来说，这些人其实是宽泛意义上的乡贤，是国家、社会和普通村民之间的中介。该著在第二篇“村治格局”、第四篇“村庄秩序”和第五篇“乡村治理”中详细呈现出乡贤们对乡村问题的思考模式及其在国家、社会与农民之间辗转腾挪的应对方式，既体现出他们对乡村的重要性，又显示了他们的精明、尴尬和无奈。

在 2013 年的修订版中，每一个小节都增补了一些文字，体现出了作者对乡村问题的进一步思考。修订版中，作者发现从村庄社会结构的角度来说，中国大致可以分为南方、北方和中部三大块区域。这种思路目前已经是乡村田野调查的基本共识之一。与此同时，世纪之交的中国农村发生了巨大变化。2006 年取消农业税以来，国家和农民的关系发生了变化；乡村社会基础结构在市场经济的冲击下已经解体；乡村文化传统、伦理思想、农民的价值理念都发生了裂变。修订版体现出作者对乡村社会持续性的思考。作者在“修订版自序”中坦陈《新乡土中国》是以继承毛泽东、梁漱溟和费孝通的学术遗产为目的的。2010 年出版的《乡村社会关键词》是对《新乡土中国》的补充。该书对读者了解乡村精英们的生活处境有着重要价值。

贺雪峰（1968—　），生于湖北荆门，社会学教授，主要从事乡村治理和乡村建设研究。代表作有《新乡土中国》《乡村社会关键词——进入 21 世纪的中国乡村素描》《最后一公里村庄》等。

清代地方政府

法律出版社 2003 年出版，瞿同祖著，范忠信、晏锋译。

该书是法律史和政治制度史研究专著，通过丰富的史料，研究了清代地方政府的人员构成及其社会实践，考察了清代地方政府的制度运作方式。第一章对州县政府进行了整体介绍。第二至六章，探讨了州县官、书吏、衙役、长随、幕友等五类地方政府成员的资格、录用、职位分类、职能及其行使方式、待遇和升迁机会、贪污腐败形式、监督和约束模式等。第七至九章分析了州县地方政府的职能和执行方式。最后一章探讨了士绅集团对于地方政治的参与和影响。士绅们参与地方政治运转的权力是得到政府和民众认可的。但这更多的是道德义务，其影响主要依赖士绅个人社会地位的高低及与官员的私交程度，士绅们实际上并没有参与政治运转的合法权利。进一步来说，这种私人关系是整个清代地方政府的传统，衙门职员凭借和政府官员的私人关系得到相应的职位，而地方政府依靠“陋规”取得税收。该著凭借着深刻的洞察力为读者分析了传统的行政关系方式和官僚运作模式。

瞿同祖（1910—2008），社会学家、法学家、历史学家。代表作有《中国封建社会》《中国法律与中国社会》《清代地方政府》《汉代社会结构》等。

中国北方村落的社会性别与权力

江苏人民出版社 2004 年出版，朱爱岚著，胡玉坤译。

该书在作者 1986 年至 1990 年对山东三个村落的田野调查的基础上，系统考察了改革开放以来中国传统性别观念在中国乡村的流变历程，审视改革开放对农村妇女生活的影响。作者发现，在亲属关系和户关系之中，妇女已经塑造并重塑了生活的重要方面。但是传统的“女子无才便是德”的思想依旧发挥着功效，不管女性是否有文化资源或者是否是家庭的主要劳动力，男性依旧在村政府和村集体中占据着主要的职位。传统“德行”观念在国家与家庭之间的矛盾运转体现出乡贤文化中的性别秩序。

朱爱岚（Ellen R. Judd），加拿大社会文化人类学家，任教于马尼托巴大学。著有《中国北方村落的社会性别与权力》《处于国家与市场之间的中国妇女运动》。

农民、乡绅与神祇叙事
——一个村落神祇叙事的考察

2004年8月发布于“民间叙事的多样性——民间文化青年论坛”，署名刘晓春。

该文考察了一个客家村落的神庙及其神祇叙事的建构过程，通过对民间档案的梳理，辨析了“白石仙”神祇叙事的来龙去脉。但是在农民和乡绅之间，却存在着口头传说和书面记载的差别。前者彰显着民间对神明功利性的诉求，而后者则显示了神庙合法化的过程。乡绅们有意摒弃神祇叙事的小传统，把“白石仙”纳入乡绅安排的社区神祇的等级体系之中。在二者的冲突和融合之中，体现出乡绅运作乡村文化权力的方式与方法。

刘晓春（1966—　），生于江西兴国，代表作有《仪式与象征的秩序》。

传统十论：本土社会的制度、文化及其变革

复旦大学出版社2004年出版，秦晖著。

该书收录了10篇作者有关中国经济史的文章，作者主张在社会—经济分析与思想—文化分析的综合与融会中去研究中国社会的文化传统，一方面跳出“反儒”与“尊儒”对峙的传统观之争，另一方面要在乡村社会中逐渐建构现代民主制度。

此后秦晖的思想发生了变化。他曾认为中国的现代化进程归

根结底还是农民社会的改造过程，不仅是要变农业人口为城市人口，更重要的是改造农民文化、农民心态与农民人格；但是他后来认为乡村的传统有助于帮助农民在现代社会中形成“自由人”，而乡绅对于中国农民和中国农村的现代化非常重要。这种变化体现了乡绅传统和乡贤文化对于研究者的影响。

秦晖（1953—　），广西龙胜人，历史学家。代表作有《田园诗与狂想曲：关中模式与前近代社会再认识》《农民中国：历史反思与现实选择》《耕耘者言：一个农民学研究者的心路》《问题与主义》《传统十论》等。

江南士绅与江南社会（1368—1911 年）

商务印书馆 2004 年出版，徐茂明著。

该书以“文化权力”为核心，辨析了“江南”和“士绅”的概念，系统分析了 14 世纪以来江南士绅与整个社会的互动关系。该著通过考察士绅阶层内外的文化互动，认为江南士绅是通过操纵基层社会组织来实现对于基层社会的控制：一方面士绅弥补了国家政权在基层社会之不足，发挥了社会保障作用；另一方面，士绅取得了支配地方的权力。作者特别以清代苏州大阜潘氏为例，分析了士绅家族的复杂处境、价值理念、文化悖论和历史功过，着重指出徽籍士绅流动的结果仅仅是文化中器物结构层面的互动，无法突破传统的文化约束，无法引入新的思想和价值理念。所以，“士绅”变成了“土豪劣绅”，在民国时代不可避免地成为被批判被否定的对象。该书对于我们理解“乡贤”的历史背景和现实处境有着非常大的帮助：一方面，中国传统社会的文化土壤没有多少变化；另一方面，“乡贤”自身的复杂性在该著有着遥远的回音。

徐茂明（1965—　），生于江苏泰州，代表作有《江南士绅与江南社会（1368—1911 年）》《明清以来苏州文化世族与社会变迁》。

中国社会教化的传统与变革

山东教育出版社 2005 年出版，黄书光主编。

该书以主题的形式剖析了中国社会教化的传统与变革，通过揭示中国社会教化思想的历史建构、理论审视、价值导向、实践运作等方面，彰显了乡土中国教化传统的独特性和丰富性。此书的第四章“家规族法、乡约与社会教化”、第五章“社会教化的民间载体：日常读物”、第六章“通俗文学中的教化世界”、第七章“地方士绅的社会教化理想与实践”等章节梳理了乡贤在乡土社会的教化功能。该书的研究证明，士绅的教化理想古亦有之，只是该理想经过近代嬗变，在外来思想的冲击下，直接导致了“五四”新文化领袖对传统儒家教化的激烈批判，并产生了以平等自由、独立民主为标准的新式教化。这本书详细阐述了士绅即传统乡贤在教化中的重要作用，对当下的乡贤文化建设有借鉴意义。

黄书光（1962—　），生于福建福清，代表作有《中国社会发展变迁的教育动力》《中国社会教化的传统与变革》。

明代儒学生员与地方社会

中国社会科学出版社 2005 年出版，陈宝良著。

该书从明代儒学生员的视角，对明代地方社会进行整体性考察。该著分为上下两编：上编是儒学生员与明代学校、科举；下编是儒学生员与明代社会。在上编中，作者仔细梳理了明代的教育系统，认为明代的教育系统极其完备：在中央有国子监，在地方有府、州、县学，还有都司儒学、行都司儒学、卫儒学、都转运司儒学、宣慰司儒学、按抚司儒学、诸土司儒学，另有宗学和社学。明中期之后，官方社学基本上被民间义学和义塾所取代。在此基础上，明代科举将科举考试和学校教育合二为一，导致儒学生员（官学学生）成为明代教育体制的组成部分之一。而且因为官学众多，因此大量不能进仕的生员从绅士层游离出来，成为明代文人层的有机组成部分，在明末构成一个相对稳定独立的社会阶层。作者在下编剖析了生员层的社会职业流动、政治参与、其士风无赖化倾向、经济地位及其对于明代学术的影响。

作者认为生员是地方乡绅的一部分，但是生员也导致了士绅阶层的分化。生员凭借舆论和群体力量来影响地方社会，是晚明社会官僚体制以外公共领域最热心的参与者与支持者。因为生员的巨大影响力，导致了清代对文人阶层的警惕，造成了明清两代士风的差异。

陈宝良（1963— ），浙江绍兴人。代表作有《飘摇的传统——明代城市生活长卷》《明代社会生活史》《明代儒学生员与地方社会》。

乡村政治中的博弈生存：华北农村村民上访研究

中国社会科学出版社 2005 年出版，郑欣著。

该书从“乡村互动”的角度，以博弈论为理论依据，把国家与农民的关系看作一种动态的实践过程，把村民上访作为研究对象，从而把握农村日常生活中的内在逻辑和微妙关系。该著以上访中的村民和乡村干部为主体，分析上访村民的乡土性、现代意识及其类型学特征。作为乡村另一主体的村干部则在村民上访中饱受压力。他们既是基层的国家权力代理人，又在实际工作中存在着权力和身份的合法性危机。因此村干部经常成为“被告”。在村民与村干部的互动之中，利益博弈是上访的重要动机。无论是村干部还是村民，都尽量利用舆论氛围、文化资本和国家资源来争取自己的利益。在此基础上该书思考了在博弈生存下的乡村政治结构变迁问题。作者认为，如果上访可以看作是农民积极参与社会实践的行动，国家和社会的关系就将会朝着“强国—强社会”的方向发展，国家和社会之间就可以实现良性互动。

该书对乡村干部身处国家、社会和村民之间的思想动机、行为方式和实际策略进行了仔细的田野考察和理论思考，反映了乡村政治的另一层面。

郑欣（1973— ），生于江苏江都（今属扬州），主要从事传播社会学、乡村传播学、青年文化、应用传播研究等。代表作有《进城：传播学视野下的新生代农民工》《平民偶像崇拜：电视选秀节目的传播社会学研究》等。

中国绅士

中国社会科学出版社 2006 年出版，费孝通著，惠海鸣译。

《中国绅士》是费孝通的英文论文集 *China's Gentry* 的中文译本。该著 1953 年在美国出版，对中国乡村研究有着巨大影响力。其内容分为两部分：一部分是知识分子问题和对传统中国绅士的研究，另一部分是对乡村、城镇和都市的研究。在第一部分里，作者阐释了绅权和皇权，中国绅士与国家、社会、普通民众的复杂关系。作者提出中国传统社会中知识分子是不懂技术知识的，他们的精力都集中在人际关系之中。在第二部分中，作者论述了城乡差异对绅士及乡村的影响。这是费孝通先生对中国乡村问题的集中思考，有助于思考乡贤文化。

都市里的农家女

江苏人民出版社 2006 年出版，杰华著，吴小英译。

该书是对在城市生活的中国女性农民的研究。它从性别的角度揭示了在农村社会原子化的情况下，宗族解体，乡贤退位之后，“流动农村女性”所面临的认同危机和文化困境。该著注意到教育鼓舞了这些农家女脱离传统的父权制规范，并且给她们提供了离开家乡所需要的信息和信心。然而，她们在城市既学不到更多现代化知识，也无法获得城市的认同和尊重。她们同样无法回到乡村，因为她们已经无法适应乡村传统的生活方式。即便有一些打工妹因为自身的机缘取得了阶层的飞跃，但是对于她们来说，依旧是城市的另类。性别关系在某种程度上隐喻着城乡关系，显示出乡贤的消退和乡土文化的解体。

杰华（Tamara Jacka），澳大利亚性别关系研究员。代表作有《中国农村妇女的劳动：改革时期的变化与连续》。

现代公共规则与乡村社会

上海书店出版社 2006 年出版，张静著。

该书以国家政权的建设为分析框架，关注了有关乡村公共事务的组织、角色、行为、规则和冲突的性质，由此考察乡村社会关系的状况。作者认为，确立公共性社会关系是现代公共政权的社会基础，由此作者从公共规则的角度审视乡村制度变迁的社会结构条件、推进和限制它的各种影响因素，以及它的发展能力和方向。第一章，作者思考了国家政权建设与近代士绅的关系。第二章考察了乡村精英的活动对乡村共同体和社会体制转型的影响，并进一步审视他们的自我身份的认同。第三至六章解析了乡村社会生活的实际运作方式，在第七、八章试图对这种实际运作方式进行解释和讨论。经过作者的调查，乡村精英把国家规则视为和对手竞争的手段，并没有对规则的敬畏之心。由此，乡村精英并没有对国家规则的推行发挥积极作用。这是从国家建构的角度上对乡村传统的反思。

张静（1958—　），生于黑龙江哈尔滨，社会学家。代表作有《法团主义》《基层政权：乡村制度诸问题》《现代公共规则与乡村社会》等。

晚清士绅与地方政治：以温州为中心的考察

上海人民出版社 2006 年出版，李世众著。

该书以温州的士绅为例，考察了晚清时期中国的知识阶层的应对与分化。作者把士绅分为上层士绅和下层士绅，解析了他们对文化权力的纷争。作者指出，所谓晚清绅权的扩张，起初只是上层士绅权力的扩张，而下层士绅只是在西方文化资源逐渐取得霸权地位之后，才获得影响力。与此同时，士绅们之所以热衷于公益事业和注意自己的道德形象，恰恰是因为其文化权力的根源在于地方社会。因此，在各个社会群体和集团之间存在着种种复杂的权力平衡和互相依赖关系的转换。

作者在考察晚清士绅时，时刻以当下的乡土中国为出发点：在审视晚清宗族的功用时，思考宗族在当今地方治理中的政治意义；在思考士绅们的权力斗争时，并没有简单地使用激进与保守的二分法，而是看到了其背后的权力斗争，思考士绅在政府与民众之间的位置。这本书对于读者思考当下乡贤的社会处境、文化传统和价值理念等有着借鉴意义。

李世众（1964—　），生于浙江缙云，历史学者。代表作有《人类学视野中的旅游现象》《“公”与“私”的悖论》《遂昌的西乡世界》《19 世纪中叶士绅阶层的分裂》等。

“新乡绅”主政与农村民主政治建设

原载于《社会科学战线》2006 年第 6 期，署名杨国勇、朱海伦。

该文注意到随着社会主义市场经济的发展，农村出现了一批实力雄厚的企业主。这些人构成了农村中的“新乡绅”，他们对于政治权利有着较强的要求。此文分析了“新乡绅”对于农村民主政治建设的影响，提出了关于农村民主政治建设的一些建议，认为地方政府要正确对待其合理的政治要求，保证农村民主政治建设。

杨国勇（1961—　），嘉兴学院教授。

朱海伦（1970—　），嘉兴南湖学院教授。

弱者的武器

译林出版社 2007 年出版，詹姆斯 · C. 斯科特著，郑广怀、张敏、何江穗译。

该书以马来西亚农民为例，探索了农民日常生活中一些被认为是劣根性的行为——偷懒、装糊涂、开小差、假装顺从、偷盗、装傻卖呆、诽谤、纵火、暗中破坏等的根源。作者认为这些行为从根本上来说，是农民在面对无法抵抗的不平等时的自我保护。这是以一种消极的方式来避免公开反抗的风险。作者认为这种“弱者的反抗”虽然看起来无足轻重，但是却有着巨大的影响力。这是农民以利益最大化的方式来保护自己的利益和对抗来自于国家和其他统治阶层的压力。《弱者的武器》是政治学和人类学的经典之一，也对我们理解中国乡村的社会秩序和乡贤的文化身份有着一定的参考意义。

詹姆斯·C. 斯科特（Scott，J.C.），美国政治学和人类学学者，美国艺术和科学研究院以及东南亚研究会（Council on Southeast Asia Studies at YCIAS）成员。代表作有《弱者的武器》和《国家的视角》。2000 年获比较研究学会的马特·达根奖（Mattei Dogan Award）。

政权、文化与社会精英

吉林人民出版社 2007 年出版，姚剑文著。

该书源于对当下道德危机的关注，思考了在当下的中国，社会精英与道德建构之间的动态关系，一方面立足于中国社会现代化的社会结构转型之中，思考社会道德维系于社会政治结构的关系。另一方面以西方自由主义政治思潮为借鉴，对当代中国的社会政治结构、政治现实和社会伦理秩序进行深入思考。作者认为造成社会道德危机的重要原因如下：一是传统儒家文化的弱化；二是以“士君子”阶层为代表的社会精英抛弃了儒家传统。由此，作者提出，先进文化建设与道德担当要互相联系，同时政治精英要承担道德责任。这种精英阶层的文化传统与道德责任的分析，对当下乡贤文化的建构有一定的借鉴意义。

姚剑文（1975—　），生于安徽歙县，著有《政权、文化与社会精英》。

小镇喧嚣：一个乡镇政治运作的演绎与阐释

生活·读书·新知三联书店2007年出版，吴毅著。

该书通过“讲故事”的方式，置身于乡镇政府组织和乡村干部的“主位”立场，对2003年至2004年的华中地区某乡镇进行了深度调研，展现出一个复杂的互动、博弈、共生的乡镇政治运作过程及其影响机制。在作者笔下，乡镇干部呈现出人情社会、权威政府和杜赞奇所说的“营利型”经纪人的混合特征，在日常行政中主要依靠各种面子与人情资源来推动行政运作。与之相对应的则是无权无利却又获得了人身自由的农民，“示弱”和“行蛮”是他们在利益对峙中交替使用的权力策略。由此，作者发现了以往未进入学术思考范畴的一种现象：即“良政与悍民”或“强政与悍民”并存。与此同时，村干部身处上级政府与农民之间，是真正的基层政治精英，是那种活跃在国家权力链条底边的政治操盘手。

作者超越了以往的学术视域，提出了一个非常严肃的问题：乡镇干部、村干部和农民之间的博弈不但造成了资金的损耗、人力的浪费，更为重要的是，基层乡镇现在已经成为一个不加任何掩饰的经济利益的竞逐场，一切都以对权力的追逐与展示来决定博弈的结果。作者认为，想改变这种类“丛林状态”，让乡镇政治变成一种新的有序竞争的合作博弈，关键在于各种权力格局的重构。在这本书中，作者真实地表现了乡村贤人、能人的各种心态，他们的理想与实践。这既是社会学的力作，又是一部乡村口述史。

吴毅（1958—　），生于重庆，社会学家。代表作有《村治变迁中的权威与秩序》《小镇喧嚣：一个乡镇政治运作的演绎与阐释》等。

乡村成为问题与成为问题的中国乡村研究

原载于《中国社会科学》2008年第3期，署名赵旭东。

该文以“晏阳初模式”的知识社会学反思为切入点，反思近代以来的中国乡村研究。作者认为，从乡村社会的传统治理而言，乡村秩序从来都是强调礼教的作用。乡村是国家的根本，而且乡村提供了文人怀旧的情绪主题。但是自西学东渐之后，乡村逐渐成为“问题”，变成整个中国现代化乃至于全球化过程中的关键因素；乡村成为亟需改造的对象，农民的“愚、穷、弱、私”逐渐成为学者或者作家们审视乡村问题的出发点。从方法论的角度来看，这是外来者的单向度观察，实质上遮蔽了农民自我随意表达的话语权。与此同时，学院派的中国乡村问题研究也成了问题，源自西方的社会科学理念并不有助于对中国社会整体的认识。

作者呼吁，乡村研究要走出学院派的束缚，重视乡村作为一种文化与社会形态的自身转化能力；同时，建构乡村研究的地方历史感和责任感。积极地参与乡村建设、独立且理性地观察乡村的社会现实、秉持富有历史感的过程视角和负责任的事件描绘，努力建构一个大家认可的基本学术伦理规范。此文的重要性在于它从乡村研究的史前史出发，反思了乡村研究的问题与困境，对于乡村文化的再生和乡村的意义提出了独特的角度。

赵旭东（1965—　），中国人民大学人类学教授，师从费孝通教授。代表作有《权力与公正——乡土社会的纠纷解决与权威多元》《否定的逻辑——反思中国乡村社会研究》《文化的表达——人类学的视野》及《本土异域间——人类学研究中的自我、文化与他者》等。

华北村治：晚清和民国时期的国家与乡村

中华书局2008年出版，李怀印著，岁有生等译。

该书利用河北省获鹿县的历史档案，探讨了晚清和民国时期中国乡村的治理状况，着重考察了乡贤在乡村社会中的地位和作用。乡村治理方面，此书集中探讨了基层行政尤其是田赋征收活动的具体环节，进一步研究了20世纪早期的乡村“新政”，详细探索了晚清和北洋时期的村正（或村长）的选举及其活动；南京政府时期乡镇自治运动中基层的乡长选举及其各项活动；新式学堂在各村的创办和运作过程等。作者认为国家政权与乡村社会不但有对抗，也有合作。村庄精英在此起了关键作用，成为乡村中实际上的领袖，展示出乡贤在社会大转型中的复杂状况。特别是第二部分“1900 年以后的新变化”介绍了乡村精英在乡村纠纷中的角色及行为方式。这对于理解文学叙述中晚清和民国时期的乡贤形象有重要参考价值。

李怀印，美国学者，历史学教授。著有《华北村治》（*Village Governance in North China*，1876—1936），《乡村中国纪事》（*Village China under Socialism and Reform：A Microhistory*，1948—2008），《重构近代中国》（*Reinventing Modern China：Imagination and Authenticity in Chinese Historical Writing*），《现代中国的国家转型》（*The Making of the Modern Chinese State*，1600—1950）等。

中国绅士研究

上海人民出版社 2008 年出版，2019 年再版，张仲礼著。

该书分为两编，其中上编于 1955 年由美国西雅图华盛顿大学出版社以《中国绅士：关于其在 19 世纪中国社会中作用的研究》的书名出版；下编于 1962 年由西雅图华盛顿大学出版社以《中国绅士的收入》的书名出版。上海人民出版社将两书的中文译本合为一书，以《中国绅士研究》为名，上编译者为李荣昌，下编译者为费成康、王寅通。该书对绅士进行了系统性的研究，上编对于 19 世纪中国绅士的来源进行了深入分析，特别指出中国绅士和科举的紧密关系，下编则从绅士的行为方式和收入状况分析士绅文化的文化根基和经济基础。该著认为儒家的文化理想在现实社会中有一系列体制性的支撑，一方面把绅士纳入到正统的体制之中，另一方面称绅士的责任就是维系社会的运转和教化民众。而因为士绅和传统中国的紧密关系，士绅文化传统限制了民主革命的可能性。该书有助于我们理解中国的传统士绅文化，思考士绅文化传统和社会转型的关系。

张仲礼（1920—2015），江苏无锡人，经济学家，1982 年获美国卢斯基金会中国学者奖。

变动时代的乡绅：乡绅与乡村社会结构变迁（1901—1945）

人民出版社 2009 年出版，王先明著。

该书以抗日战争期间的两次村选（1941 年、1945 年）为线索，以兴县乡村为考察对象，对 20 世纪上半叶的乡村社会结构变迁做了历时性的考察。该书从晚清的绅民冲突中审视士绅阶层在 20 世纪初的变化，指出新学体制的兴起与拓展是与乡村危机同步出现的。在传统乡村的社会流动中，乡绅最终回归了乡村，但新式教育下的乡绅子弟留在了城市，导致乡村社会结构无法顺利更替。“权绅”把控了乡村社会的权力，所谓的“绅权”无序扩张，公共利益就此丧失。因此乡村开始寻求自治，开始“官绅合治”、权力重组，国家权力由此深入乡村基层。特别是随着革命引导的乡村社会结构和权力结构的变迁，整个乡村社会成长起一批集群众团体领导者、变工互助组织者、劳模英雄“三位一体”的新式权威。传统的乡绅从此消逝在历史之中。

王先明（1957— ），山西屯留（今属长治）人。主要从事中国近代社会史教学与研究。近年来主要研究方向为中国近代乡村史。代表作有《中国近代社会文化史论》《近代“新学”——传统中国学术文化的嬗变与重构》《变动时代的乡绅：乡绅与乡村社会结构变迁（1901—1945）》等。

湖南近代绅士阶层研究

岳麓书社 2010 年出版，阳信生著。

该书对湖南绅士阶层进行了全面系统的研究。作者从绅士阶层的社会效用入手，将其置于近代中国的政治活动中进行考察，对湖南绅士的价值观、自我认同、生存方式及代表人物等进行详细分析，最后总结出绅士阶层在整个中国现代化过程中的历史意义及其局限性。一方面，绅士阶层的近代分化是历史发展的必然结果，其现代化实质上就是中国社会转型的现代化；另一方面绅士阶层是被动进入现代化历程之中的，他们的思想观念不但制约了中国社会转型的深度和广度，还造成了中国现代化过程中的巨大困境。该书最有价值的地方就是通过绅士阶层的研究，不但指出传统绅士阶层的分化、解体和灭亡是不可避免的，还揭示出农民运动的必然性。这对我们思考乡绅乃至于乡贤的社会效用，以及如何实现国家与社会的平衡与良性互动有着积极的现实意义。

阳信生（1975—　），生于湖南永兴，主要从事行政管理学、中国近现代政治制度史等方面的研究。

《白鹿原》中乡村治理模式的流变解读及启示

原载于《农业考古》2010 年第 6 期，署名吕云涛、李辉。

作者以《白鹿原》为例，思考其所反映的乡村治理模式的流变，并总结出社会主义新农村建设的重要启示：要保留农村社区的一定自治权，发挥乡贤在乡村治理中的作用，加强新农村文化建设，德治与法治并举。

吕云涛（1982—　），山东滨州人，中国石油大学（华东）马克思主义学院副教授。

李辉（1978—　），山东东营人，中国海洋大学国际事务与公共管理学院教授。

乡村政治文化的嬗变
——新时期小说中的当代“新乡绅”形象

原载于《南方文坛》2010 年第 6 期，署名刘畅。

该文从文学角度审视社会转型期的乡土政治文化环境，用“新乡绅”这一概念强调封建宗法文化在当代农村社会的残留和复苏。该文认为，新时期小说中出现了一批带有强烈宗法意识的乡村干部，这些乡村干部用封建家长制的管理模式来支配乡村社会。因为这些乡村权威和传统乡绅有一定相似性，因此作者称呼他们为“新乡绅”。“新乡绅”形象体现出乡土文化的惰性和当代农村政治文化生态的某种偏失。从“新乡绅”的发迹史中，可以看到封建意识在民族文化心理中的残留以及宗族势力对乡村政治的干扰。这种“新乡绅”形象的出现反映出作家们的忧虑。

刘畅，上海师范大学文学院副教授，主要研究方向为中国现当代文学与都市文化。

近代中国知识阶层的转型

上海社会科学院出版社 2011 年出版，杨小辉著。

20 世纪以来，一部分乡绅逐渐转变为现代知识分子阶层，同时他们所在的生活空间由乡村转入城市，知识结构、思想资源也发生了重大变化。该书从教育制度的转换、都市知识分子自我意识的形成、知识分子栖身的文化建制等方面讨论了近代知识阶层在社会结构中的位置、与政治权力结构的关系、与传统文化的关系，以及他们的知识结构和价值取向。

作者认为正是因为转型时期新教育的开放性有限，阻碍了大部分知识青年的社会流动。由此，他们把自己的未来同革命相联系，试图从下至上地改造中国社会，同时也将自身由边缘运转到社会的中心枢纽，引发了中国社会一次次的革命活动。

该书从社会转型的角度解析了乡绅到知识阶层的嬗变，表现了作者对于中国现代史和知识分子思想史的深入思考。

杨小辉（1978— ），生于湖南常德，代表作有《近代中国知识阶层的转型》《中产阶层与社会发展：中国模式下的问题与挑战》（合著）等。

中国乡土小说的世纪转型研究

人民文学出版社 2012 年出版，丁帆等著。

20 世纪末到 21 世纪头十年的这一时段，中国社会呈现出前现代文化、现代文化和后现代文化互相冲突、缠绕和交融的特征。由此，中国乡土小说的精神向度、叙事形态和叙事类型也随之发生了重大变化，其“乡土经验”与价值理念的恒定性也和以往有了一些变化。该书对中国乡土小说的世纪转型进行了全面且深入的研究，认为从乡土小说创作现象上，出现了对转型期中国乡村社会现实及其历史进行现实主义叙述、浪漫主义抒写和“现代主义”表现，“乡土历史”叙事中的“新历史主义”倾向，还有“乡土生态小说”思潮及其“生态主义”倾向，同时“宗教文化精神”成了一些小说文本的思想底色。在价值观念上，中国乡土小说陷入了价值评判的“困惑”之中，难以做出价值选择。乡土作家在批判城乡差别和贫富分化时，大力弘扬平等、公平和正义；对权力腐败、“权力本位”意识和“拜金主义”，进行多角度的批判。乡土生态小说在揭示人对自然的破坏的同时，张扬“生态整体主义”的价值观念。

该书认为中国乡土小说在世纪转型中，重新整合中国乡村社会的审美经验和社会心理感受，在艺术形态方面，有的向乡土叙事传统回归，有的向消费文化靠近，有的进行超常态的叙事试验，预示了中国乡土小说在 21 世纪的新态势。该书在第二章讨论了文学叙事中的乡村治理危机与乡镇权力批判。在第三章讨论了家族秘史的书写，呈现出文学研究对中国乡村的深度思考。

乡村与城市

商务印书馆 2013 年出版，雷蒙·威廉斯著，韩子满、刘戈、徐珊珊译。

该书通过梳理英国文学中有关乡村与城市的观点和思想，剖析当代文学及文化研究中的流行观念。作者首先批判了田园主义传统，认为这种把昔日乡村理想化的观念，不过是文学的想象，已经脱离了历史事实。与此同时，作者也批评了城市进步主义，认为城市和乡村一样，同样存在着危机。作者希望人们可以直面现状，用积极的方式去解决资本主义发展模式所造就的精神困境和文化危机。这本书里启发性地指出地主以及乡绅的优雅形象是和对乡村的美化密切相关，资本主义的生产方式使得镇成为城与乡的交汇点，文学所体现的情感结构不过是人道主义思想在文学中的体现。《乡村与城市》突出体现对情感的关怀与对人之所以为人的本质性的思考。雷蒙·威廉斯所提出的“情感结构”和人道主义思想对于我们思考中国乡村与城市的关系有很大的帮助。

雷蒙·威廉斯（Raymond Henry Williams，1921—1988），20世纪中叶英语世界重要的马克思主义文化批评家，文化研究的奠基人之一。

论现代文学多重视角下的“城绅”叙事

原载于《社会科学辑刊》2014年第6期，署名梁建先。

该文从居住地推导出“城绅”这一概念，认为“城绅”是都市知识分子的隐形标志。在他们身上，有着启蒙视角下的颓废而孤独的精神流浪，也有政治乌托邦下的凶狠与堕落，还有精神家园式的批判和坚守，由此作者提出要重新认识中国现代文学“城绅”这一形象谱系。

梁建先（1981— ），暨南大学文学院副教授。著有《新文学中的“城市风景线”》。

被困的治理：
河镇的复合治理与农户策略（1980—2009）

生活·读书·新知三联书店2015年出版，狄金华著。

该书立足于乡村基层的现状，考察农民参与的乡村治理的形态及其实践困境，进而在宏观层面考察社会转型和乡村治理。在书中作者始终在追问，我们的乡村为何是现在这个样子，什么问题是各国在社会转型中普遍存在的，什么问题则是中国独有的。与此同时，作者尝试着结合现有文献解释我们乡村治理所面临的困境。作者认为，20 世纪 80 年代以来，国家政权对乡村社会的治理方式恢复到了传统的治理形式，即以复合治理为主，地方社会没有统一的、单一的治理规则：一方面国家以法律形式树立了乡村社会的公共规则；另一方面又容许地方性规范在村社内部存在。再加之 20 世纪 90 年代之后，农民大幅度流动，村社中“熟人”社会所秉持的评价体系逐渐衰退。这导致村干部与村民在情、理、法之间博弈，所动用的话语资源，既有国家法律法规，又有传统的乡土伦理，同时还混杂了共产主义话语。这是中国国家转型中的巨大困境：话语 / 规则混乱、治权消失与合法性消解。该书回答了为何乡贤不再具有影响力的问题，并进一步探索乡村社会的“基础性权力”，指出如果没有公共规则建设，无论国家如何投入，都无法解决乡村所面临的困境。在这种公共规则建设中，一定要注意制度的路径依赖和经过社会主义改造之后的普通民众的心理预期。这个问题是中国所特有的现象，是任何西方理论都无法嫁接在中国乡土文化上的根源之所在。

狄金华（1982—　），生于湖北当阳，华中科技大学社会学院教授。

城市化进程与乡村叙事的文化互动

中国社会科学出版社 2015 年出版，李静等著。

该书在城乡一体化的视野之中，探讨城乡文化互动的可能性。20 世纪 90 年代以来中国城市化的快速发展促使乡村社会不断分化，一部分乡村随着城镇化进程而消失，一部分历史文化、景观资源相对丰富的乡村会因为乡村旅游业而振兴，同时那些作为粮食主要产地的乡村将得益于国家政策而保持良性发展。因此，乡村社会不可能随着城市化的发展而消逝。在这种认识的基础上，该书考察了城市化进程中的“文学乡村”，进而思考了乡土小说叙事的“新变”以及城市化进程中的“影视乡村”。在城乡文化互动之中，对于乡村文化进行再发现，不但对乡村生活方式、乡村民俗进行再次发现，而且对乡土叙事中的乡绅文化传统进行了梳理。该书认为，当代乡村叙事对乡绅文化的再发现，不但阐释了乡绅文化的意义和价值，也为当代乡村文化建设提供了新的参考路径。该著探讨了乡村社会中现代文明与传统文化的关系，尝试建构以城乡文化认同为前提的、新型的城乡文化共同体。其中，也涉及乡绅文化对乡土叙事的影响问题。

李静（1961— ），江苏常州人，曾任《江苏社会科学》杂志主编，二级研究员，主要从事中国现当代乡土文学研究，代表作有《城市化进程与乡村叙事的文化互动》。

“农村新人”形象的叙事演变与土地制度的变迁——以《太阳照在桑干河上》、《创业史》、《平凡的世界》和《麦河》为中心

原载于《文学评论》2015 年第 4 期，署名李兴阳。

中国农村的土地制度先后经历了土地改革、合作化、大包干和土地流转等四次变革；此文以四部作品为例，阐释了四代不同“农村新人”形象。这四代“农村新人”代表着不同时期对于中国革命、社会制度和新国家形象的想象。伴随着土地制度的变迁，“农村新人”的制度性人格也随之发生变化，代际之间形成既有所否定又有所批判性继承的辩证过程。虽然现在文学人物的塑造水平不是评价作品的唯一标准，但是这四代作家的历史反思和社会批判都有难以超越自己所属时代的局限性；其社会认识与历史见识仍存在许多值得深思的地方，这些都是需要作家和研究者们一起去思考的问题和面对的困难。

李兴阳（1962— ），湖北麻城人，南京大学文学院教授。著有《青春电影档案》《中国西部当代小说史论（1976 ~ 2005）》等。

羡慕嫉妒恨：一个关于财富观的人类学研究

社会科学文献出版社 2016 年出版，张慧著。

该书从乡土社会的“羡慕”“嫉妒”情绪出发，分析乡村社会的财富观和经济纠纷，对“暴富”进行了文化学解读。作者思考“嫉妒”背后的道德机制，发现不是所有的富人都会遭到嫉妒，因此进一步分析乡村社会对“暴富”的文化解读，讨论这种文化观念背后的社会心理，进而思考“嫉妒”对乡村生活的影响。村民们在“羡慕”“嫉妒”的情感驱动下，把阶层向上流动的希望寄托在教育、婚姻和进城打工之中，由此作者思考中国情感人类学的发展方向，讨论中国人在社会转型过程中情感的互动及中国情感人类学的发展方向。该书提供了理解“乡贤”与乡民关系的情感学视角。

张慧（1980—　），生于河北承德，毕业于英国伦敦政治经济学院人类学系，中国人民大学社会与人口学院副教授。

当代乡村叙事中乡贤形象的变迁

原载于《江苏社会科学》2016 年第 2 期，署名李静。

面对 20 世纪 90 年代以来城市化进程的快速推进，乡村社会日益“空心化”，伦理道德逐渐溃败。人们开始回顾乡村自治的历史，研究乡贤文化对于乡村治理和文化重构的重要意义。当代乡村叙事一方面表现出传统乡贤形象的蜕变，一方面在 20 世纪 90 年代以来又重新建构了传统乡贤的形象，挖掘传统乡贤文化对于建构良序的乡村社会的重要价值。新世纪以来，乡村建设逐渐成为一种社会思潮，人们开始呼唤新乡贤。在乡村叙事中，新乡贤大概分为三种类型：一是有良知的乡村干部；二是有思想的乡村知识分子；三是回乡居住的退休知识分子。乡贤文化是值得重视的文化遗产，只是新乡贤这个群体尚处于培育成长阶段。因此，新乡贤的文化观念和内涵值得进一步深思和探究。

“士绅”文化的现代变迁与叶氏文学世家的形成

原载于《江苏社会科学》2016 年第 3 期，署名赵普光。

明末清初由安徽迁到姑苏的叶氏家族和士绅文化的现代转型有着很强的互动关系。从叶圣陶开始的叶氏文化世家，既有传统文化基因的影响，更加蕴含着新的文化质素的成长，同时也体现出士绅文化的现代转型和现代社会文化分层的新变。

赵普光（1979— ），生于河南杞县，暨南大学文学院教授，著有《书话与现代中国文学》《斯文的回响》等。

新乡贤的故事

光明日报出版社 2016 年出版，袁祥、叶辉主编。

该书是《核心价值观的故事》丛书之一，它是《光明日报》在 2014 年 7 月推出的“新乡贤·新乡村”“乡贤文化大家谈”等栏目的合集。《新乡贤的故事》以弘扬乡贤文化为目的，讲述浙江、广州等地乡贤的事迹。编者力图以此体现出乡村社会文化建设的过程，并由此激发和培养乡村社会发展的内驱力。

袁祥（1962— ），《光明日报》高级记者。

叶辉（1954— ），《光明日报》高级记者。

新乡土伦理：社会转型期的中国乡村伦理问题研究

人民出版社 2016 年出版，王露璐著。

该书是近年来的应用伦理学特色之作。作者通过对苏南乡村的田野访谈，确立了当代苏南乡村的经济伦理图像，进而在学理与经验、理念研究与个案分析、价值思考与事实解析之间，阐释当代乡村的伦理问题。该书注意到了苏南地区的经济发展对于传统的伦理关系造成的冲击。如果延续村庄领袖的道德权威，必须把“经济能人”和“魅力型权威”合二为一，这显示出了作者在“新”“乡土”和“伦理”之间的辩证认识。作者由此思考乡村道德建设的范式转换，提出整合乡村文化资源的过程中，应既重视乡村传统伦理的重要影响，又顺应时代变迁的现代转换。

王露璐（1969—　），南京师范大学公共管理学院教授，主要从事乡村伦理学研究，著有《乡土伦理——一种跨学科视野中的“乡村道德知识探究”》《新乡土伦理：社会转型期的中国乡村伦理问题研究》等。

“乡贤”的伦理精神及其向当代“新乡贤”的转变轨迹

原载于《云南社会科学》2016 年第 5 期，署名赵浩。

该文从伦理学的角度梳理了“乡贤”本身的三个层面的道德品行，个体与公共合一、道德的特殊性和普遍性合一，以及道德主体和伦理主体之间的互动。随着社会的开放和思想的活跃，当代“新乡贤”应该进一步探索德性的多样化发展轨迹。

赵浩，四川盐亭人，东南大学社会学系讲师。

新乡贤：内涵、作用与偏误规避

原载于《南京农业大学学报》（社会科学版）2017 年第 1 期，署名胡鹏辉、高继波。

此文提出“新乡贤”在引发热议的同时，应该重视其“在乡性”。从乡村现实来看，“新乡贤”的作用在于引领乡村文化，所以应该重构乡村规范，进而推动村民的自治。与此同时，要注意规避一些认识上的偏差，比如村民自治的主体应该是村民，而不是“新乡贤”，“新乡贤”也只是村民的一员而已；要有完善的制约机制和透明的监督机制，以此来促进“新乡贤”的成长。

胡鹏辉（1990— ），四川营山人，华中科技大学社会学院讲师。

高继波（1990— ），陕西韩城人，西安交通大学人文社会科学学院博士生。

乡下人的悲歌

江苏凤凰文艺出版社 2017 年出版，J.D. 万斯著，刘晓同、庄逸抒译。

该书以作者自身成长的经历来说明即便是在号称自由流动的美国，阶层的上升也是非常艰难的。在作者的青少年时期，母亲吸毒、没有稳定的家庭生活，周围的朋友也都是以暴力和逃学为自豪。他们无法判断外界的变化，而且被消费主义浪潮席卷，没有办法合理地规划自己的生活与未来。作者因偶然的机会脱离了自己成长的环境，过上了富裕的生活并且能够掌控自己的情绪。从作者的经验来看，经济发达地区和经济不景气地区几乎是两个世界。但是他特别强调，“铁锈地带”的问题并不仅仅是经济问题，它更多的是一个文化问题，即在“铁锈地带”中，没有可以引领人们走向和谐生活的文化与社区领袖。从这个角度来说，作者有关乡村和城镇的反思对于中国的乡村社会建设有着一定的参照意义。

J.D. 万斯，原是一个出生在美国俄亥俄州阿巴拉契亚地区的“小镇青年”，他通过个人努力，最终成为了耶鲁法学院的高材生，实现了阶层跃迁。此书的英文书名为：*Hillbilly Elegy*：*a Memoir of a Family and Cultural in Crisis*（New York：Harper Collins Publishers，2016）。该书在美国出版后，被《纽约时报》评为 2016 年十大必读书籍之一。

镜中乡土与乡民：1949 年以来的中国乡村电影研究

武汉大学出版社 2017 年出版，杨红菊著。

该书以1949年以来的中国乡村电影为研究对象，审视中国乡村文化与农民精神变迁的基本面貌。该书梳理了中国乡村电影的历史，总结了1949年以来乡村电影的叙事模式。同时，作者把乡村电影的人物谱系分为乡村干部系列、乡村能人系列、乡村文化人系列和乡村女性系列，由此思考1949年以来乡村电影创作的文化态势、文化建构体系及其内在的问题。该书对于乡村电影的人物谱系的研究，为读者展现了电影对乡村精英、乡贤的塑造方式。

杨红菊（1972—　），湖北江陵人，主要从事影视艺术理论研究与文化批评。著有《镜中乡土与乡民》。

土地改革与华北乡村权力变迁：一项政治史的考察

江苏人民出版社2018年出版，李里峰著。

该书系统研究了华北地区土地改革运动及其政治内涵。作者梳理了中国共产党土地政策的演变及其执行方式，思考了乡村社会资源再分配的方式与方法，考察了乡村民众的行动逻辑；进而分析了村庄权力结构及其运作方式，对于基层政治精英的行为模式、角色特征及其困境进行了仔细的考察，最终审视了乡村权力组织网络的形成和国家功能边界的扩张机制。

该书认为土地改革成功地在乡村社会建立了一个“权力的组织网络”，并取代了“权力的文化网络”。但是基层精英在权力更替过程中经常导致代际冲突，新旧对立、血缘和地缘的矛盾、权力和利益的冲突往往交织在一起，成为乡村基层政治的决定性因素；而这种矛盾危及了国家意志的贯彻和实施。这种行为方式在乡村政治中长期延续，影响了政治现代化的进程。

李里峰（1976—　），生于湖北神农架，历史学者、政治学者。主要研究领域为中国革命与中国政治、概念史、政治思想史等。代表作有《土地改革与华北乡村权力变迁：一项政治史的考察》《革命政党与乡村社会：抗战时期中国共产党的组织形态研究》等。

新乡贤文化建设中的传承与创新

原载于《江苏社会科学》2018 年第 1 期，署名季中扬、师慧。

该文从传统乡贤文化体系、新乡贤文化建设的传承以及新乡贤文化建设之“创新”三个方面系统梳理了新乡贤文化建设中的传承与创新。该文认为传统思想文化体系已经包含乡贤的公举、祭祀、传记与方志的书写，乡贤组织乡村自治以及乡贤文化自觉传承等内容。当代“乡贤工作室”、“乡贤理事会”、乡贤评选、乡贤名录，建设乡贤文化长廊、广场与文化馆等新乡贤文化建设举措，借鉴、传承了传统乡贤文化中的“三老”制、乡约制、“推举”制、乡贤书写等传统。当代新乡贤文化建设一方面继承了古代乡贤文化，另一方面在乡贤群体、历史使命、新乡贤参与乡村治理与建设的方式等方面均有所创新。新乡贤文化建设因为新创，因此不够完善，影响了新乡贤文化建设的深度和广度。但是，这一文化建设有助于乡村文化的更新与发展，是破解乡村现代化难题的有益尝试。

二十世纪初乡绅的报刊阅读与观念世界——以张㭎、皮锡瑞、刘大鹏为例

原载于《高校图书馆工作》2018 年第 1 期，署名蒋建国。

该文以张㭎、皮锡瑞、刘大鹏为例，探讨了 20 世纪初期乡绅的报刊阅读史。乡绅们对于新式报刊的选择明显受到自身文化背景和政治观点的影响，张㭎很少阅读报刊，甚至于拒绝阅读革命报刊；皮锡瑞虽然有读报习惯，但是一直表达对于新事物和新思潮的猜疑和不满；刘大鹏以看报评报作为反对新政和变革的手段之一。由此可以看出传统乡绅的观念世界依旧不能被新式报刊和新文化思潮所改变。这为理解 20 世纪初期的乡绅世界提供了另一个角度。

蒋建国（1970—　），湖南东安人，复旦大学新闻学院特聘教授，华南理工大学新闻与传播学院教授，主要从事新闻传播史、媒介文化等领域研究。

从文学叙述看抗战时期乡土社会阶层分化与文化变迁——析抗战题材小说的社会史意义

原载于《文学评论》2018 年第 3 期，署名韩元。

该文重新解读了创作于 20 世纪 40、50 年代的抗日题材小说，审视了小说所呈现的乡绅没落和失语、底层农民的崛起、乡土社会文化的变迁等问题，认为这场战争对于政治经济文化都产生了深远的影响，特别是中国共产党关于民族国家的宣传教育和惠及众生的民生政策，使得民众有了明确的民族国家意识，形成了坚定的抵抗精神，这才是抗战胜利的坚实基础。这批抗战小说不但有社会史意义，也可以为当下抗战剧创作提供一种指导思路。

韩元，上海财经大学教授。著有《中国当代文学影视改编的民族性问题研究》。

新世纪长篇小说“乡绅”书写的文化征候

原载于《江西社会科学》2018 年第 4 期，署名雷鸣。

新世纪以来的长篇小说对于“乡绅”的书写呈现出井喷之势，表现出不同的文化路径。首先是道德圣者，其次是民族大义的殉道者，再次是乡村政治中的能人和领袖，最后是启蒙失败的“乡村他者”。在诸多乡绅形象中，能看到乡村文化的一些特质，例如传统文化的衰落、乡村道德的溃败、传统权威的解体、乡村政治的蜕变，以及乡村空心化和精英返乡。为了解决这些困境，“乡贤文化”应运而生，它体现出人们对于乡村问题的热切关注，也成为文学参与社会实践的一种方式。

雷鸣（1972—　），湖南衡东人，西北大学文学院教授。著有

《映照与救赎：当代文学的边地叙事研究》《危机寻根：现代性反思的潜性主调——中国当代生态小说研究》等。

“绅士”对抗“猛士”：一代人的文化自信与人文救赎——从《新青年》到《学衡》

原载于《探索与争鸣》2018 年第 7 期，署名张宝明。

该文梳理了《新青年》和《学衡》所秉持的思想理念，认为《新青年》如同“猛士”一样，提倡“民主”与“科学”的价值理念;《学衡》则如同“绅士”一样，提倡“示正道、明大伦”的人文精神。两个不同的文化群体就此展开了针锋相对的论战，但是究其根源，他们都立足于关怀未来中国的现代性走向。对于中国的现代文化而言，两个文化群体的论战形成了难得且“必要”的张力，为现代中国思想文化的发展提供了原初的动力。

张宝明（1963—　），生于安徽蒙城，河南大学教授。主要从事 20 世纪中国思想文化与文学思潮研究，著有《启蒙与革命——五四激进派的两难》《失去砝码的天平：思想史书写的尴尬》等。

中国乡村建设百年图录

西南师范大学出版社 2018 年出版，温铁军、潘家恩主编。

该书以图录的形式，通过中国乡村建设历史中的近千张图片，体现出整个 20 世纪乃至 21 世纪初，中国乡村建设者们对中国乡村的实践与思考。该书导论名为《三个“百年”——中国乡村建设的脉络与展开》，认为中国乡村建设存在着三个“百年”：即以梁漱溟为代表的“百年激进”；激进所导致的“百年乡村破坏”；中华文明的形态和独特国情构成的“百年乡村建设”。这三个“百年”有着复杂的互动关系，呈现出乡村建设和乡土中国现代化转型的共生关系。中国近现代史进程中内在的“激进”既产生了不同形式的“破坏”和“三农”问题，也孕育了“百年乡村建设”。

具体来说，乡村建设实践发轫于清末民初，第一波乡村建设以“官民（间）合作”为特点，起于河北定县。第二波乡村建设是中华人民共和国成立之后的对乡村社会的整体性改造。第三波乡村建设兴起于2000年之后，以“官民互动”为特点，以新农村建设为主。

温铁军（1951—　），生于北京，著有《中国农村基本经济制度研究》《三农问题与世纪反思》《解构现代化》《我们到底要什么？》《解读苏南》《告别百年激进》《八次危机》等。

潘家恩（1981—　），生于福建宁德，自2001年起参与当代中国乡村建设实践，晏阳初乡村建设学院执行创办人之一。

从《孔乙己》到《离婚》——教育体制下乡绅权力的常与变

原载于《鲁迅研究月刊》2019年第12期，署名丁燕燕。

该文以《孔乙己》和《离婚》为例，描绘了乡绅文化权力的稳固性和新式教育体制对它的冲击。此文认为孔乙己的命运显示出以丁举人为代表的传统乡绅对于乡村文化的牢牢把控；《离婚》则揭示了教育体制变迁对这种稳固的文化权力的影响。但是囿于时代的局限，新式教育体制只能构成对乡绅权威的一点点冲击，尚不能影响传统的文化权力，新旧乡绅在维护本阶层的既得利益的目标上达成了共识，鲁迅的作品恰好显示出来乡绅权力的顽固和保守。

丁燕燕（1980—　），生于山东日照，山东农业大学公共管理学院副教授。

复苏与重构：20世纪80至90年代中国电影中的乡贤形象

原载于《艺术百家》2020年第3期，署名邱其濛、李静。

该文系统解析了20世纪80至90年代中国电影中的乡贤形象。这些乡贤身处于传统/现代、乡村/城市之间，面临着社会转型期的价值冲突和文化差异，表现为不同的形象。有的是“困惑”与“迷茫”中的传统乡贤，在他们身上，始终存在着传统乡村礼治和现代法治制度之间的冲突。有的是已经萌芽并开始成长的“在地”新乡贤，他们凭借着共同的理念团结乡民一起做事。有的是返乡的青年乡贤，这些人经历了城市文化的熏陶和影响，把现代价值理念带入乡村，构成了城乡之间的文化互动。文章认为，影视中的乡贤形象和乡贤文化实则是中国的现代化进程的产物，而新乡贤对于乡村文化的更新有着重要意义。

邱其濛（1988— ），生于江苏苏州，南京财经大学新闻学院讲师。

“乡绅作为方法”与走出知识分子的“孤立化”

原载于《读书》2020年第11期，署名王小章。

该文是《把自己作为方法——与项飙谈话》（项飙、吴琦著，上海文艺出版社，2020年版）的书评。此文注意到该书对于“方法”的强烈关注，指出知识分子曲高和寡的后果就是“孤立化”并失去了对于社会的影响力，由此需要把自己的“个人经验问题化”，坚守某种区别、超越一己之私的价值关怀。项飙等人寻找到的思想资源就是把“乡绅”的角色引入知识分子意识，从一种拟乡绅的视角来感受现实，思考问题。这种乡绅是那种和小共同体有紧密联系的乡绅，重塑“中心”与“边缘”的平衡，由此真正地对地方社会有所投入。

王小章（1966— ），浙江大学社会学系教授，著有《走向承认——浙江城市农民工公民权发展的社会学研究》《中国发达地区社会保障——来自浙江的报告》《经典社会理论与现代性》等。

下编　编年纪事

1898 年

本年　湖南官绅推行新政，合力开办南学会、保卫局、《湘报》，是近代地方自治的嚆矢，并兴起了“兴绅权”的时代舆论。

1901 年

12 月　梁启超《南海康先生传》载《清议报》第 100 期，开启用新式史传书写本地人物的先河。

1902 年

11 月 14 日　《新小说》创刊，梁启超《新中国未来记》等政治小说纷纷出炉，开启了小说界对英雄志士的想象，也开启了对新式乡绅的理想想象。

本年　欧榘甲《新广东》在美国旧金山《大同日报》问世，鼓吹广东独立，并发掘乡贤文化，为留学界提供模板，推动了各省留日学生对地域文化的发掘和整理。

1903 年

1 月　李伯元的长篇小说《文明小史》，在《绣像小说》第 1 号开始连载。

本年　藤谷古香（孙景贤）的时事小说《轰天雷》由上海大同印书局出版。

本年　日本女士中江笃济藏本，中国男儿轩辕正裔（郑权）译述的《瓜分惨祸预言记》由上海独社出版。

本年　古沪警梦痴仙戏墨（孙家振）的长篇小说《海上繁华梦》，由上海笑林报馆排印出版。

1904 年

1 月 13 日　清政府颁布《奏定初等小学堂章程》，提倡并奖励绅董兴学，选派本地绅士兴办学务，并且提倡乡土教育，要求历史课学习“乡土大端故事及本地古先名人之事实”，地理课学习“乡土之道里、建置，附近之山水，以及本地先贤之祠庙遗迹等类”。

1905 年

6 月　清政府颁发黄绍箕编订的《乡土志例目》，将乡土教材的体例制度化，具体规定了历史、政绩、兵事、耆旧、人类、户口、氏族、宗教、实业、地理、山、水、道路、物产、商务等门类，如“耆旧”规定“以本境之乡贤为后学之感劝”“凡历代名儒、名臣、功臣、名将、循吏、忠节为本境人者，均应收入”，推动乡土志编纂高潮的出现，也成为各地公开发掘乡贤文化的重要契机。

本年　清政府颁布诏令正式废除科举制度，全面推行新式教育，导致传统士绅失去了栖身的根本制度，不得不没落或加速转型。

本年　《国粹学报》设“撰录”一门，“收罗我国佚籍，征采海内名儒伟著，皆得之家藏手钞未曾刊行者，为外间所希见之本，皆可宝贵”，引导人们发掘乡邦文献，尤其是禁忌性的遗民文献。

本年　长篇小说《苦社会》由上海图书集成印书局出版。

1906 年

本年　刘师培《劝各省州县编辑书籍志启并凡例》载《国粹学报》第 2 卷第 6 期，劝导各地方整理、编撰地方书籍，对地方古籍的编撰和保存有重要的指导作用。此外，他还发表《编辑乡土志序例》《论中国宜建藏书楼》《穷民俗谚录征材启》，倡导地方文化的收集和整理，代表了学术界的新倾向。

本年　亚东破佛（彭俞）的长篇小说《泡影录》由上海小说林社出版铅印本。

1908 年

5 月　白莲室主人的长篇小说《绅董现形记》由日商株式会社出版。

9 月　黑心的短篇小说《安徽某州自治会》载《安徽白话报》第 1 期。

1909 年

本年　清政府陆续颁布《城镇乡地方自治章程》《城镇乡地方自治选举章程》《自治研究所章程》，强调“地方自治以专办地方公益事宜辅佐官治为主，按照定章，由地方公选合格绅民，受地方官监督办理”，为士绅权力的扩张提供了官方渠道。此外，将“保存古迹”列入“自治事宜”，为各地保存古迹提供了依据。

本年　清政府颁布民政部奏定《保存古迹推广办法章程》，为各地先贤祠墓、遗迹的保护提供了正式的法规。

本年　醉痴的长篇小说《驴夫惨剧》载《十日小说》1909 年第 1 期至 1910 年第 12 期。

1910 年

12 月　刍狗的长篇小说《自治地方》载《小说月报》第 6 期。

本年　陆士谔的长篇小说《六路财神》由上海改良小说社出版。

1911 年

1 月　刍狗的长篇小说《自治地方》续载《小说月报》第 1 期。

1912 年

本年　南京临时政府设立临时稽勋局，要求各省都督、省长及国民党海外支部在国内及境外各地组织分局，开展调查、审议“开国前各处倡义殉难者”等革命者。

本年　《陆军部通告各省都督将前清忠义各祠分别改建大汉忠烈祠电文》，要求改建大汉忠烈祠，祭祀各省尽忠民国死事诸烈士。

1913 年

1 月 20 日　周作人《征求绍兴儿歌童话启》刊于《绍兴县教育会月刊》第 4 号，征集绍兴儿歌童话，“以存越国风土之特色，为民俗研究儿童教育之资材”。

1914 年

本年　野蛮的短篇小说《野蛮乡》载《七天》第 4 期至第 8 期。

1918 年

8 月　留的短篇小说《侠女魂》载《小说七日报》第 1 期。

1919 年

本年　指严的短篇小说《模范邨》载《青年进步》第 24 期。

1920 年

本年　北洋政府颁布《部令广采乡贤遗文》。

1921 年

3 月 19 日　许指严的短篇小说《强盗式的绅士》载《礼拜六》第 101 期。

9 月　沈定一、刘大白等人组织衙前农民运动，将农民作为主要力量，并在农民协会章程中规定“本会与田主地主立于对抗地位”，是最早的有组织有纲领的阶级斗争运动。

1923 年

3 月 22 日　周作人的《地方与文艺》载《之江日报》，将浙江一地乡贤文学传统与新文学建立纽带，是新文学理论和创作有目的地发掘地域文学传统的起点。

10 月 20 日　《中国青年》在上海创刊，由恽代英、邓中夏等人创办与编辑，刊发了大量关于农民与士绅关系的文章，为打倒土豪劣绅提供了理论基础。

1927 年

8 月 10 日　许杰的短篇小说《子卿先生》载《小说月报》第 8 期。

8月18日　国民政府颁布《惩治土豪劣绅例条》，对北伐时期打倒土豪劣绅行为进行规范。

10月10日　鲁彦的短篇小说《一个危险的人物》载《小说月报》第10期。

1928年

1月20日　叶绍钧的长篇小说《倪焕之》在《教育杂志》第1期开始连载。

2月10日　茅盾的中篇小说《动摇》在《小说月报》第1期开始连载。

10月　国民政府颁布《神祠存废标准》，为先哲类、宗教类神祠的保存和古神类、淫祠类神祠的废除提供了依据。

1930年

1月　河南村治学院正式开学。该院分设农村组织训练部与农村师范部两部，此外还致力于农业改良和乡村自卫。梁漱溟曾在此任教。

3月1日　柔石的短篇小说《为奴隶的母亲》载《萌芽月刊》第1卷第3期。

3月2日　中国左翼作家联盟成立大会在上海中华艺术大学举行。

6月30日　国民政府颁布《土地法》。

7月7日　国民政府修正公布了《县组织法》《区自治施行法》《乡镇自治施行法》。

8月4日　左联执委会通过《无产阶级文学运动新的情势及我们的任务》。

10月　华汉所撰描写农村的长篇小说《地泉》由上海平凡书局初版。小说控诉了田主王大兴压迫农民的罪恶行径。“小说《地泉》最大的思想亮点，是作者完成了由五四启蒙话语到左翼革命话语的全面转换——‘乡绅’变成了‘地主’，就是一个明显的标志。”①

本月 河南村治学院停办。

11月 蒋光慈完成了表现湖南农民运动的小说《咆哮了的土地》。直至1932年4月，小说才由上海湖风书局初版，更名为《田野的风》。

12月 国民政府公布实行《农会法》。

本年 燕京大学师生在北平清河镇建立了中国第一个高等学校农村试验基地——清河实验区。

本年 位于安徽和县的金陵大学农学院农业推广实验区，由中央农业推广委员会与金陵大学改组为乌江乡村建设实验区。

1931年

2月7日 包括柔石在内的“左联五烈士”，在上海龙华淞沪警备司令部被秘密杀害。

3月24日 山东乡村建设研究院设筹备处。26日，山东省政府划定邹平为乡建院试验县区。

6月1日 国民政府颁布《中华民国训政时期约法》。

6月 山东乡村建设研究院在邹平正式成立。乡建院下设乡村建设研究部、乡村服务人员训练部和邹平乡村建设实验区，梁漱溟任研究部主任。乡建院研究部的主要工作，一为研究乡村问题，二为具体设计山东省乡村建设的方案。②16日，乡村建设研究部和乡村服务人员训练部新生开学，开始授课。

7月26日 国民党南昌“剿匪”总司令部草拟出保甲制度和法规。同时，在江西修水县等43个县推行保甲制度。

---

① 晏洁:《论中国现代文学多重视角下的“乡绅”叙事》,《文学评论》2014年第1期，第105页。

② 朱汉国:《梁漱溟乡村建设研究》，山西教育出版社，1996年，第226页。

8月31日 《咆哮了的土地》的作者蒋光慈病逝。

9月20日 左联机关刊物《北斗》在上海创刊，丁玲任主编。创刊号发表丁玲的中篇小说《水》，以1931年中国十六省大水灾为背景，刻画了悲惨农民的群像。

10月17日 左联执委会开会，通过开展中国无产阶级文学的“自我批评”，开展大众文艺运动等四项决议。在左联号召下，文艺大众化问题的第二次大讨论在左翼文艺报刊上展开，历时近一年。

10月 《乡村建设》旬刊创刊。该刊由山东乡村建设研究院编辑出版。[①]

11月15日 《文学导报》第1卷第8期发表左联执委会的决议《中国无产阶级革命文学的新任务》。

本年 丁玲的短篇小说《田家冲》，载《小说月报》第22卷第7期，并收入小说集《水》。小说描写了佃农赵得胜在地主家进步的“三小姐”的启发之下，走上创造新生活的道路的故事。

本年 晏阳初拟定了《县政改革方案》，力争在农村实现政治、教育、经济、自卫、卫生和礼俗“六大整体建设”。次年12月的国民党第二次全国内政会议决定各省设“县政建设实验区”。[②]

1932年

7月 上海湖风书局重新出版了华汉的《地泉》。此次重版收入了五篇序文，分别为易嘉（瞿秋白）的《革命的浪漫谛克》、郑伯奇的《地泉序》、茅盾的《〈地泉〉读后感》、钱杏邨的《地泉序》以及作者的自序。这些序文成为了左翼文学批评的重要文献。

8月 蒋介石颁布《豫鄂皖三省“剿匪”总司令部施行保甲

① 朱汉国:《梁漱溟乡村建设研究》，山西教育出版社，1996年，第227页。
② 宋恩荣、熊贤君:《晏阳初教育思想研究》，辽宁教育出版社，1994年，第25页。

训令》。

本月　豫鄂皖三省“剿匪”总司令部制定了《剿匪区内各县编查保甲户口条例》，豫鄂皖三省开始推行保甲制度。

10 月 16 日　中国经济研究会在南京成立。该会的基本观点为，经济问题是一切社会问题的根本基础。

11 月 15 日　洪深的“农村三部曲”第一部《五奎桥》，载《文学月报》第 4 号。《五奎桥》是一个农民反抗乡绅的故事。单行本于 1933 年 12 月由上海现代书局出版。

本月　茅盾的短篇小说《春蚕》载《现代》第 2 卷第 1 期创作增大号。

12 月　国民党中央政府召集全国第二次内政会议，这次会议的主题是地方自治问题。梁漱溟、晏阳初参加了此次会议。

1933 年

1 月 8 日　中国地政学会在南京成立。该学会以“研究土地问题，促进土地改革”为宗旨。主要成员有萧铮、万国鼎、李直夫等。

2 月　梁漱溟应邀赴南京参加国民政府教育部主持的民众教育会议。

4 月 15 日　中国经济研究会创办的《中国经济》杂志创刊。杂志主编为邓飞黄，成员有王宜昌、张志澄、王景波（尹宽）等。他们在对中国农村的认识上与“中国农村”派相左。

5 月　茅盾的短篇小说集《春蚕》由上海开明书店出版。

本月　南京国民政府成立农村复兴委员会，试图对广大衰落破产的农村进行补救。

6 月 1 日　《无名文艺》旬刊与海燕文艺社合并，改出月刊。叶紫关于农村破产题材的短篇小说《丰收》载于本刊第 1 期。

6 月 17 日　《中华民国兵役法》公布，定于 1936 年 3 月 1 日起施行。该兵役法缺少对中国实际情况的考虑，缺乏操作性，任由地方征兵工作人员随意解读，造成了混乱局面。同期的文学作品中不乏对乡村征兵乱象的描写。

7月14日至16日 第一次全国乡村工作讨论会在山东邹平召开。参加这次会议的共有35个机关，63名代表。会议通过成立了中国乡村建设学会。①

本月 南京国民政府推行县政建设实验，山东邹平、菏泽两县被划为县政建设实验区。自此，梁漱溟的乡村建设实验成为国民政府县政建设实验的一部分。②

9月 王统照的长篇小说《山雨》由上海开明书店出版。《山雨》揭示了帝国主义、封建势力和官僚买办对农村、农民构成的压力。

本年 夏衍化名蔡叔声将茅盾的短篇小说《春蚕》改编成电影。

1934年

1月1日 大型文学刊物《文学季刊》在北平创刊，吴组缃描写农村乡绅题材的短篇小说《一千八百担》在《文学季刊》创刊号发表。《一千八百担》以速写的笔法，描绘了乡绅在公祠内争夺“公稻”的场景。

1月16日 中国地政学会讨论了《确定中国土地问题之重心案》。在场会员投票表决，赞成以“分配生产合并”为当前土地问题的重心。

本月 由于国民政府认为此前试行的保甲制度卓有成效，国民党中央政治会议决定，在各省市提前推行保甲制度。

2月19日 蒋介石在南昌行营发表题为《新生活运动之要义》的演讲。“新生活运动促进会”成立。

8月 吴组缃的《西柳集》由上海生活书店初版。《西柳集》

① 朱汉国:《梁漱溟乡村建设研究》，山西教育出版社，1996，229页。
② 朱汉国:《梁漱溟乡村建设研究》，山西教育出版社，1996，229页。

收录了多篇描写农村题材的小说，包括《一千八百担》《天下太平》等。

10月10日　中国农村经济研究会主办的《中国农村》杂志创刊，该杂志是“中国农村”派重要的理论阵地，与“中国经济”派展开了关于农村社会性质的论争。该派的基本观点是反对封建土地制度、封建生产关系，配合中国共产党领导的土地革命。薛暮桥任主编。

本月　第二次全国乡村工作讨论会在河北定县举行。

本年　为促进农业发展，国民政府颁布《合作社法》。

1935年

3月　叶紫的短篇小说集《丰收》由上海容光书局出版，为鲁迅编辑的《奴隶丛书》之一，鲁迅作序。这部短篇小说集中收录了包括《丰收》《火》等在内的农村题材小说。

本月　艾芜的小说集《南国之夜》由上海良友图书印刷公司出版。艾芜描写农村题材的《咆哮的许家屯》就收录于《南国之夜》中。

8月　萧军的长篇小说《八月的乡村》由上海容光书局出版，为鲁迅编辑的《奴隶丛书》之一，鲁迅作序。这部小说以东北的抗日斗争为背景，描写了中国共产党领导的抗日游击队与敌伪军队、汉奸地主等斗争的过程。

10月10日至12日　全国乡村工作讨论会第三次大会在无锡江苏省立教育学院举行，十九省市各乡村工作团体及机关代表二百余人到会。

1936年

2月　中国左翼作家联盟自行解散。

4月　千家驹、李紫翔编辑的《中国乡村建设运动批判》由上海新知书店出版。该书收录了 14 篇文章，均是对定县、邹平及山西等乡村建设运动的批判。

6 月　洪深戏剧集《农村三部曲》由上海杂志公司出版。洪深的《农村三部曲》描绘了广大江南农村农民的生存图景，展现了农民与乡村封建势力之间的巨大矛盾。

1937 年

2 月　萧军的长篇小说《第三代》第一部由上海文化生活出版社出版。第二部同年 3 月出版。《第三代》以极具地方色彩的笔触，书写了东北农民在地主的压迫之下群起反抗的故事。

3 月　梁漱溟的《乡村建设理论》由山东邹平乡村书店出版。

7 月 7 日　卢沟桥事变发生。

8 月 13 日　日军进攻上海。

本月　国民政府迁都重庆。

12 月　因抗战局势变化，梁漱溟在山东的乡村建设实验结束。

1938 年

3 月 27 日　中华全国文艺界抗敌协会（“文协”）在汉口成立。老舍负责日常工作。全国文艺界团结一致，抵御外辱。在抗战期间，民族主义也成为乡绅书写的核心观念。

4 月 1 日　在武汉举行的国民党临时全国代表大会通过了《抗战建国纲领》，其中包含了保障军事和发展农村经济等措施。

8 月　国民政府行政院通过《扩大农村贷款办法》。

9 月　由乡村建设协进会创办的《农村建设》杂志于贵阳创刊。一贯秉持“全盘西化”的陈序经，在该刊连载了《乡村建设运动评议》。

10 月 25 日　武汉失守，抗战进入相持阶段。

11 月　国民政府行政院颁布《非常时期保甲长选用办法》。

1939 年

2 月 26 日　国民党中央执行委员会社会部核准施行《农会组织须知》。该《须知》规定了农会组织的宗旨、原则、组织程序等。

5 月　端木蕻良的长篇小说《科尔沁旗草原》由上海开明书店出版。

9 月 26 日　国民政府公布《县各级组织纲要》，规定县为地方自治单位，保甲制度也进行了对应调整。此即为“新县制”的肇始。

10 月 5 日　创作了大量农村题材作品的作家叶紫在湖南病逝。

12 月 4 日　蒋介石发起“复兴文化运动”，成立“民族文化书院”。

1940 年

2 月 21 日　中国农民经济研究会在重庆成立。该会以“研究农民经济，促进农村建设，增强抗战建国之力量”为宗旨，成员均为政治、经济界知名人士、学者，如冯玉祥、孔祥熙、许德珩等。

本月　晋察冀边区文艺界在讨论民族形式问题的过程中，开展了一次关于秧歌发展前途的论争。

5 月　毛泽东在延安干部会议上作《改造我们的学习》的报告，为延安整风运动做了思想准备。

本月　萧红的长篇小说《呼兰河传》由上海杂志公司出版。

6 月 16 日　晋察冀边区第一届文代会开幕，27 日晋察冀边区文联成立。

7 月 28 日　重庆国民政府颁布《本年秋收后军民粮食统筹办法》，规定征购与实谷折征田赋二者并行。

10 月 28 日　私立中国乡村建设育才院正式开学，晏阳初出任院长。

本月　陕甘宁边区政府发布《关于彻底实行减租的指示》。

本月　延安举行纪念鲁迅逝世五周年大会。

本月　姚雪垠的中篇小说《牛全德和红萝卜》发表于《抗战文艺》第 7 卷第 4、5 期合刊。

本月　沙汀的短篇小说《在其香居茶馆里》，载《抗战文艺》第 6 卷第 4 期。这部作品通过联保主任方治国和土豪邢幺吵吵因兵役而起的一场冲突，刻画了小城镇劣绅们的群像。

1941 年

1 月 6 日　皖南事变发生。

本月　吴组缃的长篇小说《鸭嘴涝》(后改名为《山洪》) 开始连载，载于《抗战文艺》第 7 卷第 1 期和第 2、3 期合刊。

2 月 5 日　曾创作了《五奎桥》的剧作家洪深全家三人服毒自杀。遗书说:“一切都无办法，政治、事业、家庭、经济，如此艰难，不如且归去。”幸郭沫若等闻讯偕医生前往急救，始免于难。

3 月　国民党召开五届八中全会。此次会议通过了《各省田赋暂行收归中央接管，并斟酌供需改征实物》的决议。此外，会议改变了原有的中央、省、县三级财政体系，设国家财政系统和自治（地方县）财政系统两级，将省一级财政划入中央财政内。

6 月　丁玲的短篇小说《我在霞村的时候》发表于《中国文化》第 3 卷第 1 期。

8 月 9 日　国民政府公布了《乡镇组织暂行条例》《乡镇民代表选举条例》《县参议员选举条例》及《县参议会组织暂行条例》。

10 月 5 日　国民政府行政院公布了《地方自治实施方案》，该方案包括甲乙两部分，分别为“地方自治条件及其完成标准”“实施及考核”。

12 月 8 日　太平洋战争爆发。不久上海租界、香港沦陷。

12 月 15 日　国民党五届九中全会召开，通过了蒋介石提交的由地政学院拟出的《战时土地政策纲领》。但是，这个纲领并未实际推行。

1942年

1月8日　国民政府制定了《调查大户存粮办法》。该办法是为摸排各地存粮情况，调剂粮食存储而制定的。

本月　中共中央政治局通过了《关于抗日根据地土地政策的决定》。

本月　艾青的诗集《北方》由文化生活出版社出版，收有艾青《雪落在中国的土地上》《我爱这土地》等诗作。

2月1日　中共中央党校在延安举行开学典礼，毛泽东作《整顿党的作风》的报告，提出整风运动的任务、内容、方针和步骤。

2月2日　《解放日报》发表社论《整顿“学风”、“党风”、“文风”》。

2月8日　毛泽东在延安干部会议上作《反对党八股》的报告。

本月　中国农民经济研究会在重庆创办《中国农民》月刊。

5月6日　国民政府内政部公布了《保民大会议事规则》。

5月2日至23日　召开延安文艺座谈会，毛泽东作了会议总结。总结于1943年10月19日以《在延安文艺座谈会上的讲话》为题在《解放日报》公开发表。

5月13日　陈铨在重庆《大公报·战国副刊》第24期上发表了《民族文学运动》。接着又在20日的该刊第25期发表《民族文学运动的意义》，鼓吹“民族文学”。

8月13日　蒲风病逝于苏皖边区根据地的安徽天长县，年仅32岁。蒲风曾创作反映农村、农民生活的长诗《六月流火》。

8月25日　茅盾的长篇小说《霜叶红似二月花》开始在《文艺阵地》连载于第7卷第1—4期。

10月　晋冀鲁豫边区政府发布关于减租减息的布告称：减租减息的目的是为改善广大人民生活，发扬抗战生产的积极性和加强各阶层人民的团结。

12月　陕甘宁边区政府颁布《陕甘宁边区土地租佃条例草案》，对减租减息作了具体规定。

1943年

1月　福建省政府批准了《福建省扶植自耕农暂行办法》。本年9月起，福建省分5期进行了征收土地及分配放领。这样的政策虽未触及地主的利益，但对社会秩序和治安有所缓和。抗战期间，国民政府只在湖北和福建龙岩等地进行了土地改革。

2月　在春节文艺活动中，延安新秧歌运动出现，随后带动了整个解放区的戏剧运动的发展，创作了大量的新戏剧作品，如《兄妹开荒》《周子山》等。

3月9日　《解放日报》发表艾青的长诗《吴满有》。

3月10日　为贯彻“在延安文艺座谈会上的讲话”精神，中国共产党中央文艺委员会召开党的文艺工作者会议，讨论文艺工作者下乡问题。《解放日报》13日报道了这次会议，28日刊载凯丰在会议上的讲话《关于文艺工作者下乡的问题》，号召作家们应“成为群众一分子”。29日刊载陈云的会议讲话《关于党的文艺工作者的两个倾向问题》，提出要反对那种认为文艺比其他工作更高超、更重要、更有功的陈腐观念，文艺工作者不要感情用事。

本月　吴组缃的长篇小说《鸭嘴涝》由重庆文艺奖助金管理委员会出版部出版。

5月　赵树理完成短篇小说《小二黑结婚》，同年9月由华北新华书店出版发行。

本月　文协延安分会根据中央文委号召，做出作家全部下乡的决定，延安文艺整风至此告一段落。

本月　沙汀的长篇小说《淘金记》由重庆文化生活出版社出版，是沙汀的“三记”之一，《淘金记》以四川西北部的农村为背景，塑造了吝啬的女地主何寡母、恶霸白酱丹、林么长子的形象。在故事发生的1939年，这些地方的富户们不仅不从事抗战，反而联合官僚势力，攫取利益。

6月14日 国民政府修正公布《农会法》。

7月25日至8月13日 赵树理在《晋绥日报》副刊连载小说《李有才板话》。小说同年10月完成，12月由华北新华书店出版。

10月19日 《解放日报》全文发表毛泽东《在延安文艺座谈会上的讲话》。

本月 马健翎戏剧《血泪仇》由西北新华书店出版。

11月7日 中共中央宣传部作出《关于执行党的文艺政策的决定》，指出全党文艺工作者都应该研究和实行《在延安文艺座谈会上的讲话》的指示，使文艺更好地服务于民族与人们的解放事业。

12月 陕甘宁边区召开文教大会，着重讨论“开展群众的文艺运动”问题，周扬作了总结报告。

1944年

1月1日 《新华日报》副刊以整版篇幅，在《毛泽东同志对文艺问题的意见》总题下，分三篇文章摘要介绍了毛泽东《在延安文艺座谈会上的讲话》的基本论点，分别是《文艺上的为群众和如何为群众的问题》《文艺的普及和提高》及《文艺和政治》。

3月19日至22日 郭沫若的历史论文《甲申三百年祭》载重庆《新华日报》。4月延安《解放日报》全文转载。

3月21日 周扬在《解放日报》发表文章《表现新的群众的时代——看了春节秧歌以后》。文章从理论上总结了文艺座谈会以后的秧歌运动，指出“这是实践毛主席文艺方针的初步成果”。

3月28日 国民政府公布《战时征收土地税条例》。

4月9日 中国农民经济研究会在重庆举行第五届年会，年会讨论了土地所有权问题，并一致认为“土地国有是平均地权的终极目标”。

6月30日 丁玲在《解放日报》发表了报告文学《田保霖》，

记述了陕北靖边县新城区民办合作社主任的先进事迹。

8月20日　乡土文学家王鲁彦在桂林去世，终年43岁。

12月16日　豫湘桂战役失利，续有大批文人抵渝。

1945年

1月26日　中国地方自治学会在重庆成立，其宗旨是配合政府促进自治工作的完成。李宗黄任理事长。

本月　国民政府为改善士兵待遇，发动全国大户献粮献金。

本月　沈从文的长篇小说《长河》由昆明文聚出版处出版。《长河》塑造了地方绅士滕长顺的形象。

3月　赵树理的短篇小说《孟祥英翻身》由新华书店出版。

4月　鲁艺集体创作，贺敬之、丁毅执笔的歌剧《白毛女》在延安上演。

4月至6月　中国共产党第七次全国代表大会在延安召开。

5月15日　孙犁的短篇小说《荷花淀》载延安《解放日报》。

6月1日　周而复的《减租》载《群众》周刊第10卷第10期。

6月2日　周扬为话剧《同志，你走错了路！》所作的序言《关于政策与艺术》载《解放日报》。

6月5日　马烽、西戎合著的长篇小说《吕梁英雄传》在《晋绥大众报》上开始连载，全文共用1年4个月载完。

8月15日，日本裕仁天皇通过广播发表《终战诏书》，宣布无条件投降。

8月31日　孙犁的短篇小说《芦花荡》载《解放日报》。

11月　路翎的长篇小说《财主底儿女们》上卷由希望社在重庆出版。这部作品书写了苏州巨富蒋捷三家族的崩溃，以及他们的后代在抗日战争中的不同道路。

本年　冬，赵树理完成长篇小说《李家庄的变迁》。

1946年

1月18日至22日，康濯的短篇小说《灾难的明天》载《解放日报》。

本月　赵树理的长篇小说《李家庄的变迁》由华北新华书店出版。

本月　赵树理的短篇小说《地板》载《文艺杂志》第1卷第2期。

5月4日　中共中央发布《关于土地问题的指示》，标志着土地政策减租减息转变为分配地主土地，实现“耕者有其田”。一大批作家开始积极参与到土地改革斗争中。

6月6日　国民政府财政部长俞鸿钧称政府将继续推行田赋征实。国民政府于抗战胜利后所定豁免田赋一年，改为分三期豁免，每年免征三分之一。

6月8日　蒋介石在财政收支系统会议上强调，丈量土地、调查户口、登记财产，是建国的基本工作，应努力完成。

7月1日　国民政府恢复田赋征实。此前为休养民生，缓和农村社会矛盾，国民政府曾承诺在收复区和大后方免收1945年和1946年的田赋。

9月　诗人李季以陕北民间“信天游”的形式创作的长篇叙事诗《王贵与李香香》载《解放日报》副刊，同年11月由太岳新华书店出版。

本月　孙犁等著的短篇小说集《荷花淀》由东北书店出版。其中孙犁的小说《荷花淀》以描写白洋淀的风土人情为主，展现了一幅纯真、清新的画卷，成为日后“荷花淀派”的开山之作，也为以后“荷花淀派”作家的创作定下了基调。

10月　张天翼的中篇小说《清明时节》由上海文化生活出版社出版。作者以自己的亲戚故友为原型，以讽刺的手法塑造了“谢老师”这一小乡绅形象。

10月11日　国民政府宣布废止《战时征收土地税条例》。

10月25日　国民政府行政院公布了《绥靖区土地处理办法》，这是战后主要的土地法令。

12月25日　国民党召开的国民大会通过了《中华民国宪法》，其中第142条、143条、146条涉及了有关土地的规定。

1947年

1月1日　国民政府公布《中华民国宪法》，定于本年12月25日开始实行。《中华民国宪法》规定“平均地权”“节制资本”。

本月　马烽、西戎合著的通俗章回小说《吕梁英雄传》由上海通俗书局出版。

2月　田间的叙事长诗《她也要杀人》由海燕书店出版。

4月7日　由中国地政学会改组的中国土地改革协会在南京成立。该协会成员自称为“一群中国土地改革运动者”，认为土地问题妨碍了社会进步，是当前社会问题的症结。

本月　峻青的中篇小说《水落石出》载《大众报》。

本月　艾芜的长篇小说《故乡》由上海自强出版社出版。这部小说以回乡的大学生余峻廷的视角，描写了湖南南部一个偏僻的小县城中的官、商、民各色人等。《故乡》以横断面式的写法，暴露了中国小城镇、乡村中尖锐的社会矛盾。

5月　柳青的长篇小说《种谷记》由大连光华书店出版。

本月　晋察冀边区文联召开会议，号召文艺创作向赵树理方向迈进。

本月　那沙的长篇小说《一个空白村的变化》由山东新华书店出版。

8月　赵树理小说获得晋冀鲁豫边区政府唯一的文教作品特等奖。

本月　王希坚的长篇章回体小说《地覆天翻记》由山东新华书店出版。

本月　马加的长篇小说《滹沱河流域》由东北书店出版。

10月10日　中共中央颁布《中国土地法大纲》，要求彻底消灭封建剥削，废除地主的土地所有权，强调打乱平分，按人口彻底平分土地，掀起了土改的高潮。

12月25日至28日　中共中央在陕北米脂县杨家沟召开会议，即十二月会议，毛泽东在会上做《目前形势和我们的任务》的报告。

本年　费孝通和吴晗共同举办了关于中国社会结构的研讨班，讨论次数十余次，参加讨论的学者还有胡庆钧、史靖等。他们将自己的发言稿整理成文，载《观察》周刊，最终集结为《皇权与绅权》，由上海观察社1948年12月出版发行。

1948年

年初　阮章竞编剧、梁寒光作曲的大型歌剧《赤叶河》由太行新华书店出版。

2月19日　中国土地改革协会通过了《土地改革方案》。该方案的目标是将佃农变成自耕农，农民真正成为土地的所有者。但是，该协会在性质上只是社会团体，方案不具有法律效力。

本月　路翎的长篇小说《财主底儿女们》下卷由希望社在上海出版。

4月12日　民主社会党主席张君劢在记者招待会上声称，唯戡乱工作之完成，政治之改良为当前要务，耕者有其田政策，应切实推行。

本月　周立波描写东北土改斗争的长篇小说《暴风骤雨》（上卷）由佳木斯东北书店出版，下卷次年5月出版。

5月15日　张志民的诗歌《王九诉苦》载《人民日报》。

7月4日　中国土地改革协会发表《农地改革法草案》，草案的基本原则是“农地全归农民所有，非耕者不得有耕地。”该法案提交国民政府立法院后引起了巨大争议，最终没有施行。

本月　沙汀的长篇小说《还乡记》由上海文化生活出版社出

版。《还乡记》以抗日期间的四川农村为背景，贫苦农民冯大生不堪国民党军队的虐待逃回了家，发现其妻子已被当地的绅士诱拐。冯大生欲报夺妻之仇，却告状无门。

9 月　丁玲描写华北土改斗争的长篇小说《太阳照在桑干河上》由东北光华书店出版。

11 月　艾芜的长篇小说《山野》由上海文化生活出版社出版。《山野》以抗日战争期间中国南方的吉丁村为背景，小说中人物的抗日态度几乎全是由阶级决定的。

本年　费孝通以“乡土复员论”为主题，在《大公报》发表了一系列文章，如《地主阶层面临考验》《申论乡土工业》《自力更生的重建资本》等，引发了一系列讨论。

1949 年

1 月 31 日　北平宣告和平解放。

本月 《小说》第 2 卷第 1 期至第 3 期，连载艾芜的长篇小说《一个女人的悲剧》。该小说描写农村妇女周四嫂在社会黑暗势力的残酷迫害下，生存艰难，最终被迫带着两个女儿跳悬崖自杀的悲惨命运。

3 月 5 日至 13 日　中共中央在河北省平山县西柏坡村召开七届二中全会。

3 月 22 日　解放区和国统区作家、艺术家在北平举行第一次聚会，商讨召开全国文艺工作者代表大会筹备工作。

本月　阮章竞作叙事长诗《漳河水》，5 月发表于《太行文艺》月刊。

4 月 24 日　人民解放军占领南京。

本月　19 日至 21 日，赵树理的短篇小说《传家宝》载《人民日报》。

本月　张志民的诗集《天晴了》由读者书店出版，其中收有《王九诉苦》《死不着》等诗。

5 月 6 日、12 日　孙犁的中篇小说《村歌》载《天津日报》。

5月17日　萧铮等31人向国民政府立法院提议实行“兵农合一制”以裕兵源粮源，并实施土地改革。

本月　欧阳山的长篇小说《高干大》由北京新华书店出版。

本月　马加的中篇小说《江山村十日》由东北书店出版。这是一部继丁玲《太阳照在桑干河上》、周立波《暴风骤雨》之后产生影响的反映东北地区“土改”运动的小说。

9月21日至30日　中国人民政治协商会议第一届全体会议在北京召开，会议通过了《中国人民政治协商会议共同纲领》。

10月1日　中华人民共和国成立。

1950年

3月10日　马烽的短篇小说《一架弹花机》载《文艺报》第1卷第12期。

6月6日至9日　中国共产党七届三中全会在北京召开，会议制定了建国头三年经济发展的政策方针，为经济恢复工作提供了正确的指导。

6月14日　刘少奇在中国人民政治协商会议第一届全国委员会第二次会议上作《关于土地改革问题的报告》。

本月　《中华人民共和国土地改革法》颁布。

8月4日　中央人民政府政务院通过了《关于划分农村阶级成分的决定》，并在8月20日公布。

9月22日　孙犁的长篇小说《风云初记》第一集开始连载于《天津日报》，至1951年3月18日止载完。1951年10月由人民文学出版社出版。

本年　冬，全国土地改革运动开展。

1951年

5月12日　周扬在中央文学研究所作《坚决贯彻毛泽东文艺

路线》的演讲。后发表于 5 月 17 日的《光明日报》。

7 月　白朗的长篇小说《为了幸福的明天》由人民文学出版社出版。

9 月 9 日　中共中央召开第一次农业互助合作会议，通过了《中共中央关于农业生产互助合作的决议（草案）》。决议提出要按照农民自愿互利和典型示范的原则，根据各地不同情况，主要大力发展互助组，并在有条件的地区，有重点地发展农业生产合作社。

10 月 23 日　中国人民政治协商会议第一届全国委员会第三次会议上，毛泽东号召全国知识分子广泛开展自我教育和自我改造的运动。

11 月 24 日　北京文艺界召开整风学习运动大会，胡乔木、周扬、丁玲等讲话。全国文艺界的整风学习陆续展开。

本月　中共中央发出《关于在文艺界开展整风学习运动的指示》，要求各级党委在文艺界开展一个有准备的有目的的整风学习运动，进行严肃的批评和自我批评。

1952 年

3 月 15 日　苏联公布了 1951 年斯大林奖金文学艺术方面的名单。丁玲的小说《太阳照在桑干河上》获二等奖，贺敬之、丁毅的歌剧《白毛女》获二等奖，周立波的小说《暴风骤雨》获三等奖。

5 月 10 日　《文艺报》第 9 至 16 期开展“关于塑造新英雄人物问题的讨论”。同时对文艺创作中的公式化、概念化提出批评。

11 月 1 日　陈白尘的文章《农民革命英雄宋景诗及其黑旗军〈宋景诗历史调查报告〉提要》载《人民日报》，该报同时加编者按，认为“这个调查不但使已经淹没的一场轰轰烈烈的农民革命史绩，得以重见天日，……而且提供了一种值得提倡的研究近百年史的重要方法”。

1953年

本年　年初，除部分少数民族地区之外，全国范围内基本完成了土地改革。

1月10日　《文艺报》第1期发表社论《克服文艺落后现象，高度地反映伟大的现实》，号召全国文艺工作者深入生活，加强学习，掌握社会主义现实主义的创作方法，创造出高度反映现实的作品。

1月11日　《人民日报》转载周扬为苏联文学杂志《旗帜》撰写的文章《社会主义现实主义——中国文学前进的道路》。

6月　中共中央政治局会议召开，通过了过渡时期总路线，其表述为“从中华人民共和国成立到社会主义改造基本完成，这是一个过渡时期。党在这个过渡时期的总路线和总任务，是要在一个相当长的时期内，逐步实现国家的社会主义工业化，并逐步实现国家对农业、手工业和资本主义工商业的社会主义改造”。

9月23日至10月6日　中国文学艺术工作者第二次代表大会在北京召开。周恩来总理作《为总路线而奋斗的文艺工作者的任务》的报告。周扬作《为创造更多的优秀的文学艺术作品而奋斗》的报告。

10月26日至11月5日　中共中央召开第三次农业互助合作会议，作出了《关于发展农业生产合作社的决议》。之后，农业生产合作社从试办阶段进入了全面发展时期。

11月20日　李凖的短篇小说《不能走那条路》载《河南日报》。

1954年

1月26日　《人民日报》转载李凖的短篇小说《不能走那条路》。

1955 年

1 月 7 日　《人民文学》1 月号连载赵树理的长篇小说《三里湾》(至第 4 期载完)，5 月由通俗读物出版社出版。

4 月　高玉宝的自传体长篇小说《高玉宝》由中国青年出版社出版。

7 月　毛泽东在省、市、自治区党委书记会议上作了《关于农业合作化问题》的讲话。

10 月 4 日至 11 日　中共七届六中全会在北京召开，会议通过了《关于农业合作化问题的决议》及《农业生产合作社示范章程(草案)》，加快了农业合作化步伐。

10 月 8 日　郭小川(署名马铁丁)的诗歌《投入火热的斗争》发表于《人民文学》。

11 月 15 日　《人民日报》发表社论《作家、艺术家们，到农村中去》。号召文艺工作者深入农村，迎接农业合作化——伟大的社会主义革命的新高潮。在文联和各协会的组织安排下，到本年年底，大批作家深入农村。

1956 年

1 月 14 日至 20 日　中共中央召开了关于知识分子问题的会议。周恩来代表中央在会议上作了《关于知识分子问题的报告》，报告肯定了科学文化知识和知识分子在社会主义建设事业中的重要作用。

2 月 24 日　中共中央发出《关于知识分子问题的指示》，要求全党都要关心知识分子的工作和生活，要大力培养知识分子，扩大知识分子队伍，以尽快改变我国科学文化落后的状况。

2 月 27 日　中国作协第二次理事会(扩大)会议在北京召开，周扬作《建设社会主义文学的任务》的报告。

本月　李乔的长篇小说《欢笑的金沙江》由人民文学出版社出版。

6月30日　第一届全国人民代表大会第三次会议通过了《高级农业生产合作社示范章程》。随后高级合作化的高潮席卷全国农村。

9月8日　《人民文学》第9期发表何直（秦兆阳）的《现实主义——广阔的道路》一文。

9月15日至27日　中国共产党第八次全国代表大会在北京召开，大会正确分析了国内形势和国内主要矛盾的变化，提出了党的根本任务是集中力量发展社会生产力，把我国尽快地从落后的农业国变为先进的工业国，逐步满足人民日益增长的物质和文化生活的需要。提出了将党和国家的工作重心转移到经济建设方面的重大决策。

11月　召开中国共产党八届二中全会，决定从1957年起开展党内整风运动。

12月　《文艺报》《文学研究》等报刊发表文章，展开了关于社会主义现实主义问题的讨论。

本月　孙犁的长篇小说《铁木前传》在《人民文学》第12期开始连载。单行本由天津人民出版社1957年1月出版。

本年　年底，全国范围内基本完成了对农业、手工业和资本主义工商业的社会主义改造，我国进入了社会主义初级阶段。

1957年

1月7日　《人民日报》发表陈其通等的文章《我们对目前文艺工作的几点意见》，提出仍要坚持文艺为工农兵服务的方向和社会主义现实主义的创作方法。

2月27日　毛泽东在最高国务会议第十一次（扩大）会议上，作《关于正确处理人民内部矛盾的问题》的报告，其中第八节题目为“关于百花齐放、百家争鸣、长期共存、互相监督”。

3月15日　《新港》3月号发表刘绍棠的短篇小说《田野落霞》。

本月　吴强的长篇小说《红日》开始在《延河》上连载。本年7月由中国青年出版社出版。

4月27日　中共中央公布《关于整风运动的指示》，决定在全党进行一次以正确处理人民内部矛盾为主题，以反对官僚主义、宗派主义和主观主义为内容的整风运动。

本月　钱谷融的《论“文学是人学”》发表在《文艺月报》5月号。

6月8日　《人民日报》发表题为《这是为什么？》的社论。

11月13日　《人民日报》发表题为《发动全民，讨论40条纲要，掀起农业生产的新高潮》的社论。

12月　梁斌的长篇小说《红旗谱》由中国青年出版社出版。

1958年

1月1日　马烽的中篇小说《三年早知道》载《火花》第1期。

1月8日　周立波的长篇小说《山乡巨变》在《人民文学》1月号开始连载，至6月号为止。6月由作家出版社出版。

4月14日　《人民日报》发表社论《大规模地收集全国民歌》，不久在全国出现“新民歌运动”。

5月8日　中国共产党第八次全国代表大会第二次会议上，毛泽东提出“无产阶级的文学艺术应采用革命的现实主义与革命的浪漫主义相结合的创作方法”[①]。这一观念渊源有自，在发展过程中被逐渐提炼[②]。因为毛泽东的巨大声望和权威，“两结合”的提法成

① 陈晋：《毛泽东与文艺传统》，中央文献出版社，1992，第210页。

② 张世维：《“两结合”在中国的理论行程》，《文艺争鸣》2022年第1期，第63—69页。

为了共识性和公式性的概念，随后产生了阐释和讨论的热潮，从而在当代中国文学理论史上占据了重要地位。

本月　中国共产党第八次全国代表大会第二次会议上，为尽快改变我国经济文化落后的状况，提出了“鼓足干劲、力争上游、多快好省地建设社会主义”总路线。“大跃进”开始，农村人民公社化运动，“大炼钢铁”的群众运动也在全国范围内开展起来。

8月17日至30日　中共中央政治局在北戴河举行扩大会议，通过了《关于在农村建立人民公社问题的决议》。

本月　赵树理的短篇小说《锻炼锻炼》载《火花》第8期。

1959年

1月　《人民文学》第1期发表郭沫若《就目前创作中的几个问题答〈人民日报〉编者问》，谈革命现实主义与革命浪漫主义相结合的创作方法。

4月11日　《文艺报》从第7期起开辟“文艺作品如何反映人民内部矛盾”专栏，讨论赵树理的《锻炼锻炼》。

本月　《延河》4月号开始连载柳青的长篇小说《创业史》第一部《稻地风波》，至11月号载完。单行本由中国青年出版社1960年5月出版。

5月3日　周恩来邀请人大代表和政协委员中部分文艺界代表及在京部分文艺工作者，举行座谈会，在会上作《关于文化艺术工作两条腿走路的问题》的讲话。针对违背艺术规律、搞瞎指挥、浮夸风和教条主义、形而上学的“左”的错误倾向，提出了文艺工作应注意的十个问题。在思想方法上批评了当时的理论和创作上“左”倾教条主义和形而上学的错误。

9月　田间的长诗《赶车传》（上卷）由作家出版社出版，下卷1961年出版。

12月18日　中宣部召开全国文化工作会议，主题是反右倾、鼓干劲，争取更大的跃进。会议于1960年1月4日结束。

1960 年

1 月至 9 月　《戏剧报》开辟“关于正确反映人民内部矛盾问题”的讨论专栏，对海默的《洞箫横吹》以及其他剧本进行批评。

1 月　《文艺报》《文学评论》等报刊对巴人、钱谷融、蒋孔阳等关于“人道主义”“人性论”的观点进行批评。

3 月　李凖的短篇小说《李双双小传》载《人民文学》3 月号。

4 月　周立波的长篇小说《山乡巨变》续篇由作家出版社出版。

本月　陆地的长篇小说《美丽的南方》由作家出版社出版。

7 月 22 日至 8 月 13 日　第三次全国文学艺术工作者代表大会在北京举行。周扬作《我国社会主义文学艺术的道路》的报告。

11 月 3 日　中共中央发布《关于农村人民公社当前政策问题的紧急指示信》，要求全国农村彻底清理“一平二调”，彻底纠正“共产风”，规定“允许社员经营少量的自留地和小规模的家庭副业”，“有领导有计划地恢复农村集市”，“生产队对生产小队要实行包产、包工、包成本和超产奖励制度”。

本月　赵树理的短篇小说《套不住的手》载《人民文学》第 11 期。

1961 年

1 月 24 日　《人民日报》发表八届九中全会的公报，正式宣布对国民经济实行“调整、巩固、充实、提高”的方针。

6 月 1 日至 28 日　中央宣传部在北京新侨饭店召开全国文艺工作座谈会（又称“新侨会议”），讨论《关于当前文学艺术工作若干问题的意见（草案）》（即“文艺十条”的草案）。1962 年 4 月由中宣部正式定稿为《文艺八条》。

1962 年

2 月 10 日　《人民日报》报导了大寨大队事迹，发表题为《用革命精神建设山区的好榜样》的社论。

8 月 2 日至 16 日　中国作协在大连召开农村题材短篇小说创作座谈会（又称“大连会议”），由邵荃麟主持。

9 月　中共八届十中全会通过了《农村人民公社工作条例（修正草案）》。

12 月 15 日　李凖的电影文学剧本《李双双》发表于《电影文学》12 月号。

1963 年

6 月　严家炎《关于梁生宝》发表在《文学评论》第 3 期。针对严家炎的文章，柳青在《延河》第 8 期发表《提出几个问题来讨论》。

本月　王西彦的长篇小说《春回地暖》由作家出版社出版。

1964 年

1 月　浩然的长篇小说《艳阳天》载《收获》第 1 期。后由作家出版社在本年出版。

1972 年

2 月　南哨所写的长篇小说《牛田洋》由上海人民出版社出版。

3 月　《龙江颂》《海港》的演出本由上海人民出版社出版。

5 月　浩然的长篇小说《金光大道》第一部由人民文学出版社出版。

1974年

4月 克非的长篇小说《春潮急》上册由上海人民出版社出版。下册由上海人民出版社于同年9月出版。

5月5日 初澜的评论《在矛盾冲突中塑造无产阶级英雄典型——评长篇小说〈艳阳天〉》载《人民日报》。

本月 浩然的长篇小说《金光大道》第二部由人民文学出版社出版。

1975年

9月至10月 国务院召开全国农村工作座谈会，对农业进行整顿。

1976年

1月 黎汝清的长篇小说《万山红遍》（上卷）由人民文学出版社出版。下卷由人民文学出版社1977年7月出版。

1977年

5月18日 《人民日报》发表文化部政策研究室批判组文章《评"三突出"》。

6月 柳青的长篇小说《创业史》第二部（上卷）由中国青年出版社出版。

1978年

1月 梁斌的长篇小说《翻身记事》由人民文学出版社出版。

5 月 27 日至 6 月 5 日　中国文联第三届全国委员扩大会议在北京举行，大会宣布文联和作协等 5 个协会正式恢复工作。《文艺报》复刊。

12 月 18 日至 22 日　中共十一届三中全会召开，重新确立了实事求是的思想路线，实现了全党工作重心的转移。会议深入讨论了农业问题，同意将《中共中央关于加快农业发展若干问题的决定（草案）》和《农村人民公社工作条例（试行草案）》发到各地讨论和试行。

本月　安徽省凤阳县小岗村 18 户农民签下“生死状”，将村内土地分户承包，开创了家庭联产承包责任制的先河。

1979 年

10 月 30 日　中国文学艺术工作者第四次代表大会在北京召开。邓小平致祝词，提出塑造“社会主义新人”形象的号召，并对“社会主义新人”形象的概念和内涵做出表述，认为“社会主义新人”是“有革命理想和科学态度”“有高尚情操和创造能力”“有宽阔眼界和求实精神”的四个现代化的创业者。

12 月　孙瑜的《努力塑造社会主义新人》发表在《上海文学》第 12 期。

1980 年

1 月 1 日　孙健忠的中篇小说《甜甜的刺莓》载《芙蓉》第 1 期。同年，该小说荣获 1977—1980 年全国优秀中篇小说奖二等奖。

本月　张一弓的中篇小说《犯人李铜钟的故事》载《收获》第 1 期。

本月　张弦的短篇小说《被爱情遗忘的角落》载《上海文学》第 1 期。

本月　《北方文学》第 1 期刊载三篇“关于塑造社会主义新人形象的讨论”，讨论围绕“社会主义新人”形象的含义和本质特征展开，讨论规定了之后新人形象创作的基本方向，即要拥有体现新时期改革开放和“四化”建设的环境下“新”的正面典型人物的形象特征。通过讨论，写“新人”的政策得到了更好的传播，社会主义新人的作品不断涌现，渐成潮流。

7 月　阎纲的《“高尚的圣者和殉道者”——读〈犯人李铜钟的故事〉》载《新文学论丛》第 3 辑。

本月　中国文学艺术界联合会编《中国文学艺术工作者第四次代表大会文集》由四川人民出版社出版。

8 月　《开辟社会主义文艺繁荣的新时期》由四川人民出版社出版。

12 月 10 日　《人民日报》刊文《吉林省文艺界研讨会探讨塑造社会主义新人形象问题》。

1981 年

2 月 20 日　古华的长篇小说《芙蓉镇》载《当代》第 1 期，此后作者做了较大改动，同年 11 月由人民文学出版社出版。

3 月 25 日　张一弓的中篇小说《赵镢头的遗嘱》载《收获》第 2 期。

4 月 15 日　《作品与争鸣》编辑部开会讨论“社会主义新人”的塑造问题。

5 月 25 日　全国中篇小说、报告文学、新诗评选发奖大会在北京举行，《犯人李铜钟的故事》荣获《文艺报》主办的第一届全国优秀中篇小说奖一等奖。

1982 年

1 月 1 日　中共中央批转《全国农村工作会议纪要》，肯定包产到户等各种生产责任制都是社会主义集体经济的生产责任制。1982—1986年，中共中央就农业和农村问题连续发出5个一号文件。

4月　曹让庭、张世君《〈甜甜的刺莓〉人物谈》载《湘潭大学社会科学学报》第2期。

5月25日　路遥的中篇小说《人生》载《收获》第3期。

8月29日　凌筠《一幅深蕴哲理的人生图画：读中篇小说〈人生〉》载《解放日报》。

9月　刘湛秋《在追求的道路上：读路遥的中篇小说〈人生〉》载《文艺报》第9期。

10月7日　曹锦清《一个孤独的奋斗者形象——谈〈人生〉中的高加林》、梁永安《可喜的农村新人形象——也谈高加林》、邱明正《赞巧珍》三篇文章载《文艺报》第10期。

1983年

1月28日　唐挚《漫谈〈人生〉中的高加林》、蒋荫安《高加林悲剧的启示》、小间《人生的一面镜子》三篇《〈人生〉笔谈》载《青年文学》第1期。

2月　雷达《简论高加林的悲剧》载《青年文学》第2期。

3月10日至11日，中国作协陕西分会举办为期两天的《人生》研讨会，围绕小说《人生》的思想倾向、人物形象、艺术特色及路遥的创作经验和创作道路等进行了讨论。

本月　《人生》获中国作家协会颁发的“1981—1982年全国优秀中篇小说奖”。

5月1日　张光年《社会主义文学的新进展——在四项文学评奖授奖大会上的讲话》载《人民文学》第4期。

6月30日　雷达《农村青年形象与土地观念》载《文学评论》第3期。

10月28日　胡光凡《含泪写笑　寓庄于谐——〈芙蓉镇〉的一个艺术特色》载《求索》第5期。

11 月　鲁彦周的《彩虹坪》单行本由上海文艺出版社出版。

本年 《作品与争鸣》在 1983 年第 1 期、第 2 期刊发“中篇小说《人生》及其争鸣”（上、下）：包括席扬《门外谈〈人生〉》、谢宏《评〈人生〉中的高加林》、陈骏涛《谈高加林形象的现实主义深度——读〈人生〉札记》、王信《〈人生〉中的爱情悲剧》、阎纲《关于中篇小说〈人生〉的通信》。

1984 年

5 月　安徽省文联文艺理论研究室主持召开了全省文艺理论工作座谈会。会议的中心议题是关于农村新人形象的塑造。大会就新的土地制度下农村涌现出来的具有商业头脑的“专业户”现象展开讨论，号召“文艺家们用新的道德尺度，新的审美情趣去看待他们，再不能视‘大锅饭’‘大呼隆’为正道，视善于经营为‘不务正业’‘弃农经商’的邪路。凡最大限度的发展生产、创造物质财富的行动和思想，都属农村新人的基本品质，都应该受到肯定和赞扬”。此次会议的相关报道《塑造农村新人形象，表现新的群众时代》载《江淮论坛》1984 年第 3 期。

6 月 29 日　张晓明、盛书刚《当彩虹升起的时候——评鲁彦周的长篇小说〈彩虹坪〉》载《安徽师范大学学报（哲学社会科学版）》第 3 期。

7 月　贾平凹的中篇小说《腊月 · 正月》载《十月》第 4 期。小说发表后，《文学家》杂志召开了贾平凹中篇近作讨论会。

8 月 13 日 《十月》杂志社邀请陈俊涛、陈丹晨、张炯、雷达、李陀等部分在京文艺评论家，讨论贾平凹反映农村变革的三部中篇小说《小月前本》《鸡窝洼的人家》《腊月 · 正月》，贾平凹赴京参加会议。《文艺报》第 10 期有专题报道，《十月》第 6 期刊载《本刊召开贾平凹作品座谈会》一文。

11 月 《腊月 · 正月》被珠江电影制片厂改编为剧本，后拍成电影《乡民》。

1985 年

3 月 2 日　夏刚《折射的历史之光——〈腊月 · 正月〉纵横谈》载《当代作家评论》第 1 期。

本月　乔典运的短篇小说《满票》载《奔流》第 3 期。

4 月　韩少功《文学的“根”》载《作家》第 4 期。

5 月 1 日　郑义的中篇小说《老井》载《当代》第 2 期。

5 月 14 日　张映泉的中篇小说《桃花湾的娘儿们》载《中篇小说选刊》第 3 期。

5 月 31 日　郑万隆关于“寻根文学”的理论文章《我的根》载《上海文学》第 5 期。

6 月　李杭育《理一理我们的根》载《作家》第 6 期。

7 月 6 日　阿城《文化制约着人类》载《文艺报》。

8 月　陕西作协组织召开“陕西长篇小说创作促进会”，陕西老中青三代作家 40 余人参加。此次会议后，路遥投身《平凡的世界》，贾平凹开始动笔写《浮躁》，京夫写《八里情仇》，程海酝酿《热爱命运》，邹志安写《多情最数男人》，白描准备写《苍凉青春》。陈忠实写中篇本来得心应手，没有写长篇的打算，但到了冬季写《蓝袍先生》时，突然勾起对早年私塾先生的记忆，《白鹿原》里形形色色的形象在脑际出现了。

12 月 27 日　魏威《山 · 井 · 人——中篇小说〈老井〉爱情描写赏析》载《名作欣赏》第 6 期。

本年　《腊月 · 正月》获全国优秀中篇小说奖、《十月》文学奖、北京市建国三十五周年文艺作品征集评奖一等奖、陕西省文艺“开拓奖”一等奖。

1986 年

4 月　古华《芙蓉镇》获第一届人民文学奖。

本月　陈忠实的中篇小说《蓝袍先生》载《文学家》第 2 期。

6 月　邹志安的短篇小说《支书下台唱大戏》载《北京文学》第 6 期。

8 月　白烨《人生的压抑与人性的解放——读陈忠实的〈蓝袍先生〉》载《文学家》第 4 期。

10 月 28 日　张炜的长篇小说《古船》载《当代》第 5 期。

本月　余世谦、李玉珍主编的《新时期文艺学论争资料 1976—1985》（上）由复旦大学出版社出版。

11 月 17 日至 19 日　中共山东省委宣传部联合中国作协山东分会、山东省文学研究所、山东省文学创作室、《文学评论家》和《当代企业家》编辑部等五单位，在济南召开了《古船》讨论会。

本月　路遥的长篇小说《平凡的世界》（第一部）载《花城》第 6 期。

12 月 27 日　《当代》编辑部邀请在京部分文学评论家、作家、编辑近四十人在人民文学出版社的东中街宿舍会议室召开《古船》座谈会。

本月 29 日至 30 日　由《花城》牵头，联合陕西《小说评论》举办的“路遥长篇小说《平凡的世界》（第一部）讨论会”在北京人民文学出版社会议室举行。在京和陕西的部分评论家鲍昌、谢永旺、朱寨、陈丹晨、缪俊杰、何西来、顾骧、刘锡诚、冯立三、何镇邦、张韧、雷达、蔡葵、曾镇南、李炳银、晓蓉、白烨、朱晖、王富仁、陈学超、刘建军、蒙万夫、李健民、白描、李国平等参加了座谈讨论。路遥出席会议，并介绍了自己创作的基本情况和创作思想，指出尊重生活的逻辑。此次座谈会，进一步扩大了路遥这部长篇小说的文坛影响和社会影响。

本月　《平凡的世界》第一部由中国文联出版公司出版。

1987 年

1 月　贾平凹的长篇小说《浮躁》载《收获》第 1 期。

本月 《延安文学》杂志选载《平凡的世界》第二部卷三的前两章，标题是《新上任的省委书记》。

5月 《花城》特约陕西文学评论家、《小说评论》副主编李星撰写长达万字以上的评论文章《无法回避的选择——从〈人生〉到〈平凡的世界〉》刊登在第3期。文章从思想性、艺术性两个方面着手对《平凡的世界》第一部的成功给予高度评价。

6月3日 北京市作协、北京出版社和北京日报，联合举办了浩然新作《苍生》讨论会。参会的有评论家、编辑、读者共50余人。

8月 人民文学出版社出版张炜《古船》单行本。

9月 浩然的长篇小说《苍生》载《长篇小说》总第13期。

本月 李星《执着于现实的非现实主义之作——评张炜的〈古船〉》载《文艺争鸣》第5期。

1988年

3月1日 雷达《旧轨与新机的缠结——从〈苍生〉返观浩然的创作道路》载《文学评论》第1期。

4月 《平凡的世界》第二部由中国文联出版公司出版。

5月 余世谦、李玉珍主编的《新时期文艺学论争资料1976年—1985年》（下）由复旦大学出版社出版。

7月25日 《平凡的世界》（第三部）载《黄河》。

本月 在《花城》举办的第四届“花城文学奖”评选活动中，路遥的《平凡的世界》荣获第四届“花城文学奖”。

10月 贾平凹的长篇小说《浮躁》获美孚飞马文学奖。

1989年

5月1日 刘再复《〈古船〉之谜和我的思考》载《当代》第2期。

10月 林和平的短篇小说《乡长》载《青年文学》第10期。

1990年

3月2日　杨长春《从〈苍生〉看浩然的矛盾心态》载《文学自由谈》第1期。

5月31日　张宇的中篇小说《乡村情感》载《人民文学》第5期。

本月　费秉勋《贾平凹论》由西北大学出版社出版。

12月　唐浩明的长篇历史小说《曾国藩》第一部《血祭》由湖南文艺出版社出版。

1991年

1月　何申的中篇小说《村长》载《芒种》第1期。

3月8日　中国作家协会主办的第三届茅盾文学奖评奖结果在北京揭晓，路遥的长篇小说《平凡的世界》获奖。

本月　李一清的中篇小说《山杠爷》载《红岩》第3期。

10月　唐浩明的长篇历史小说《曾国藩》第二部《野焚》由湖南文艺出版社出版。

1992年

1月　刘醒龙的中篇小说《村支书》载《青年文学》第1期。

本月　冯牧《动人心魄和发人深省之作——读〈村支书〉》载《青年文学》第1期。

4月30日　陈玉立、查振科《解嘲与关怀——评张宇的〈乡村情感〉和〈城市逍遥〉》载《广东社会科学》第2期。

本月　唐浩明的长篇历史小说《曾国藩》第三部《黑雨》由湖南文艺出版社出版。

5月　《青年文学》第5期刊发刘醒龙的中篇小说《凤凰琴》。

因《村支书》和《凤凰琴》引起轰动，1992年也被文坛戏称为中国文学的“刘醒龙年”。

9月　丁帆《中国乡土小说史论》由江苏文艺出版社出版。

11月17日　作家路遥逝世。

12月　陈忠实的长篇小说《白鹿原》上半部载《当代》第6期。

本年　丁帆《湖北有个刘醒龙——读〈凤凰琴〉所想起的》载《长江》第3期。

1993年

2月　陈忠实的长篇小说《白鹿原》下半部载《当代》第1期。

本月　《长安文学》创刊号首发《白鹿原》被《当代》删节的三个章节，并专门刊登了《编者按》:“陈忠实的长篇小说《白鹿原》，已在《当代》92年第6期及93年第1期发表。该刊因容量上的限制，发表时删节了原小说的三章，本刊特作补载，以飨读者。”首发文字有34000字左右。其中，三个章节各自首发的文字为10000字左右。

3月23日至24日　陕西省委宣传部、陕西省作家协会联合举办的《白鹿原》研讨会在西安召开，陕西省委宣传部部长王巨才、副部长部尚贤，《当代》杂志何启治、常振家，来自陕西各地的评论家、作家五十余人参加了研讨会。与会专家认为，《白鹿原》是一部很有艺术魅力的作品，是当时罕见的大作品，是陈忠实具有突破性的作品，它改变了陕西文学的总体格局。

6月　陈忠实的长篇小说《白鹿原》单行本由人民文学出版社出版。

7月16日　人民文学出版社、中共陕西省委宣传部、陕西省作家协会在北京中华文学基金会文采阁联合召开长篇小说《白鹿原》研讨会，首都及陕西文艺理论批评界及文化、新闻界知名人士严家炎、阎纲、雷达、何西来、李星、王仲生、孙豹隐、田长山、严彤等六十多人出席会议。大会高度评价了《白鹿原》，认为这是陕西文学界和中国文学界期待已久的作品。

8月29日　王仲生《〈白鹿原〉：民族秘史的叩询和构筑》、李小巴《〈白鹿原〉和它的叙述形式》、薛迪之《评〈白鹿原〉的可读性》、费秉勋《谈白嘉轩》、郃尚贤《长篇小说创作的重要收获》、晓雷《翻鏊子的艺术》、孙豹隐《瑰丽雄浑的历史画卷》、李建军《一部令人震撼的民族秘史》、田长山《犁开深沉的土层——读〈白鹿原〉感言》、权海帆《仁义的追求与失败——长篇小说〈白鹿原〉文化底蕴一解》、常智奇《文化在白鹿精魂中的光色——简论〈白鹿原〉的文化模态》、陈思广《谁是〈白鹿原〉中的关捩——黑娃形象的叙述学研究》等共12篇关于《白鹿原》的评论载《小说评论》第4期。

8月29日　李星《〈白鹿原〉：民族灵魂的秘史》载《理论与创作》第4期。

本月　白烨《史志意蕴·史诗风格——评陈忠实的长篇小说〈白鹿原〉》，畅广元、屈雅军、李凌泽《负重的民族秘史——〈白鹿原〉对话》，洪水《第三种真实》三篇关于《白鹿原》的评论及陈忠实《〈白鹿原〉创作漫谈》载《当代作家评论》第4期。

本月　杜赞奇著、王福明翻译的《文化、权力与国家：1900—1942年的华北农村》由江苏人民出版社出版。

12月27日　张颐武《〈白鹿原〉：断裂的挣扎》、朱伟《〈白鹿原〉：史诗的空洞》、孟繁华《〈白鹿原〉：隐秘岁月的消闲之旅》三篇关于《白鹿原》的评论载《文艺争鸣》第6期。

本月　关仁山的短篇小说《醉鼓》载《人民文学》第12期，并获得1993年《人民文学》优秀小说奖。

本月　雷达《废墟上的精魂——〈白鹿原〉论》载《文学评论》第6期。

本月　唐浩明《〈曾国藩〉创作琐谈》载《文学评论》第6期。

本年　陈忠实《白鹿原》荣获陕西第二届“双五”文学奖最佳作品奖。

本月　刘醒龙中篇小说集《凤凰琴》由中国青年出版社出版。

1994 年

12 月　张炜《古船》、陈忠实《白鹿原》获得人民文学出版社的“炎黄杯”人民文学奖。

1995 年

3 月 30 日　李敏霞《新时期商品经济条件下农村新人形象的塑造》载《内蒙古教育学院学报》第 1 期。

1996 年

1 月　刘醒龙的中篇小说《分享艰难》载《上海文学》第 1 期。

5 月　关仁山的中篇小说《九月还乡》载《十月》第 3 期。

8 月 23 日　被誉为河北“三驾马车”的何申、谈歌、关仁山作品讨论会在北京召开。

10 月 8 日　潘石《把握无序　逼近真实——读关仁山中篇小说〈九月还乡〉》载《唐山劳动日报》。

本年　庄孔韶的《银翅：中国的地方社会与文化变迁》中文版由台湾桂冠书局出版。

1997 年

12 月 7 日　第四届茅盾文学奖在京揭晓，陈忠实《白鹿原》（修订本）获奖。

1998 年

4 月 15 日　彭瑞高的中篇小说《多事之村》载《上海文学》第 4 期。

5 月 15 日　陈涌《关于陈忠实的创作》载《文学评论》第 3 期。

11 月　王立纯的中篇小说《秋天的诺言》载《青年作家》第 11 期。

1999 年

1 月　人民文学出版社出版赵德发的长篇小说《君子梦》。

4 月　李佩甫的长篇小说《羊的门》载《中国作家》。

5 月 28 日　郑万鹏《〈平凡的世界〉：中国农民二次翻身的史诗——与〈安娜·卡列尼娜〉比较》载《中国文化研究》第 2 期。

7 月　李佩甫的长篇小说《羊的门》单行本由华夏出版社出版。

10 月 5 日　李鸿《论当代文学中地主形象的塑造》载《松辽学刊》(社会科学版）第 5 期。

本月　赵德发《君子梦》获山东省第五届精品工程奖。

12 月　赵德发《君子梦》获 1999 年《中国作家》长篇小说奖。

本月　陈继会《中国乡土小说史》由安徽教育出版社出版。

2000 年

1 月　阎云翔《礼物的流动：一个中国村庄中的互惠原则与社会网络》由上海人民出版社出版。

本月　张仲礼《中国绅士的收入》由上海社会科学院出版社

出版。

本月　孙惠芬的长篇小说《歇马山庄》由人民文学出版社出版。

3月2日　时任湖北监利县棋盘乡党委书记的李昌平上书给时任国务院总理的朱镕基，反映“农民真苦，农村真穷，农业真危险”，引发全社会对“三农”（农业、农村、农民）问题的持续关注。

同日　中共中央、国务院发出《关于进行农村税费改革试点工作的通知》（中发〔2000〕7号）。

本月　英国学者莫里斯·弗里德曼所著《中国东南的宗族组织》由上海人民出版社出版。

4月　庄孔韶简体字版《银翅：中国的地方社会与文化变迁》由生活·读书·新知三联书店出版。

本月　第一届老舍文学奖颁奖，获奖作品中和乡贤文化有关的是：凌力《梦断关河》，刘育新《古街》。

6月　季宇的中篇小说《证人》载《江南》第3期。7月1日，此文被《中篇小说选刊》第4期转载。

本月　林耀华《义序的宗族研究》由生活·读书·新知三联书店出版。

本月　章开沅等主编的《中国近代史上的官绅商学》由湖北人民出版社出版。

7月　张鸣《乡村社会权力和文化结构的变迁（1903—1953）》由广西人民出版社出版。此书受到了杜赞奇《文化、权力与国家：1900—1942年的华北农村》的影响。

8月3日　韦俊海的短篇小说《守望土地》载《人民文学》第8期。

本日　何申的短篇小说《村民钱旺的从政生涯》载《人民文学》第8期。

8月15日　邱华栋的短篇小说《我在霞村的时候》载《北京文学》第8期。

本月　杨懋春《一个中国村庄：山东台头》由江苏人民出版社出版。

9 月　曹锦清《黄河边的中国：一个学者对乡村社会的观察与思考》由上海文艺出版社出版。

10 月 11 日　第五届茅盾文学奖（1995—1998 年）评出 4 部获奖作品，《抉择》《尘埃落定》《长恨歌》《茶人三部曲》（第一、二部）。11 月 11 日，第五届茅盾文学奖（1995—1998 年）在浙江乌镇颁奖。

本月　徐凤清的短篇小说《阴差阳错》载《上海小说》第 5 期。

本月　邓一光《怀念一个没有去过的地方》由北岳文艺出版社出版。

本月　张炜的长篇小说《外省书》由作家出版社出版。

本月　雪漠的长篇小说《大漠祭》由上海文化出版社出版。

11 月 15 日　吕新的短篇小说《我们》载《上海文学》第 10 期。

12 月　周荣德《中国社会的阶层与流动——一个社区中士绅身份的研究》由学林出版社出版。

2001 年

1 月 11 日《中共中央、国务院关于做好 2001 年农业和农村工作的意见》发布。

本月　阎连科的长篇小说《坚硬如水》由长江文艺出版社出版。

本月　姚中才的中篇小说《来到广州》载《长江文艺》第 2 期。

3 月 24 日《国务院关于进一步做好农村税费改革试点工作的通知》（国发〔2001〕5 号）出台。这个通知和 2000 年 3 月 2 日的《中共中央、国务院关于进行农村税费改革试点工作的通知》共同推进了农业税的改革。

本月　第八届“五个一工程”奖（评选范围1999年7月—2001年4月）颁奖，和乡贤有关的获奖作品有：电影《巧凤》；电视剧《有这样一个支部书记》《嫂娘》《今天是个好日子》《亚心与一个牧羊人》《大树小树》《太阳不落山》等；戏剧《情满草原》；广播剧《永远的恰巴山》《情满帕米尔》《那山刺梨花更红》《乡里乡亲住高楼》《老神树》《大兴安岭的女儿》《普通人家》；图书《李自成》等。

3月30日　陈旋波《绅士文化与林语堂的文学品格》载《华侨大学学报（人文社会科学版）》第1期。

本月　莫言的长篇小说《檀香刑》由作家出版社出版。

4月3日　毕飞宇的中篇小说《玉米》载《人民文学》第4期。

4月10日　关仁山的长篇小说《红月亮照常升起》载《十月》第2期。

4月25日　《国务院办公厅关于2001年农村税费改革试点工作有关问题的通知》（国办发〔2001〕28号）颁布。

5月5日　梁晓声的中篇小说《民选》载《小说家》第5期，《中篇小说选刊》第6期转载时，作者做了一定删改。

5月24日至25日　中央扶贫开发工作会议在北京召开。温家宝在工作报告中指出，“八七扶贫攻坚计划”提出的在20世纪末基本解决全国农村贫困人口温饱问题的战略目标已基本实现。5月25日，江泽民发表讲话，提出今后十年扶贫开发的奋斗目标。

本月　张炜的中篇小说《蘑菇七种》由南海出版公司出版。

本月　丁帆《中国大陆与台湾乡土小说比较史论》由南京大学出版社出版。

本月　杨念群《中层理论：东西方思想会通下的中国史研究》由江西教育出版社出版。

6月13日　国务院印发《中国农村扶贫开发纲要（2001—2010年）》（国发〔2001〕23号）提出“加强贫困地区干部队伍建设”和“切实加强贫困地区的基层组织建设”。

6月30日　任桐《现代国家意识在中国士绅阶层的萌芽与形

成》载《学海》第3期。

7月　张鸣《乡村社会权力和文化结构的变迁（1903—1953）》由广西人民出版社出版。

9月1日　夏天敏的中篇小说《好大一对羊》载《当代》第5期。

9月23日　第二届鲁迅文学奖（1997—2000年）颁奖典礼在浙江绍兴举行。其获奖作品和乡村有关的是：短篇小说《鞋》《清水里的刀子》《吹牛》《清水洗尘》；中篇小说《吹满风的山谷》《年月日》；报告文学《西部的倾诉》；诗歌《曲有源白话诗选》《西川的诗》《纯粹阳光》；散文杂文《大雅村言》《山居笔记》《精神的归宿》《张抗抗散文》；理论评论作品《西部：偏远省份的文学写作》等。

本月　阎真的长篇小说《沧浪之水》由人民文学出版社出版。

11月13日　沈葵《近代中国乡绅阶层及其社会地位》载《光明日报》。

12月　于建嵘《岳村政治：转型期中国乡村政治结构的变迁》由商务印书馆出版。

2002年

1月10日　《中共中央、国务院关于做好2022年农业和农村工作的意见》发布。

本月　王安忆的长篇小说《上种红菱下种藕》由南海出版公司出版。

本月　李洱的长篇小说《花腔》由人民文学出版社出版。

本月　费正清《中国：传统与变迁》由世界知识出版社出版。这个版本隶属于《费正清文集》，和江苏人民出版社1992年出版的《中国：传统与变革》相比，更换了译者，增加了《作者前言》。

2月10日　《国务院办公厅转发农业部等部门关于2002年减轻农民负担工作意见的通知》（国办发〔2002〕10号）颁布。

3月1日　陈应松的中篇小说《松鸦为什么鸣叫》载《钟山》第2期。

3月5日　星竹的短篇小说《乡村轶事》载《红岩》第2期。

3月22日　第二届老舍文学奖在北京人民大会堂举行颁奖仪式。其中和乡村有关的获奖作品有刘庆邦《神木》。

3月27日　国务院办公厅发布《关于做好2002年扩大农村税费改革试点工作的通知》(国办发〔2002〕25号)。

本月　美国学者弗里曼、毕克伟、赛尔登的《中国乡村，社会主义国家》由社会科学文献出版社出版。

本月　黄树民《林村的故事：一九四九年后的中国农村变革》由生活·读书·新知三联书店出版。

4月1日　雪漠的短篇小说《掘坟》载《飞天》第4期。

5月1日　温亚军的中篇小说《驮水的日子》载《天涯》第3期，被《小说选刊》2002年第8期、《新华文摘》2002年第9期等刊物转载。

5月15日　尉然的短篇小说《李大筐的脚和李小筐的爱情》载《北京文学》第5期，被《小说选刊》第7期转载。

本月　吴毅《村治变迁中的权威与秩序》由中国社会科学出版社出版。

本月　尤凤伟的长篇小说《泥鳅》由春风文艺出版社出版。

本月　张一弓的长篇小说《远去的驿站》由长江文艺出版社出版。

7月5日　王祥夫的短篇小说《上边》载《花城》第4期。

8月29日　第九届全国人民代表大会常务委员会第二十九次会议通过《中华人民共和国农村土地承包法》，2003年3月1日生效。

8月30日　徐茂明《江南的历史内涵和区域变迁》载《史林》第3期。

本月　马学强《从传统到近代——江南城镇土地产权制度研究》由上海社会科学院出版社出版。

9月1日　阙迪伟的短篇小说《仙女》载《时代文学》第5期。

10月　王振忠《徽州社会文化史探微：新发现的16—20世纪民间档案文书研究》由上海社会科学院出版社出版。

本月　关仁山的长篇小说《天高地厚》由北京十月文艺出版社出版。

12月15日　畀愚的中篇小说《杨角的年关》载《山花》第12期。

本月　赵德发的长篇小说《青烟或白雾》由人民文学出版社出版。

2003年

1月1日　童仝的短篇小说《慢慢浮上来》载《作家杂志》第1期。

1月5日《国务院办公厅关于做好农民进城务工就业管理和服务工作的通知》(国办发〔2003〕1号)下发。

1月15日　孙惠芬的短篇小说《给我漱口盂儿》载《山花》第1期。

1月16日　中共中央、国务院印发《关于做好农业和农村工作的意见》。

1月30日　徐茂明《明清以来乡绅、绅士与士绅诸概念辨析》载《苏州大学学报》第1期。

2月1日　李佩甫的中篇小说《会跑的树》载《小说月报》第2期，后被《中篇小说选刊》第3期转载，出版单行本时改名《城的灯》由长江文艺出版社同年3月出版。

本月　李治邦的中篇小说《在我们眼前消失》载《青春阅读》第2期，被《中篇小说选刊》第3期转载。

本月　杜润生《中国农村制度变迁》由四川人民出版社出版。

3月1日　胡学文的中篇小说《一棵树的生长方式》载《飞

天》第3期。

3月27日　《国务院关于全面推进农村税费改革试点工作的意见》(国办发〔2003〕12号)颁布。

本月　贺雪峰《新乡土中国：转型期乡村社会调查笔记》由广西师范大学出版社出版。

6月1日　毕四海的中篇小说《最后的田园诗》载《飞天》第6期。

6月10日　刘庆邦的短篇小说《到城里去》载《十月》第3期。

本月　瞿同祖《清代地方政府》由法律出版社出版。

7月15日　李巨澜《试论民国时期新乡绅阶层的形成及其影响》载《华东师范大学学报(哲学社会科学版)》第4期。

本月　林白的长篇小说《万物花开》由人民文学出版社出版。

本月　莫言的长篇小说《四十一炮》由春风文艺出版社出版。

8月　孙惠芬的小说集《歇马山庄的两个女人》由群众出版社出版。

9月15日　李洱的中篇小说《龙凤呈祥》载《收获》第5期，扩展成为长篇后改名为《石榴树上结樱桃》，分别被《长篇小说选刊》(2004年第5期)和《当代·长篇小说选刊》(2005年第1期)转载。

9月24日　第九届"五个一工程"奖(2001年5月—2002年12月)颁奖。获奖作品中和乡贤有关的是：电影《美丽的大脚》；电视剧《希望的田野》《刘老根》；广播剧《希望的田野》；图书《远去的驿站》。这些获奖作品展示出乡贤对于农村的贡献。

9月30日　国务院办公厅发出《关于进一步加强农村税费改革试点工作的通知》(国办发〔2003〕85号)。

本月　黄宗智主编《中国乡村研究》(第一辑)由商务印书馆出版。该书汇集了多位学者对于乡村问题的思考。

10月14日　中国共产党第十六届中央委员会第三次全体会议通过《中共中央关于完善社会主义市场经济体制若干问题的决定》提出深化农村税费改革。

10月30日　徐茂明《同光之际江南士绅与江南社会秩序的重

建》载《江海学刊》第5期。

12月15日　顾鸣塘《〈儒林外史〉与江南士绅的狎游风习》载《明清小说研究》第4期。

12月31日　中共中央、国务院通过《关于促进农民增加收入若干政策的意见》。2004年2月9日《意见》正式发布。

本月　王铭铭《走在乡土上：历史人类学札记》由中国人民大学出版社出版。

本月　黄宗智主编《中国乡村研究》（第二辑）由商务印书馆出版。

2004年

1月　红柯的长篇小说《大河》由云南人民出版社出版。

本月　范稳的长篇小说《水乳大地》由人民文学出版社出版。

2月4日　第二届老舍散文奖在北京颁奖。获奖作品有《走进思想的竹林》《坟上葵花开》《青杏枝头》《故乡在晚风中》等。

2月　仝志辉《选举事件与村庄政治》由中国社会科学出版社出版。

3月　望新《村庄发育、村庄工业的发生与发展：苏南永联村记事（1970—2002）》由生活·读书·新知三联书店出版。

5月15日　杨怡芬的短篇小说《含糊道》载《长城》第3期，该作品体现出女乡贤所遭遇到的性别歧视。

5月20日　孙惠芬的长篇小说《上塘书》载《当代》第3期。

本月　加拿大学者朱爱岚所著《中国北方村落的社会性别与权力》由江苏人民出版社出版。

6月26日至27日，第三届鲁迅文学奖（2001—2003）在深圳举行颁奖典礼。多篇获奖作品涉及乡村生活。有中篇小说《玉米》《松鸦为什么鸣叫》《好大一对羊》《歇马山庄的两个女人》；短篇小说《上边》《驮水的日子》《大老郑的女人》；报告文学《西藏最后的驮队》；诗歌《野诗全集》《郁葱抒情诗》《幻河》《幸存的一粟》《娜夜诗选》；散文、杂文《贾平凹长篇散文精选》《大河遗梦》《独语东北》。

7月21日 《国务院关于做好2004年深化农村税费改革试点工作的通知》（国发〔2004〕21号）颁布。

7月30日 杜香芹、王先明《乡绅与乡村权力结构的演变——20世纪三、四十年代闽中乡村权力的重构》载《中国农史》第3期。

8月1日 刘晓春在“民间叙事的多样性——民间文化青年论坛”发表《农民、乡绅与神祇叙事——一个村落神祇叙事的考察》。

8月10日 陈中华的中篇小说《七月黄》载《十月》第4期，被《中篇小说选刊》第5期、《小说选刊》第8期转载。

8月30日 罗萍《晚清乡绅在民族意识觉醒中的双重作用》载《郧阳师范高等专科学校学报》2004年第4期。

本月 苏童的长篇小说《罂粟之家》由上海文艺出版社出版。

9月15日 迟子建的短篇小说《采浆果的人》载《收获》第5期。

本月 格非的长篇小说《人面桃花》由春风文艺出版社出版，该作品是“江南三部曲”的第一部。

10月 丁帆主编《中国西部现代文学史》由人民文学出版社出版。

本月 秦晖《传统十论：本土社会的制度、文化及其变革》由复旦大学出版社出版。

11月3日 葛水平的中篇小说《喊山》载《人民文学》第11期。

11月15日 王祥夫的中篇小说《愤怒的苹果》载《山花》第11期，后来被《中篇小说选刊》2005年1期转载。小说呈现出乡贤和村长的冲突，体现出乡贤们的无奈。

11月 张信《二十世纪初期中国社会之演变：国家与河南地方精英1900—1937》由中华书局出版。

12月27日 《国务院办公厅关于进一步做好改善农民进城就

业环境工作的通知》（国办发〔2004〕92号）发布。

12月30日　毕绪龙《鲁迅小说中“士绅”形象的隐喻意义和结构功能》载《山东理工大学学报（社会科学版）》第6期。

本月　徐茂明《江南士绅与江南社会（1368—1911年）》由商务印书馆出版。

2005年

1月15日　贾平凹的长篇小说《秦腔》载《收获》第1—2期，作家出版社于同年4月出版。

1月24日　吴秀利《一粒沙里看世界——谈谈〈范进中举〉中的张乡绅》载《语文教学通讯》第1期。

1月30日　《中共中央国务院关于进一步加强农村工作提高农业综合生产能力若干政策的意见》发布。

2月19日　第三届老舍文学奖在北京中国现代文学馆举行颁奖仪式。获奖作品和乡村有关的是《受活》《香歌潭》《李大筐的脚和李小筐的爱情》。

本月　冉正方的短篇小说《种苞谷的老人》载《山东文学》第2期。

本月　徐贵祥的长篇小说《八月桂花遍地开》由北京十月文艺出版社出版。

3月15日　刘庆邦的短篇小说《还是那块地》载《长城》第2期。

3月30日　蓝强的短篇小说《村长要直选》载《北京文学》第3期。

本月　朱沙的短篇小说《请酒》载《山东文学》第3期。

本月　何庆魁、王永奇的长篇小说《圣水湖畔》由吉林摄影出版社出版。

4月25日　衷海燕《乡绅、地方教育组织与公共事务——以明清江西吉安府为中心》载《江西社会科学》第4期。

本月　陈宝良《明代儒学生员与地方社会》由中国社会科学出版社出版。

本月　蓝宇蕴《都市里的村庄：一个“新村社共同体”的实地研究》由生活·读书·新知三联书店出版。

本月　郑欣《乡村政治中的博弈生存：华北农村村民上访研究》由中国社会科学出版社出版，该著作呈现出乡村政治中的众生百态。

5月15日　葛水平的中篇小说《黑口》载《中国作家》第5期。

同日　罗伟章的中篇小说《我们的路》载《长城》第3期。

本月　黄书光《中国社会教化的传统与变革》由山东教育出版社出版。

本月　刘醒龙的长篇小说《圣天门口》由人民文学出版社出版。

6月6日　温家宝在全国农村税费改革试点工作会议上作《全面推进以税费改革为重点的农村综合改革》的讲话。

6月30日　衷海燕《士绅、乡绅与地方精英——关于精英群体研究的回顾》载《华南农业大学学报（社会科学版）》第2期。

本月　黄宗智主编《中国乡村研究》（第三辑）由社会科学文献出版社出版。

7月1日　邓宏顺的中篇小说《下雨了》载《时代文学》第4期。

7月3日　胡学文的中篇小说《目光似血》载《人民文学》第7期。

7月11日　《国务院关于2005年深化农村税费改革试点工作的通知》（国发〔2005〕24号）发布。

7月15日　丁帆《“城市异乡者”的梦想与现实——关于文明冲突中乡土描写的转型》载《文学评论》第4期。

本日　张国庆《解决》载《长城》第4期。

7月26日　第六届茅盾文学奖在浙江乌镇颁奖。

8月25日　丁帆《中国乡土小说生存的特殊背景与价值的失范》载《文艺研究》第8期。

9月　毕飞宇的长篇小说《平原》由江苏文艺出版社出版，该作品讲述了20世纪70年代末的中国农村乡贤的艰难成长。

本月　杨志军的长篇小说《藏獒》由人民文学出版社出版。

11月3日　罗伟章的中篇小说《大嫂谣》载《人民文学》第11期，塑造了大嫂这一吃苦耐劳的劳动妇女形象，她是乡村社会基层的女乡贤。

11月15日　邓宏顺的中篇小说《活法——五溪人系列》载《大家》第6期。

12月15日　畀愚的短篇小说《白花花的茅草地》载《上海文学》第12期。

12月29日　十届全国人大常委会第十九次会议通过决定，自2006年1月1日起废止《中华人民共和国农业税条例》。2006年2月22日，国家邮政局发行了一张《全面取消农业税》的纪念邮票。

12月31日　中共中央、国务院印发《关于推进社会主义新农村建设的若干意见》。

本月　迟子建的长篇小说《额尔古纳河右岸》由北京十月文艺出版社出版。

2006年

1月30日　范小青的短篇小说《城乡简史》载《山花》第1期。

1月31日　《国务院关于解决农民工问题的若干意见》(国发〔2006〕5号)下发。

本月　费孝通《中国绅士》由中国社会科学出版社出版。这是费孝通的英文著作 *China's Gentry* 的中文版，译者是惠海鸣。

本月　铁凝的长篇小说《笨花》由人民文学出版社出版。

本月　莫言的长篇小说《生死疲劳》由作家出版社出版。

本月　刘庆邦的长篇小说《红煤》由北京十月文艺出版社出版。

2月21日　《中共中央国务院关于推进社会主义新农村建设的若干意见》发布。

3月3日　罗伟章的中篇小说《变脸》载《人民文学》第3期。

本月　张静《现代公共规则与乡村社会》由上海书店出版社出版。

本月　澳大利亚学者杰华所著《都市里的农家女：性别、流动与社会变迁》由江苏人民出版社出版。

本月　严歌苓的长篇小说《第九个寡妇》由作家出版社出版。

4月　周大新的长篇小说《湖光山色》由作家出版社出版。

5月1日　解亚珠《明清白话小说中的乡绅形象研究》，南昌大学硕士论文。

5月10日　董馨《双重变奏中的不同历史命运——科举制度废除之后的乡村精英》，吉林大学硕士论文。

5月15日　李云雷《〈苍生〉与当代中国农村叙事的转折》载《文学评论》第3期。

6月1日　宋方金的短篇小说《乡村天空里的舞步》载《鸭绿江（上半月版）》第6期。

本日　蒋韵的中篇小说《心爱的树》载《小说月报》第6期。

7月3日　王君的短篇小说《香精》载《人民文学》第7期。

7月30日　王君的短篇小说《锁姐》载《时代文学》第4期。该文呈现出乡贤所面临的价值冲突，体现出转型时期的文化悖论。

本月　黄宗智主编《中国乡村研究》（第四辑）由社会科学出版社出版，该著依旧延续了前面三辑对于乡村问题的关注。

8月3日　刘庆邦的短篇小说《梅豆花开一串白》载《人民文学》第8期。

8月6日　第三届老舍散文奖在北京颁奖，其中和乡村有关的获奖作品有：《你的老去如此寂然》《在民俗里蹲着的村庄》《世间最美丽的眼睛》《荒丘》《忆秦娥》《扇嘴巴子的故事》《西风胡杨》等。

本月　李世众《晚清士绅与地方政治：以温州为中心的考察》由上海人民出版社出版。

本月　阎连科的长篇小说《母亲是条河》由大众文艺出版社出版。

9月15日　岑大利《论明清时期乡绅生活习俗的变迁》载《文化学刊》第5期。

9月20日　李巨澜《近代乡绅劣化的成因——以苏北为个案的研究》载《学海》第5期。

9月30日　滕肖澜的中篇小说《爬在窗外的人》载《中国作家》第18期，被《北京文学·中篇小说月报》第10期转载。该作品涉及了受过教育的青年农民在城市的困惑和感受。

10月3日　叶弥的短篇小说《月亮的温泉》载《人民文学》第10期。

本日　郭文斌的短篇小说《吉祥如意》载《人民文学》第10期。

10月18日　《国务院办公厅关于做好清理化解乡村债务工作的意见》(国办发〔2006〕86号)发布。

本月　潘小平、曹多勇的长篇小说《美丽的村庄》由安徽文艺出版社出版。

11月5日　陈然的短篇小说《晕眩》载《莽原》第6期。

11月25日　杨国勇、朱海伦《"新乡绅"主政与农村民主政治建设》载《社会科学战线》2006年第6期。

本月　李锐《太平风物：农具系列小说展览》由生活·读书·新知三联书店出版，体现出传统农具的传承。

12月3日　田耳的中篇小说《一个人张灯结彩》载《人民文学》第12期。

12月20日　袁良骏《胡适对鲁迅的"绅士风度"》载《鲁迅研究月刊》第12期。

12月30日　李先锋的短篇小说《阿芬的困惑》载《山东文学》第12期。

2007年

1月1日　张炜的长篇小说《刺猬歌》载《当代》第1期，人民文学出版社于同月出版。

1月10日 贺仲明《学科的界限与本土的距离——评阎云翔〈私人生活的变革：一个中国村庄里的爱情、家庭与亲密关系（1949—1999）〉》载《文艺研究》第1期。

1月29日 《中共中央国务院关于积极发展现代农业扎实推进社会主义新农村建设的若干意见》发布。

本月 丁帆等《中国乡土小说史》由北京大学出版社出版。

本月 格非的长篇小说《山河入梦》由作家出版社出版。该作品是“江南三部曲”的第二部长篇小说。

本月 叶广岑的长篇小说《青木川》由太白文艺出版社出版。

本月 美国学者詹姆斯·C. 斯科特《弱者的武器》由译林出版社出版。

2月3日 张鲁镭的短篇小说《橘子豆腐》载《人民文学》第2期。

4月1日 孙惠芬的长篇小说《吉宽的马车》载《当代·长篇小说选刊》2007年第2期，并由作家出版社于同月出版。

4月15日 鲁敏的中篇小说《逝者的恩泽》载《北京文学·中篇小说月报》第4期。

本日 李运抟《新时期乡村小说与“权力主题”》载《江汉论坛》第4期。

本月 黄宗智主编《中国乡村研究》（第五辑）由福建教育出版社出版。

5月3日 王手的短篇小说《推销员为什么失踪》载《人民文学》第5期。

5月15日 巴音博罗的中篇小说《黑蛋的长城》载《大家》第3期。

本日 袁楠《〈果园城记〉：现代性的一种姿态》载《文学评论》第3期。

本月 赵顺宏《社会转型期乡土小说论》由学林出版社出版，该著作解析了社会转型期乡土小说的创作主体、话语形态和美学特征。

6月25日 戴斌武《论民族文化背后的晚清乡绅社会反教情绪及表现样态》载《贵州民族研究》第3期。

本月 韩春燕《风景颗粒——当代东北地域文化小说解读》由春风文艺出版社出版。

本月 褚福金的长篇小说《黑白》由人民文学出版社出版。

本月 金燕平的短篇小说集《别拿村长不当干部》由花山文艺出版社出版。

本月 南飞燕的长篇小说《大瓷商》由河南文艺出版社出版。

本月 姚剑文《政权、文化与社会精英》由吉林人民出版社出版，该著作考察了社会精英与政权、文化之间的关系。

7月11日 《国务院关于在全国建立农村最低生活保障制度的通知》（国发〔2007〕19号）颁布。

7月15日 朱佳的短篇小说《飞翔的牛》载《大家》第4期。

本月 范小青的长篇小说《赤脚医生万泉和》由人民文学出版社出版。

8月23日 高菊蕊的短篇小说《公民》载《中国作家》第16期。

9月20日 李巨澜《近代乡绅劣化的成因——以苏北为个案的研究》载《学海》第5期。

本月 中共中央宣传部对第十届“五个一工程”（评选时间范围2003年1月—2006年12月）评选中的获奖单位和作品给予表彰奖励。其获奖作品中，涉及新乡贤的作品有：电视剧《插树岭》《乡村爱情》《都市外乡人》《当家的女人》《大染坊》《圣水湖畔》《乔家大院》《走进石锁沟》《郭秀明》《大敦煌》；戏剧《大儒还乡》《十二月等郎》《巴山秀才》《邵江海》《移民金大花》《凌河影人》《黄土谣》《郭双印连他乡党》《村官李天成》《六尺巷》；电影《沉默的远山》《美丽家园》《村官过大年》《村官李天成》《小康路上》《美丽的村庄》《可可西里》《吐鲁番情歌》《村支书郑九万》《季风中的马》《香巴拉信使》《戎冠秀》；广播剧《深山信使》《农民的好支书李元龙》《秋日里的野芒花》《三个人的学校》《静静的胡杨》《桔花缘》《喜鹊沟三部曲》；图书《笨花》《藏獒》《八月桂花遍地开》《美丽的村庄》《圣水湖畔》。

本月　贾平凹的长篇小说《高兴》由作家出版社出版。

10月15日　李莉《三四十年代小城镇小说中的士绅形象》载《湖北经济学院学报（人文社会科学版）》第10期。

10月28日　第四届鲁迅文学奖（2004—2006）在浙江绍兴举行颁奖大会。和乡村有关的获奖作品有：中篇小说《心爱的树》《一个人张灯结彩》《喊山》；短篇小说《城乡简史》《吉祥如意》；诗歌《喊故乡》《大地葵花》；散文杂文《山南水北》《乡村记忆》《遥远的天堂》。

本月　吴毅《小镇喧嚣：一个乡镇政治运作的演绎与阐释》由生活·读书·新知三联书店出版。

本月　迟子建的短篇小说集《踏着月光的行板》由春风文艺出版社出版。该作品呈现出一片宁静祥和的乡村景象，是和谐村庄的象征。

11月15日　李里峰《不对等的博弈：土改中的基层政治精英》载《江苏社会科学》第6期。

12月　安琪的长篇小说《乡村物语》由河南文艺出版社出版。

2008年

1月1日　杨中标的中篇小说《上山钓鱼》载《西湖》第1期，被《中篇小说选刊》第2期转载。

1月30日　《中共中央国务院关于切实加强农业基础建设进一步促进农业发展农民增收的若干意见》发布。

本月　王露璐《乡土伦理——一种跨学科视野中的“地方性道德知识”探究》由人民出版社出版。该书有助于我们理解乡贤的文化背景。

本月　韩少功的散文集《山南水北》由作家出版社出版。

本月　温燕霞的长篇小说《红翻天》由解放军文艺出版社出版。

本月　赵本夫的长篇小说《无土时代》由人民文学出版社出版。该作品通过人与土地、人与自然的关系描写，涉及乡贤文化精神的追寻。

3月10日　李莉《中国现代小城镇小说中的士绅形象》载《湖北社会科学》第3期。

4月15日　李莉《中国现代小城镇小说中的“新士绅”形象》载《湖北经济学院学报（人文社会科学版）》第4期。

本月　严歌苓的长篇小说《小姨多鹤》由作家出版社出版。

5月10日　赵旭东《乡村成为问题与成为问题的中国乡村研究——围绕“晏阳初模式”的知识社会学反思》载《中国社会科学》第3期。

6月　阎连科的长篇小说《风雅颂》由江苏人民出版社出版。

本月　日本学者井上徹《中国的宗族与国家礼制》由上海书店出版社出版。

本月　彭学军的长篇小说《腰门》由二十一世纪出版社出版。

本月　布仁巴雅尔、马宝山的报告文学《丁新民与他的民工兄弟》由内蒙古人民出版社出版。

7月　李怀印《华北村治——晚清和民国时期的国家与乡村》由中华书局出版。

8月15日　解亚珠《明清白话小说中乡绅的社会性格》载《淮阴工学院学报》第4期。

本月　黄平主编的《乡土中国与文化自觉》由生活·读书·新知三联书店出版。

9月30日　和军校的短篇小说《薛文化当官记》载《中国作家》第9期。

本月　张仲礼《中国绅士研究》由上海人民出版社出版。该著是张仲礼两本著作《中国绅士——关于其在19世纪中国社会中作用的研究》和《中国绅士的收入》中文译本的合集，系统地呈现了张仲礼对于中国绅士的思考。

本月　蒋子龙的长篇小说《农民帝国》由人民文学出版社出版。

10月12日　中国共产党第十七届中央委员会第三次全体会议审议通过《中共中央关于推进农村改革发展若干重大问题的决定》，提出“全面建设小康社会奋斗目标的新要求和建设生产发展、生活宽裕、乡风文明、村容整洁、管理民主的社会主义新农村要求”。

10月25日　第七届茅盾文学奖评出4部获奖作品，分别是《秦腔》《额尔古纳河右岸》《暗算》《湖光山色》。

11月1日　孙惠芬中篇小说《致无尽关系》载《钟山》第6期。《新华文摘》2009年第5期、《北京文学·中篇小说月报》2008年第12期、《小说月报》2009年第1期等均以转载。该作品呈现出伦理关系和差序格局带给乡贤们的精神压力和现实困境。

本日　曹征路的中篇小说《问苍茫》载《当代》2008年第6期。

11月25日　贺仲明《新文学与农民：和谐与错位——对新文学与农民关系的检讨》载《当代作家评论》2008年第6期。

本月　贺仲明《一种文学与一个阶层：中国新文学与农民关系研究》由人民出版社出版。

2009年

1月3日　罗伟章的中篇小说《那个人》载《人民文学》第1期，该作品描绘了特殊时代带给乡贤的创伤记忆。

1月20日　王先明《乡绅权势消退的历史轨迹——20世纪前期的制度变迁、革命话语与乡绅权力》载《南开学报（哲学社会科学版）》第1期。

本月　温铁军《“三农”问题与制度变迁》由中国经济出版社出版。

本月　吕德文《涧村的圈子：一个客家村庄的村治模式》由

山东人民出版社出版。

本月　贺雪峰《村治模式：若干案例研究》由山东人民出版社出版。

本月　张世勇《积极分子治村》由山东人民出版社出版。

本月　陈辉《古村不古：浙西衢州古村调查》由山东人民出版社出版。

本月　郭亮《走出祖荫：赣南村治模式研究》由山东人民出版社出版。

2月1日　《中共中央、国务院关于2009年促进农业稳定发展农民持续增收的若干意见》正式公布，推进城乡经济社会发展一体化。

3月1日　肖江虹的中篇小说《百鸟朝凤》载《当代》第2期，该作品体现出作为乡贤的唢呐老人对于信义的坚守。

本月　王旭烽的长篇小说《家国书》由浙江摄影出版社出版。

4月1日　李斌《明代世情小说与士绅生活》，上海师范大学硕士论文。

5月22日　王立《清末江浙地区乡绅兴办新式教育研究》，中共中央党校硕士论文。

本月　阿来的长篇小说《空山（三部曲）》由人民文学出版社出版。

本月　刘醒龙的长篇小说《天行者》由人民文学出版社出版。

7月　王先明《变动时代的乡绅：乡绅与乡村社会结构变迁（1901—1945）》由人民出版社出版。

9月1日　国务院印发《关于开展新型农村社会养老保险试点的指导意见》。2011年6月7日，国务院印发《关于开展城镇居民社会养老保险试点的指导意见》。到2012年7月1日，我国基本实现社会养老保险制度全覆盖。

9月21日　中共中央宣传部确定了第十一届精神文明建设“五个一工程”（2007—2009年5月）获奖名单。其中和乡贤相关的作品有：电影《长调》《袁隆平》；电视剧《闯关东》《走西口》

《北风那个吹》《绝地逢生》《大国医》《喜庆农家》《文化站长》《木卡姆往事》；戏剧《风刮卜奎》《北风紧》《丝路花雨》《女人九香》《傅山进京》《柳河湾的新娘》《作田汉子也风流》《杨广和》《梭椤寨》《矸子山上的男人女人》《百合花开》《快乐标兵》《草原记忆》《碧海丝路》；广播剧《照亮苗乡的月亮》《重返鄱阳湖》《情满昆仑》；图书《天行者》《红翻天》《大瓷商》《腰门》《丁新民与他的民工兄弟》《家国书》《大学生"村官"》。

9月25日　赵江荣《历史·人物·细节——论金科〈乡贤〉的历史叙事》载《连云港师范高等专科学校学报》第4期。

本月　张丽军《乡土中国现代性的文学想象》由上海三联书店出版。

10月　高建群的长篇小说《大平原》由北京十月文艺出版社出版。

本月　班继胤的长篇小说《城里来的女村官》由中国社会出版社出版。

12月　莫言的长篇小说《蛙》由上海文艺出版社出版。

2010年

1月31日　《中共中央国务院关于加大统筹城乡发展力度进一步夯实农业农村发展基础的若干意见》公布。

本月　秦晖、金雁的《田园诗与狂想曲：关中模式与前近代社会的再认识》由语文出版社出版。这是秦晖成名作《田园诗与狂想曲：关中模式与前近代社会的再认识》(中央编译出版社，1996年)的修订版。秦晖在修订版中增加了一篇序言，并修订了自己的一些观念，这体现出乡绅传统和乡贤文化对于研究者的影响。

本月　阳信生《湖南近代绅士阶层研究》由岳麓书社出版。

本月　黄宗智主编的《中国乡村研究》(第七辑)由福建教育出版社出版。

本月　尼玛潘多的长篇小说《紫青稞》由作家出版社出版。该作品呈现了西藏地区藏族社会的阶层关系，体现出宗教文化的顽固性以及时代乡贤文化对于传统思想的冲击力。

2 月 8 日，第五届鲁迅文学奖征集参评作品工作启动。

3 月　《人民文学》（2010 年第 2 期）始开设“非虚构”写作栏目，陆续发表了《中国在梁庄》《拆楼记》《女工记》等一批作品，表现了文学期刊对于社会现实的关注。非虚构作品中的乡贤形象也逐渐引起关注。

本月　张炜的长篇小说《你在高原》由作家出版社出版。

4 月　黄宗智主编《中国乡村研究》（第八辑）由福建教育出版社出版。

本月　叶炜的长篇小说《富矿》由西安交通大学出版社出版。

本月　刘亮程的长篇小说《凿空》由作家出版社出版。

5 月 1 日　刘国中、朱国云《大学生“村官”成长之路：来自江苏的经验》由南京大学出版社出版。

6 月 1 日　冯涛《“土绅士”的现代性想象——论沈从文的现代性构建》，西北大学硕士论文。

本月　王青伟的长篇小说《村庄秘史》由湖南人民出版社出版。该作品从性爱的角度来阐释乡村隐秘的历史，揭示乡贤内心中的善与恶。

8 月 15 日　解晓燕、冯广华《乡绅文化与新农村建设新探》载《山西农业大学学报（社会科学版）》第 4 期。

8 月　贺雪峰《乡村社会关键词：进入 21 世纪的中国乡村素描》由山东人民出版社出版。

10 月　关仁山的长篇小说《麦河》由作家出版社出版。

11 月 15 日　刘畅《乡村政治文化的嬗变——新时期小说中的当代“新乡绅”形象》载《南方文坛》第 6 期。

本月　季宇的长篇小说《新安家族》由安徽文艺出版社出版。

本月　梁鸿的非虚构文学作品《中国在梁庄》由江苏人民出版社出版。

12月15日 吕云涛、李辉《〈白鹿原〉中乡村治理模式的流变解读及启示》载《农业考古》第6期。

本月 陶少鸿的长篇小说《大地芬芳》由人民文学出版社出版。

本月 日本学者中岛乐章《明代乡村纠纷与秩序：以徽州文书为中心》由江苏人民出版社出版。

2011年

1月29日 《中共中央国务院关于加快水利改革发展的决定》公布。

本月 韩春燕《文字里的村庄——当代中国小说的村庄叙事》由上海人民出版社出版。

本月 贾平凹长篇小说《古炉》由人民文学出版社出版。

本月 王安忆长篇小说《天香》载《收获》第1期、第2期，人民文学出版社同年5月出版。

4月1日 张越《新时期以来乡土小说中村长形象的书写》，辽宁大学硕士论文。

本月 李里峰《革命政党与乡村社会：抗战时期中国共产党的组织形态研究》由江苏人民出版社出版。

5月1日 刘科《基层政治中的乡村经济精英研究》，湖南师范大学硕士论文。

5月15日 侯体健《刘克庄的乡绅身份与其文学总体风貌的形成——兼及"江湖诗派"的再认识》载《中山大学学报（社会科学版）》第3期。

5月24日 徐祖澜《近世乡绅治理与国家权力关系研究》，南京大学博士论文。

5月27日 中共中央、国务院印发《中国农村扶贫开发纲要（2011—2020年）》。

6月8日 杨学义《乡贤四唱》载《时代文学》（上半月）第6期。

8月20日　第八届茅盾文学奖第五轮投票产生5部获奖作品，分别是《你在高原》《天行者》《蛙》《推拿》《一句顶一万句》，并公布第五轮评委实名投票情况。9月19日，第八届茅盾文学奖颁奖典礼举行。其中《你在高原》《天行者》《蛙》都与乡贤文化有关。

7月　何顿的长篇小说《湖南骡子》由人民文学出版社出版。

本月　唐似亮的长篇小说《大道健行》由云南人民出版社出版。

9月　杨小辉《近代中国知识阶层的转型》由上海社会科学院出版社出版。

10月　葛水平的长篇小说《裸地》由作家出版社出版。

11月25日　廖斌《圣徒、家长、新乡绅：中国当代文学村干部形象考察》载《温州大学学报（社会科学版）》第6期。

11月28日　王泉根《中国乡贤文化研究的当代形态与上虞经验》载《中国文化研究》第4期。

本月　陈亚珍的长篇小说《羊哭了，猪笑了，蚂蚁病了》由北京燕山出版社出版。

12月12日　韩雨亭《新乡贤治村》载《经济观察报》。

2012年

1月30日　袁红涛《士绅阶层的近代蜕变——试论〈呐喊〉、〈彷徨〉的一个重要主题》载《宁夏大学学报（人文社会科学版）》第1期。

2月1日　《中共中央国务院关于加快推进农业科技创新持续增强农产品供给保障能力的若干意见》发布。

3月1日　陈应松的中篇小说《无鼠之家》载《钟山》第2期。

3月15日　贺仲明《重论“十七年”乡村题材小说的理想性问题》载《文学评论》第2期。

本月　李佩甫的长篇小说《生命册》由作家出版社出版。该作品探索了作为农裔知识分子的乡贤们在社会转型期的多种可能性，呈现出城乡冲突在农裔知识分子身上的撕裂状态。

本月　杨年华的长篇报告文学《国旗阿妈啦》由作家出版社出版。

4月　黄宗智主编《中国乡村研究》（第九辑）由福建教育出版社出版。

本月　黄世猛《鲜艳的红纽带》由中国人口出版社出版。

5月1日　魏欢《论中国现代小说中的“乡绅”形象》，天津师范大学硕士论文。

6月1日　李谷悦《〈歧路灯〉中的士绅家庭经济理念》，东北师范大学硕士论文。

7月15日　熊庆元《乡村建设、社会改造与“革命青年”——从〈丰收〉中的两组细节看上世纪30年代的起源语境》载《文学评论》第4期。

8月10日　刘庆邦的中篇小说《东风嫁》载《十月》第4期，被《北京文学·中篇小说月报》第8期转载。

8月　中国社科院发布《城市蓝皮书：中国城市发展报告No.5》，中国城镇人口首次突破了50%，体现出中国城镇化进程的巨大成就。

9月　第十二届“五个一工程”（2009年7月—2012年5月）涉及乡贤的获奖作品有：电影《第一书记》《信义兄弟》《爱在廊桥》《响九霄》；电视剧《永远的忠诚》《奢香夫人》《远山的红叶》《中国地》《生死依托》《向东是大海》《湖光山色》；戏剧《郭明义》《雾蒙山》《拓跋鲜卑》《留守小孩》《牛子厚》《大漠苏武》《苦乐村官》《西京故事》《苏武牧羊》《李贞回乡》《马本仓当官记》《徽班》；广播剧《中国有个北大仓》《山湾小站》《红飘带》《农民工司令》；图书《大平原》《新安家族》《国旗阿妈啦》《大道健行》《山生》《鲜艳的红纽带》。

10月3日　陈谦的中篇小说《繁枝》载《人民文学》第10期。该作品从移民的角度表现了中国传统文化在海外华人身上的影响，体现了乡贤文化在某种程度上已经构成了海外华人的文化之根。

10月25日　兰建蓉《二十世纪以来乡土小说中的乡绅形象论》载《剑南文学（经典教苑）》第10期。

12月　莫言获得诺贝尔文学奖，12月8日在瑞典学院以“讲故事的人”（storyteller）为主题发表演讲，体现出中国乡土文化的影响力。

2013年

1月31日　《中共中央国务院关于加快发展现代农业进一步增强农村发展活力的若干意见》发布。

本月　贾平凹的长篇小说《带灯》由人民文学出版社出版。该作品讲述了基层女乡贤在工作中遇到的酸甜苦辣。

本月　林白的长篇小说《北去来辞》由北京出版社出版。该作品表现了女乡贤们从乡村走入城市之后，她们精神世界的变迁。

2月15日　陈艳《〈天行者〉：抵达乡土叙事的深处》载《中国现代文学研究丛刊》第2期。

3月　丁帆主编的《中国乡土小说的世纪转型研究》由人民文学出版社出版。

本月　梁鸿的非虚构文学作品《出梁庄记》由花城出版社出版。

5月7日　阎晶明《一部“乡贤”之书》载《光明日报》。该文是《中国，有一座古都叫大同》的书评，介绍了大同的乡贤文化。

5月15日　刘宁《末代士绅阶层的式微与儒教文化之危机——兼论〈白鹿原〉的当代文化意义》载《陕西师范大学学报（哲学社会科学版）》第3期。

本月　周荣池的长篇小说《李光荣当村官》由江苏人民出版社出版。该作品讲述了乡村精英在基层的遭遇，以新闻纪实式的手法表现出乡贤的生活状况。

6月　英国学者雷蒙·威廉斯所著《乡村与城市》由商务印书馆出版。

7月15日　李玥阳《当代文学和电影中“贵族”的显影》载《文学评论》第4期。

本月　费爱华《话语交易：乡村社会及其治理中的人际传播》由浙江大学出版社出版。

本月　张浩文的长篇小说《绝秦书》由太白文艺出版社出版。

8月　黄永玉的长篇小说《无愁河的浪荡汉子》由人民文学出版社出版。

9月1日　马金莲的中篇小说《长河》载《民族文学》第9期，被《小说选刊》第10期选载。该作品体现了西北地区的民俗和民族文化。

9月15日　周新民《近二十年长篇小说乡村现代性叙事规范的拆解》载《文学评论》第5期。

本月　贺雪峰《新乡土中国（修订版）》由北京大学出版社出版。该著作是2003年版本的修订版，作者增补了一些内容。这些内容体现了《新乡土中国》出版之后，作者十年间所观察到的农村新变化和作者对农村的新理解。

本月　阎连科的长篇小说《炸裂志》由上海文艺出版社出版。

本月　叶炜的长篇小说《后土》由青岛出版社出版。

10月28日　阳信生《现代“新乡绅”研究三题》载《文史博览（理论）》第10期。

11月1日　徐则臣的长篇小说《耶路撒冷》载《当代》第6期，北京十月文艺出版社于2014年3月出版。

本日　徐晓思的中篇小说《外公》载《钟山》第6期。

11月20日　魏建亮《葛水平〈裸地〉人物论》载《小说评论》第6期。

12月30日　李莹《关中大地最后一个乡绅的消失——评张浩文的〈绝秦书〉》载《海南师范大学学报（社会科学版）》第12期。

2014 年

1 月 19 日　《中共中央国务院关于全面深化农村改革加快推进农业现代化的若干意见》正式公布。《意见》指出，把饭碗牢牢端在自己手上，是治国理政必须长期坚持的基本方针；提出抓紧构建新形势下以我为主、立足国内、确保产能、适度进口、科技支撑的国家粮食安全战略。

1 月 15 日　晏洁《论中国现代文学多重视角下的“乡绅”叙事》载《文学评论》第 1 期。

2 月 27 日　中国作家协会修订《鲁迅文学奖评奖条例》。

3 月 1 日　徐祖澜《清末民初的社会转型与乡绅流变——以科举与新学为视角》载《贵州社会科学》第 3 期。

本日　徐美容《论茅盾小说中的“城乡结构”（1927—1942）》，华东师范大学硕士论文。

3 月 12 日　《国家新型城镇化规划（2014—2020）》的出台将小城镇建设提升到了新的战略高度。

3 月 15 日　罗维斯《“绅”的嬗变——〈动摇〉的一种解读》载《文学评论》第 2 期。

3 月 15 日　凌云岚《莫言与中国现代乡土小说传统》载《文学评论》第 2 期。

4 月 15 日　张冀《论〈太阳照在桑干河上〉的土改镜像与叙事困境》载《中国现代文学研究丛刊》第 4 期。

5 月 27 日　阎连科获第 14 届卡夫卡奖。

6 月 1 日　焦冲的长篇小说《北漂十年》载《当代 · 长篇小说选刊》第 3 期，该作品表现了农裔大学生在城市生活的辛苦，以及乡贤们对城市文化的努力适应。

7 月　《光明日报》推出“新乡贤 · 新乡村”系列报道，弘扬乡贤文化，倡导新的乡村文明。

8 月 9 日　2014 年老舍文学奖获奖名单公布。和乡村有关的获奖作品是:《驴得水》《北去来辞》《东风嫁》。

8月9日　胡彬彬、刘灿姣《让新乡贤文化涵养核心价值观》载《光明日报》。

8月11日　赵法生《再造乡贤群体　重建乡土文明》载《光明日报》。

8月20日　王先明《“新乡贤”的历史传承与当代建构》载《光明日报》，9月8日被《中国民政》转载。

本月　关仁山的长篇小说《日头》由人民文学出版社出版。

9月16日　《刘奇葆：创新发展乡贤文化》载新华网，该文提道“乡贤文化根植乡土、贴近性强，蕴含着见贤思齐、崇德向善的力量”。

9月12日　国务院印发《关于进一步做好为农民工服务工作的意见》，部署进一步做好新形势下为农民工服务工作，切实解决农民工面临的突出问题，有序推进农民工市民化。

9月15日　罗维《沈从文与熊希龄及近代湘西边地士绅文化传统》载《云梦学刊》第5期。

9月17日　王俊伟《善用“乡贤文化“传承山乡价值观》载人民网。

9月18日　吴铭《新乡贤的制度基础》载《21世纪经济报道》。

本月　贾平凹的长篇小说《老生》由人民文学出版社出版。

本月　第十三届“五个一工程”奖（2012年6月—2014年5月）公布获奖名单。

10月15日　闻之《发挥“新乡贤”引领作用》载《农民日报》。

11月15日　梁建先《论现代文学多重视角下的“城绅”叙事》载《社会科学辑刊》第6期。

11月28日　万保君、杨胜宽《乡贤文化对少年郭沫若成长的影响——以“嘉定四谏”为例》载《中华文化论坛》第11期。

2015年

1月24日　王海涛《当代乡土文明的批判力作——评刘庆邦长篇新作〈黄泥地〉》载《文艺理论与批评》第1期。

1月25日　袁红涛《"乡绅"阶层的蜕变与断裂——重读王统照长篇小说〈山雨〉》载《文艺争鸣》第1期。

本月　狄金华《被困的治理：河镇的复合治理与农户策略(1980—2009)》由生活·读书·新知三联书店出版。该著作通过田野调查的形式讲述了乡贤在乡村社会的处境，认为公共规则的建立与否是振兴乡贤文化的核心要素。

2月1日　《中共中央国务院关于加大改革创新力度加快农业现代化建设的若干意见》中提出"创新乡贤文化，弘扬善行义举，以乡情乡愁为纽带吸引和凝聚各方人士支持家乡建设，传承乡村文明"。

2月3日　阿来的中篇小说《三只虫草》载《人民文学》第2期。

2月10日　罗伟章的长篇小说《声音史》载《十月》第1期。

3月1日　王华的长篇小说《花村》载《当代》第2期，由人民文学出版社2017年1月出版。该作品既体现出乡贤文化在城市化大潮中的溃败，也呈现出乡贤们对乡村传统的反思与重建。

3月15日　杨军《乡贤文化与乡村治理探究》载《未来与发展》第3期。

本月　周荣池的短篇小说集《大淖新事》由宁夏人民出版社出版。

本月　孙惠芬的长篇小说《后上塘书》由上海文艺出版社出版。

本月　叶炜的长篇小说《福地》由青岛出版社出版。

4月14日　李洪磊《鼓励"新乡贤"参与乡村治理》载《新华每日电讯》。

4 月 15 日　李盛涛《浮世里孤绝的精神舞者——评李登建〈最后的乡贤——郭连贻传〉》载《百家评论》第 2 期。

4 月 21 日　龙军、唐湘岳、禹爱华《乡贤文化呼唤新乡贤》载《光明日报》。

4 月 25 日　杨军《"乡贤文化"在推进践行社会主义核心价值观中的作用探究》载《西安文理学院学报（社会科学版）》第 2 期。

5 月 5 日　田耳的短篇小说《金刚四拿》载《回族文学》第 3 期。该作品讲述了在城市增长了见识的四拿回乡之后重塑乡村的故事，体现了返乡乡贤对于乡村的意义。

5 月 15 日　阿来的中篇小说《蘑菇圈》载《收获》第 3 期。

6 月 25 日　解放日报社、上海市文明办、崇明县文明委在崇明县文化剧场举办"乡贤文化的当代价值"第 69 届解放文化讲坛。

7 月 3 日　赵丽宏的散文《乡土，乡亲和乡贤》载《解放日报》。

7 月 15 日　李兴阳《"农村新人"形象的叙事演变与土地制度的变迁——以〈太阳照在桑干河上〉、〈创业史〉、〈平凡的世界〉和〈麦河〉为中心》载《文学评论》第 4 期。

7 月 15 日　李建兴《乡村变革与乡贤治理的回归》载《浙江社会科学》第 7 期。

本月　陈刚等《中国乡村调查：农村居民媒体接触与消费行为研究》由高等教育出版社出版。

8 月 3 日　《新乡贤完全调查报告》载《领导决策信息》第 30 期。

8 月 15 日　王再兴《当代小说"前史"的乡村化空间及其讲述——以陈翔鹤和〈一个绅士的长成〉为例》载《文学与文化》第 3 期。

9 月 3 日　何玉茹的短篇小说《回乡》载《人民文学》第 9 期。

9 月 30 日　黄海《用新乡贤文化推动乡村治理现代化》载《人民日报》。

11 月 15 日　曾礼军《乡邦文人与都市文学——清末民初上海文学建构中的报人小说家群体》载《文学评论》第 6 期。

本日　周春英《论阎连科、李佩甫小说中的乡村干部形象》载《中国现代文学研究丛刊》第 11 期。

本月　袁灿兴《中国乡贤》由新星出版社出版，该著作梳理了从古至今的著名乡贤事迹。

12 月 31 日 《中共中央国务院关于落实发展新理念加快农业现代化实现全面小康目标的若干意见》，其中和乡贤文化有关的内容是“深入开展文明村镇、‘星级文明户’、‘五好文明家庭’创建，培育文明乡风、优良家风、新乡贤文化”。

本月　黄宗智主编《中国乡村研究》（第十二辑）由福建教育出版社出版。

本月　李静等著的《城市化进程与乡村叙事的文化互动》由中国社会科学出版社出版。

2016 年

1 月 15 日　颜德如《以新乡贤推进当代中国乡村治理》载《理论探讨》第 1 期。

1 月 15 日　贺桂梅《村庄里的中国：赵树理与〈三里湾〉》载《文学评论》第 1 期。

1 月 27 日 《中共中央国务院关于落实发展新理念加快农业现代化实现全面小康目标的若干意见》由新华社受权发布，提出“培育文明乡风、优良家风、新乡贤文化”。

本月　王磊光《呼喊在风中：一个博士生的返乡笔记》由复旦大学出版社出版，该著作思考了乡贤文化对于乡村的必要性。

2 月 1 日　王月鹏的长篇小说《拆迁笔记》载《当代·长篇小说选刊》第 1 期。

2 月 10 日　刘淑兰《乡村治理中乡贤文化的时代价值及其实现路径》载《理论月刊》第 2 期。

2 月 17 日 《中华人民共和国国民经济和社会发展第十三个五年规划纲要》正式公布。《纲要》提出，“加强农村文化建设，深入开展‘星级文明户’、‘五好文明家庭’等创建活动，培育文明乡风、优良家风、新乡贤文化”。

2月20日 李婵娟《乡邦意识与地域诗学观之建构——以明清之际的岭南诗坛为个案》载《学术研究》第2期。

2月29日 陈文辉《周作人早期所读中国传统典籍概观——越中乡贤对周作人思想与文章的影响》载《鲁迅研究月刊》第2期。

本月 人大财政经济委员会、国家发展和改革委员会《〈中华人民共和国国民经济和社会发展第十三个五年规划纲要〉解释材料》，中国计划出版社出版。这是我国首次编写和出版五年规划纲要解释材料。该书对“新乡贤文化”阐释如下：“乡贤文化是中华传统文化在乡村的一种表现形式，具有见贤思齐、崇德向善、诚信友善等特点。借助传统的‘乡贤文化’形式，赋予新的时代内涵，以乡情为纽带，以优秀基层干部、道德模范、身边好人的嘉言懿行为示范引领，推进新乡贤文化建设，有利于延续农耕文明、培育新型农民、涵育文明乡风、促进共同富裕，也有利于中华传统文化创造性转化、创新性发展。”

3月13日 吴晓杰《新农村呼唤新乡贤——代表委员畅谈新乡贤文化》载《光明日报》。

3月15日 钱念孙《乡贤文化为什么与我们渐行渐远》载《学术界》第3期。

3月29日 毕文俊《“新乡贤”新在哪儿》载《发展导报》。

4月15日 李静《当代乡村叙事中乡贤形象的变迁》载《江苏社会科学》第2期。

5月3日 张炜的长篇小说《独药师》载《人民文学》第5期，同月由人民文学出版社出版。

本月 张慧《羡慕嫉妒恨：一个关于财富观的人类学研究》由社会科学文献出版社出版。

6月1日 吴灿《从乡绅到新乡贤》载《文史知识》第6期。

6月15日 赵普光《“士绅”文化的现代变迁与叶氏文学世家的形成》载《江苏社会科学》第3期。

7月15日　袁志成《文人结社与晚清民国地域文学传统的建构》载《文学评论》第4期。

本月　陈国和《乡村小说视域下的当代农村土地制度变迁书写研究》由中国社会科学出版社出版。该书以文学叙事为视角，解释乡贤文化与制度变迁的关系。对于家长秩序文化、地主形象、文化记忆、儒家文化传统以及创伤书写均有所涉及。

本月　格非的长篇小说《望春风》由译林出版社出版，该作品展现了乡村衰败的历程。

8月1日　迟子建的中篇小说《空色林澡屋》载《北京文学(精彩阅读)》第8期。

本日　徐刚《想象一种乡绅的文学理想》载《长江文艺》第8期。

8月9日　赵普光、李静《当代文学对乡贤文化的书写》载《人民日报》，从宏观角度讨论当代"乡贤文化"。该文之后被《常州日报》等多家媒体转载。

8月15日　王文峰《"新乡贤"在乡村治理中的作用、困境及对策研究》载《未来与发展》第8期。

8月31日　韩星《中国乡贤文化析论》载《中国文化论衡》第1期。

本月　袁祥、叶辉主编的《新乡贤的故事》由光明日报出版社出版。该书是《光明日报》自2014年7月起开设的"新乡贤·新乡村""乡贤文化大家谈"等栏目文章的合集。

9月20日　赵浩《"乡贤"的伦理精神及其向当代"新乡贤"的转变轨迹》载《云南社会科学》第5期。

本月　王露璐《新乡土伦理：社会转型期的中国乡村伦理问题研究》由人民出版社出版。

10月3日　许春樵的中篇小说《麦子熟了》载《人民文学》第10期。

12月26日　吕福新《建构新时代的乡贤文化》载《人民日报》。

本月　邓辉、陈伟主编的《乡贤文化的前世今生》由湘潭大学出版社出版。该书梳理了乡贤文化的历史发展历程，总结了乡贤文化的历史经验和现实意义。

本月　少鸿的长篇小说《百年不孤》由湖南文艺出版社出版。

2017 年

1 月 5 日　万玛才旦的短篇小说《气球》载《花城》第 1 期。

1 月 6 日　李里峰《乡村精英的百年嬗蜕》载《武汉大学学报（人文科学版）》第 1 期。

1 月 15 日　张勇《文化心理结构、伦理变迁与乡村政治——陈忠实笔下 20 世纪中国乡村社会的“秘史”》载《文学评论》第 1 期。

1 月 24 日　中共中央办公厅、国务院办公厅印发《关于实施中华优秀传统文化传承发展工程的意见》。

1 月 25 日　胡鹏辉、高继波《新乡贤：内涵、作用与偏误规避》载《南京农业大学学报（社会科学版）》第 1 期。

本月　黄宗智主编《中国乡村研究》（第十三辑）由福建教育出版社出版。

2 月 5 日　《中共中央国务院关于深入推进农业供给侧结构性改革加快培养农业农村发展新动能的若干意见》提出“新型城镇化”和“新乡贤文化”。

4 月 24 日　陈进武《“乡土南方”与乡绅历史形象的书写——读陶少鸿长篇小说〈百年不孤〉》载《中国艺术报》。

本月　美国 J.D. 万斯的《乡下人的悲歌》由江苏凤凰文艺出版社出版。该著作是作者的自叙传，揭示了美国的城乡文化差异，反思了文化与个体的关系。该书对于中国的城乡差异研究有着借鉴意义。

本月　贺仲明《乡村伦理与乡土书写——20 世纪 90 年代以来的乡土小说研究》由人民出版社出版。

5 月 5 日　李佩甫的长篇小说《平原客》载《花城》第 3 期，

被《长篇小说选刊》第4期转载,《当代·长篇小说选刊》2018年第1期转载，花城出版社于同年8月出版。

5月15日 石一枫的长篇小说《心灵外史》载《收获》第3期,《当代·长篇小说选刊》第5期给予转载。

本日 贺仲明《一个未完成的梦——论柳青〈创业史〉中的改霞形象》载《文学评论》第3期。

5月25日 方维保《现代文学想象中的传统乡绅形象》载《文艺争鸣》第5期。

本月 周荣池的长篇小说《李光荣下乡记》由凤凰文艺出版社出版。

6月10日 李金哲《困境与路径：以新乡贤推进当代乡村治理》载《求实》第6期。

6月30日 晏洁、宋剑华《从维持力量到斗争对象——论革命理想主义乡土文学中的乡绅叙事》载《新文学评论》第2期。

7月1日 蒋韵的中篇小说《水岸云庐》载《长江文艺》第7期,《北京文学·中篇小说月报》第8期、《小说月报》第8期、《新华文摘》第19期转载。

7月25日 张辉《传统中国乡村的韧性及其根源——读黄树民的〈林村的故事〉》载《今日民族》第7期。

本月 杨红菊《镜中乡土与乡民: 1949年以来的中国乡村电影研究》由武汉大学出版社出版。

本月 贺雪峰《最后一公里村庄》由中信出版社出版。

9月1日 梁鸿的长篇小说《梁光正的光荣梦想》发表于《当代》第5期。人民文学出版社以《梁光正的光》为名，同月出版。

9月13日 晏杰雄、刘思妮《现代史撞击下的乡绅文化华彩——评陶少鸿长篇小说〈百年不孤〉》载《文艺报》。

9月15日，莫言的短篇小说《故乡人事》载《收获》第5期。

9月27日 许思文《凝聚乡贤力量 推动乡村复兴》载《新华日报》。

本月 纪红建《乡村国是——中国农村脱贫攻坚纪实》载

《中国作家·纪实》第9期。

10月13日，姜广平《乡绅/乡贤形象的重塑——里下河文学流派作品人物形象研究之一》载《文艺报》。

10月15日　王兴文《时间碎片中的日常生活史——论〈望春风〉》发表于《中国现代文学研究丛刊》第10期。

本月　周斌、马明高编《中国乡土影视文学创作回顾、反思与前瞻》由中国电影出版社出版。

11月15日　周凯、王琳《乡贤文学重构的媒体路径研究——以〈白鹿原〉为考察中心》载《江苏社会科学》第6期。

12月20日，李静《乡村振兴与新乡贤文化建设》载《新华日报》。

2018年

1月1日　张炜的长篇小说《艾约堡秘史》载《当代》第1期。

1月2日　《中共中央国务院关于实施乡村振兴战略的意见》提出"美丽宜居乡村"和"乡村振兴中国故事，为世界贡献中国智慧和中国方案"。

1月10日　《江苏社会科学》第1期发表了三篇和乡贤有关的论文。分别是季中扬、师慧的《新乡贤文化建设中的传承与创新》，朱言坤的《乡贤·乡魂·乡治——〈白鹿原〉乡贤叙事研究》，杨超高的《论关仁山小说的乡贤叙事及意义》，集中阐释了乡贤文化在文学和文化中的影响。

1月15日　蒋建国《二十世纪初乡绅的报刊阅读与观念世界——以张棡、皮锡瑞、刘大鹏为例》载《高校图书馆工作》第1期。

1月21日　李思琪《新乡贤：价值、祛弊与发展路径》载《国家治理》第3期。

2月10日　莫言的短篇小说《等待摩西》载《十月》第1期。

3月1日　向本贵的短篇小说《村长过年》载《小说月报·原创版》第3期，该小说显示出了乡村社会的复杂性和乡贤的尴尬处境。

3月1日　汪雪《新文学初期的乡绅形象研究（1918—1927）》，江苏师范大学硕士论文。

3月10日　冯仰操《乡魂与国魂：晚清文人的乡贤传记书写》载《江苏社会科学》第2期。

3月15日　迟子建的中篇小说《候鸟的勇敢》载《收获》第2期。

3月20日　张雯婧《新乡贤文化的时代价值及其发展》，浙江理工大学硕士论文。

4月15日　雷鸣《新世纪长篇小说"乡绅"书写的文化征候》发表于《江西社会科学》2018年第4期。

本月　贾平凹的长篇小说《山本》由人民文学出版社出版。

本月　李万忠《乡镇干部手记：中国乡村治理中鲜为人知的实况（1990—2017）》由知识产权出版社出版。

5月15日　韩元《从文学叙述看抗战时期乡土社会阶层分化与文化变迁——析抗战题材小说的社会史意义》载《文学评论》第3期。

本月　温铁军、潘家恩主编《中国乡村建设百年图录》由西南师范大学出版社出版。

6月1日　李子君《李佩甫小说中乡贤形象建构研究》，广西大学硕士论文。

本日　叶美艳《1990年代以来小说中的"乡贤"形象研究》，河北大学硕士论文。

7月15日　傅道彬《中国文学的君子形象与"君子曰"的思想话语》载《文学评论》第4期。

7月20日　张宝明《"绅士"对抗"猛士"：一代人的文化自信与人文救赎——从〈新青年〉到〈学衡〉》载《探索与争鸣》第7期。

本日　贺彤《〈白鹿原〉：传统乡村治理模式的文学表达》载《人民法治》第14期。

8 月 14 日　贺雪峰《实施乡村振兴战略要防止的几种倾向》载《中国农业大学学报（社会科学版）》第 3 期，提出乡村振兴战略要防止急于求成的倾向。

8 月 25 日　李铮《论〈白鹿原〉的乡贤文化内涵》载《西安文理学院学报（社会科学版）》第 4 期。

8 月 5 日　刘亮程的长篇小说《捎话》载《花城》第 4 期，同月由译林出版社出版。

本月　李里峰《土地改革与华北乡村权力变迁：一项政治史的考察》由江苏人民出版社出版。

9 月 1 日　侯波的中篇小说《胡不归》载《当代》第 5 期。

9 月 10 日　丁燕燕《王统照的乡绅形象书写》载《宁波大学学报（人文科学版）》第 5 期。

9 月 15 日　杨红军《五四新文学塑造乡绅形象的偏颇与辨正》载《齐鲁学刊》第 5 期。

9 月 26 日　中共中央国务院印发《乡村振兴战略规划（2018—2022 年）》。

9 月 30 日　江腊生《乡村秩序与乡绅叙事——鲁迅小说研究的一个视角》载《中国语言文学研究》第 2 期。

9 月 15　王祥夫的短篇小说《一粒微尘》载《山花》第 9 期。

10 月 1 日　中共中央、国务院印发《关于保持土地承包关系稳定并长久不变的意见》。

11 月 1 日　罗伟章的长篇小说《寂静史》载《钟山》第 6 期。

11 月 15 日　袁敏的中篇小说《乡村教师》载《收获》第 6 期。

11 月 22 日至 12 月 20 日　“乡村振兴的历史先声——中国乡村建设百年探索展”在西南大学博物馆开展。

本月　北京爱故乡文化发展中心编著《新时代乡贤》由中国农业出版社出版。

12 月 3 日　徐怀中的长篇小说《牵风记》载《人民文学》第 12 期，《当代·长篇小说选刊）》2019 年第 1 期转载，后由人民文学出版社 2019 年 1 月出版。

本月 温铁军、张孝德主编的《乡村振兴十人谈：乡村振兴战略深度解读》由江西教育出版社出版。

2019年

1月10日 阿来的长篇小说《云中记》载《十月》第1期，《当代·长篇小说选刊》第5期转载，北京十月文艺出版社4月出版。

本月 蒋高明《乡村振兴：选择与实践》由中国科学技术出版社出版。

2月19日 《中共中央国务院关于坚持农业农村优先发展做好“三农”工作的若干意见》发布。

3月1日 雷鸣《近年来长篇小说乡绅叙事的审美反思》载《当代文坛》第2期。

3月9日 李浩燃《乡村兴则国家兴》载《人民日报》。

3月10日 余荣虎《五四乡土文学的启蒙观念与乡贤叙事》载《江苏社会科学》第2期。

本日 杨婉《新世纪乡土小说中乡贤形象研究》，南京师范大学硕士论文。

3月15日 张丽军《当代文学的“财富书写”与社会主义新伦理文化探索——论张炜的〈艾约堡秘史〉》载《文学评论》第2期。

本日 刘宝吉《士绅演变与地域权力更迭：刘一梦小说〈斗〉文史互证》载《近代史研究》第2期。

本日 吴昌林、李琦《〈儒林外史〉和〈傲慢与偏见〉中乡绅形象之比较》载《苏州科技大学学报（社会科学版）》第2期。

4月 重庆市璧山区档案局《中华平民教育促进会华西实验区档案史料选录》由国家图书馆出版社出版。

本月 麦家的长篇小说《人生海海》由北京十月文艺出版社出版。

5月1日 陈应松的长篇小说《森林沉默》载《钟山》第3期。该书由译林出版社2020年6月出版。

本日　颜世敏《士绅蜕变与社会转型：重读李劼人“大河小说”》，上海社会科学院硕士论文。

5月10日　冯仰操《再造地方：清末民初文人的地方实践与文学书写》载《江苏社会科学》第3期。

6月6日　樊星《踵武赓续巧担当——由裴高才的乡贤“史记”说开去》载《书屋》第6期。

6月10日　妥东《新时期以来乡土文学中的新乡贤形象书写研究》，山东师范大学硕士论文。

6月25日　田羽《“新乡贤文化”问题解析》载《长江丛刊》第6期。

7月1日　龚游翔、王洪岳《以文学形式重构传统乡绅的道家文化理想——侧论老藤的长篇小说〈刀兵过〉》载《渤海大学学报（哲学社会科学版）》第4期。

7月15日　顾涛《乡绅之治及其东山再起——小说〈黄泥地〉〈人心不古〉和〈山雨〉之间的坎》载《清华大学学报（哲学社会科学版）》第4期。

8月1日　孙春平的中篇小说《筷子扎根》载《民族文学》第8期。

8月25日　廖斌《历史的穿越与继承：新世纪乡土小说中的“现代新乡绅”形象——以〈胡不归〉为中心的思考》载《重庆师范大学学报（社会科学版）》第4期。

本月　丁帆主编的《中国西部新文学史》由人民文学出版社出版。

本月　付秀莹的长篇小说《他乡》由北京十月文艺出版社出版。

11月15日　雷默的中篇小说《大樟树下烹鲤鱼》载《收获》第6期。

11月20日　沈思涵《乡绅形象建构及其伦理纠结——何存中〈最后的乡绅〉论略》载《社会科学动态》第11期。

12月15日　杨超高《乡村女性叙事的新维度——论新世纪小

说中的“女乡贤”叙事》载《江西社会科学》第 6 期。

本日　张燕《多元化、移动化、社交化——新媒体语境中乡贤文化文学传播多维路径的嬗变》载《视听》第 12 期。

12 月 31 日　丁燕燕《从〈孔乙己〉到〈离婚〉——教育体制下乡绅权力的常与变》载《鲁迅研究月刊》第 12 期。

2020 年

2 月 5 日《中共中央国务院公开发布关于抓好“三农”领域重点工作确保如期实现全面小康的意见》公布。

3 月 10 日　邱其濛《20 世纪 20 年代至 40 年代中国电影中的乡贤形象》载《江苏社会科学》第 2 期。

3 月 13 日　江腊生、赵晶晶《乡绅文化·性·政治博弈与乡村秩序的书写——从〈白鹿原〉看当代小说创作的转向》载《南方文坛》第 2 期。

3 月 15 日　李勇《田园将芜胡不归？——论城乡之间的李佩甫》载《文学评论》第 2 期。

本日　尹学芸的中篇小说《我所知道的马万春》载《收获》第 2 期。

本日　阎连科的非虚构文学《她们》载《收获》第 2 期。

3 月 17 日　姜佳奇《国统区小说中的乡绅书写》，南京师范大学硕士论文。

3 月 17 日　粟鑫《1942—1978 年小说中地主形象的演变》，南京师范大学硕士论文。

3 月 20 日　张兴宇、季中扬《新乡贤：基层协商民主的实践主体与身份界定》载《江苏社会科学》第 2 期。

3 月 20 日　杨柳《陈忠实乡土小说的家族文化研究——以〈白鹿原〉为中心》，南京师范大学硕士论文。

4 月 20 日　王琳《解放区乡土文学中的乡贤叙事研究》载《南昌大学学报（人文社会科学版）》第 2 期。

本月　胡学文的长篇小说《有生》载《钟山（长篇小说专号）》A卷。江苏凤凰文艺出版社2021年1月出版。

5月1日　高琦《现代文学中的清末民初士绅书写新论》，南开大学硕士论文。

5月15日　邱其濛、李静《复苏与重构：20世纪80至90年代中国电影中的乡贤形象》载《艺术百家》第3期。

6月15日　卢月风《论现代乡土小说中的乡绅、地主形象》载《聊城大学学报（社会科学版）》第3期。

7月1日　邵丽的中篇小说《风中的母亲》载《当代》第4期，该作品体现出女乡贤在城市生活的不适。

7月15日　孙频的中篇小说《骑白马者》载《钟山》第4期，该作品体现出复兴乡贤文化对于乡村建设的意义。

本日　余荣虎、李兴阳《左翼乡土文学的阶级观念与乡贤叙事》载《江苏师范大学学报（哲学社会科学版）》第4期。

11月1日　夏天敏的中篇小说《胡树和他的牛》载《当代》第6期。

11月11日　王小章《“乡绅作为方法”与走出知识分子的“孤立化”》载《读书》第11期。

11月15日　王尧的长篇小说《民谣》载《收获》第6期。单行本由译林出版社2021年4月出版。

12月30日　李岩《20世纪20年代中国文学中的乡绅形象及文化内涵》载《中国民族博览》2020年第24期。